結束之後的我們

Magus after the End

下

author 梅花幾月開
illustrator 九日曦

目 錄

Contents

Magus after the End

誠摯感謝

墨林、洋、阿仲、Akane Shikura、綿羊大長老、KURU、紙箱、一條小徑、八城十三、ㄙㄅ、yu，與其他所有曾經一同參與創作的網友們。

沒有各位的支持與鼓勵，就不會有這篇故事最初的原型。

希望大家喜歡這個版本的他們。

chapter 16

「葛格。」

他抬起頭，看到小男孩躲在門後，只露出一半的身影。琥珀色的大眼睛好奇地盯著他，似乎還不是很確定他到底是誰。

「怎麼了？」塞西爾問。

小男孩沒有回答，只是又喊了一次：「葛格。」

「你肚子餓嗎？還是又眼睛痛了？」

不管怎麼問，小男孩都只是搖頭，試探地不斷喊他「哥哥、哥哥」。塞西爾有點莫名其妙，又覺得他用那童稚的嗓音堅持不懈地喊著可愛極了，便陪他玩了好一會。小男孩越喊越上癮，嘴角開始漸漸上揚，意識到自己的表情時還會害羞地抿嘴。

「葛格。」

「嗯，我是哥哥。」塞西爾耐心道：「你是迦勒——是忠誠的意思喔。」

小男孩頓時開心地尖叫起來，羞澀地邊笑邊跑走了。塞西爾聽著他徘徊在近處要跑不跑的腳步聲，有些啼笑皆非，想了想還是放下手上的人頭，起身喊叫著追了出去。

❖

塞西爾輕輕地吸了一口氣。

彷彿正躺在某處荒無人煙的冰天雪地裡，獨自等死。身體非常輕，隨著寂靜的虛空浮沉許久，才想起這世界有重力似地漸漸下降，落入水中，沉入水底。全宇宙都站在胸口上，張開嘴巴也吸不到一丁點氧氣。有種奇怪的感覺逐漸蔓延、徹底席捲，在深海之底將他再次淹沒，直到塞西爾想起來這叫作恐慌的同時，才終於能用力地倒抽一口氣，睜開眼睛看見微光漫進視線。

他似乎躺在一座非常狹窄的礦石洞穴中，幾乎沒有可以移動四肢的空間，四周全是裸露在外的銀色鋼鐵——當看見礦石層下方露出塑膠的電視機邊角時才恍然大悟，自己還在原本的治療室，只是整間處室裡布滿了鋪天蓋地的奧伯拉鋼。

塞西爾立刻去摸自己的身體，摸到一段瘦骨如柴而纖細易折，但確實存在的腰。

那一瞬間他好像顆洩氣的氣球般，整個人立刻鬆垮下來，重重地吐了一口氣。他試著伸展左手掌心，沉重的鋼鐵手套不見蹤影，戒指也一併消失，只留下莫名的空虛感。

他真的成功了。曾經人們以為魔法力量是無法獨立存在的，只要身為宿主的魔法師死亡，其所擁有的魔法也會跟著徹底消失在世界上，但這種學說隨著魔女死後出現的奧伯拉鋼不攻自破。魔法能夠獨立凝結成奧伯拉鋼，而剩下那些曾被以為消散殆盡的力量實際上也只是回流到核心——在過去千年是魔女，而這十二年間正是父親。等到父親死亡，接著就是塞西爾。

既然已經有魔法脫離核心，凝結成奧伯拉鋼的先例存在，也就是說在某些情況下核心不是絕對必要的。因此塞西爾賭了一步幾近荒謬的險棋，把所有力量引流開來，強行迫使它們凝結。若是失敗也許會出大事——塞西爾不由自主想起父親當時說的那句**「燒死大地，燒死太陽」**。

但他成功了。塞西爾深吸一口氣，重重一嘆。

終於結束了。

少年靜靜地躺了一會，接著才緩緩試圖挪動手腳。臥床三個月才甦醒的身體這幾天都得靠輪椅代步，此刻卻感覺力氣好像都回來了，除了有點虛弱、有點餓以外沒有大礙。少年小心翼翼地爬下手術臺，輕輕靠在鋼鐵邊緣穩住重心，小腿立刻被割出一道長長的血痕。

好不容易站穩，左閃右躲極力避開所有奧伯拉鋼，爬到一個較大的空間，至少能稍微伸展僵硬的四肢。塞西爾環顧著四周，發現奧伯拉鋼真的是徹徹底底長滿**所有**空間，被魔法金屬滿滿覆蓋的治療室實際上就是座荊棘叢林，稍不小心就會刮得渾身是傷，視線也幾乎都被尖刺擋住，什麼也看不見。

塞西爾想起伊納修斯說過，西格齊與柏妮絲都和他一起待在治療室裡，便輕聲喊：「邦妮？」

從右手邊傳來動靜。回話的卻不是柏妮絲的聲音。「小西？」

「潔兒姊姊？」塞西爾驚訝道：「妳也在？」

「等會再說。」潔兒的聲音聽上去有點喘，「你聽得見了？不要亂動，這裡很多鐵刺……」

「我也看得到了，姊姊。」塞西爾說，沿著聲音爬過去，找到被卡在空隙裡的潔兒。她勉勉強強能夠站著，大腿側邊被凸出的鋼鐵劃傷，幸好傷口看起來不算太深，但少年一抬起頭卻驚恐地發現女人整張臉血流如注，上半身的衣服都被染了色。

「姊姊！」

「我沒事，不是我的血。」潔兒說。雖然很喘但聲音還算有力，眼神也很清醒，確實不像失血過多的樣子。她臉上的血還在不斷滑落，沿著下巴滴在衣服上，如果受傷的不是她，那血的源頭——

少年的眼神直覺往上飄。潔兒立刻開口拉回他的注意力：「小西。有沒有哪裡受傷？」

「爬過來的時候有點刮到而已。」塞西爾收回視線。什麼聲音都沒聽見，剛剛也沒聽到潔兒在安撫傷者。很可能已經死了。會是西格齊或柏妮絲嗎？

「姊姊，到底發生什麼事了？」他語氣無助地問。

「入侵者。」潔兒簡短地解釋：「基地停電，我們陷入幻覺。我本來在樓下，走著走著就到這裡來……」

和伊納修斯的說法一樣。塞西爾小心翼翼地後退，讓出空間給潔兒爬出來，趁她不注意時瞥了眼上方，看見從一隻手冒出的血滴緩緩滑下鋼鐵之間縫隙。是成人的手，不是柏妮絲。手指又比西格齊細嫩得多，是個女人。塞西爾垂下視線。

沒有東西堵著傷口，潔兒的褲子很快就被整條染紅了。她脫下外套擦拭臉上的血汙，再把衣服緊緊勒在傷處止血，草草掃視一下塞西爾，確定他沒有大礙後便說道：「我們先移動到空曠一點的地方。」

入口的門扉已經明顯被蔓長的鋼鐵封死。兩人沿著微弱的氣流，東鑽西躲地爬到窗邊，果然發現窗戶並沒有被完全堵住，甚至還留有一個不小的洞口，能夠看見割滿裂痕的玻璃。潔兒拔出手槍敲了幾下，玻璃應聲碎裂，嗚呼強風瞬間灌進來。

潔兒掃開碎玻璃鑽出去。塞西爾在原地等待著，過了一會，女人的聲音才從外面傳來：「出來吧。小心一點。」

塞西爾跟著爬出去。洞口非常狹窄，正是勉強能讓一人通過的寬度，少年能感覺到尖銳的鋼鐵與玻璃碎片緊貼在身體四周，只要動作稍微粗魯一點就會劃傷自己。他抓著潔兒的手慢慢地爬出洞口，狂亂的強風狠狠鞭笞著雙頰，當他終於有辦法睜眼，才發現正趴在從窗臺往外延長的奧伯拉鋼構成的陽臺上，俯瞰著眼前一片煉獄景色。

今天天氣很好，豔陽高照、萬里無雲，讓人更能一覽無遺遍地慘狀。房屋、街道、樹木，所有一切都覆蓋著銀白色的鋼鐵。有些地方一片平坦，靜靜勾勒出整齊排列的建築，宛如一片純白的墓園；有的地方卻又像是在爆炸的一瞬間猝然結凍，致命的尖刺在豔陽之下盛放開來，沾染著暗褐色的花紋。塞西爾似乎還看見有幾根尖刺上串著人。

好吧。塞西爾心想。

高樓的風非常強勁，少年小心翼翼地緊靠著窗臺唯恐被吹下去，看著潔兒撥通電話。沒有人回應，她翻了翻連絡人又打過去，這次的對象很快就接了。「我在貝爾基地東北面六樓窗外。」她提高音量試圖壓過風聲，還沒來得及說完，塞西爾只聽見電話那頭劈里啪啦傳來一大串雜音。

他聽不清楚對方說了什麼，但潔兒的臉色越來越不好。「你有辦法來接我們嗎？塞西爾跟我在一起。」她一邊說，一邊瞥向少年，「對。我腳受傷，但還能走。小西很好，視力跟聽力復原了，之前躺三個月身體還沒完全康復。還有……裡面有一個黑色傷員。」

黑色的。剛才那個人果然已經死了。

少年默不作聲，安靜地看著潔兒與電話中的人爭論。「不可能，這裡太陡了。叫約瑟夫接電話。」女人來回談判幾次後漸漸失去耐心，壓住亂飛的頭髮，用公事公辦的冰冷語調問道：「沒有直升機是什麼意思？」

對方又是開口就說一大串，壓根不打算給潔兒回應的機會。「什麼？」她最後只來得及喊：「約瑟夫！」接著就被掛斷了電話。

潔兒氣惱地瞪著掛斷畫面，最後只是嘆了一口氣。她俯身望向下方，似乎是在評估著地勢。塞西爾立刻就懂她在想什麼，開口問道：「姊姊，救援要多久才會來？」

潔兒沒有看他，過了一會才緩緩說：「……總之不會及時到。」她退回身子。「小西。你覺得你有辦法爬下去嗎？」

少年瞬間臉色刷白，硬著頭皮眺望下方崎嶇險峻的牆面——鋼鐵在垂直的建築壁面邊搭出一道陡峭的樓梯，但對身體孱弱的少年而言，從這裡徒手爬下去還是件艱鉅的任務。假如他拒絕了，救援不知道什麼時候才會來，潔兒的腿要是拖太久可能會留下後遺症，她這些年的處境可不允許負傷。

「不要勉強。」潔兒認真地說：「伊恩告訴我你還在坐輪椅。如果只是眼睛耳朵沒事，身體還沒有恢復那就算了。我們回去室內，要有心理準備至少到明天才會有人來接我們。」

「我……」少年躊躇了一會，深吸一口氣道：「我可以。我有力氣。」

潔兒直直凝視著他好一會，最後沒有特別說什麼。她拉掉右手手套，又脫下腳上鞋子遞給赤腳的少年。「奧伯拉鋼升溫很快，現在太陽這麼大沒多久就會燙手了。」她一邊說一邊紮頭髮，指著在右下方的一個小平臺，「我們先過去那裡。」

兩人一層一層地慢慢往下移動。就如潔兒所說，沒過多久奧伯拉鋼就已經上升到難以忍受的高溫，隔著衣料也能感覺到熱度扎著皮膚，就算躲到太陽照射不到的地方，也會被身邊環繞的金屬烘烤得難以呼吸。少年即使恢復原本的體力也還是比一般人虛弱，沒過多久就氣喘吁吁。潔兒發現後立刻叫他退到牆邊休息，找了個勉強能夠棲身的空位，又一次撥通電話。

毫不意外地，這次也沒有人接。潔兒面無表情地按掉手機螢幕。塞西爾小心翼翼觀察著她的臉色，心想著到底是哪個約瑟夫膽子這麼大，敢像剛才那樣對她說話？

這名字實在是太俗爛常見了，讓他一時之間想不出人選。憑他們的身分絕對能被列入優先救援對象，即使是伊納修斯也不可能這樣故意棄之不顧。是總理身邊的那個約瑟夫，還是同樣身為長生者的約瑟夫？這些人的聲勢有大到能這樣忽視潔兒嗎？

塞西爾一邊思考，一邊看著她拉緊腿上的外套。血看上去是暫時止住了，潔兒緊皺的眉頭卻不曾鬆開。她一注意到少年正盯著自己看，立刻說：「我沒事，小西。你有好一點了嗎？」

少年點點頭，卻又遲疑道：「姊姊……」

「怎麼了？」潔兒耐心地問。

塞西爾擺出一副局促不安的神情，謹慎開口：「有人欺負妳嗎？」

在長生者之中，四百多歲的潔兒其實不算資深，但眾所周知她是亞當最信賴的心腹之一，所以從來不曾有人敢對她說三道四。直到她在終戰前夕反對斬殺魔女，毅然決然脫離軍閥的行為大大得罪了許多人，而那些人在戰後幾乎完全占據權力中心，當潔兒在和平降臨後回到首都，一度差點被以叛逃問罪，是親自找她回來的伊納修斯卯足全力才保下。

無論潔兒這些年遇到多少刁難，放任受傷的她在重災區自生自滅完全是另一回事。檯面上人們仍然認為她有伊納修斯當作靠山，撇除與伊納修斯敵對的家族從中作梗，更可能是伊納修斯出了什麼事。他當時就那樣沒入地底……

潔兒陰暗的神色只閃過半秒，很快就變回原本那個溫和可靠的姊姊。「誰能欺負我？」她搖搖頭，「很多地方都傳出災情，救援隊一時之間沒辦法過來也情有可原。」

她的口氣彷彿當年第一次見到小塞西爾時那樣，一如既往的溫柔。塞西爾最後還是沒有開口多問。他們休息一會繼續往下，到了二樓時聽見某處傳來人聲，但視線被遍地奧伯拉鋼遮住，看不見半個人影。潔兒開口呼救：「有人在嗎？」

聲音更大了。過了幾秒，有顆頭從尖刺之間的縫隙晃過去又晃回來，看見他們後立刻大喊：「這裡！兩個生存者！」

對方指示一條路讓他們穿越鋼鐵荊棘，來到空地與救援隊會合。本來空間就不寬，地上又躺滿傷患簡直寸步難行，甚至有些人的臉已經蓋上白布，濃烈的氣味在豔陽下悄悄發酵。

救援人員迅速地幫潔兒包紮傷腿，看起來沒什麼大礙的塞西爾則被趕到一旁，默默地縮在角落。還有更多人正源源不絕地被從建築裡拉出來，少年安靜地站在一旁，把存在感降到最低。在又一波傷患被帶出來後，塞西爾忽然在擁擠的人潮中看見一個熟悉的身影。

他立刻起身，跨過遍地的傷者跑了過去，「邦妮！」

蜷縮在角落的柏妮絲聞聲抬頭，哭到通紅的雙眼詫異地望著少年精準地閃過每一個障礙物，筆直朝她走來。塞西爾剛走到她身邊還來不及說話，平常總是堅強開朗的女孩毫無預警地放聲大哭，緊緊拽著少年讓他差點站不穩。「冷靜點、冷靜點。沒事的，邦妮。怎麼了？」塞西爾安撫道。

柏妮絲只是不斷地哭訴、胡言亂語著，抽抽噎噎了半天才終於擠出一句：

「先生……」

「伊恩怎麼了？」塞西爾問。女孩一邊哭，舉起顫抖的手指向不遠處，至少有十個救援人員聚集在那裡，拚命地挖掘著。

「他、他被壓住……」柏妮絲說完這句話又開始大哭，「在房子下面……」

塞西爾站起身，柏妮絲卻拉住他。「他們說、小孩……」

「妳留在這。」塞西爾掙脫掉她大步跑了過去。救援現場到處混亂不堪，居然真的沒有人攔下他，一直到少年靠近得足以看見在鋼鐵蔓延的牆角下露出一道極小的縫隙，剛好只夠一隻手伸出來，拇指上套著破碎的家主戒指。

「你在這裡做什麼？」當塞西爾試圖靠得更近時，終於有人擋住他，「退後！」

「我可以幫忙。」塞西爾剛說就被打斷。

「你不能在這裡！」救援人員凶悍地說，粗魯推開少年的肩膀害他一時重心不穩，對方反手拉住了他，塞西爾就趁機緊緊纏住男人的手臂。

「你們要花幾個小時才能把他拉出來？」他搶在救援人員破口大罵前說：「他在底下壓多久了，撐得到那時候嗎？」

「不要妨礙救援！」對方完全沒有要理會他的意思。另一個救援人員注意到這邊的爭執走了過來，兩個男人準備把他架開。少年一邊掙扎，拚命思考著該怎樣才能說服他們不要拿伊納修斯的命開玩笑，正要開口時就被另一個聲音打斷：「放開他。」

對方語氣威嚴，音色卻稚嫩得詭異。塞西爾的視線被男人擋住，看不見是誰在說話，只看到救援隊員面有難色，「但是——」

「他說可以幫忙，放開他。」

剛剛還極力攔著少年的男人們沉默了。塞西爾小心翼翼地看著兩人心不甘情不願地鬆開手，立刻探出頭來，看見站在救援隊員身後的真的只是一個小孩。

男孩身上穿著明顯過大的襯衫，袖口綁了起來好方便行動，整件衣服都沾著血汙，硬生生把白色的衣料染成紫黑色。他抬頭對上塞西爾的視線，熱烈的陽光將圓圓大眼睛染成了燦爛金色，右半邊腦袋卻被繃帶包得密不透風，甚至隱約滲出點點豔紅。

塞西爾詫異得一時發不出聲音，瞪著他整整三秒鐘說不出話。男孩卻也不打算先開口，只是用那隻金黃色的眼睛靜靜望著少年。

沉默發酵過了頭，氣氛忽然變得有點詭異。

「……哥哥？」塞西爾小心翼翼地喊。

小孩子模樣的迦勒聽見這個稱呼突然僵了一下，卻又若無其事地「嗯」一聲。「你還好嗎？有沒有受傷？」他開口問，打斷了本來還想追問究竟發生什麼事的塞西爾。

「我沒事。」少年怯懦地說：「而、而且我看得見了……」

「那就好。」迦勒輕描淡寫地回應，在少年能從他臉上挖出更多情緒前就撇開了頭，「快去幫忙，伊恩的情況很不妙。其他的之後再向你解釋。」

他說完就直接鑽進旁邊的建築空隙中消失不見了。塞西爾只好先把那種奇怪的感覺丟到一旁，趕緊趴到壓著伊納修斯的牆角縫隙邊。「他還有脈搏，但對任何刺激都沒有反應。」救援人員在一旁補充道。

少年的手足夠纖細，剛好能伸進縫隙中摸索，確定伊納修斯的姿勢是正面朝下，臉朝側邊，塞西爾能摸到他的鼻子，確認還有微弱的呼吸。他拔出手，四處張望後撿來一根斷裂的奧伯拉鋼刺，毫不猶豫地劃開手掌心，將掌中的血滴進伊納修斯手指上的戒指。

銀白色的奧伯拉鋼彷彿吸水布料般一下子便被染紅，以鋼鐵為中心，漸漸在男人彎曲斷裂的手指上蔓延出血紅色的絲線。塞西爾趴下身子，將流淌的血滴進男人口中。

塞西爾一睜眼就感覺到力量全部消失了，隨著湧流抽離他的身體，凝結成鋼鐵，再度變回沒有魔法的凡人。但少年的身體依舊完好，一隻手指也沒有少，這副由魔法編織而成的肉體因為某種幸運的理由沒有一併變成奧伯拉鋼，也就代表著他依舊能像先前那樣，將自己的血肉抽絲剝繭換得魔法。

雖然塞西爾不是特別擅長治療——這種事情應該交給西格齊才對，但他現在恐怕也無能為力。這點魔法應該能讓奄奄一息的伊納修斯苟延殘喘幾個小時。

幸好伊納修斯的家主戒指裡有奧伯拉鋼，沾染塞西爾的血後就會隨之融化，滲進伊納修斯的身體裡，不至於要孱弱的少年一命換一命。要往伊納修斯口中滴血，少年只能一直維持趴著的姿勢，救援人員跨過他忙進忙出，時不時能看見變成小孩子的迦勒鑽出來指示屋內傷者的位置。他始終沒有多看少年一眼，即使塞西爾直直地盯著他圓嘟嘟的側臉看，向來對視線格外敏感的迦勒從頭到尾都沒有回應少年的目光。

這很正常，他在忙。塞西爾盯著套在他腳上明顯過大，硬是用鞋帶綁緊的鞋子，心想，他沒問自己要怎麼幫伊納修斯，沒問如何恢復了視力和聽力，也沒問不久前還需要坐輪椅的少年怎麼突然就能站著和兩個救援人員爭執。都只是因為他在忙，是塞西爾心虛鑽牛角尖。

但如果他真的記得呢？

從那場魔法風暴中死裡逃生身體卻沒復原，代表受到的影響比塞西爾預期的更深。如果迦勒真的還記得少年忽然之間就變成高大的男人，用那樣高傲的口吻呼喚他曾經的小名呢？

救援現場一片混亂，沒人發現少年紊亂的思緒。塞西爾安靜地匍匐在地上，確保伊納修斯的心臟依然在跳，一邊努力保持著清醒。他開始感覺到肚子很餓，這才想起來魔法領域中的時間流逝和現實不一樣，從他們被捲入那片黑暗到現在不知道已經過了多久。少年揉了揉沉重的眼皮，看見滿手的血已經乾得差不多，正打算再劃一刀，卻看見一粒血珠滴到手背上。

他反手一擦，才發現自己流鼻血了。

救援人員忙著扛起傷者從他身上跨過，根本沒有察覺少年的情況。塞西爾左顧右盼，卻沒看見迦勒在哪，他似乎不在這附近，少年只好失望地擠壓手上的傷口讓它繼續滴血，安安靜靜地重新匍匐下去。

塞西爾沒發現什麼時候睡著，直到被踢了一腳這才驚醒過來。「你不能睡著！」有個男人對他這麼喊道，蹲下來探伊納修斯的脈搏，確認家主還活著後繼續斥責：「你現在身上扛著一條人命懂不懂？」

剛醒來還有些迷糊的少年默不吭聲。

一陣騷動從旁邊傳來，塞西爾只感覺累得沒有力氣轉頭去看，直到耳邊響起一句「小西？」才發現是潔兒來了。潔兒在他身邊跪下，少年看見她腿上的繃帶沾滿髒汙，滲出淺淺的腥紅色。

「喝點水。」她擰開寶特瓶瓶蓋後遞了過來。塞西爾只是傻傻地看著瓶子，一隻手依然深深卡在縫隙中，沒有任何動作。潔兒乾脆直接將水倒進瓶蓋，叫他張開嘴巴，小口小口地餵給趴在地上無法起身的少年。

她對旁邊的人說了些什麼，但塞西爾聽得不是很清楚，只感覺頭越來越暈。他知道自己實際上正穩穩地匍匐在地，卻感覺整個世界天旋地轉，張大了嘴巴吃力地呼吸著，看見鼻血滴滴落在伊納修斯的手背上。

「小西。」潔兒輕輕搭著他的肩膀。突然一股熱氣湧上喉頭，塞西爾什麼都來不及說就吐了出來。潔兒立刻摀住他的嘴，脫下外套接住嘔吐物，免得那些東西流進牆角縫隙之下害伊納修斯窒息。「小西，要不要先休息一下？」

她用的是問句而不是命令句。她不敢真的讓他休息。「姊姊……」少年邊吐邊哭道。潔兒一邊安撫他，四處張望著想找人幫忙，忽然一個高大的影子投射下來。

「他怎麼了？」

對方語氣淡然，甚至可以說輕快。少年沒有抬頭，只是趴在地上繼續難受地嗚咽，聽見潔兒的語調忽然變得半點情緒起伏都沒有。「叫一個救護人員過來。」

「人手不夠，還有很多傷患沒救出來。」對方說：「下一批還要四個小時才會到，不急的話就忍耐一下。吐完應該就舒服多了吧？」

「伊納修斯只剩一口氣。」潔兒冷冷道：「要是小西真的怎麼了，你現在花在伊恩身上的這些力氣可就都白費了。」

對方沒有回話。

少年埋在潔兒的外套裡吐完最後一口，臉色蒼白地抬起頭來。站在兩人面前的是個高高瘦瘦的男人，削瘦的面容看得出來已經有點年紀，半灰白的頭髮乾淨俐落地往後梳齊，一雙銳利的灰色眼睛若有所思，像獵鷹般打量著虛弱的少年。

「如果他運氣夠好，也許有人正巧有空。」當潔兒輕拍少年的背，餵他喝水時，約瑟夫從頭到尾只是站在旁邊看著。就一個出現在災難現場的人而言，他的衣著打扮乾淨得彷彿只是來參觀，等一下就要回去吃下午茶。「孩子，你要加油啊。」他的語氣相當曖昧，既是憐憫又像戲謔，「現在你手上握著幾乎可說是這個國家的半條命啦。」

約瑟夫說完就離開了。潔兒把裝著嘔吐物的外套打結放到遠處，隨手抓來一片破碎的塑膠板替他遮陽。「再忍一下，小西。馬上就會有人來了。」她哄道。

塞西爾茫然地看她一眼，又低頭趴下去。

經過相當漫長的一段時間後，才終於有救護人員匆匆路過，給塞西爾吃點止吐藥之類的東西後就又離開。沒過多久，算是半個傷員的潔兒也被叫走。少年又是一個人趴在牆角，救援人員不斷從他身上跨過去，手中扛著被清除的磚瓦或是殘缺不全的死者，沒有人多看他一眼。太陽越升越高，塞西爾卻覺得越來越冷，甚至有種錯覺，好像自己也跟伊納修斯一樣被壓在瓦礫下。

幹嘛要救他？

塞西爾這才忽然懷疑起來。明明不久前才動過要殺伊納修斯的念頭，為什麼一聽到柏妮絲說他被壓在房子底下就不假思索地要救他？如果現在讓伊納修斯死掉，少年就可以趁著首都陷入一片混亂之際和哥哥一起遠走高飛。沒有比現在更完美的機會了。

可是迦勒現在在哪？

塞西爾茫然地想，他變成小孩了。他會像塞西爾當年回溯那樣，慢慢重新成長嗎？小時候的迦勒身體本來就很不好，全都是靠魔法才撐下來，現在要用那副身體逃亡，迦勒必死無疑。而且他會答應一起走嗎？他到底有沒有聽見塞西爾當時喊他曾經的小名？

先前那場夢已經讓他知道塞西爾的確恢復一點點亞當的記憶，而且伊納修斯也已經開始懷疑他了，他們或許早就談過假若少年真的想起過去的話，該怎麼處理掉他。甚至可能就連潔兒也跟他們沆瀣一氣。

如果有塞西爾的幫助，伊納修斯最後卻還是沒能撐過去，即使迦勒不會說什麼，在他心中角落也許會就此永遠留下一分無法抹滅的疑心。即使塞西爾真的一輩子瞞天過海，他還會像之前呵護他的小西那樣愛惜少年嗎？

好不容易父親終於死了。接下來該怎麼辦？應該還有挽救的機會吧？

塞西爾從縫隙中抽出手來，這才發現傷口又結痂了，掌心已經劃滿割痕，沒有一處皮膚完好。少年瞪著傷痕累累的雙手，才遲來地終於漸漸感到刺痛，煩躁地心想幹嘛為了伊納修斯做到這個地步？

當年要不是在反抗軍裡待不下去，伊納修斯根本不會想加入亞當的陣營，更不會因此撿回一條賤命。這討人厭的老狐狸在過去千年一天到晚想方設法算計他，即使這十二年裡的確很照顧回溯後的小塞西爾，一開始還是想殺他……

塞西爾呆呆地看著自己血淋淋的手心。

他們彼此都很清楚。儘管伊納修斯心裡無時無刻不在打一堆壞念頭，但一次也沒有真的背叛過亞當。漂亮的男人通常就只是隨便說說，占點無傷大雅的小便宜。迦勒還有好幾回在關鍵時刻捅他一刀，伊納修斯卻好像已經完全習慣聽亞當的指令行事，即使用狡黠的眼神打量著他，認真考慮要把弱不禁風的小塞西爾斬草除根，最後卻什麼都沒有做。

也許是他自己也知道除了依附長生者，他無處可去。

少年傻傻盯著從牆縫裡掉出來的那隻手。也許伊納修斯甚至還認為那個矮小柔弱的小塞西爾，總有一天會成長回曾經所向披靡的亞當，一千年什麼都能習慣。

在塞西爾的感覺中，四個小時來了又走，彷彿被困在一面只有四個刻度的時鐘裡不斷迴轉，直到太陽漸漸西沉才終於有人來找他。他們抱開癱軟的少年，將不知何時已經被挖出來的伊納修斯放上擔架。大家主就像每具從塞西爾身上跨過去的屍體一樣被抬走，而少年依然被留在原地。

他蜷縮身體坐在鋼鐵的縫隙之間，手裡緊緊抓著潔兒留給他的水。空寶特瓶被捏成扁扁一捲的聲音，聽起來很像邁步跨過滿地屍骨的腳步聲，讓塞西爾安心地閉上眼，頭靠著裸露的磚瓦，甚至忘記現在是晚霞抑或日出時分。

他可以就這樣睡著，反正也不是第一次睡在荒郊野外。真的好累……

腳步聲越來越靠近，最終在他旁邊停了下來。「小西？」有個孩子這麼喊他。塞西爾累得連睜眼都不想，感覺到一隻小手輕輕撥開黏在少年額頭上汗溼的瀏海，「快起來。」

塞西爾沒有回話。他勉強瞇起眼，看到一個小孩子蹲在面前，睜著圓圓大眼好奇地看著他。男孩身上穿著過大的襯衫，鞋子只用鞋帶勉強綁住，渾身都是血，看起來既狼狽又令人心疼。

他這麼小，怎麼會是哥哥呢？

「小西。」迦勒搭著他的肩膀，輕輕地搖了搖，「我們走吧。」

少年睏倦極了，幾乎聽不懂他在說什麼。右半邊腦袋上裹著的潔白繃帶，一整天下來已經變得烏黑骯髒，左眼卻仍明亮如琥珀，沉穩而安靜地凝視著塞西爾。男孩剛想擦掉少年鼻子上的血跡，塞西爾就立刻抓住那隻細細軟軟的手。這麼輕、這麼小，怎麼能當哥哥呢？

「小西。」迦勒低喊，輕輕抹掉少年臉上的眼淚。

迦勒。迦兒。他小時候分明最喜歡塞西爾這樣喊他了，為什麼現在卻什麼都說不出口呢？

少年張口，卻發現一點聲音也發不出來，只能直直盯著那隻太陽的眼睛無聲地落淚。迦勒沒有說話，抓著寬大的袖子，伸長手臂去擦拭少年臉上的髒汙，卻越擦越一蹋糊塗。最後男孩乾脆鬆開衣袖捧住塞西爾的臉，在少年懷裡踮起腳尖，留下一個柔軟而溼熱的吻。

chapter・17

塞西爾是在一間蒼白的病房中醒來。

他呆呆地看著天花板，過了兩秒鐘才想起發生什麼事。四周一片寂靜，只聽得見空調的嗡嗡聲，似乎只有他一個人在。

炙熱的陽光從窗簾縫隙鑽進來，在病床中央切下一道纖長的光影，現在似乎是下午。少年動了動身體，發現沒有想像中那麼不舒服便坐了起來，正想試著下床就聽見從廁所傳來沖水的聲音。門一打開，穿著簡單便服的柏妮絲走了出來。

她看見塞西爾醒了後頓時一愣。「你在幹嘛？那麼急著爬起來做什麼？」女孩緊張地跑過來，直接把少年壓回床上，「別動，我叫護理師。」

「我沒事。」塞西爾說，被自己沙啞的嗓音嚇了一跳。柏妮絲直接裝作沒聽到，按下對講機。

「發生什麼事了，邦妮？」等到她通知完少年已經甦醒，塞西爾才開口問道：「我睡多久了？」

「從什麼時候？」

這奇怪的問句讓塞西爾皺起眉頭。「就是從我們在貝爾基地……」

柏妮絲古怪的表情卻讓塞西爾漸漸說不出話。少年忽然發現，仔細一看她的臉好像跟記憶中不太一樣。她有這麼高嗎？原先那種青澀的氣息似乎也變了，比以往更加成熟穩重。

「塞西爾。」柏妮絲垂下眼，輕聲說：「你昏迷整整兩年了。」

一片死寂。

「邦妮……」少年壓抑著聲音裡的顫抖，「妳的青春痘過兩年還沒消掉啊？」

被拆穿的柏妮絲氣得翻了個大白眼，用力抽掉塞西爾腦袋底下的枕頭砸到他臉上。「我有貼痘痘貼了！」她生氣地笑場，「你很沒幽默感欸。」

胡鬧了一陣子，拿柔軟的枕頭甩了虛弱少年好幾下巴掌後，柏妮絲才終於滿意。「你睡一整天啦，大懶蟲。」她聽上去還是有些咬牙切齒，「先生被挖出來之後你就體力不支暈倒。現在都下午了。」

「那伊恩呢？伊恩怎麼樣了？」塞西爾問。

「還沒脫離險境。」柏妮絲說：「還在手術，我也不知道。」

塞西爾小心翼翼地觀察著她說話時的表情。幾個小時前才哭得雙眼通紅，現在已經完全看不出痕跡了。少年還是安慰她幾句：「他不會有事的，他以前遇過比這更可怕的情況都撐過來了。而且不是還有西格齊在嗎？」

「他幫不上忙了。」柏妮絲只說了這麼一句。

令人毛骨悚然的寂靜，在空調嗡嗡運作的聲音中漸漸蔓延。柏妮絲這才後知後覺地發現自己說了什麼，趕緊澄清：「他還活著啦！只是……沒有魔法了。」

意料之中，塞西爾心想。奧伯拉鋼的吸收力度不只廣泛還很徹底，從今以後唯一還能使用魔法的，大概只剩下擁有魔法之身的自己。

在魔女死後十二年，魔法終於徹底死透了。

短暫的沉默很快就發酵成尷尬。塞西爾繼續問道：「那其他人呢？妳怎麼有空來這邊陪我？」

「你體弱多病需要有人照顧啊。我又剛好沒怎麼受傷，大人就叫我來陪你。」女孩道：「你說的『其他人』如果是指你哥的話，他很好，只是變得超可愛又超忙而已。」

據柏妮絲所說，在過去一整天裡，世界各地都發生奧伯拉鋼大量爆發的災情。目前救災人力和物資都嚴重不足，即使有傷在身，只要還能走動就都得下場幫忙。

與此同時人們的嘴巴也沒閒著，媒體不停追問一夜之間怎麼會爆發這樣大規模的災害。這場奇怪的天災明顯與魔法脫不了關係，自然而然也令人聯想到前陣子黑魔法防範中心詭異的坍塌事件。雖然當時對外宣稱是實驗不當導致大樓崩毀，但早在那時就已經有些陰謀論的聲音傳出。

「之前就有人在說，防範中心的倒塌跟你有關係。」柏妮絲說：「現在好了，在這次鋼爆事件裡唯一正面受到魔法衝擊的只有你哥，外界幾乎確定就是你們的問題。迦勒現在忙著救災又忙著應付輿論，媒體也拚命想挖出你的廬山真面目。真是好險你沒朋友，目前他們還沒找到什麼東西。」

「他現在在哪？」塞西爾問。

柏妮絲聳聳肩，奇怪地瞪著他，「你問我，我怎麼會知道？我跟你一樣被關在這裡欸。大概一個小時前有在電視臺直播看到他晃過去一下下——好像還長高了。」

「哪一臺？」塞西爾伸手去抓床頭櫃上的遙控器，卻被柏妮絲搶先一步。

「直播已經結束啦，現在是連線辯論，沒有你哥也沒什麼營養。」

「我也想看一下新聞啊。」少年說，但女孩依舊沒有鬆手。

「沒必要啦，等官方消息就好了。」

塞西爾望著柏妮絲，後者只是一臉理直氣壯，似乎不覺得做錯什麼。

「邦妮。」塞西爾開口。

「幹嘛？」柏妮絲立刻回應。

他思考一會。女孩試圖阻止他看新聞，有可能是因為輿論說得很難聽，或是想隱瞞某個壞消息，怕他看了之後心情受影響。假若是後者，那一定是迦勒出事了。直接問的話一定問不出什麼，塞西爾換個方式道：「妳說我哥在短短一天裡就長高了？」

「對啊。」

「那妳有沒有照片？」塞西爾搶在滿臉莫名其妙的女孩開口之前打斷她，「新聞截圖，之類的。網路上應該很多吧？」

「不知道，我沒去查。」柏妮絲小心翼翼地說。「你也是很扯欸，這個節骨眼還只想著蒐集你哥的照片。」

「這種機會錯過就沒有了耶。」塞西爾義正嚴辭地說：「快點，妳查一下。」

「不行啦，大人說上網可能會洩漏位置。」

「真有那麼嚴重的話，他們就不會讓妳留著手機了。」塞西爾說：「這種事會影響他的形象，肯定很快就會被刪光了。邦妮……」

話還沒說完，病房門口突然傳來轉動門把的聲音，柏妮絲嚇到立刻跳起來。三個人走了進來，一個是姍姍來遲的護理師，後面兩人一個是有些一跛一跛的潔兒，另一個竟是不久之前才對受傷的少年冷眼旁觀的約瑟夫。

潔兒對柏妮絲點了個頭，走到病床邊牽住少年的手，「小西。感覺還好嗎？」

塞西爾詫異地看著約瑟夫走到病房另一端，泰然自若地在沙發上坐下。「我還好……」他吶吶道，看見柏妮絲後退一步讓出空間給來檢查的護理師。女孩站到約瑟夫附近，但那兩人一眼也沒有看向彼此。護理師確定他沒有大礙後便離開了。柏妮絲迅速地打量一眼在場三人，跟著護理師走出去。

「小西。」潔兒開口拉回他的注意力，「我知道你才剛醒來，可能還很不舒服。但現在情況很緊急，我們有些話得先問你。」

塞西爾望向房間另一頭的約瑟夫，轉回目光，迎上潔兒一雙碧綠的眼睛。原來柏妮絲阻止他看新聞與上網根本不是迦勒出了什麼事，是為了不讓他知道迦勒說什麼話——免得塞西爾跟著照本宣科。

他們在懷疑他。

塞西爾有些錯愕地盯著神色溫柔的女人。潔兒**也**在懷疑他。

「沒事的，小西。」潔兒輕聲安撫：「只要告訴我們你當時看見什麼就好。」

「哪個當時？」少年困惑地問，爭取著短暫時間拚命思考。他們至少一定已經問過迦勒，柏妮絲更不用說，搞不好就連伊納修斯仍在昏迷都是謊言。他的說詞不能和他們有所出入──說得越少、越籠統越好，但又不能讓潔兒察覺在敷衍她。

「從研究員克勞斯．史考勒擅自對你做額外治療的部分開始。」潔兒的語氣非常輕柔，彷彿深怕說錯一個字就會嚇壞他。

塞西爾順著她的引導慢慢回憶事發經過，只說最重點的部分，跳過有可能出錯的細節，同時思考著當下的處境。潔兒和約瑟夫兩人從走進病房就沒有與對方互動過，看起來不是自願結伴同行。而從柏妮絲剛才的奇怪舉止，基本可以確定很可能就是約瑟夫要求她監視塞西爾。能有權力要求柏妮絲這麼做的一定是伊納修斯家的人，或者與伊納修斯保有良好關係。

塞西爾拚命回憶，這才想起病房那頭的男人是誰。這個約瑟夫曾經只是個平凡的傭兵，當年儕北山都陷落後，亞當為了補充戰力才在情急之下將他納入長生者軍閥，但並未真正賜予他不老之身。他與長生者集團之間的僱傭契約本該在魔女之死後就失效，最後卻因為各種錯綜複雜的理由繼續留在首都擔任要職。

在這十幾年裡約瑟夫沒有特別明顯結黨營私的行為，硬要說的話，應該還能算是與迦勒、潔兒、伊納修斯等人同一陣線。雖然現在看來他似乎不只劃分出了眾人之間的階級地位，還與伊納修斯有私下來往。

「然後那個魔法師就出現了。」少年低著頭說：「他說一些很難懂的話……大概就是在說，要讓世界上恢復魔法。」

「恢復魔法嗎？」潔兒重複道。

「嗯。」少年回答，接著補充：「他抓住我，接著我的戒指就變很燙，然後……戒指就起火了。魔法師看起來很痛苦，甩掉我的手逃跑，而我全身燒了起來……」他邊說邊顫抖，潔兒立刻輕輕按住他的肩膀。等到少年的情緒平復一點，才緩緩繼續說：「過很久之後，我就突然醒了。之後就和姊姊妳一起逃出去。」

潔兒默默思索許久。少年擺出相當焦躁不安的模樣，欲蓋彌彰地偷看著病床對面的男人，一對上視線就立刻撇開頭。約瑟夫的職位是情報機構副局長，名義上是有資格待在這裡，但想約談少年的話絕對還有比他更好的人選，顯然是某個比潔兒更有發言權的人強硬指派他過來。如果伊納修斯真的還在昏迷，就表示約瑟夫背後還有其他和他們不同陣線的勢力。至於潔兒他們知不知道這號人物存在……

「小西。」潔兒出聲，終於問出她一直想問的問題：「你當時有看見你哥哥嗎？」

「哥哥？沒有……」少年滿臉不解，接著追問道：「姊姊，哥哥怎麼樣了？他還好嗎？為什麼會變成小孩子？」

「我們還在調查。他很好，不用擔心。」潔兒簡單地安撫道。「所以從你陷入第一場幻覺直到最後，都完全沒有見到迦勒嗎？」

塞西爾茫然地搖搖頭。

「我知道了。」潔兒似乎已經暗暗下了定論。在她起身的同時，坐在病房另一端，始終沒有出聲的約瑟夫也跟著站起來，嚇了一跳的少年反射性抓住潔兒的手腕。「姊姊……」他瞥向站在床尾方向的男人，楚楚可憐地看向潔兒

女人遲疑一秒，轉頭對約瑟夫說道：「我有話跟他說。」

約瑟夫態度溫和地揚起嘴角，淺灰色的眼睛卻比開過頭的空調還冰冷。「請說。」他回應：「還得特地支開我，難道是要偷講我壞話嗎？」

潔兒一句話也沒有說，只是平靜地迎上男人的視線。

氣氛忽然緊張起來。整整五秒鐘僵持誰也不願意退讓，最後還是長生者潔兒的氣勢略勝一籌，逼得約瑟夫主動開口打破死寂：「我們現在是一條船上的人，

潔兒小姐。這樣排擠我太傷感情了吧。」

不等潔兒回話，約瑟夫的目光猝不及防射向少年。那雙銳利的眼睛一瞬間彷彿刺穿塞西爾的皮膚，絲毫沒打算掩飾視線中赤裸裸的打量。

「昨天沒有第一時間下令援救，讓你感受很差嗎，塞西爾先生？」約瑟夫換上一種惱人的哄小孩語調，「我在這裡向你道歉。當時我們人手嚴重短缺，只能先幫助比較嚴重的傷者——例如伊納修斯家主。希望你能諒解。」

他昨天有看見塞西爾動用魔法救助伊納修斯。塞西爾心想，這麼快就開始打這副魔法之身的主意了。

少年面露惶恐地看向潔兒。女人臉色不善，卻也沒有出聲說什麼。他又轉回目光看向約瑟夫，後者只是皮笑肉不笑地彎起嘴角。

躊躇好幾秒後，塞西爾才遲疑地點點頭。約瑟夫表情不變，溫和地說：「那我在外恭候。」接著便走出了病房。

直到聽見病房門關上的聲音，塞西爾才緊張地開口問道：「姊姊，這是怎麼回事？他不是壞人嗎？」

「沒那麼簡單。」潔兒猶豫一會，似乎是在想該怎麼跟少年解釋比較好。

「他……還算可以信任，有伊恩掛保證。」

言下之意就是他們沒得選。即使潔兒戰後在首都沒什麼地位，但她終究還是亞當當年的心腹之一。趁著伊納修斯生死未卜，隨便一個傭兵也能這樣踩到她頭上，看來長生者之間的內鬥似乎已經逐漸浮上檯面。

「這些事情你不用想太多。」潔兒開口打斷他的思緒。「好好休息，沒有大礙的話很快就可以出院，到時候我們會先送你去郊外，之後再作打算。」

「不能回家嗎？」

「你家位於鋼爆受災區，沒辦法住人了。」潔兒說。

眼見她說完就準備離開，塞西爾趕緊又問：「那哥哥呢？」

「他很好……」潔兒耐心地又回答一次，卻被少年焦躁地打斷。

「他有問起我嗎？」

「迦勒現在很忙。等有空一定會立刻連絡你的。」

「可是昨天在基地他……」少年著急道，看著潔兒的表情越說越小聲。

少年垂頭喪氣地沉默下來，潔兒也沒有立刻安慰他。她在病床邊安靜地站了好幾秒，最後才輕輕說：「我會跟他說的。這幾天你就先忍耐一下，好嗎？小西。」

少年沒有回話。

對潔兒打悲情牌通常沒有太大用處。她一向很少表露情緒，即使真的對什麼事情有所防備，在真正行動之前幾乎都看不出來。如果想打消她的疑心，天真單純的少年能做的也就只有打開天窗說亮話——雖然塞西爾總覺得，那聲「小西」好像藏著一些她不打算讓少年聽出來的意思。

塞西爾低著頭，擺出一副委屈難受的模樣，哽咽地問：「姊姊。妳為什麼要問我當時有沒有看到哥哥？」

潔兒果然遲疑了。

在她回話前少年就有了答案，咬緊嘴唇強忍情緒，語氣顫抖地自問自答：「是不是哥哥他，看到我……看到亞當了？」

潔兒沒有立刻回答。她思考一會，等到少年開始用力吸鼻子，低聲嗚咽時才遞給他衛生紙，靠在病床邊坐下來。「小西。」她想了想，語調平靜而理性地說：「你不能一直拿自己跟亞當比較。」

「可……！」少年剛想反駁就被潔兒制止。

「你先聽我說。」潔兒又抽了幾張衛生紙給他，「回想一下。在你知道自己的身分以前，曾經感覺過迦勒好像把你當成其他人嗎？」

塞西爾接過衛生紙，抓在手裡揉成一大坨後壓在紅腫的眼睛下，抽抽噎噎地點頭。潔兒繼續問：「他做了什麼？」

「不知道該怎麼講。」塞西爾一邊哭一邊說：「可是他有時候會突然變得很奇怪……好像覺得我應該要是其他反應，莫名其妙就不開心。那時候他不准我進稽魔部，說法也很微妙……好像不只是單純擔心我……」

少年哭得泣不成聲。潔兒等到他稍微冷靜一點，才接著說：「那你覺得他為什麼後來會讓步？」

「……因為姊姊妳去勸他？」塞西爾問。

「我沒有勸他。」潔兒平靜道：「老實說我也不贊同你進稽魔部，實在太危險了。我只是告訴他，你會想進稽魔部十有八九只是因為他給了你一個想要效仿的榜樣，即使要像亞當，最後也只會是像到他自己。」

空調的頻率忽然變了，明目張膽地嗡嗡作響。

「小西。你是你，亞當是亞當。你在知道自己的身世之前從來沒有搞混過，就算後來多了一個名字也不會改變。在這方面迦勒確實不及格，但他年紀那麼大了，有些事情已經將錯就錯一輩子。我不是要你體諒他……」她沉默良久，緩緩說道：「但你還小，比他更有機會擺脫那段過去。」

塞西爾咬緊嘴唇沒有說話。少年的眼淚撲簌簌地掉，低頭用衛生紙遮住，不一會就被徹底淚溼。說出這種話的潔兒，是什麼時候開始懷疑他的呢？

是當她在黑魔法防範中心，親眼目睹少年屠殺數十隻黑巫師的時候嗎？還是在迦勒跟她描述那場回憶的夢境時呢？會不會當年她千里迢迢回到首都，匆匆忙忙闖進伊納修斯家，第一眼看見坐在地上玩玩具的小塞西爾時，也許也跟迦勒一樣，十二年來從頭到尾都沒有真正相信過塞西爾真的什麼都不記得了呢？

潔兒花了一陣子安撫他，直到少年終於冷靜下來，才像當年那樣俯身在他額頭上印下一吻。「很快就會結束的。」她說：「現在沒有魔法師覬覦你了。」

塞西爾吸了吸鼻子點點頭。潔兒離開後，柏妮絲過一陣子才小心翼翼地探頭進來，偷偷觀察已經停止哭泣卻仍然雙眼通紅的塞西爾。他朝女孩丟了個毫無情緒的眼神，柏妮絲立刻乖乖地走進病房，本來似乎想狡辯什麼卻欲言又止，最後只是安靜地坐到少年床邊。

塞西爾面無表情地看著她，「妳幹嘛不早講大人要來調查？嚇我一跳。」

「我忘記了。」女孩厚臉皮地說，偷瞥了少年一眼才又補充道：「抱歉。」

❖

他在醫院待了整整七天，迦勒一點消息也沒有。

塞西爾就像個老人家一樣，每天的閒暇娛樂不是和柏妮絲拌嘴，就是盯著電視。甚至當女孩看他睡著，順手按掉遙控器後少年還會驚醒過來，迷迷糊糊地咕噥著自己還在看。他的手機早就不知道掉在哪裡，柏妮絲依舊恪守著監視職責，不讓塞西爾接觸太多外界消息。塞西爾也懶得再跟她爭辯，每天盯著不斷重複撥放的搖晃畫面，拚命追隨迦勒的身影。

偏偏他又不是什麼容易採訪的身分，偶爾才能看見從畫面邊緣晃過去。上回還顯得矮小可愛的小男孩，已經抽高到能上小學的年紀，再下一次就從潔兒的腰長到她的胸口，伸直細長的手臂生氣地擋住鏡頭，以稚嫩的嗓音說著：「不要再靠近了。」總讓塞西爾覺得，他彷彿是穿過螢幕在對少年說話。

伊納修斯依舊命在旦夕，在塞西爾住院的第四天柏妮絲就離開，改去陪病伊納修斯。雖然塞西爾覺得她應該幫不上多少忙，但柏妮絲似乎已經下定決心，即使伊納修斯真的撐不下去也要見他最後一面。於是在醫院的最後三天，少年都是一個人度過。塞西爾每天的例行任務，就是愣愣地盯著災害新聞的搖晃鏡頭，直到眼睛痠痛得再也睜不開，在播報聲中睡著，醒來依舊是一樣遍地狼藉的畫面，沒有任何人來探病。

迦勒記得。他一定記得。

硬要說的話，少年也可以辯解只是試著用以前亞當呼喚的方式試圖叫醒他。可是那有什麼意義呢？

預定出院那天，伊納修斯分家的雅各來接他。許久不見的金髮青年有著一雙和迦勒相似的琥珀色眼睛，在陽光下同樣會渲染成金黃色，看得塞西爾一愣。

雅各似乎沒意識到少年反常的眼神，看見他布滿血絲的雙眼後不贊同地皺起眉頭，「你的眼睛是怎樣？醫生有給你眼藥水嗎？」

塞西爾垂下雙眼，隨便翻了翻藥袋就點點頭。雅各從他手上接過藥袋，只看一眼便放了一罐眼藥水進去。青年瞪著塞西爾似乎還想說些什麼，但看少年一臉無神的模樣，最後只是默默地交給他一支只有連絡功能的按鍵手機，打開車門示意他上車。

車子緩緩駛離醫院。塞西爾掀開手機蓋，按下那個早已熟記於心的號碼，看著蒼白的螢幕停頓兩秒，只傳了一則訊息出去，接著就關掉手機，靠在窗戶上盯著車窗外不斷流逝的景色。

漫長的車程中沒有人說話。沉默的空氣中溢滿了雅各的坐立難安，既然健談的青年從上車後都沒有主動開口，塞西爾也就繼續安安靜靜地發他的呆。直到他們終於跨過城市邊界駛上高速公路，雅各突然喊一句：「嘿，小短腿。」

塞西爾漠然地轉動了眼球。

「還真的有反應啊。」雅各有點哭笑不得。見少年依舊不回應，他繼續說：「幹嘛這麼安靜？心情不好？」

「我覺得很累。」塞西爾隨口應付。

「為什麼，在醫院躺太久了？」但雅各沒打算就這麼放過他，「雖然最近風波很多，很快就會過去的。大人們在討論等賑災告一段落就讓你和迦勒先生出國，不過具體還是要看情況。怎麼樣，你想不想移民？」

少年眼神完全沒有聚焦地盯著車窗上的汙點，「聽起來還不錯啊。」

「那有沒有想去哪裡？你本來就有想出國讀書對吧？」雅各努力不懈地繼續追問。少年順著他的話回應幾句，但過沒多久車內又再度沉默了下來。雅各不斷地投來試探的眼神，塞西爾趁他還沒想到新話題前閉上眼睛，然而青年又接著開口道：「你知道迦勒先生現在變成小孩嗎？」

「知道。」塞西爾想也不用想，就知道他真正想問的是什麼。

隨便聊了幾句無關緊要的話之後，金髮青年便輕抿嘴唇，試著用最得體的方式謹慎地問道：「小西。我聽說，你和迦勒先生……是情人，這是真的嗎？」

若是以前，亞當大可直接冷言冷語打發他，或是只露出意味深長的微笑讓他自己去慢慢猜測。但現在迦勒和塞西爾的關係早已開誠布公，雅各又是伊納修斯家族中掌控媒體的那一支，少年只能按捺住厭煩，乖巧回應道：「對。」又補充一句：「是我告白的，不是他誘拐我。」

雅各似乎被他的補敘逗笑了，「我還想問是不是你們其中一個對對方下咒呢。」

塞西爾正要回應，卻忽然想起很久、很久以前父親說過的話。

「我是個寬容大方的好父親，你一切願望我都能滿足。就連你那不聽話的手足，我也可以讓他打從心底敬愛你……」

他錯愕地發現，自己居然直到今天都還清楚記得，當父親用迦勒的樣貌說出那種話，獨眼男人臉上那時的表情。

見少年彷彿被打斷似地突然沉默下來，不明所以的雅各機靈地立刻轉移話題，「所以你喜歡年紀大的？」

「不是。」塞西爾呆望著窗外的車流，「我只是喜歡他。」

引擎聲再賣力都擋不住突如其來的奇怪尷尬。塞西爾裝作沒發現雅各正拚命思考著該怎麼接話，緊緊握著掌中毫無動靜的手機，少年從車窗的倒影上看見自己面無表情。「我聽說……迦勒先生這幾天都沒有連絡，好像讓你很沮喪。」雅各試探道，還欲蓋彌彰地故意不提柏妮絲的名字。「你們是怎麼在一起的啊？如果你不想說也沒有關係。」嘴上這麼說，雅各的語氣卻顯得好奇極了。

要是真的在這裡叫雅各閉嘴，迦勒與他最後會被傳成什麼樣？

塞西爾盯著一閃而過的路標心想著。淒美的禁忌之戀？還是戀童癖與雛妓？迦勒有過豔聞的對象大都已經死了數百年，但他與亞當之間的奇怪傳聞從來都沒有真正消失。要是有人因此循線推敲出他們曾經的關係，甚至是塞西爾的真實身分呢？

「去年我生日。」少年靠在車窗上，疲憊地望著遠方地平線，「有人送酒，哥哥就說要教我喝。結果我太快就醉了……」

雅各沉默了數秒，「你們該不會……」

「沒有。」塞西爾否認道。果然他們已經上過床的事情也跟著一起傳了出去。「我親了他，但他把我推開，後來還把我趕出家門。就是去年伊恩哥哥讓我們出國玩那一次。」

雅各露出恍然大悟的神色。去年塞西爾十六歲生日時，分明日期都過了，伊納修斯才忽然說要好好幫他慶祝一下，藉著這個名義把幾個晚輩通通一起送出國一個星期。壽星本人卻在整趟旅途中都顯得有些心神不寧，問也問不出原因。

「所以先生早就知道了？」雅各問。

少年搖了搖頭，「我想哥哥應該沒有告訴他……可能只說我們吵架之類的。」

「那後來呢？」雅各繼續追問道。「他推開你，卻又接受你的告白？」

「不是馬上。」少年有些心虛地補充：「反正就是拖了很久。」

又是一陣引人遐想的沉默。

「小西。」雅各再度開口時已經藏好語氣中的質疑，謹慎地挑選著用詞，盡量委婉道：「我不認為迦勒先生會傷害你，但……你真的覺得你們適合嗎？」

塞西爾沒有回話。他盯著車窗上自己的倒影，心裡揣摩著現在是該乖乖閉上嘴巴給他念一頓，還是無理取鬧地發脾氣才更像誤入歧途的天真少年呢？

雅各不是那種會亂說話的人。塞西爾和迦勒交往的事情才剛公開，不知道還要多久才能從人們茶餘飯後的餐桌上退場，只要雅各說錯一個字，迦勒或許就會失去在首都的立足之地。他們的關係有可能被政敵拿來當成對付迦勒的工具，若是流傳到大眾耳裡，正懷疑他恢復記憶的迦勒會不會就此借題發揮，說要暫時避避風頭而提分手，順便把他送到遙遠的國外？

「你們真的能像情人一樣相處嗎？」少年越是沉默，雅各就越肆無忌憚。「還是就跟之前一樣，是他在照顧你？而且……」金髮青年猶豫一下，還是說出口：「你和迦勒先生都是男性啊，你不覺得很奇怪嗎？」

少年還是沒忍住笑出了聲。他忽略錯愕的雅各，歪頭靠在車窗上，引擎運轉的輕微震動讓視線跟著模糊起來，看不見高速公路的盡頭。「奇怪啊。」塞西爾回答：「一直都超奇怪的。」

❖

潔兒安排的藏身處有點偏遠，總共開了快九個小時的車才到。終於抵達時雅各看起來幾乎都快累垮了，勉強撐著眼皮收拾行李、確認保全與回報消息，塞西爾才勸一句，他隨口叮嚀少年早點睡後便匆匆先上樓休息了。

塞西爾沒有按照雅各所說的回房睡覺。他一個人坐在沒開燈的客廳，只靠微弱的月光盯著時鐘指針漸漸滑落。

在永夜的那九年，塞西爾偶爾也會像這樣呆坐在位子上盯著時鐘，看著時針落下又揚起，直指向璀璨的東方，窗外卻仍漆黑一片。在那段黑暗時代中悄悄凋零的生命不勝其數，因為缺少陽光究竟導致多少人死亡，直到今天也沒有確切的數字。而如今十二年過去，又死人了。

這種既討厭又詭異的熟悉感。塞西爾仰頭靠著沙發背，茫然地盯著天花板上的老舊花紋。也許這一切到頭來其實都是夢，是場長達十二年的幻象。曾經有人從魔女的幻象中醒來，緊緊抓著亞當的衣角崩潰哭訴已在裡面受困數百年之久，再也沒辦法忍受那種永無止境的孤寂。

那塞西爾自己又做了多久的夢呢？

也許他當時其實沒有逃出陷落的儕北山都，或者從埃格安一戰起就一直被困在幻境中，畢竟改變天體運行這種事，單憑魔女的力量應該無法隻手遮天才對。又或者從很久很久以前塞西爾就一直被鎖在幻象裡，這十二年的回溯、決戰的勝利、千年來難以計數的死裡逃生，與遇見的每個人，或許都是幻影。可能就連他從只剩一顆頭、半條氣管與食道復生，全部都是魔女為他編織的美夢。

如果真是那樣的話，迦勒一定也是假的吧。

他什麼時候才能夠回到殘酷的現實？

塞西爾伸手摀住臉，忽然覺得這種細嫩光滑、沒有一絲傷痕的手感好陌生。父親從來沒有說他對迦勒下咒，除了一開始那句提議外再也沒有提過第二次，但在塞西爾復生回到反抗軍後，迦勒對他的態度確實變了。

他當年眼睜睜看著塞西爾身首分離，整整四十年夜夜做著相同的惡夢。終於看見一如當初年輕力壯的塞西爾活生生地再度出現在面前，是一定會變的吧。

可是他真的變了好多，以前那麼瘦，瘦得好像抱一下就會斷掉，現在卻彷彿能隨手掐斷塞西爾的脖子。曾經的迦勒不只脾氣彆扭還很暴躁，得知塞西爾下定決心要起身叛變就和他大吵一架，甚至直到塞西爾真的扛起魔女之劍，踏入那條畫滿史詩彩繪的長廊，無論怎麼回頭，迦勒都不願意看他一眼。

那樣的迦勒卻在發現塞西爾死而復生後淚流不止，抱著被他打到頭破血流的青年不斷哭泣，一下怪罪他不告而別，一下又自責得彷彿要以死謝罪。當他被賜予不老之身，頂著那張再度年輕英俊的臉，以太陽般燦爛的眼睛望著塞西爾，或許塞西爾那時候早就該看出他的迦勒根本不會有那種表情……

塞西爾不自覺地用力拉扯著臉，這才發現自己整張臉不知何時已經溼透了。

父親真的對迦勒下咒了嗎？這就是為什麼千年來即使塞西爾強姦他、囚禁他，甚至活活拔斷他的四肢，迦勒也未曾真的下定決心逃跑嗎？他能在短短十二年內就克服心魔，對小塞西爾百般愛護珍惜，甚至再次和他親吻擁抱，難道全部都只是因為某個愚蠢又荒唐的咒語嗎？

那現在呢？塞西爾淚眼模糊地瞪著天花板。父親死了，魔法也死了，再也沒有能夠強迫人相愛的奇蹟。現在該怎麼辦？

少年閉上眼深吸一口氣，粗魯地抹掉眼淚。自己在這哭有什麼用，要哭就要哭給會心疼的人看，但那個人現在連簡訊都不願意讀。不論迦勒是否確信塞西爾恢復了記憶，一定也還很混亂才會什麼反應都沒有。也許塞西爾能先下手為強——迦勒現在是小孩子，連開槍的力氣都沒有，搞不好連身體孱弱的少年都能制伏他，帶著他遠走高飛。

反正最多再過兩年首都就會風雲變色，越早離開越好。這幾天看新聞時，他發現迦勒的成長速度似乎在漸漸變慢。也許遠離奧伯拉鋼可以拖慢成長速度，沒有受鋼爆波及的北方會是不錯的選擇。但首都作為受災區中心，要往哪逃都得花上好幾個月，迦勒必須再長得慢一點……

但又有什麼用？塞西爾痛苦地想。現在這副破爛身體也許哪天一覺醒來就變成奧伯拉鋼，即使平安度過災害，他的魔法沒辦法自我療癒，隨便染個病都可能一命嗚呼。即使下手綁架小迦勒，也不一定控制得住他，更別提根本無法確定小迦勒什麼時候會長大。現在塞西爾什麼都沒有，要怎麼做才能讓迦勒留在身邊？

沒有人回答。

少年用力地深呼吸，顫抖著鬆開手，這才遲來地感覺到臉上泛起一陣熱辣辣的痛楚。他整個人癱在沙發上，瞪著黑暗的天花板不知有多久，太陽依然沒有升起。

chapter 18

塞西爾站在頂樓，茫然地望著下方。

深夜的風很涼，在黑夜中嗚呼哀鳴，讓只穿著一件長袖的少年忍不住輕輕發抖，想回去拿外套又太遲了。他趴在圍牆上往下眺望，卻覺得微弱月光讓地面顯得更遙不可及，從這裡掉下去一定會粉身碎骨。

少年小心翼翼爬上圍牆。磚瓦的寬度比他的腳掌還要短，腳尖完全懸掛在空中。

他算了一下，屋子周圍總共有十二個警衛、一隻幻種，戶外監視器大部分集中在花園，塞西爾所處的這一面是監視最薄弱的地方。屋子周圍被樹林環繞，剛好就在這個方向有棵未修剪的樹，往建築的方向伸長了枝椏。這個距離可以跳過去，比較需要擔心的是樹枝會斷，要是掉下去的話被發現是小事，摔傷甚至摔死比較難辦，但少年體重很輕，也許可以賭一把。

真的要這樣做嗎？塞西爾蹲下身，盯著搖晃的樹枝。只是想散個步，值得冒這麼大風險嗎？

他還沒得出結論就縱身一躍，緊緊抓住樹枝。他剛好抓住分枝最粗的根部，立刻抬起雙腳圈住主幹，把自己藏在樹影之中。枝葉搖晃了一下，塞西爾看見下方的保鑣抬頭看了一眼，交談一會後便不以為意地離開。

負責護衛的保鑣居然這麼隨便。本來還在想該怎麼神不知鬼不覺地溜回屋子，這下只要直接從大門走進去就好，剛好可以讓雅各處理一下這些失職的傢伙。

塞西爾搖了搖頭，把多餘的思緒都甩到腦後，多橫越幾棵樹直到遠離保鑣的視線後才下到地面。晦暗月色無法穿透樹叢，塞西爾在原地站了一陣子，直到雙眼適應黑暗後才看清楚眼前是一條鋪滿落葉的光禿小徑，直直往前沒有轉彎。

沒有要逃走，只是散散心而已。

少年又回頭望向隱蔽在樹林之後的建築，每扇窗戶都漆黑一片，還沒有人發現他不見了。雅各給的手機一定有定位器，所以他把手機留在屋內，身上只帶著少少現金，反正他很快就回來，只是現在需要一點私人空間釐清思緒。在天亮之前就回來，肯定不會有人發現他外出了幾個小時……

塞西爾忽然發現，這樣真的很像不成熟的十七歲啊。

乾枯落葉在腳下碎裂的聲音總讓他想起一些令人焦躁的過往，少年專注在步伐上，左閃右躲著，鞋底沾滿塵土便踏在樹根上好好刮一刮。今晚似乎沒什麼風，如果屏住呼吸，樹林裡就一點聲音也沒有。

他走了好一會，看見路邊有很大一堆落葉，大得足以藏一個人。少年不疾不徐地慢慢靠近，忽然毫無預警地跳上去，落葉堆就像破掉的水球一樣隨之散開、沙沙作響，塞西爾還用力踩了幾步把落葉堆徹底踏平，摀著臉揉掉臉上莫名其妙的笑意後繼續邁開步伐。

四周全是樹，連一顆足以識別的石頭也沒有。他從頭到尾都只是直線往前，不怕到時候找不到回去的路——要是真的找不到就算了。少年放任自己迷失在樹林中，想像正走在時間隧道裡，也許當走到這片樹林盡頭，就會發現終點是當年試圖鑽過去，王宮牆角下那個通往宮外的小洞，而小迦勒正蹲在洞口外，緊張地歪著頭等他。

或者他會發現居然躺在床上，抱著仙人掌抱枕醒來，只是做了一場非常漫長又荒唐的惡夢。哥哥的聲音從門外傳來，催促他再不起床上學就要遲到了，問他今天要穿什麼衣服，可以先幫他拿出來燙一燙……

不太確定走了多久，直到隱隱約約聽見海浪聲時，塞西爾才想起雅各有告訴他附近有座廢棄的碼頭。塞西爾又往前走一小段，終於看見漆黑的時光隧道迎來終點，面前橫擋著一條非常寬敞的柏油路。越過道路另一側，細碎月光與漫天繁星灑在平靜海面上，浪潮一陣陣沖刷過少年的眼睛，是片一望無際的大海。

沒看見什麼牆角的洞口，也沒有在附近幼兒園的吵鬧聲中從床上醒來。

他再也不是十七歲了。

塞西爾有些不知所措地在原地呆站一會，看見柏油路盡頭有一間亮著燈的加油站，忽然很想抽菸。雖然他已經戒菸三百多年，但偶爾還是會抽一下。走去的這段距離感覺比在樹林裡遊蕩時還要遙遠，加油站裡的便利商店有隻貓趴在門口地毯上，一發現有人走來立刻起身喵喵叫，貼著他的褲管磨蹭。

塞西爾視若無睹地走進商店，貓還是跟著進來了。牆上時鐘顯示現在已經凌晨兩點，店員正蹲在櫃檯下面玩手機，連有人走進來都沒發現，甚至被少年冷淡的嗓音嚇了一跳。「我要一包二九。」

店員慌慌張張地站起來，對照編號拿出他要的菸品，報了價錢後才發現塞西爾長得一臉稚嫩。「噢噢噢。」他趕緊按住菸品，「證件？」

塞西爾只是冷冷地望著他。店員顯然也不是第一天遇到這種客人，「抱歉，我們不賣給未成——」

少年多丟出一張鈔票打斷他的話。店員愣了一下，繼續說：「沒用，不賣就是不賣……」

再一張。店員看上去有些動搖，語氣卻變得更不耐煩，「我說！」

「啪、啪、啪。」

塞西爾直接把口袋裡僅剩的三張鈔票全部拍到櫃檯上，雙手插在口袋裡直視著瞠目結舌的店員。「你在這種鄉下地方一晚能賺多少錢？」他平靜地問。

兩人就這樣大眼瞪小眼過了整整數秒。店員終於一言不發地鬆開手，抽走櫃檯上的紙鈔，默默刷了菸品的條碼。

腳邊的貓此刻又忽然哀號起來，拚命地蹭著少年的褲腳，甚至站起來扒著他的褲管不停喵喵叫。塞西爾低頭看向那隻貓，恰巧瞥見櫃檯下方商品架上有貓罐頭，就隨手抓了一個扔到櫃檯上。

店員刷了條碼，伸出手等他付錢。

塞西爾忽略他，直接拿起罐頭，「我沒錢了，就算在剛給你的那些裡面吧。」

他趁傻眼的店員反應過來前離開，幸好對方也沒打算真的追出來理論。保險起見他還是走一段路才在距離加油站稍遠的海堤旁坐下，拉開罐頭倒在旁邊，流浪貓立刻急躁地埋頭狂吃。少年隨手把空鐵罐扔進海裡，打開菸盒後才想到忘了買打火機。

塞西爾盯著手上的菸，默默塞回盒子收進口袋，靜靜地看著一旁的流浪貓狼吞虎嚥。海風一直把頭髮吹進眼睛裡，塞西爾乾脆把瀏海全部往上翻，折起左腳，手肘靠在膝蓋上側頭盯著流浪貓進食，放任自己慢慢思考。

這一週來新聞報導的調查方向，與上次他告訴潔兒與約瑟夫的情報大致相應，代表他們暫時採信了他的說法。等他們發現塞西爾其實從頭到尾都在扯謊最快也要半年，到時候他差不多就滿十八歲，如果真的發生什麼身不由己的情況，可以不必依賴迦勒。

但可能也等不到那時候。這場鋼爆過後，顯然可以預見奧伯拉鋼的價格即將暴跌，也許甚至會引起一波劇烈的金融動盪。目前奧伯拉鋼的主要供應地在北方，而北方領導人依舊是數百年前就與出身的伊納修斯家決裂的路多維克。

極北地帶有著與魔法絕緣的特殊磁場，從前一直是落後的代名詞，直到魔女之死後反而因為許多毋需依賴魔法的發明，而變成所謂的先進地區。加上路多維克的管轄地帶剛好涵蓋世上六分之一的奧伯拉鋼，從前被唾棄為蠻荒之地的北方這幾年可說是意氣風發。照塞西爾對路多維克的認識，他肯定不會甘心眼睜睜看著自己失去這麼大一個籌碼。

或者他早就出手了。塞西爾想起當時在家中被父親襲擊，伊納修斯看見父親的幻象後曾經脫口而出路多維克的小名──**「難怪路克死都不肯給我看個一眼」**。

當然有可能他所說的路克並不是指路多維克，這是個很常見的名字。塞西爾想起在滿十七歲前一個月，伊納修斯因為出差錯過他的生日。他當時並沒有告訴少年要去哪，但回來後長年被外派到北方的西格齊也跟著回到首都。而伊納修斯聽見少年說手上戒指是奧伯拉鋼時露出相當奇怪的神情，西格齊對於戒指的材質也頗有微詞……

喵叫聲打斷他的思緒。塞西爾彷彿大夢初醒般回過神來，發現流浪貓已經把倒在地上罐頭全部吃光，又朝著他喵喵叫起來。貓咪在他腳邊用力地來回蹭，貌似是身上長了什麼東西在抓癢。「我沒錢了。」他對貓咪說。

貓當然聽不懂，一個勁地拚命喵喵叫。

少年靜靜地盯著貓咪在腿邊轉來轉去，賣命地撒嬌。他沒有多想，伸手試探地觸碰貓咪耳朵之間，只摸到披著毛皮的頭骨。他輕輕搔了一下只換來幾聲飢餓的催促，塞西爾又說了一次「我真的沒錢了」，順著毛茸茸的手感繞到貓咪脖子下方輕搓，忽然一陣刺痛，抬起手看見手腕上多出一道深深的血痕，正湧出一顆又一顆的血珠。

貓咪蹲坐在貓食的殘骸旁，警戒地看著他。

塞西爾隨手一揮把流浪貓扔進海裡，對貓咪的慘叫聲置若罔聞。

他盯著漫天繁星，口中咬著沒有點燃的菸粗重地吸吐，直到貓的掙扎聲漸漸消失。如果今晚逃家被知道了，迦勒會怎麼做呢？會罵他嗎？或是至少打來念他一頓吧。那傢伙這麼明目張膽地迴避他一整個星期，就表示還無法完全確定塞西爾真的恢復記憶，仍把他當作自己撫養長大的小孩看待，所以才敢這麼隨便地棄他不顧。

還有救，但得先想辦法接觸迦勒，只要讓他聽聽少年的聲音，看看小西這張臉，他就會心軟。畢竟即使塞西爾真的想起過往，也不代表他就是以前那個人……

塞西爾吐掉口中已經被咬到爛的菸，忽略漸漸逼近的吵鬧聲，又抽出一根含在口中。

「哇，抽菸耶！好壞喔？」背後傳來刺耳又粗俗的叫囂，一隻手直接伸過來用力抽走塞西爾口中的香菸，愣了一下放聲大笑：「沒有點火！沒有點火抽什麼菸？小朋友想學人家耍壞喔！」

要是所有人都像這群醉酒的白痴一樣，把他當小朋友看就好了。塞西爾伸手在面前揮了揮想趕走刺鼻的酒味，被人抓住衣服後領扯了起來，一個身型壯碩、醉到滿臉燒紅的男生緊緊貼到他面前，靠得簡直比他與迦勒做愛時還要近。「很臭喔？很臭是不是？」對方彷彿第一次學會說話的啞巴般，迫不及待地大吼著，把酒氣直接吐進少年口中。一旁的人圍住他們不斷起鬨。

「他的上衣是名牌吧？」

「鞋子也是！」

醉酒的男生一聽，立刻揪住塞西爾衣領，「欸，你看我只穿一件短袖耶。今天這麼冷，借哥哥穿……」

他彆腳的威脅忽然被少年的訕笑聲打斷。

「哥哥」。不知道為什麼這個詞此刻聽起來這麼可笑，那張醉得不省人事的臉傻傻地瞪著塞西爾的模樣更滑稽了，讓塞西爾一笑就停不下來。他感覺這樣有些失禮，試著摀住嘴巴卻還是笑個不停，直到對方惱羞成怒，狠狠往少年臉上搧一巴掌，塞西爾一瞬間被打得眼冒金星，笑聲卻越發猖狂。

「你這狗娘養的！」對方破口大罵，抬起腳狠狠踹上塞西爾的肚子，想把他踹進海裡。塞西爾抓住他的腳踝輕輕一晃，不費吹灰之力就順勢把人甩進海中。

其他小混混叫喊幾聲後蜂擁而上，塞西爾笑到停不下來，只能邊笑邊躲，隨隨便便就把好幾個人推下海面，甚至什麼都沒做就有人自己掉下去。

少年站在海堤上，看著海面一群溺水的人放聲大笑。剛才那個醉酒的男生甚至氣到張開嘴巴大口吞水，塞西爾感覺真的快被眼前愚蠢的景色逼瘋，笑到肚子快要抽筋，蹲下身來緩解抽痛的肚子。他低著頭沒有繼續看這群人在幹嘛，直到感覺到腳背上一陣痛楚才發現右腳背上插著一把小刀，弄髒了這雙乾淨昂貴的運動鞋。

攻擊他的人看起來年紀比塞西爾還要小。對方伸手想把少年拽下水，動作卻實在太慢了。塞西爾拔出小刀，溢出的血自動自發從腳背長成一條尖刺，他站起身，像在踢球般狠狠踹向半爬上岸的男孩左胸。只聽見浪花的聲音，對方徹底癱軟下來，死死卡在塞西爾腳上甩不掉。

看來魔法含量還是滿多的，塞西爾心想。

海中的人放聲尖叫起來。塞西爾怕引來更多目擊者，將腳上的男孩踢向叫最大聲的女生，屍體就像一張輕盈的漁網般飛過海面，徹底將她壓進水裡。他把小刀投擲進另一個不好好閉上嘴的人口中，拔斷腳上的血刺插進另一個人眼裡。

只剩下一開始那個喝醉的男生。他正拚命地想游走，但波浪讓他幾乎在原地踏步，不斷想游離海堤邊又一再被沖回來。塞西爾悠哉愜意地跟在旁邊散步，看著他碰到同伴的屍體嚇得發抖，又吞了好幾口水。

小混混恐懼地抬頭看向他。塞西爾掏出菸，「你有打火機嗎？」他問。

小混混花了好幾秒思考塞西爾是真的在問，還是只是想戲弄他。塞西爾等得有點不耐煩，在小混混張口準備回答時搶先道：「啊。我的錯，忘記你溺水。有打火機大概也不能用了。」

他撿起石頭往男生的腦袋狠狠砸去，終於最後一個人也沉進水裡。

再度安寧下來的夜晚讓塞西爾終於能漸漸收斂笑意。他左顧右盼，果然看到不遠處有一臺監視器，彎腰又撿了顆石頭想砸過去，仔細一看才發現監視器沒有開機。不知為何少年突然感覺有些掃興，隨手把石頭丟進海中，「撲通」一聲，今夜復歸寂靜。

只剩下塞西爾獨自一人站在海堤邊。他有些茫然地仰頭呆望星空，深吸一口氣，全是鹹澀的海水味，好久沒有笑這麼開心。少年雙手插進口袋裡摸到菸盒，撈出來一看才發現居然在剛剛一陣混亂中不小心壓扁了。

還是算了吧！塞西爾心想。那些小混混也沒說錯，小朋友連打火機都忘記買，學人家抽什麼菸呢？到時候回家被雅各聞到菸味也很難解釋。

他把菸盒扔進海裡，踏著輕快的腳步離開。

塞西爾沿著海堤走了很長一段路，聽著海潮聲，慢慢清空多餘的情緒，直到天邊開始漸漸蒙灰，甚至比全黑時讓人更睏倦。差不多該回家了，但他不知道現在在哪，打算邊走邊看有沒有商店可以借他打電話，反而先抵達海堤的盡頭。

或許是因為附近是廢棄的碼頭，眼前一片柔軟沙灘上也堆滿了垃圾，還有幾隻擱淺的魚屍。塞西爾遠遠看見有隻翻肚的河豚在潮汐中前後翻滾隨波逐流，好像不知道死去的自己接下來該去哪裡。他脫掉鞋襪，整整齊齊地放在海堤上，赤著腳走上沙灘。

天要亮了。

死魚翻肚的顏色就跟從東邊漫來的曦光一樣蒼白又溫柔。海水席捲過少年的裸足，舔舐腳背傷口時的劇烈痛楚讓塞西爾忍不住蜷縮腳趾，又捨不得退回岸上。他拉起褲腳，往前走幾步，半截小腿都淹在海裡。浪花攀上膝蓋，把少年的褲子徹底打溼，塞西爾卻發現心臟猛烈地跳動起來，撞得胸口發疼，張大嘴巴也無法呼吸。

他可以**感受**到。可以切身地感覺到。曾聽父親提過世界上的魔法運行時，會有種無法單純用語言描述的感覺，是一種很奇妙的溫度、氣味、聲音，又或者說頻率。塞西爾當時根本聽不懂也沒有興趣，只是隨便敷衍便帶過話題，但現在他可以感覺到了。就連組成少年身體的魔法，也正像棉花糖一樣泡在水中逐漸消融，塞西爾清清楚楚地感覺到世界變了、生命組成的方式變了，他整個人也都變了。

這樣是好的嗎？塞西爾茫然地想。

他曾經篤信人類沒有魔法會更好。話說回來「好」到底是什麼意思，他好像從來沒有真正細想過。雖然會挨餓受凍，但至少沒有戰亂的承平時代不好嗎？如果當年殺的不是魔女而是父親，那個女人會乖乖離開奧特蘭王宮嗎？如果真是那樣的話塞西爾又該怎麼辦呢？

少年沒發現自己不知不覺已經半個人踏入海中，海水淹過腰際，波浪拍在心口上碎成美麗的浪花，他感覺腳踩在細沙中似乎在漸漸下陷，彷彿有人正抓著他往下拉扯。也許是剛才那幾個小混混，或是那隻貓。或是一直以來殺的幾千幾萬人。

他一直都是秉持著這些信念過來，全世界也都對他的努力給予相應的回報。真的是他從頭到尾都做錯了嗎？如果不是亞當殺了魔女，大家現在會是什麼模樣？

什麼都還沒想明白，忽然被某個東西砸中後腦杓。壞掉的鞋子撲通一聲掉進海裡，他這才回過神來發現已經走到海岸深處，自己只剩一顆頭在海面上，四面八方的水壓推擠著孱弱的身體，難怪一直覺得心臟很痛。

「嘿！嘿！回來！」

少年愣愣地回過頭，看見一個矮胖的婦人站在沙灘上。她手上還拿著一個空寶特瓶，語氣驚恐地大喊道：「你在幹嘛？快回來！」

塞西爾聽話地回頭。婦人急急忙忙踏進水中，拽著他的上衣強硬地把少年拖上岸。

「一大清早會被嚇死！才幾歲幹什麼要想不開？跟阿姨說說出什麼事了，是家人還是女朋友，還是在學校被人欺負了？」婦人把他拉到海堤上遠離水邊，連珠炮似地丟出一大堆問題，塞西爾根本來不及回話，她又捧住他的臉不停說道：「長得乾乾淨淨的為什麼做這種事呢。唉唷，可憐的孩子……別哭別哭，這不是還活得好好的？」

婦人粗糙的指腹用力按在少年臉頰上粗魯地抹來抹去，讓他根本反應不過來究竟自己真的哭了，還是只是被海浪打溼了臉。少年正要開口跟婦人說自己沒事，忽然一道刺眼的強光扎進眼角，塞西爾難受地瞇起眼睛看向光芒的來處，這才發現天亮了。

天真的亮了。

「你住哪裡？阿姨送你回去。記不記得家裡的號碼……唉唷唉唷別哭，不想回家就等等再說吧！」

婦人一看見他猝不及防開始撲簌簌掉淚，急急忙忙說道，脫下了外套披在溼漉漉的少年身上。塞西爾手裡緊抓著婦人那件破舊褪色的衣服，熱氣不斷湧出眼眶，他看見自己雙腳都是沙子，這才突然察覺腳背上的傷口正一陣陣地抽痛，連同手腕上貓抓的傷口，過了整整一夜才終於慢半拍地感覺到痛。

塞西爾搖搖頭。他閉上眼，讓婦人用她長繭的手指粗魯地揉著眼睛，試圖為他抹去悲傷。「……我想回家。」

等少年的情緒平復一些後，婦人幫他撥通雅各的手機，在青年驅車趕來的期間還陪他坐在海堤旁等待。過了大約四十分鐘，一臺轎車疾駛而來停在兩人面前，車門一打開正是臉色鐵青的雅各。

青年看了婦人一眼，對雙眼通紅、沉默不語的塞西爾點頭示意，「上車。」

塞西爾趕緊溜上車，看著雅各掛著社交微笑，塞了些東西到婦人手裡，接著才重新坐進駕駛座，瞬間卸下剛才那副和藹可親的樣貌，把逃家少年罵得狗血淋頭。塞西爾的腦袋越垂越低，連呼吸都只能愧疚地憋住，好不容易熬過漫長的四十分鐘回到藏身處，卻看見有另一臺陌生的轎車擋在門口。

「搞什麼？」餘怒未消的雅各自言自語道。他命令塞西爾待在車上，少年乖乖照做，只能透過車窗看著雅各下車和保鑣交談。塞西爾隱隱約約看見車裡似乎坐著一個人，在看清楚對方的臉之前，車門就打開了，走出來的卻是約瑟夫。

男人往塞西爾的方向看了一眼。雖然雅各的車窗貼著隔熱紙，但塞西爾知道約瑟夫對於雅各車上坐著誰一清二楚。

約瑟夫走向正在與保鑣爭執的雅各。後者的表情看上去沒有很驚訝，卻非常地不高興，即使相隔著好幾公尺的距離，車內的塞西爾都能感覺到他們彼此之間劍拔弩張的氣氛。潔兒分明說過伊納修斯信任約瑟夫，即使伊納修斯還在昏迷當中，雅各也不可能公開和家主作對。除非約瑟夫和伊納修斯之間的合作另有隱情……

塞西爾直直盯著約瑟夫的側臉。難道他和路多維克有關係嗎？

他們吵了好幾分鐘，但雙方儀態都維持得很好，沒有人提高音量讓少年得以偷聽。塞西爾正打算搖下車窗，就看見雅各甩手結束對話，朝著塞西爾大步走來。他趕緊擺出乖巧的模樣，困惑地看著雅各打開車門。「先進去換衣服。」青年劈頭就說：「你要去醫院。」

「我沒事啊。」少年開口時還帶點鼻音。

雅各直接打斷他，「不是你，是西格齊。你要暫時去幫忙照顧他。」

塞西爾不解地皺眉，但雅各看上去也沒有要多解釋的意思。少年試探地問道：「那我還會回來嗎？」

「短時間內不會。」

塞西爾瞥向門口。約瑟夫彷彿早已準備好迎接他的視線似的，露出一個體面的微笑。

難怪他溜出屋子時的保全系統會那麼鬆散，塞西爾恍然大悟。那些保鑣根本不是潔兒安排的，甚至這個藏身地點可能也不是原本的計畫，否則怎麼可能讓約瑟夫這麼快就知道？看雅各的表情，他大概也只是受人利用的棋子⋯⋯

「那你呢？」塞西爾壓低聲音問道。

看他這麼快就進入狀況，青年緊繃的表情總算有了點變化。「等一下我會載你過去，接著就得離開去幫忙潔兒小姐。」雅各說：「你只要好好待在西格齊身邊照顧他就好，其他的自己要小心，多餘的事情一件都不准做，**尤其不准**再給我偷跑出門。」他惡狠狠地瞪了塞西爾一眼。

少年立刻乖巧地點頭。雅各審查般地張著那雙褐色眼睛直直盯著少年好幾秒，接著才無奈地嘆了口氣。「西格齊意識清醒，有什麼事可以問他。我知道你們小輩都不喜歡他，但他是自己人，跟他好好相處。」他說。

「我沒有討厭他。」塞西爾辯解道：「只有邦妮而已。」

「你們兩個臭小鬼都是一個鼻孔出氣，不用再狡辯了。」雅各毫不留情地說。

「進去洗澡，你聞起來真的很臭。」

西格齊所在的醫院距離塞西爾藏身處不遠，總共只有一個半小時的車程。他本以為約瑟夫會堅持要送他們到病房裡，但男人最後卻只停在醫院門口，連車都沒下，透過車窗也能看見約瑟夫臉上掛著那副討人厭的微笑，甚至沒看著他們走進門口便開走了。

原本還客客氣氣的雅各等他一開走馬上就變了臉。「我們走吧。」他遞給少年一張口罩讓他戴上。

塞西爾望著那臺轎車轉了彎消失在轉角，心想看來整間醫院都是約瑟夫的勢力範圍。

西格齊身分貴重，所在的病房位置還需要醫護人員帶路才能抵達。雖說以他的姓氏而言這種待遇很合理，但在這間立場微妙的醫院中幾乎算是變相囚禁。塞西爾緊跟在雅各身邊，壓低聲音問：「伊恩哥哥也在這裡嗎？」

「只有本家成員知道先生在哪就醫。」雅各回答。「不過我是你的話就不會問西格齊。他現在……狀況不好，可能不會給你什麼好臉色看。」

病房門一打開，即使塞西爾什麼都還沒看見，立刻就感覺到撲面而來的壓抑氛圍。西格齊本人正坐在病床上，本就已經有點年紀的他看上去更是彷彿一夜之間老了十歲，渾身上下都有大大小小的包紮。他的下半身藏在棉被裡，但一眼就看得出來左腿膝蓋以下都不見了。

救援人員當初好像是從天花板上的夾縫中找到他，塞西爾回想著看過的新聞報導。這次事故除了鋼鐵大量爆發以外，還發生很多空間錯位的情況，所以傷亡才這麼慘重。

「西格齊先生。」雅各規規矩矩地打招呼，但被西格齊徹底無視，淺藍色的眼睛從鏡片後面直直盯著塞西爾，不發一語。少年正準備像雅各那樣有禮地打招呼，才剛張口還沒來得及出聲，就被護理師打斷。

「伊納修斯先生，您戴著眼鏡是又在看報告了嗎？」護理師走到病床邊，伸出手作勢要直接拔掉病人的眼鏡，「雷內醫生已經叮嚀過您要多休息了……」

她根本還來不及碰到西格齊，後者立刻打掉她的手。「關妳屁事？」男人惡狠狠地大罵：「我要做什麼還要妳准許？妳算什麼東西！」

護理師顯然嚇到了，朝旁邊的兩人瞥了一眼。雅各一句話都沒說，塞西爾也學著他保持緘默。見兩人都沒反應，護理師只得尷尬地收回手。

她迅速地講解基本照護事項，簡單示範過一遍，匆匆說道：「探望時間還剩下二十分鐘，要請家屬注意時間喔。」便離開了。病房中立刻又陷入幾乎能令人窒息的凝重沉默。西格齊那雙淺藍色的眼睛始終死死瞪著塞西爾，彷彿正試圖用眼神把他扒掉一層皮。

肯定是把失去的那條腿怪到他頭上了，塞西爾心想。他坐立不安地移動重心換腳站，朝雅各拋出求救的目光，後者終於開口：「塞西爾這一陣子都會待在這邊陪伴您，西格齊先生。」

病床上的人完全沒有轉移目光。少年只得把頭越垂越低，聽著西格齊用那副幾乎認不出來的沙啞嗓音開口道：「你好手好腳連個小孩子都守不住，要丟到我這裡來？」

「……非常抱歉。」雅各說。

「迦勒死了嗎？」西格齊問。

「迦勒先生目前無力分神。」雅各回答道：「眼下唯一能夠暫且收留小西的只有您這裡。」

「老頭呢？」

「先生暫時沒有新的消息。如果他甦醒了，柏妮絲會第一時間通知本家。」

「那要是他死了呢？」

「也會由柏妮絲進行通知。」雅各面不改色地說。

西格齊冷哼一聲，往後靠在枕頭上嘲諷道：「兩個大長生者拿不出一點人脈收容這個災星，還得把他塞進別人的牢房。看來真的準備改朝換代了啊。」

「請您好好休息。」雅各恭敬地鞠躬敬禮，轉身走出病房。

塞西爾瞥了西格齊一眼，立刻換來男人殺氣騰騰的瞪視，嚇得趕緊追在雅各身後跑出去。金髮青年仍站在病房門口，似乎早就預料到少年一定會追出來。「就是這樣。」他壓低聲音道：「多體諒他。你看到他的腳了，而且失去魔法一定不好受，盡量順著他的脾氣，別跟他吵架。」

「好。」少年乖乖道。

雅各露出欣慰的表情，猶豫一會後又說：「雖然這個要求可能會有點殘酷，但沒事不要亂跑。」他的聲音放得極輕。「不可以離開醫院，盡量連病房門也不要出。聽西格齊的話，他不會害你。」

言下之意是，除了西格齊的人都有可能害他。

塞西爾點點頭。雅各拍拍他的肩膀，轉身離開。

少年有點不甘不願地回到病房中，恰巧看見西格齊正彎著腰試圖調整棉被的位置。他乖巧地上前幫忙，討好地喊了一聲：「西格齊叔叔……」

「你給我好好講話。」西格齊嫌惡地打斷，「什麼叔叔哥哥的都給我閉嘴，幾歲還在撒嬌，以為你很討人喜歡嗎？」

塞西爾默默閉上嘴。

幫病人拉好棉被後他就乖乖地坐到一旁，連手機都不敢拿出來看，像個準備接受老師懲罰的學生般如坐針氈。西格齊的視線依舊死死釘在他身上，簡直比塞西爾更不願意兩人同房。「你怎麼沒事？」他質問道：「衣服拉起來。胸前那個洞呢？」

少年聽話地撩起衣服給他看，語氣無辜地囁嚅：「醒來之後就沒有了……」

「你過來。」西格齊命令道。塞西爾站到床邊，看著西格齊從抽屜裡拿出屬於他的那副黑色手套，用力甚至有點洩憤地戳了戳少年的肚子。

塞西爾動也不敢動，小心翼翼地觀察著男人的臉色。如果他真的已經完全喪失魔法，手套自然也無用武之地，即使少年依舊是魔法之身他也無法感覺到。塞西爾抓準西格齊沉下臉的瞬間立刻後退，及時躲開被粗魯扔開的手套，病人怒瞪著塞西爾的模樣再明顯不過，就是在怪罪少年害他失去了一切。

雖然嚴格而言也沒錯。塞西爾安靜地低著頭，擺出溫順的一面。

過了令人窒息的幾秒鐘，西格齊開口道：「不會撿起來啊？」

少年彎下腰，幾乎是畢恭畢敬地把手套還給他，西格齊一把搶過，重新塞回抽屜裡。「把電視打開。」

他照做。畫面剛好是新聞臺，依舊在播報著鋼爆救災進度。塞西爾站了一會，確定西格齊沒有下一個吩咐後正要坐下，男人又開口說：「拿水杯給我。」

他口中的水杯就放在床頭櫃上，只要伸手就碰得到。塞西爾依舊毫無怨言地繞到病床另一邊，將水杯斟滿後遞給他，又換來西格齊怒火中燒的瞪視，「我這樣子像是有辦法喝嗎？」

「你要吸管嗎？」

西格齊完全沒有回應，像個啞巴般依舊用著狠戾的眼神怒視他。少年怯怯地又問：「吸管在……」

「這病房是有比足球場大嗎？不會自己找嗎？」

塞西爾只好默默地一層一層拉開抽屜。看來以後有得受了。

在醫院陪病毫無疑問是一件相當耗費心神的事情，尤其當對象是極其討厭自己的西格齊。某種程度上，塞西爾忍不住懷疑也許雅各當初答應把他送來這，也有懲罰他亂跑的意思。

幾天觀察下來，西格齊似乎被禁止離開病房，或者是他自己拒絕出去，這兩者在塞西爾眼中差別不大。奇怪的地方在於院方似乎連他下床活動都不樂見，即使西格齊每天活力充沛地不斷飆罵每個出現在眼前的人，醫護人員始終都是同一句說詞，「目前的恢復程度尚不適合復健，應以靜養優先」。

「他們就是要把我綁在床上，等我全身肌肉萎縮，到時候連這條命一起壞死。」有一次西格齊叫塞西爾鎖上門，扶他下床練習走路時這麼說道。

塞西爾聽從雅各的建議，幾乎從不出病房，即使出去也會戴上口罩遮住臉。每當站到走廊上，總是能感覺到有人在看他、觀察他，所有人說話的口吻都像在試探少年的底細。塞西爾曾經試圖打聽這間醫院與約瑟夫的關係，但每個人的警戒心都高得可疑，為了避免打草驚蛇，他只能和西格齊一樣終日待在病房裡無所事事，每天唯二的聊天對象就只有同樣在不知何處陪病伊納修斯的柏妮絲，以及一個暴躁的室友。

還有相當不妙的一點，西格齊也在懷疑他。

失去魔法的醫生本來就一直認為塞西爾是魔女的碎片，不是真正的亞當，而且肯定早在眾人談起塞西爾與迦勒共同做的那場夢時，就得知少年恢復部分記憶的事實。雖然他不會主動開口，但當塞西爾試圖從他口中推敲出伊納修斯的所在地，或是對這間醫院所知的一切時，那雙清澈藍眼中流露出的大大戒備，簡直不亞於門外那些醫護人員。

在病房裡度過幾乎與世隔絕的好幾天後，少年在出院時傳給迦勒的訊息終於才得到回覆。

凌晨四點的時候，塞西爾被手機發出的訊息通知音吵醒。他睡眼惺忪地摸索著翻開手機蓋，瞇著眼打開收件匣，只看到一條簡短的回覆。

「我很好。這一個月應該無法見面，自己保重。」

寄件人是一串沒見過的新號碼。他還想了一下會是誰傳這種無厘頭的東西來，想通的那一刻立刻回撥號碼。

少年從床上爬下來，在病房裡來回踱步著試圖保持清醒。西格齊被他的動靜吵醒，「現在幾點，你在搞……」

塞西爾徹底無視他。回鈴音響了一聲、兩聲、三聲，就在塞西爾以為迦勒不會接電話時居然真的接通了，但手機那頭傳來的卻不是男人低沉的嗓音。「鋼爆災害應變第一小組。迦勒組長目前不在，我是副手黛安娜，請問是那位？」

不在。

本來還有些睏倦的少年立刻清醒過來，迦勒**又**在躲他了。

才剛傳出訊息馬上人就不見，一定是讓副手接電話，自己在旁邊聽。迦勒居然躲他躲到這個地步？簡直刻意到挑釁又幼稚極了，塞西爾越想越忍不住怒火中燒。要不要直接揭穿他？乾脆說得直接一點，打開天窗說亮話讓那傢伙沒辦法再像個懦夫一樣——可是有用嗎？迦勒只要按下掛斷鍵就可以逃跑。他等了十幾天才等來這樣施捨般的回音，如果現在哭給電話後面的男人聽還有用嗎？

「喂？請問哪裡找？」

塞西爾低著頭，吸一口氣正準備說話，西格齊卻忽然敲了敲床板。他困惑地看著病人對他伸出手，表情絲毫沒有要解釋的意思，猶豫了一下，半信半疑地將手機交給西格齊。

「我是西格齊．伊納修斯。」男人對著電話那頭冷冷道：「迦勒在嗎？」

「迦勒組長目前不在位置上，請問有什麼事？」

「叫他有空盡快回電給我。」西格齊說完就掛斷，將手機拋還給塞西爾。少年慌張地接住，看著西格齊不知為何又瞪了他一眼。「現在可以睡覺了嗎？」

少年還沒反應過來，傻傻地應聲，看著西格齊翻過身再度沉沉睡去。

塞西爾盯著病人的背影，小心翼翼走回陪病床邊，盡量不發出一點聲響地爬上床，盤起腿坐好。西格齊為什麼要幫他，是覺得少年整天要死不活的樣子很煩嗎？迦勒為了躲他連西格齊的電話也不接。雅各一定有告訴他逃家的事情才對，但簡訊裡卻連一個字也沒提到，傳了那樣敷衍的訊息來，到底是什麼意思呢？

該不會其實只有自己一個人在煩惱吧？他認真地思索起來。即使這十幾天裡迦勒真的忙到沒有時間關心小情人，也不太可能把塞西爾疑似恢復記憶一事完全拋諸腦後。畢竟嚴格說起來亞當的身分也是機密，但目前為止所有人都對此閉口不談，從他甦醒時在旁的柏妮絲、潔兒，到後來雅各和西格齊，所有人都表現得好像沒有這回事。

他們在觀察他。塞西爾心想，他們**不相信**他。

真的只有這樣嗎？也許他們在計劃要試探他了。之前還特地指示柏妮絲對他封鎖消息，現在把他送來西格齊這裡一半也是為了監視吧。而且西格齊本來就討厭他，即使光明正大地質問少年，也不會輕易就讓塞西爾懷疑到別人頭上。難怪西格齊傷得只剩半條命還每天勤奮地工作，原來是為了彙報他的一舉一動。那西格齊又要向誰報告這些呢？迦勒嗎？或者也可能直接聯繫總理……

塞西爾完全陷入思緒中，呆坐在床上好幾個小時，直到天色漸漸亮起來。日光緩緩漫入拉緊窗簾的病房，躺在床上的西格齊翻個身，看見少年坐在床上時嚇了一跳，錯愕道：「你沒睡？」

塞西爾張著泛紅的眼睛，愣愣地望著西格齊。

「你有什麼毛病？」他罵道：「不就沒接電話而已，有必要嗎？」

「可是他已經很久沒有接我電話了。」塞西爾順著他的話說道。要演得多痴情西格齊才會信呢？哭有用嗎？西格齊從來沒見過，大概也沒辦法想像亞當哭泣的樣子，也許能混亂他一會吧。「連我的訊息都不回……」

「那趕快分一分啊。」看見少年落淚後，西格齊明顯對這種情況感到很棘手，語氣越發凶狠，「你們兩個差幾歲，還真以為他會對你認真啊，對我哭是有屁用？」

少年沒有回答，眼淚掉得更凶。病人的表情扭曲得幾乎可說是猙獰，似乎正準備破口大罵，忽然被敲門聲打斷。一個沒見過的生面孔護理師走了進來，「早安，昨晚有睡好嗎？」

極其詭異的沉默。護理師這才發現來錯時機，看見塞西爾在哭後趕忙掏出一包面紙塞給他試圖和緩場面。然而不只西格齊不理他，少年也只是接過面紙簡單道謝，完全沒有要解釋發生什麼事的意思。護理師只好硬著頭皮迅速做完例行檢查，匆匆逃出病房。

西格齊看上去還想說些什麼，但被打斷又不好繼續罵，氣得臉都漲紅了，乾脆撇過頭去。少年則盡責地繼續不斷掉淚，偶爾吸一下鼻子表現存在感。氣氛簡直尷尬到極點。

塞西爾邊哭邊爬上床，想著乾脆趁西格齊不想招惹他補眠一下，忽然一個資料夾扔到他床上。「把這個拿去四樓實驗室，隨便交給一個人。」

又來了。「可是……」

「叫你去就去，哪來這麼多討價還價！」西格齊抓到機會立刻狠狠罵道。

少年沉默地盯著他好一會，在他又打算開口時才抓起資料夾，抹掉眼淚走出病房。

本想搭電梯下去四樓，但很久都沒等到電梯上來，實在受不了從櫃檯方向時不時投射過來的目光，便改走要花上許多時間的樓梯。反正西格齊就是為了享受個人時光才把他趕出來的吧。病房所在樓層很高，樓梯裡幾乎沒什麼人，只有灰白燈光靜靜映照著寬敞的樓梯間，連緊急逃生指示的燈光都顯得黯淡失色。

塞西爾一層一層慢慢往下走。每一層轉角都有監視器，一定有人正坐在螢幕後面監視，等著他在四下無人時露出一些能夠證明恢復記憶的破綻。迦勒大概也是這樣想的吧，先是遲遲不聯繫，等待少年逐漸陷入猜忌恐慌，要是真的因此露出什麼馬腳就趁機逮住，如果沒有，之後再說一句「對不起太忙了」隨便安撫一下就好，這樣以後不知道自己做錯什麼的少年也會更聽他的話。

真的只有這樣嗎？

走了許久才終於走到四樓，塞西爾根據牆上標記的地圖找到實驗室的位置，卻發現裡面一個人也沒有。他站在門口等了一會，走進去繞一圈卻發現每個位子都是空的。

是不是又是西格齊故意在惡整他？少年有些不耐煩地四處張望。反正他說交給誰都行，那隨便放在一張桌子上也沒關係吧，他找了張桌面有筆筒與便條的辦公桌，草草地寫下備註後準備離開，剛好聽見前方傳來腳步聲，便拿著資料夾直起腰來，「不好意思，這個……」

沒看見人。少年困惑地左右張望，越過辦公桌隔板往下一看，這才看到一個矮小、短髮，臉上戴著眼罩的小孩。

迦勒瞪大眼睛詫異地望著他。塞西爾一時間也錯愕得說不出話來，腦中唯一的想法只有他**真的**好小。雖然已經比上次見面時長大幾歲，卻比當時更令人震驚——他曾經有這麼小嗎？

「你怎麼在這裡？」迦勒率先回過神來。

他的聲音也好軟，讓塞西爾第一時間忽略迦勒語氣裡的指責，愣愣道：「呃，我……」

「不是叫你不要到處亂跑嗎？」

忽然被罵的少年根本沒時間反應，看著男孩皺起那張稚嫩的臉，嚴肅地說：「雅各告訴我你上次擅自逃出藏身處，還沒問你那是怎麼回事，現在又在這裡做什麼？難道一定要真的出事才甘心嗎？」

塞西爾張開嘴，想了一下最後什麼也沒說。

他將手上的資料夾用力塞進迦勒懷裡，一聲不吭地轉頭離開，無論迦勒在背後多大聲地喊都裝作沒聽見。小孩子的步伐緊緊跟在後面，少年直接跑了起來，剛好趕上電梯門關閉前衝進電梯，只從夾縫中看見隨後被擋在電梯門外的迦勒驚愕的表情。

少年口袋裡的手機睽違已久終於響了起來。塞西爾忽略一同搭電梯的人們異樣的眼光，甚至走出電梯，經過走廊時依舊放任電話鈴鈴作響。他大步回到西格齊的病房門前打開房門，站到病床前擋住吵鬧的電視，直直盯著一臉莫名其妙的西格齊。

「怎樣？」西格齊皺起眉頭，「不接就掛斷，吵死了。」

塞西爾沒有動作。令人焦躁的答鈴在病房中不停回響，最後終於放棄般停下。

故意讓他見到迦勒的目的是什麼？塞西爾思考著。假使那通電話也是他們設計的，這一齣戲難道是想激怒他嗎？不可能只有這樣，一定還漏了什麼……

「你是故意的嗎？」少年問。

「要講話就好好講，沒頭沒尾是在幹嘛？」西格齊的表情看起來確實是一頭霧水。但既然是要來監視，西格齊的演技當然不會差，少年皺起眉頭，依然紅腫的眼睛既憤怒又委屈地瞪視著眼前的病人。「你知道哥哥在，才叫我去跑腿的嗎？」

「迦勒在哪？」西格齊莫名其妙道。

「你叫我去的那裡！」少年生氣地喊：「你是不是故意的？分明之前從沒叫我去跑腿！打電話的時候又幹嘛要幫我？」

西格齊瞇起眼睛思考幾秒鐘，隨即憤怒地「哈」了一聲，「原來是跟親愛的男朋友吵架啦？」

少年淚眼通紅地瞪著他，沒有回話。迦勒就在這間醫院裡面，卻連接電話也不肯，對他防備到這個地步。西格齊又是怎麼回事？剛才迦勒見到他時也顯得很意外，也許是西格齊自作主張，到底在打什麼主意？

口袋裡的手機又響起兩聲訊息通知音，但少年一點掏出來看的心思都沒有。西格齊嘲諷道：「男朋友傳訊息給你，怎麼不看？搞不好是要分手囉。」

少年氣得渾身發抖。西格齊原本諷刺的臉色也漸漸沉下來。「小子，你要搞清楚。」他冷冷道：「你**是**亞當。就算現在只是個空殼，知道這身分的人對你做的**任何一件事**都是建立在這個基礎上，你真以為那幾個長生者對你這麼好是看你可愛？想得美！你是他們權力鬥爭的隱藏王牌，迦勒跟你交往也只是順著你，免得這張保命牌……」

「你對哥哥了解多少！」少年憤怒地打斷他，「對**我**又了解多少？你甚至根本就沒見過我幾次！」

「我不用了解，也知道你們在幹的事情有夠荒唐。」西格齊惡聲道：「這麼缺愛那就退一步講，當他真的喜歡你好了，你覺得有可能嗎？他多老，怎麼會看上你這種小鬼頭？那些老人休閒你感興趣嗎？他說的話你聽得懂嗎？他需要的時候你幫得上忙嗎？和你交往對他而言除了多一個可以上床的選項外，根本和之前養小孩時一模一樣，那你覺得他是為了什麼才跟你交往？」

「——不是！」少年氣得語無倫次，「哥哥才不是！」

「難說啊！」西格齊冷笑道：「你知道當年他撿到你時，整個人看起來有多奇怪嗎？眼神都變了。說到這個就讓我想到，亞當可是犯賤得很，那群追隨者至少一半都跟他上過床，你知道你那親愛的男朋友也是其中之一嗎？」

塞西爾錯愕地瞪大雙眼。「沒聽過吧？」西格齊冷哼一聲，「因為消息都被壓下來了。那麼多豔聞獨獨只隱瞞和你男朋友有關的，你覺得這是真還假？」鏡片後那雙淺藍色眼睛直直盯著少年，好像冰錐可以直接刺穿他。「就算迦勒真的對你有那麼一點喜歡，你也只是替代品。」

少年一句話也說不出口。

氣氛緊繃得彷彿隨時會斷掉。塞西爾忽然大步上前，抄起自己床上的枕頭往西格齊身上用力砸。「你搞什麼！」西格齊怒罵道，一把抓住枕頭，少年接著搶走病人床上的靠枕與棉被，拚命地甩到西格齊身上。

「哥哥！」他邊打邊喊，漸漸地眼淚卻讓少年無法呼吸，「喜歡！**我**！」

西格齊用力抓住他的手腕，少年痛哼一聲，張口就咬。西格齊氣得用力甩開，塞西爾最後朝他又丟一顆枕頭後直接跑出病房。「你去哪裡？給我回來！」西格齊在身後大喊，接著就聽見什麼東西重重跌下床的聲音。塞西爾頭也不回地衝過走廊，跑進樓梯間，迅速地擦掉眼淚。

真是該慶幸西格齊就是個管不住嘴巴的人，根本不用太費心激怒他，這樣之後迦勒怪罪下來也不會只有少年一個人挨罵。既然從西格齊口中挖不出什麼線索，就自己出來看看迦勒到底在搞什麼鬼，乾脆順便大鬧一場，反正在之後他大概只能和西格齊一起被關在不見天日的病房裡了。

塞西爾沒有回到剛才撞見迦勒的四樓，而是來到會議中心所在的七樓。迦勒出現在這裡總不可能是來看病，而且他剛才身上什麼東西也沒帶，小小一個人如果有放手機之類的在口袋裡應該會很明顯，一定是把公事包放在其他地方。最有可能的就是外賓休息室或會議中心。他在樓梯間裡整理好一蹋糊塗的儀容，鎮定地踏了出去。

走廊上人不多，一個少年出現在這種應該只有內部人士出入的地方格外顯眼，他必須速戰速決。塞西爾大步跨過走廊，果然看見經過的幾個重要處室裡許多位置都是空的，他來到會議中心門前，敲敲門不等回應就直接走進去。

裡面一個人也沒有，只有牆角的監視器開著。塞西爾左顧右盼，挑了最可能放東西的會議室走進去，裡面只有一個人。

對方明顯被開門聲嚇了一跳，抓著胸前的相機轉過身來，看見來人是個少年時疑惑地皺起眉。塞西爾立刻意會她是記者，而且是和自己一樣擅自闖入的記者。

「此樓層禁止外人進入。」塞西爾板起臉先發制人，「妳有採訪許可嗎？」

「你是誰？」記者厚臉皮地問。

「沒有採訪許可的話得請妳離開七樓。」塞西爾說，往前踏了一步。會議室裡有張大圓桌，在塞西爾看得到的這一側沒有眼熟的公事包，也許在另一邊，但記者正站在那，手上緊握著相機的姿勢讓他覺得這不是個好主意。

「我只是迷路了。」記者說，眼神卻明顯地開始上下打量塞西爾的臉。雖然因為長得像亞當，少年已經很習慣被人盯著看，但記者的目光明顯不太對勁，比起好奇更多的是驚喜。

她手上有內線消息，塞西爾忽然意識到。

「我有採訪許可，你看。」記者拉出胸前的許可證在他眼前晃了一下。「我只是走錯路，不好意思。請問你知道貴賓病房的櫃檯在哪裡嗎？」

「那是五樓。」塞西爾側過頭。剛剛跑出來忘記戴著口罩，既然已經被看見了，那絕對不能被拍到臉。他繞過桌子與記者拉開距離，後者依舊站在原地不動，完全沒有要退出會議室的意思。

「請問同學是哪位啊？你看起來年紀不大呢。」她問，甚至試圖繞過桌子走過來。

塞西爾退後幾步，「我只是來幫忙跑腿的。」

「幫誰啊？」

「急診室。」塞西爾隨口胡謅。他注意到記者手上拿著相機的動作越來越不自然，手指悄悄地移動到快門鍵上，立刻說：「這裡禁止拍照。」

「原來啊，我有採訪許可也不能拍照嗎？」記者嘴上應聲，手上卻也沒鬆開相機，眼神像獵食者一般緊盯著少年，幾乎只差最後一點就能確認少年的身分。

塞西爾繃起臉，嚴肅地說：「七樓整層都禁止拍照。妳拿到採訪許可時他們應該有明確告訴妳，若是違反醫院任一規定，所有採訪資料都必須作廢。」

「這麼嚴格？」記者疑惑道，但看起來也不是很在意。「好吧。那我可以問你一個問題嗎？」她壓根沒打算徵求少年的意願，直接朝塞西爾大步走來，即使少年立刻後退仍窮追不捨地硬是湊上來，「同學，請問你……」

忽然一聲咳嗽打斷了她。記者轉過頭，手指卻依然抵在快門鍵上，塞西爾立刻伸手遮住臉，直到記者放開相機轉過身。「雷文先生！您怎麼會在這裡呢？」

塞西爾抬起眼，看見約瑟夫從門口走進來。

「我有東西忘了拿。」男人溫和地說，自然地插進記者與少年之間，在塞西爾想趁機逃跑的前一刻，當著記者的面抓住少年的手腕。「不好意思，這孩子尚未成年，不能接受採訪。倒是葉卡捷琳娜小姐怎麼會在這裡呢？說好的地點是五樓大廳啊。」

「五樓嗎？不是七樓？」記者浮誇地說：「噢，非常抱歉！是我記錯了。那雷文先生……」

「在約定時間前搞清楚真是太好了，麻煩妳趕緊下去吧，院長已經在準備了。」約瑟夫裝作無意地掐斷她的話，露出不容質疑的微笑。

記者還想再掙扎一下，但幾個彆腳的藉口都被約瑟夫四兩撥千斤地推回去，最後只得認命離開會議室。一確定記者真的離開，塞西爾立刻抽出手，警戒地拉開距離。

約瑟夫站在原地，臉上仍掛著從容不迫的微笑。「又來跑腿嗎？」

少年默不作聲。怎麼這麼倒楣，什麼都還沒找到就被抓到。正思考著是該乖乖束手就擒還是試圖逃跑，男人忽然開口：「伊納修斯醒了。」

沒料到這一句話的塞西爾瞪大雙眼。「今天凌晨才醒的。」約瑟夫說道，不動聲色地觀察著塞西爾的表情，「他就在這間醫院裡，迦勒來就是為了這件事。你要一起去嗎？」

「……我應該不能去看他吧。」少年小心翼翼地說。如果是陷阱的話就麻煩了，伊納修斯要是真的醒來柏妮絲應該會告訴他，但手機此時此刻被留在病房裡。

「你一個人的話是不行。」約瑟夫說，那雙灰色的眼睛在少年臉上悄悄地來回流連，「跟我一起的話就可以。」

「為什麼？」少年立刻質問：「應該只有本家成員能探望他。」

「我們有些私底下的交情。」約瑟夫回答。

少年懷疑地瞪著灰髮的男人。要是不答應，約瑟夫會就這樣讓他離開嗎？外頭還有監視器，一定會拍到他跟約瑟夫在一起，但如果整間醫院都聽約瑟夫的指揮，刪掉幾個畫面一點也不難。塞西爾這趟跑出來一點線索也沒有，如果和約瑟夫去一趟……

塞西爾正打算開口，忽然聽見門口傳來一聲：「我帶他去就好。」

約瑟夫轉過身，又回頭瞥了少年一眼，塞西爾捕捉到他嘴角邊一瞬間的上揚。「好啊。」男人溫文儒雅地說：「我想伊納修斯先生甦醒後，第一眼應該也更想先見到你們二位吧。」

約瑟夫說完，就繞過門口的男孩離開了。

塞西爾站在原地不肯抬頭，迦勒也沒有出聲，會議室裡一片死寂。費盡心思跑出病房不但什麼都沒找到，甚至馬上就被抓包，塞西爾一時間真的是氣得不知道該說什麼才好。該說至少臉上還看得出一點哭過的痕跡嗎？迦勒會心疼嗎？還是根本看也懶得看一眼，不然為什麼現在一句話也不說呢？

「小西。」

塞西爾癟著嘴，扭過頭不願理會。他還得解釋為什麼會在生氣跑走之後又出現在這裡，什麼都沒解決白白被罵一頓。迦勒依舊站在門邊久久不語，也不知道究竟在想什麼，搞不好還在慶幸某種計畫沒被發現，然後又懷疑起少年到底是不是恢復記憶，繼續猜忌……

腳步聲靠了過來，最終兩隻穿著兒童運動鞋的小腳踏進塞西爾的視線範圍。

少年開始醞釀情緒以備不時之需，緊咬住顫抖的嘴唇悶不吭聲。過了許久，終於聽見面前傳來深深一口嘆息，一隻小手朝他伸出來，掌心裡乾淨無暇，一點傷痕也沒有。「你要去看伊恩嗎？」

就這樣。他什麼都沒有問。少年吸了吸鼻子，不甘心地點點頭。

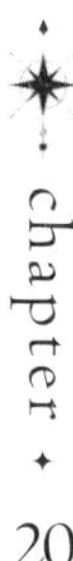

chapter 20

迦勒拿出一張口罩給他要他戴上，和少年一前一後地走著，誰也沒開口說話。

他一定有感覺到塞西爾緊緊鎖在後腦杓上的目光，但男孩從頭到尾卻都表現得若無其事。他們穿過空曠的七樓走進電梯，被擁擠人潮沖散到遙遠的對角，直到電梯門打開，迦勒率先踏了出去。塞西爾一邊暗自抱怨一邊用力擠過人群，好不容易踏出電梯，才看到男孩站在開關前按著開門鍵等他。

伊納修斯所在的樓層格局乍看之下根本不像住院病房，是一條看似沒有盡頭的長走廊。迦勒往前邁步，少年默默跟上去，還得小心翼翼地縮小步伐以免太快追上變小的哥哥。

和西格齊一樣，具體的病房位置需要內部人員帶路。左彎右拐好一會終於來到門前，這扇門倒是和其他的病房門沒什麼不同，只有一扇方形小窗與一串監禁般的編號。「兩位都要進去嗎？」帶他們來的人詢問道。「伊納修斯先生目前體力不佳，沒辦法維持長時間清醒，探望時間總共只有十五分鐘，再麻煩二位注意了。」

迦勒微微點頭致意先行走進去。一個小孩子做出這樣成熟穩重的動作看上去真奇怪。塞西爾跟在他身後，進入病房第一眼就看見柏妮絲坐在窗邊沙發上。

看見兩人走進來，女孩站起身，湊到床邊輕聲說道：「先生，迦勒先生和塞西爾來了。」

病床完全用簾子圍起來，只能透過窗外漫入的陽光勾勒出微弱的剪影，隱隱約約看見床簾後方確實躺著一個人。迦勒走到床邊，而塞西爾有些局促不安地依舊站在床簾不遠處等待，看著迦勒微微掀開簾子，靜靜望著病床上的人。

「伊恩。」男孩低聲喊道：「你認得出我嗎？」

床簾之後好一會沒有回應。過了好幾秒，才聽見一個陌生而沙啞的嗓音：「你……臉好圓。」

迦勒哼了一聲，似乎是在笑。「過幾天就會長回來了。」他說：「你命還真大，這樣都沒死。」

沒聽見床簾後方有什麼回應，伊納修斯似乎連說話的力氣都沒剩多少。迦勒探出頭，瞥向還站在簾子外的少年。「是小西救了你。」他對伊納修斯說。塞西爾乖乖走到迦勒身旁，從他掀開的床簾縫隙裡窺視般地探頭進去。

躺在病床上的那人形容枯槁得簡直不知道是剛從墳墓裡爬出來，還是隨時準備躺進棺材。伊納修斯幾乎全身都包著慘白的繃帶，整個人瘦一大圈，俊美的面孔凹陷蠟黃，頭髮也全部剃掉了。他臉上戴著鼻氧管，湛藍的眼睛睜著卻根本無法聚焦，若不是剛才聽見他說話，塞西爾都要懷疑他只是睜開眼睛，其實還在昏迷。

「伊恩哥哥。」少年小心翼翼地喊。

伊納修斯沒有任何反應，過兩秒鐘才開始緩緩轉動眼球，視線慢慢飄向少年左側。塞西爾知道他是在找手上的奧伯拉鋼，便抬起了手給他看，「我和哥哥的戒指都不見了。」

伊納修斯又花了許多時間才將視線聚集到塞西爾臉上。那副隨時會嚥氣的樣子看上去有種熟悉感，塞西爾知道在過去一千年裡肯定也看過幾次，但他發現自己現在一次也不記得了。

過了半晌，伊納修斯才輕輕吐一口氣。「你沒事就好。」他有氣無力地說。

簡單地說幾句話後，少年便退到床尾，讓迦勒和伊納修斯繼續說話。柏妮絲湊上來，塞西爾正想開口，女孩就揮手示意他耳朵靠近，壓低聲音說：「跟西格齊住感覺怎麼樣？」

塞西爾沒好氣地瞪她一眼。柏妮絲看上去還算正常，雖然有點不修邊幅，但連續好幾天獨自一人照顧性命垂危的伊納修斯似乎沒有特別影響到她。少年也揮揮手，摀在她耳邊輕聲道：「我要回家啦。」

柏妮絲朝他投來驚訝又羨慕的目光，「真的假的，為什麼？」

「吵架。」塞西爾趁她反駁前補充道：「我今天直接逃出病房，可能會把我送回家吧。」

「可能而已。」柏妮絲低聲罵道，用手肘拐一下塞西爾彷彿在怪他騙人，卻沒打算藏起臉上眉飛色舞的情緒。她似乎是真的很不喜歡西格齊。

迦勒並沒有打算和伊納修斯聊滿探望的十五分鐘。光是站在床尾聽，都能感受到伊納修斯沒說幾句就明顯累了。男孩及時說道：「我之後再過來，好好保重。」

他瞥向床尾的少年，讓塞西爾也走到床邊和伊納修斯道別，和柏妮絲簡單說幾句之後兩人便離開病房，跟著帶他們來的醫護人員再度穿過複雜的路線，單獨二人站在電梯門前等待著。

直到這個時候，氣氛才忽然尷尬起來。

塞西爾偷瞄著迦勒的臉色，但男孩始終只是望著不斷攀升的數字，看起來根本沒有開口的打算。少年思考著該從哪件事開始說起，還沒下定決心，迦勒忽然出聲了：「很氣我不連絡你嗎？」

塞西爾沉默好一會，看著還很遙遠的電梯爬著一樓又一樓，在某個數字停頓一陣子，少年才承認道：「我甚至不知道你好不好……」

「其他人應該有告訴你我抽不開身吧。」迦勒淡淡地說。少年感覺到一股無名火立刻就竄上來，悄悄深吸了一口氣忍耐著，理好思緒準備開口反駁時，迦勒卻又搶先開口道：「對不起，小西。」

那語氣聽上去彷彿真的做了什麼對不起塞西爾的事情。

「為什麼？」塞西爾順著他的話問道，迦勒卻沒有回答。熱氣湧上少年的眼角，讓他開始看不清楚電梯的數字，咬緊牙關忍耐著軟弱的哭腔，「你不是說不是我的錯嗎？」

迦勒還沒再度開口，電梯門就打開了，男孩直接走進去，靜靜看著電梯門外雙眼通紅的少年。他那張臉真的讓人好不習慣，長這樣的時候應該要一天到晚追在塞西爾後面「哥哥」、「哥哥」地喊才對，而不是像現在這樣子，對泫然欲泣的少年平靜得好像陌生人。

好長的沉默。

「先進來吧。」迦勒說。

少年心不甘情不願地走進電梯。兩人一起看著電梯門徐徐闔上，輕微的失重感後又開始緩緩下墜。

「小西。」迦勒停頓了一層樓的時間，輕輕道：「你變得有些奇怪，你知道嗎？」

「又不是我願意的。」少年語帶哽咽卻仍倔強地說。「我也不想做那種惡夢啊……明明是你說我跟那個人不一樣的，不是嗎？」

「小西……」

「西格齊說你把我當替代品。」塞西爾哭著打斷他。「說你是想上床才跟我交往，還說你只是把我當籌碼，其實根本不喜歡我。我知道你沒有，可是也不知道你為什麼……」他停頓一會，伸手擦掉滑到下巴的眼淚，悶著聲音道：「你那時候推開我了啊……」

「你做了很多努力。」迦勒說。「我不能被你打動嗎？」

「你哪有那麼容易被打動啊？」少年哭訴道。「我一直都覺得很奇怪但又不敢問，怕問了你就會反悔。直到後來你們告訴我我的身世才明白，難怪你對我那麼

好，原來都是有別人的功勞，如果我不是亞當，你就不會帶我回家了。」

迦勒沒有說話了。

「哥哥……」少年用力吞嚥，本想看著旁邊的男孩說話，但那張稚嫩的臉卻讓人越看越覺得悲傷，最後只能用力揉掉眼淚再次撇過頭，「如果我真的恢復亞當的記憶，你就不要我了嗎？」

「叮。」

樓層到了。塞西爾一邊擦眼淚，用力地呼吸，他的啜泣聲太大，差點沒聽見男孩說的：「不想聽的話就別問吧。」

塞西爾驚愕地抬起頭，剛好看見迦勒踏出正要關門的電梯。「哥哥！」他伸手擋住電梯門，痛得不小心喊出聲，迦勒分明聽見卻甚至沒有慢下腳步。塞西爾大步往前抓住他的肩膀粗魯地把他扳了回來，卻發現那張年幼臉上的表情好奇怪。不是生氣也不是悲傷，不是冷淡，甚至也不是失望，不是任何塞西爾預測過他應該會有的表情。

他就這麼忽然地意識到，眼前這個可愛小男孩真的不是曾經那個一邊偷笑著喊他「哥哥」的乖巧弟弟，很久以前就不是，而且再也不會是了。

「小西。」迦勒平靜地開口，甚至沒有費神撥開少年依舊抓在肩上的手。「我知道你很徬徨、很難受，也很辛苦，這一切都不是你自願的。我們不是說好了嗎？」他停頓一秒，靜靜地凝視著少年。「我們一起忘記那些過去。」

他記得。

他**完全記得**塞西爾是怎麼叫醒他的。

塞西爾傻傻地張開嘴，什麼話也說不出來，拚命抓緊臉上每一條肌肉不讓他看出自己的慌張。他從未發現迦勒什麼時候變得這麼善於隱藏，即使赤裸裸地面對著塞西爾也能把情緒藏得這麼好，那隻太陽眼睛裡只看得見少年狼狽的倒影。

不能繼續否認了，可是迦勒這樣說是想聽到什麼回答？要塞西爾哭著認錯嗎？不行，無論如何絕對不能直接承認，還是先順著他的話……

「小西。」男孩的嗓音軟軟的，不費吹灰之力就截斷他暴漲的思緒。迦勒沉默地凝視著哭泣的少年，伸手捧住他的臉。他的手又小又軟，唯一和成年之後一樣的就是熱情的體溫，輕易就能融化冰涼的眼淚。「做惡夢不是你的錯。」

塞西爾不明白他的意思。

「夢就是夢，小西。」那隻燦爛的眼睛在少年臉上來回逡巡，彷彿在尋找著什麼，又希望不要真的找到，帶著這種矛盾的情緒貪婪地流連忘返。「你啊……從小就愛自己嚇自己。總是把惡夢當真，每次都要抱著娃娃來找我睡，我不在家就一路哭到天亮。」他低聲道：「現在你長大了。不用再做惡夢就跑來找哥哥吧？」

塞西爾只是傻傻地望著他。迦勒似乎輕輕嘆了一口氣，剝下少年臉上已經哭溼的口罩換一個新的，拿出衛生紙擦乾淚痕，像哥哥一樣順手整理著他的瀏海。「小西……想起來就算了。當別人的事情忘掉就好，就當做了無聊的惡夢把那些事都忘掉。也不要讓我想起來。」男孩的聲音輕得彷彿像在哀求。

少年發現自己完全不知道該說什麼。

迦勒捧著他的臉凝視好一會，忽然踮起腳在額頭上親了一下，像小時候每晚睡前的晚安吻。「就這次。可以聽哥哥的話嗎？」他低聲問：「我們一起把那些過去都忘掉，你不是亞當，永遠也不會是亞當……只是我的小西。」他又問了一次：「可以嗎？」

塞西爾幾乎沒有思考，盯著那張年幼的臉，有些遲疑地點了點頭。當男孩笑起來時，他明確地看見那隻琥珀眼裡有什麼東西轉瞬即逝，卻只能眼睜睜錯過迦勒內心真正的想法。「好孩子。」迦勒說。

他往前一步抱住塞西爾，少年猶豫一下，正想回擁時他卻退開了。「走，我們回去西格齊那裡吧。我要親自問他到底都對你說了什麼話，可是你也要和他道歉，目前還是得委屈你待在這。」他抽了張新的衛生紙，仔細地把少年的臉擦得乾乾淨淨，彷彿什麼都沒發生過。「不要再跑出來了，這樣我也會擔心的。」

牽著男孩的手穿越走廊，塞西爾一手還拿著半溼的衛生紙，捏著掌心裡幾乎只有自己一半大的手，仍然覺得好像有哪裡不對勁。

那些話是真心的嗎？還是只是想讓他放鬆警惕露出破綻呢？他認識的迦勒從來不會對他說這種話。那個人向來是寧死不屈，怎麼可能這樣放任他純潔的小西出現汙點，說什麼想起來就算了忘掉就好，從來不會像這樣鴕鳥心態……他會嗎？塞西爾認識的那個迦勒，若是遇到這種情況會說什麼話？

他低頭看著勉強握住自己掌心的小手，忽然覺得回憶中和手心裡的兩個迦勒都好陌生。

回到病房西格齊就先發制人把塞西爾痛罵一頓，連同迦勒也被吼得狗血淋頭，但至少在長生者面前他還是稍微有點收斂——直到他聽說塞西爾要繼續陪病。「你的男朋友不自己帶回去？」他不可置信地說。

迦勒對「男朋友」這個稱呼一點反應也沒有，語氣冰冷地公事公辦道：「外面現在很亂，小西一定得待在安全的地方。」

「這個破地方安全嗎?!」西格齊怒聲道。

「比我身邊安全。」迦勒淡淡地說，沒有再理會西格齊的連番抱怨。他交代一些話後就準備離開，少年又跟著追到病房門口，迦勒沒有立刻把他趕回去，也沒嘮嘮叨叨地叫他一出病房門就要戴口罩，只是靜靜地看著少年淚眼汪汪地在面前蹲了下來。

「你要多忍耐。」迦勒示意他靠近一點，抽出衛生紙輕輕按在少年眼睛上。「我會再找地方安置你，在那之前還是得先和西格齊待在一起。如果他又這麼口無遮攔，就告訴我。」

塞西爾一句話也沒有回應，直直地盯著男孩的臉，輕聲喊：「哥哥。」

迦勒「嗯」一聲，既沒有裝聾作啞，也沒有再說話轉移焦點。塞西爾握住他的手腕，張開手掌包覆住他的掌心，將其中的衛生紙捏得越來越皺、越來越小。

「我會乖乖的。」少年輕輕哽咽著說。

男孩的眉眼閃過一瞬間糾結，很快又鬆了開來，用著不符合年紀的眼神靜靜地凝視著少年。「嗯。」他說：「過來。」

塞西爾往前傾身，閉上眼睛，感覺到一種非常柔軟而細嫩的觸感，在嘴唇輕輕沾了一下。少年心裡忽然擁上一股非常奇怪的感覺，不知道是喜歡還是反感，只好用力把這莫名其妙的情緒壓下去，睜開眼只看見面無表情的迦勒。

「我會盡量找時間傳訊息給你。」他承諾道。

少年點了點頭。迦勒最後看他一眼才轉身離開，柔軟的小手從塞西爾掌心裡無可挽回地滑走。他就一直這樣蹲在門口，望著那個嬌小的背影越走越遠，最後在走廊的盡頭轉個彎消失，像當年一樣獨自逃跑了。

❖

一眨眼就過去一個月。

在迦勒離開後，塞西爾毫不意外地又被西格齊狠狠地酸言酸語一頓，但少年忽然發現當成他在自言自語其實聽一聽就過了，倒也沒這麼難熬。

這一個月裡迦勒確實有遵守諾言盡量傳訊息給他，但時間間隔還是越來越長，幾個小時、半天、一整天、三天五天，後來塞西爾聽到訊息通知音，第一時間都會以為是柏妮絲又傳簡訊來。伊納修斯的恢復狀況似乎很不錯，雖然沒辦法直接過去探望，但柏妮絲偶爾會打電話讓他和伊納修斯說說話，儘管電話那頭幾乎不怎麼傳來回音。

這天中午剛替西格齊換完點滴，吃飽喝足的病人閒來無事又開始折磨少年。他讓塞西爾打開電視，每當少年捧起自己的三明治，他就會說：「換下一臺，這群人講一堆屁話聽了都要吐。」

重複五六遍，塞西爾毫不遮掩地翻了個白眼，他現在已經完全懶得裝有禮貌的樣子了，放下午餐說道：「你睡覺吧，剛吃飽會消化不良。」

「叫你做什麼就做。」少年一關掉電視，剛才還病懨懨的西格齊立刻跳起來搶過遙控器，「你是來照顧我還是來監視我的？」

「我是來折磨你的。」塞西爾沒好氣地說，但西格齊好像沒聽見。他隨便轉了臺，剛好電視上正在直播鋼爆事故的災害處理記者會。這個記者會每三天開一次，大多是彙報與統整目前的救災近況，由於官方遲遲沒能給出令人信服的事故起因，近幾場記者會冒出越來越多其他問題。

趁著西格齊專注地在看直播，塞西爾趕緊咬幾口三明治，用眼角餘光偷瞄著螢幕邊緣的迦勒。兩週過去他又長大了，現在已經是和塞西爾差不多大的少年模樣，但還沒變聲，在回答記者問題時透過麥克風傳過來的仍是青澀好聽的少年嗓音。

迦勒三言兩語打發掉一些無關緊要的問題，直接點名下一個。得到發言允許的記者站起身，攝影機前的背影忽然讓塞西爾有種不好的預感，直到他聽見記者開口道：「我的問題一樣想請迦勒組長回答。」

透過麥克風聲音有些改變，塞西爾還是立刻就認出她是在醫院七樓撞見的記者。他著急地看向西格齊，「是之前有看到我的臉的記者！」

「什麼？」西格齊錯愕道。

他還沒繼續說完，電視機裡的迦勒就打開了麥克風，「請說。」語調沉穩得彷彿已經完全預料到接下來會發生什麼事。

「根據官方說法，這次鋼爆事故的起因是魔女殘黨的仇根攻擊。」記者緩緩說道：「政府聲稱鋼爆事故的作案人士，與上回導致黑魔法防範中心大樓坍塌的犯案者，隸屬於同一個團體。在上次事件中，作案者的目標被認定為是為了解救黑魔法防範中心的黑巫師實驗體，然而這次的案發現場貝爾基地是在戰後就被荒廢的軍用基地。請問為什麼魔女殘黨偏偏挑中這個地方呢？」

她意有所指地問：「難道貝爾基地裡其實匿藏著什麼不可告人的祕密嗎？」

「你看你這混帳！」西格齊碎嘴道。

塞西爾完全忽略他，看著迦勒輕拍兩下麥克風，冷靜地回答道：「妳的猜測是多餘的。貝爾基地長年荒廢，對於有心人士而言是理想的藏身據點，僅此而已。」

「那我又有問題了，迦勒組長。」記者緊接著問道：「既然貝爾基地裡空無一物，那魔女殘黨又是從哪裡找到火種，進而引發如此大規模的鋼爆呢？就連理應存放有更多危險物質的黑魔法防範中心大樓，在受到攻擊時都沒有發生像這次一樣嚴重的災難。由於您是唯一直接受到魔法衝擊的人，冒昧請問您與發生鋼爆的火種有關連嗎？」

迦勒沒有立刻回答。他手握著麥克風，沉默地直直盯著記者整整三秒。

「……妳是在問我是不是還有魔法卻隱匿不報。」他平靜地說道。

這是肯定句。透過電視機螢幕也能清楚地感受到記者會現場一瞬間緊繃起來的氣氛，記者背對著攝影機，沒辦法判斷她在想什麼。當她重新舉起麥克風，一聽見那個胸有成竹的語氣，塞西爾立刻知道大事不妙。

「也可能不是您。」她緩緩道：「但我認為對方應該與您有某種程度的關聯，您才會受到這麼顯著的魔法衝擊。比如說，您在十二年前收養的那個孩子？」

迦勒還沒回答，塞西爾只看見電視機上的少年忽然詭異地歪過頭彷彿在躲避什麼，臺下記者忽然全都站起來塞滿畫面。剛才發問的記者依然站在畫面中央，身體彷彿斷線木偶般微微搖晃起來，在倒下的前一刻塞西爾看見她背上的衣物憑空被染色，接著直播畫面立刻就被切斷了。

塞西爾轉過頭，看見西格齊滿臉驚愕。「剛剛那是槍擊……」少年遲疑地開口。西格齊還沒回話，房門外突然響起敲門聲。

「伊納修斯先生，我是雷內醫師。已經到例行巡房的時間了，麻煩您開門。」

雷內・羅瑟是西格齊的主治醫師，西格齊不怎麼喜歡他。醫院裡任何一個人他都不喜歡，沒事時總是鎖著病房門。少年瞥向牆上時鐘，的確差不多正是主治醫師來巡房的時間，但看向西格齊時果然發現他的表情非常奇怪。

西格齊狠狠地瞪了塞西爾一眼，用眼神示意他不要開門。敲門聲又再度響起。「伊納修斯先生？」

有可能只是巧合。醫生真的只是來巡房的嗎？就在萬眾矚目的全國直播記者會上，刻意挑準記者問出塞西爾身分同時開槍射殺，絕對是場精心安排過的表演，為的就是要在一頭霧水的大眾心中留下足夠衝擊的印象。

乍看之下這似乎是直衝著塞西爾而來的開戰訊號，但即將在接下來風波中受到正面衝擊的，卻會是一直以來提供羽翼庇蔭他的迦勒，再接著就是所有與他們兄弟倆有關聯的人。現下無論醫院是站在哪邊一定都會受到波及，來巡房的時機又挑得這麼恰巧，簡直是明目張膽地要人懷疑。

塞西爾還在思考該怎麼對付門外醫生，西格齊忽然朝他招了招手。當少年靠近，他便從抽屜裡撈出一頂褐色假髮按到塞西爾腦袋上，在塞西爾調整假髮時，繼續掏出眼鏡、瞳孔變色片、單薄的假鬍子，與一小塊能塞在牙齦裡稍微改變臉型與口音的矽膠豐齒器，讓少年全部戴上。

西格齊轉過身，無視門口傳來的催促，伸長手按下藏在床頭櫃背面桌沿下方的按紐。塞西爾聽見右手邊傳來一聲微弱的「喀」，照著西格齊的指示打開衣櫃，看見衣櫃牆面此時已經變成一條狹窄的隧道。

「告訴潔兒。」西格齊壓低聲音道：「叫她來接你。」

「你呢？」塞西爾小聲問。豐齒器讓他說話的腔調變得模糊，和嘴形不太合，一直有種快掉下來的感覺。

「問那麼多幹嘛？」西格齊不耐煩道。敲門聲又響起，少年索性不多問，小心翼翼地踏入隧道中，後腳剛收進去，身後的門就關上了。

他本想直接離開，但思考一下還是轉過身將耳朵貼在牆上，但什麼也聽不見。反正他們應該不會直接殺掉西格齊，即使失去魔法他還是個非常有價值的醫生，伊納修斯的姓氏應該也可以保住他一命——幸運的話。塞西爾掏出手機飛快地傳了封簡訊給潔兒，便開始沿著漆黑狹窄的密道往前爬行。

通道裡一點光源也沒有。雅各給他的按鍵手機沒有手電筒功能，只能用打開的螢幕亮度勉強照明，幸好密道裡沒有岔路也沒什麼障礙物，前進沒多久後就遇到一道往下的樓梯。

樓梯非常長，讓人逃亡之餘還有足夠的時間胡思亂想。西格齊暫且不論，他還有一點反抗的能力，如果就連伊納修斯的病房也被包圍的話，情況就危險多了。雖然有柏妮絲在身邊，但那女孩能撐多久完全得靠運氣，最糟糕的情況是如果柏妮絲也受了傷甚至被殺，伊納修斯本家就剩下無力的賽琳娜，只能指望分家。

如果真的到那個地步，那人就在槍擊現場的迦勒……塞西爾壓下這股隱隱躁動的不安，那群叛徒還會需要迦勒活著好找出自己。

走了許久，樓梯的盡頭終於出現一扇門。塞西爾小心翼翼地推開，發現自己踏入一個金屬圓桶中，剛好足以裝下一個身材矮小的人。頭頂上有個看起來像是桶蓋的鐵圓盤，少年伸高雙手扭動圓盤，吃力地推起沉重的鐵蓋，只露出一雙眼睛往外窺視，看見外頭是一間漆黑無人的藥品儲藏室。

他手腳並用地爬出儲藏桶，發現監視器剛好就在頭上，爬出來的鐵桶完全處在死角。塞西爾調整一下口中歪掉的豐齒器，掏出手機一看。

「**去七號門，上伊恩的車。**」

看來會是雅各來接他。潔兒那邊的情況大概也不妙。塞西爾把手機收回口袋裡，神色自然地走出儲藏室。

走廊上熙熙攘攘地全是人。塞西爾泰然自若地穿越走廊，往窗戶外瞥了一眼。乍看之下人流和平常差不多，卻有幾臺車停在不尋常的位置，還有幾個人站在不起眼的角落滑著手機──能在這麼短的時間內包圍醫院，就表示他們早就準備好了。

塞西爾在監視者察覺他的目光前轉回視線，回想著在雅各送他過來第一天就已經背起來的醫院地圖，挑了一條捷徑轉過彎。潔兒指示的七號門在別棟，只有兩條路徑，走八樓的空中陸橋，或是穿越一樓的戶外廣場。塞西爾現在已經到三樓，往下走比較快但同樣也比較危險，尤其當他看見窗外又駛來一臺保母車，兩個記者走了下來。

唯一慶幸的是中午人流很多，如果混在人群之間穿越廣場比較不容易被發現。一靠近出口就看見已經有好幾個記者若無其事地等在門外，塞西爾配合著人群的腳步，跟著前面的婦女，從不斷好奇地探頭探腦的記者旁邊繞了過去。

一踏入陽光下，塞西爾馬上就感覺到一股令人喘不過氣的被監視感。他鎮定地邁開步伐。這片廣場很大，用平常的速度大約要走一分鐘，如果對方已經掌握他的長相，一分鐘要識破這個拙劣的偽裝簡直綽綽有餘。塞西爾瞇起眼睛，學旁邊一家人一樣伸手遮在額頭上遮陽，巧妙地擋住眼睛。有人在看他，**盯**著他看——

只剩下幾步路，塞西爾忽然聽見一聲：「先生！」

是從背後傳來的。他只稍微瞥了一下頭，不敢興趣地繼續往前走，聲音卻越來越近，直接來到他背後。「先生！不好意思。」對方看起來很年輕，可能只是個大學生，「請問一下，你知道辦理住院的櫃檯在哪裡嗎？」

他靠得很近。身上穿著白色襯衫，釦子是黑的，全身上下哪裡都可能藏著攝影機。塞西爾側著身，含糊道：「你走錯棟了，要從北棟進去。」嘴裡的豐齒器隨著開口說話一直有種不穩固的感覺。

「北棟……？」對方露出抱歉的笑容，視線仍緊緊盯著塞西爾的臉，眼神裡透露出的困惑似乎正在思考眼前這個人到底是不是目標。看來他們確實沒有少年的照片。塞西爾隨手指了方向，對方又道：「不好意思，你可以帶我去嗎？」

塞西爾靜靜地瞥了他一眼。對方頓了一下，神色顯得有些局促。

「牆上都有地圖。」塞西爾冷冷道，趁著他還在思考該怎麼接話拖延時，直接轉身準備離開。然而就在轉頭的同時忽然感覺被從斜後方重重撞了一下，少年立刻扭身躲開，卻來不及摀住嘴巴，豐齒器直接掉出來。調皮的小孩子見闖了禍，一溜煙地跑走了。

塞西爾沒有一絲猶豫，拔腿就跑。

「就是他！」背後的人尖叫道。

塞西爾二話不說推開路人衝進建築裡，眼角餘光瞥見至少有四個人在追他。背後響起此起彼落的喊叫聲，塞西爾穿梭在還搞不清楚發生什麼事的人群中拚命狂奔，才跑短短幾段路就明顯感覺到胸腔快要炸開，後方追兵的速度遠比體力欠佳的少年更快，而且越來越多人，一下子就縮短了距離，他甚至聽見狗吠聲。

塞西爾眼角瞥見一隻熟悉的三頭犬在窗戶外跟著他奔跑，幾秒鐘裡就迅速地靠近，一躍而起跳過敞開的窗戶，瞄準少年的喉嚨張大嘴。塞西爾反射性伸出手臂擋住幻種阿雅的利牙，瞬間扎進手臂裡的劇痛感讓他想也沒想，借力把幻種甩向後方的追兵，「Paehaji（去）！」

狼犬竟真的鬆了嘴，撲上已經幾乎抓到少年外套的男人，瞬間把對方壓倒在地。騷動的人群這才遲來地出現尖叫聲，整條走廊亂成一團，塞西爾在慌亂的人潮中死命鑽空狂奔，終於看見潔兒所說的七號門就在前方，貼著「請隨手關門」的門扉幸運地正大大敞開著。

塞西爾咬緊牙關，低頭甩掉插進髮間的五指，一鼓作氣闖出門外。

刺眼的陽光讓他差點沒看見眼前低調的灰色轎車。「這裡！」車裡的人已經提前打開車門，對著他大喊道。

塞西爾屏住呼吸加速狂奔，反手脫掉被抓住的外套縱身一跳，重重摔進車裡。駕駛立刻踩下油門狂飆，把抓住少年腳掌的人連同鞋子一起甩飛出去。塞西爾一手遮著臉，搶過車門狠狠甩上，直到暴漲的引擎聲淹沒車窗外的喊叫與拍打，這才重重喘了一口氣。

他抬起頭，「雅各哥——」

話沒說完卻頓住了。透過後照鏡映過來的並不是雅各那雙淺棕色的雙眸，竟是一雙灰黑如鷹的眼睛。

塞西爾立刻退開，警戒地透過後照鏡瞪著約瑟夫。

男人面無表情地瞥了他一眼，很快轉開視線專注路況，對他明顯的防備什麼也沒說。「後車箱有醫藥箱，從椅子中間可以打開。先止血消毒再擦藥。」

少年沒有立刻動作。他遲疑兩秒，才照著約瑟夫的指示真的找到了醫藥箱，挪到駕駛座正後方的位子包紮手上的傷口，不讓他從後照鏡窺視一舉一動。他偷偷掏出手機傳簡訊給潔兒，確認她的確只說了「上伊恩的車」——但怎麼會是約瑟夫？難道這不是她本人傳的訊息嗎？

「我會先載你去東邊的防空洞。」約瑟夫開口時少年立刻反射性藏起手機，「外面出事了。總理也在那，幾個小時後你會和他一起出國避難。手機關機，免得被追蹤。」

「手機是雅各哥哥給我的。」塞西爾還沒說完就被打斷。

「那就一定有裝追蹤器了。」

「……如果丟掉，哥哥他們就沒辦法聯繫我了。」少年試探道。他在約瑟夫的視線死角裡重新掏出電話，飛快地打字將簡訊群發給通訊錄裡所有連絡人。

「約瑟夫接到我。伊恩的車，灰色那臺。帶我去防空洞，幾小時後搭飛機。」

假使約瑟夫的出現確實不是安排好的，就表示其他人目前抽不開身或是對塞西爾面臨的情況完全不知情，少年很可能一時半會等不到信得過的救援。

「就是不能讓他們找到你啊。」約瑟夫說。塞西爾抬起頭，看見那雙灰冷的眼倒映在後照鏡中，冷冷地凝視著後方路況。「塞西爾，我們之中有內鬼。」

引擎嗡嗡作響。塞西爾從後照鏡裡瞥見一臺黑色轎車穿梭在車陣之中，保持著一點距離緊跟著他們，約瑟夫也有發現，開始漸漸加速。少年思考了一會，冷靜問道：「你是說給我手機的雅各哥哥是叛徒嗎？」

「要是知道是誰，我們就不用像現在一樣夾著尾巴逃跑了啊。」約瑟夫不動聲色道。

「我要有辦法直接聯繫哥哥。」少年堅持。

約瑟夫沒有立刻回答。當他再度開口時忽然變了個語氣，輕輕說道：「我們現在可是同一條船上的人了。」

少年沉默不語。男人身上現在一定至少配有兩把槍，一把普通手槍、一把專門對付魔法師的銀槍。約瑟夫也許還不知道塞西爾的肉體全是魔法做的，只以為他還有點力量在身上，在搞懂究竟想對他做什麼前這張底牌可不能隨便亮出來……塞西爾權衡一會，正準備開口時約瑟夫忽然歪過身，從副駕駛座的置物盒裡撈出一隻同樣是按鍵式的手機。

「備用手機我這裡多得很，在前面的岔路之前把那支丟了。」男人反手將電話遞給他，在少年接過後卻沒收回手，空著掌心等著他交出原本的手機。

塞西爾低頭一看，兩隻按鍵手機的外觀差不多，細看還是能看出差別，不能指望約瑟夫不會發現。少年裝作在輸入號碼似地按幾下按鍵，搖下車窗，忽略掉等待的約瑟夫，將他給的那支電話直接拋出窗外。

前座的男人什麼也沒說，緩緩地收回手。

甩掉一臺車後，很快地就有第二臺車跟了上來。約瑟夫踩緊油門甩開追兵，少年坐在後座繫緊了安全帶，手裡握著電話，卻遲遲沒等到一封回覆。車窗外的景色平靜到讓人難以想像正在發生政變，唯一詭異的地方就是當他想打開收音機聽新聞時，收音機從頭到尾都只發出尖銳刺耳的噪音。

直到後照鏡裡再也看不到任何一臺跟蹤車輛後，約瑟夫又開了很長一段路，四周景色也越來越荒涼。簡訊收件匣裡依舊一點回音也沒有，塞西爾有些焦躁地反覆查看手機，揣想著情況究竟是多糟糕，才會連其中幾個理應很清閒的人也沒回覆。

難道約瑟夫說的是實話嗎？潔兒真的放心讓約瑟夫來接他嗎？還不如說是因為他們全都被抓了才沒回覆。他被關在醫院許多天，不知道真實的局勢到底如何，但一直以來都在等待時機的政敵之所以挑這個時候動作一定有原因……

他思考一會，點開與柏妮絲的傳訊記錄寫道：「妳那裡還好嗎？」

才剛發出去沒多久還沒等到回應，車子終於停了下來。塞西爾抬頭發現他們停在一片荒郊野嶺中央，只有一棟看起來像是度假別墅的屋子，獨自佇立在雜草叢生的原野中。約瑟夫下車，直接替坐在駕駛座正後方的少年拉開車門，「快點。」

塞西爾小心翼翼地下車。男人踏出一步站到少年身後，既是催促也是監視著他往前，逃跑一定跑不贏的少年只好乖乖地跟著他繞過別墅，發現房子後方原來還有間看起來像倉庫的簡陋木屋。約瑟夫鬆開纏在門把上的沉重鐵鍊打開門，裡面看起來的確就是普通的小倉庫，囤放著各式各樣的五金器材。

約瑟夫招了招手示意，「進來。」

少年停在原地沒有立刻往前。約瑟夫眼裡一瞬間閃過某種晦暗的情緒，立刻換上原本的虛假微笑，半嘲諷道：「我不會咬你。」

塞西爾評估著逃跑的可行性，遲疑地慢慢靠近。「不是說要去防空洞嗎？」他問。

約瑟夫始終沒有多餘的動作，就是站在那裡等著少年走進木屋，慢條斯理道：「總不能讓人一眼就找到總理藏身處的入口吧。」

等塞西爾一踏進倉庫，約瑟夫忽然大步靠過來，逼得塞西爾只能立刻退開。約瑟夫只是撿起掉在草地上的鐵鍊，看也沒看少年一眼，用特殊方法纏回外側門把上，往內一拉關起門後便把兩人一起鎖在了倉庫內。塞西爾把身影藏在角落，警戒地望著約瑟夫轉過身，從唯一一扇小窗戶漏進來的陽光割開男人的喉嚨，將那雙淡灰色眼睛完全隱匿在陰影之中。

約瑟夫隨手拿起一根長長的鐵棍。

塞西爾瞬間繃緊神經，雙眼緊盯著漸漸逼近的約瑟夫，才後退兩步腳跟就抵到沉重的圓木桶，退無可退。那雙老鷹般的眼睛正像獵食者一樣直直地盯著他。他左手邊不遠處也有根鐵撬，但光憑少年的力氣可能甚至連抬起來都很吃力，遑論用那個和高大的男人硬碰硬。如果直接在這裡動用魔法——

在動手的前一刻，約瑟夫突然在距離少年幾步之遙的地方停了下來。他把鐵棍的一端放到地上，三兩下撬開木板，露出一條往下的漆黑石梯。「防空洞。」約瑟夫彷彿惡作劇得逞般愉快地解釋道。「下去吧。」

塞西爾盯著樓梯盡頭消失在無邊黑暗中，卻忽然有種**非常不好**的預感。

約瑟夫隨手扔開鐵棍。少年趁著他轉頭的一瞬間，迅速地從口袋中摸出手機藏到身後，憑著手感按下迦勒的號碼。「下面是什麼？」他問道。接不接電話是其次，一定要讓人找到他最後的定位，這下面肯定不會有信號。

「就說是防空洞。」約瑟夫瞇起眼睛，打量著謹慎地保持距離的少年，「我聽迦勒說你讀很多書呢，不知道這個防空洞嗎？」

「我連這裡是哪裡都不知道。」塞西爾摸索著按下撥號，身後成功傳來輕微的嘟聲，立刻用指腹緊緊壓住喇叭孔。

約瑟夫被他的話逗得輕哼，皮笑肉不笑地揚起嘴角，「小西。我可以這樣叫你嗎？」

「不可以。」少年退後兩步，背靠上沾滿灰塵的雜物堆，約瑟夫卻還在繼續靠近。男人試圖把塞西爾逼到牆角，少年緊盯著他不自然的姿勢，見側邊露出了一點破綻，想起約瑟夫的側腰受過撕裂傷。

「小西。」他眼角餘光瞥見約瑟夫抬起手，「對大人不能這麼沒禮貌啊。」

塞西爾放開電話，讓手機掉進不知哪裡的夾縫後立刻看準空隙往前一撲，但約瑟夫的動作還是更快，在他碰到舊傷之前眨眼間就擒住垂死掙扎的少年，趁著塞西爾重心不穩之際反手一甩，直接將人推下樓梯。

少年的背重重撞上石梯邊緣，痛得倒抽一口氣，這才發現階梯表面意外溼滑，完全沒有施力點。他在階梯上滾了好幾圈，雙手護著頭，被幻種撕咬過的左手撞到完全麻痺，感覺全身上下彷彿被痛打一頓般難以動彈。

階梯完全沒有照明，唯一的光源來自上方。好不容易才停下滾落的少年吃力地單手撐住身體，甚至還沒抬起頭來，忽然只聽見一聲巨響在狹窄漆黑的通道間炸開迴盪，肩膀猝然間彷彿火燒般地劇痛起來，瞬間變得無比沉重，讓少年的身體直接歪向一邊。

中彈了。他立刻反應過來，是專門對付魔法師的子彈。他咬緊牙關，抬起腳往前一撲，不知什麼時候約瑟夫已經站在上方三階的位置，抬腳就往少年單薄的胸口重重踹下去。塞西爾立刻雙手交叉護住後腦杓，還是感覺到石階邊緣差點撞斷指骨，一路往下滾到了樓梯底部。

好冰。少年深深地倒抽一口氣。身下石灰地和階梯一樣是溼的，身體彷彿從內到外漸漸結冰，只有中彈的肩膀還在發燙。他開始感覺不到自己的身體，本來應該能運用自如的魔法從感官裡完全消失。當塞西爾試著爬起來，又一槍擊中他的腰，遲鈍的感官讓他一時間甚至沒感覺到痛，直到腰際開始火辣辣地燒起來，少年僵硬地跌回地上，蜷縮著瑟瑟發抖。

不太對勁。直覺這樣告訴他。這種子彈的威力本來就這麼強嗎？

少年動彈不得地趴在地上拚命呼吸，眼睜睜看著黑暗中有什麼朝自己走來。那是一雙擦得光亮的皮鞋，不疾不徐地慢慢走到塞西爾眼前從容地站定，還彷佛想試探他是否還活著似地輕輕頂了一下少年流血的鼻子。「這個樣子倒是新鮮。」約瑟夫諷刺道：「是吧？老大。」

約瑟夫用鞋尖戳著他的臉頰，頂起他的臉承接住男人居高臨下的凝視。「確實滿可愛的。」他評論道：「難怪那些老傢伙們每個都這麼寵你。」

他彎下腰，抓住少年的後領直接拖行。細小砂石把少年的背刮出一條條血痕，塞西爾試著動用魔法止痛，頓時一陣頭暈目眩，腦袋裡彷佛被什麼重擊般地嗡嗡作響，只能癱軟著任男人拖行。這種子彈絕對沒有這麼大的威力，難道是改良過的嗎？

塞西爾張開嘴巴喘氣，瞇起眼睛試圖看清楚究竟在哪，卻只吸入大口冰冷而潮溼的稀薄空氣。洞穴裡氧氣不足，疲憊感緊緊攫獲住受傷的少年。他感覺到身下的粗糙石地不知何時變成平滑鋪磚地板，冰冷寒意沿著脊椎鑽進少年體內，將他的魔法之身徹底凍僵粉碎，淪為一具普通的空殼。

他的魔法一千年來只在兩個地方失效過。

少年忽然打從心底一陣毛骨悚然。他的魔法上一次這樣對他的呼喚毫無反應，是在魔法無法踏足的極北，再上一次是那個花費一生摧毀的地方……

不知走了多久，前方終於開始漸漸出現微光。身體僵硬到開始輕微抽搐的少年眼睜睜看著面前的黑暗逐漸變得五彩繽紛，上方描繪著神靈，左右兩側滿滿記敘著英雄的史詩故事，身下躺著淒叫的魔鬼。上下前後左右，全部都是斑駁的奧特蘭王宮壁畫。

早該在十二年前就已坍塌殆盡的奧特蘭王宮，不知如何被重現在這座地底洞穴中。雖然有些地方仍看得出破綻，但能把魔女一手打造的那座宮殿複製到這種程度，已經相當不可思議——就連曾經藏匿在斑駁筆觸之間，用來囚禁與控制魔法師的把戲也被維妙維肖地復刻出來。

少年癱軟無力地被約瑟夫拖進寬敞的大廳。眼前忽然變得極度明亮，讓塞西爾難受地瞇起眼。約瑟夫本想把他拖到一個同樣畫滿壁畫的圓形平臺上，沒走兩步就鬆了手，只把虛弱的少年丟在階梯上。「我下班囉。」他聽見男人說道。

「他怎麼了？」是女人的聲音。「我說了要活的。」

「當然是活的。」約瑟夫說：「我把他從樓梯上踹下來，也許不能走路了？」

一個影子靠了過來。塞西爾看見一雙豔紅高跟鞋，鞋子的主人踩上他額頭，把少年的臉翻成正面。高聳圓拱屋頂中央有個太陽圖騰，正彷彿真正太陽一般激烈閃耀著，讓少年完全看不見女人的臉，只隱隱約約看到一頭火紅的長髮。

他什麼都還沒做，猝不及防一陣窒息，女人用高跟鞋跟狠狠踩上少年的喉嚨。塞西爾張大嘴巴也沒辦法呼吸，直到女人鬆開腳，用力踹了一下他的腦袋後轉身離去，少年這才有空檔得以咳嗽。「把他扛進去。」女人下令。

有兩個人分別抓住他的手跟腳。塞西爾反射性一躲，立刻被發瘋般地痛打一頓，直到他徹底失去反抗能力。兩人卸除他臉上的偽裝，把少年全身剝了精光，一前一後地把塞西爾像是待宰的牲畜一樣吊起來。他的鼻子裡全都是血，只能張著嘴巴呼吸，被血染紅的眼角餘光瞥見華麗典雅的彩繪地板上，放著一個超市就能買到的廉價塑膠浴缸。那兩人把他抬起來，丟進了浴缸裡。

浴缸很深，即使伸直雙腳也只有不到一半的小腿能露出邊緣。把人丟進去後，他們開始往浴缸裡倒入一桶又一桶冰過的血水與內臟，腥臭味徹底壓過塞西爾的嗅覺，他慌張地挪動著身體以免被直接淹死，最後只剩一張臉勉強露出水面。

「我們是不是應該綁住他？」一人手上拿著倒空的桶子，看著少年拚命地浮出水面呼吸，後知後覺地問。

「不用。」約瑟夫的聲音從塞西爾視線外傳過來，接著只看見一把銀色手槍，看也沒看就毫不猶豫地往浴缸內又開了一槍。濺起的水花噴了塞西爾滿臉，原本支撐著身體浮出水面的大腿中槍了，少年身子一歪，嗆了一大口惡臭的髒血。

「你可不要在儀式之前就把他打死了！」女人怒聲道。

約瑟夫冷笑一聲，「他是那種三槍就打得死的人嗎？」

身體好重。塞西爾半坐半臥地背靠著缸壁，小心翼翼保持鼻子在水面上，幸好那些人沒有再繼續往浴缸裡倒血了。冰冷的汙血滲進傷口裡，寒意順著血管而上，差點把心臟也凍僵，正上方的假太陽一點溫度也沒有。塞西爾再次試著驅動魔法，卻發現甚至快感覺不到自己的身體。剛才往浴缸內倒血的人正站在不遠處監視著，少年閉上眼睛，只用聽的試圖了解情況。

「他什麼時候會來？」又是那個女人。當年魔女黨羽裡不只一個紅髮女人，但應該在戰後都肅清得差不多了，塞西爾怎麼也想不起這號人物。

少年聽見約瑟夫漫不經心道：「就快了，體諒他身體不好吧。」

約瑟夫是什麼時候跟魔女殘黨搞在一起……塞西爾緊皺著眉頭，緊咬著嘴巴內側的肉強迫自己保持清醒。他的勢力不應該大到能在長生者聚集的首都一手遮天，明目張膽勾搭魔女殘黨才對，為什麼完全沒有人發現呢？

彷彿過了很長一段時間，少年好幾次差點睡著，滑下去的時候又被血水嗆醒。當他感覺這副孱弱的身體似乎真的快到極限，忽然聽見一陣隱隱約約的吵雜聲。「你這個白痴！」少年聽見濃厚的口音說道：「誰讓你找那麼多狗仔？我花超久才甩掉那些水蛭！」

「我可沒有。」約瑟夫無辜道：「有餌的地方就會有魚嘛。」

「都給我閉嘴，我們可沒有這麼多下午茶時間讓你們慢慢吵架。」女人憤怒地打斷二人，「東西在哪裡？」

那個口音很重的男人還沒回答，塞西爾就聽見了另一個聲音說道：「在我這。」

那嗓音有些沙啞，聽起來非常疲憊。少年睜開眼睛，太陽圖騰依舊在面前閃耀著。「阿廖沙！」女人驚喜道，一陣高跟鞋的喀喀聲響起，似乎是她飛奔到那個男人身邊。

「噢……親愛的列娜，小力一點。」

「對不起。」女人完全沒了剛才高傲跋扈的氣勢，溫柔甚至卑微地說道。

塞西爾聽見一陣沉重的腳步聲，彷彿是拖著腳走過來的。他感覺逐漸麻木的心臟彷彿重新活躍起來，衝撞著少年這副單薄脆弱的皮囊，有種奇怪的感覺哽在胸口悄悄地翻騰著。一個影子投射在殷紅的水面上，塞西爾看見一雙十指都戴滿奧伯拉鋼戒的手輕巧地靠在浴缸邊緣，順著看上去，太陽圖騰的刺眼強光讓他一時間真心希望能在這瞬間沒有認出這個短髮，滿臉病容的陌生男人。

「嗨，小西。」伊納修斯溫柔地說。

一時之間，塞西爾發現自己居然只覺得有那麼一點點失望。

他茫然地看著男人揮了揮手，讓其他人把塞西爾扶起來坐著。突然改變姿勢的少年一陣頭暈目眩，低頭吐在滿缸的血水當中。伊納修斯只是靜靜地看著他難受地嘔吐，生理眼淚無法克制地往下掉，幾乎無法呼吸地拚命喘著氣。男人忽然開口問：「你們打他嗎？」

沒有人回答。過了兩秒，約瑟夫平靜地開口：「狄米崔和薩瓦打了他一頓。」

還沒聽見任何反駁的話，塞西爾眼角瞥見伊納修斯舉起槍，「砰砰」兩下就沒有了。男人什麼也沒解釋，收起手槍拿出了一個黑色袋子。直覺告訴塞西爾必須拖延時間，他顫巍巍地開口道：「伊恩哥哥……」

「不會很痛的。」伊納修斯卻這麼回答。他對一旁的人點頭示意，立刻有人上前架住塞西爾，把他肩膀以上拉出水面，壓著少年的後腦強迫他低頭。他只能從水面上的模糊倒影，看見伊納修斯從袋子裡掏出一根樹枝般的小棍子。「是可能會有點不舒服，但也不會比現在更難受了。」

「伊恩……」他哭著說。

「別這樣嘛。」伊納修斯淡漠地說。「你會害我捨不得的。」

他拿著那根東西靠近少年的左手，解開被血浸溼的繃帶，露出被幻種狠狠撕咬過的傷口。「如果你乖乖別動，很快就可以結束了。」伊納修斯的語氣溫柔得就和從前一模一樣，彷彿依舊是那個最寵少年的鄰家哥哥。「運氣好的話也許甚至不用看醫生，立刻就可以回家。」

枯槁的指尖在他受傷的手臂上來回摸索著，彷彿光是觸碰都能在少年的血肉上刮出深可見骨的切口。少年恐慌地哭喊道：「那是什麼？你要對我做什麼？」虛弱地掙扎兩下，架著他的兩人力氣收得更緊，幾乎要將少年的骨頭扭斷。

「你的遺骸。」伊納修斯耐心地解釋：「你知道自己的身體是魔法做的吧？我們只要這個而已。假如直接切掉你的頭拿走身體的話，魔法反而會蒸發消散，所以列娜千辛萬苦找到你以前的身軀，只要換過來就好。你用舊身體繼續生活，我們也拿到想要的。雖然這副骨頭是有點久了，但畢竟是你本來的肉體，不會出問題的。」

「我不要！」塞西爾淒厲地尖叫，聲音卻沙啞得氣若游絲。奄奄一息的少年哭得上氣不接下氣，他拚命地搖頭，卻被沉沉壓住腦袋，只能絕望地哀求著水面上不斷搖晃的模糊倒影：「你不是說……你不是說你相信我嗎？」

「騙你的嘛。」伊納修斯輕輕地說。

塞西爾尖聲慘叫，死命地抵抗著伊納修斯的觸碰，壓在後腦上的手突然用力把少年埋進血水中。惡臭的血液瞬間灌進嘴巴與鼻腔，少年瘋狂地掙扎，中彈的傷處往四面八方灼燒起來，泡著冰冷的血卻感覺像被關在熊熊燃燒的刑具裡。在他嗆死的前一刻，對方又揪住頭髮把他拉起來，力道粗魯得扯痛頭皮，塞西爾用力地咳嗽嘔吐，皮膚發燙刺痛，體內卻冰冷得逐漸結塊，身體越來越沉重。

「放手！」伊納修斯突然喝斥道，抓著他頭髮的手鬆開了。少年立刻跳起來，把塑膠浴缸撞得猛然搖晃一下，馬上又被狠狠拽回來按進浴缸。兩人抓住他的腳把少年頭下腳上地拉起，用皮帶綁緊後按在浴缸邊緣，接著以同樣手法將雙手也束縛固定住。少年好不容易能破出水面用力吸氣，伊納修斯立刻命令：「按住他的頭！」

塞西爾一聽立刻拚命甩頭，卻驚悚地發現腦袋似乎沒那麼穩固地連接在脖子上了。一個滿臉鬍子的男人立刻上前，用雙臂緊緊抱住少年的脖子與頭顱，讓塞西爾更鮮明地感覺到喉嚨真的**裂開了**。

還來不及恐慌，伊納修斯扶住他的腰，將骸骨對準肚臍直直刺進去。

他彷彿拿了根燒紅的鐵棍插進少年身體裡一般，激烈痛楚讓塞西爾瞬間尖叫出聲，身體不由自主地瘋狂痙攣。所有人一鼓作氣將他重新塞回浴缸，少年深深地沉下去，頂多一公尺深的血水卻彷彿無底的深海般，完全沒辦法浮出呼吸。

猶如要將他直接煮熟的燃燒感，讓塞西爾感覺身體就快從被刺穿的肚臍處爆炸斷成兩截，溺死之際終於有人抓住手臂把他拽出水面，噁心的異物感瞬間從肚臍竄上喉嚨。塞西爾反射性張口，伊納修斯立刻伸手接住他吐出來的漆黑人骨。

「那是……！」一旁的列娜興奮地喊。

「收好。」伊納修斯說，將骨頭交給她，「快點，他的頭要是掉下來就沒得玩了。」

塞西爾無力地仰著頭，眼神空洞地望著頭上閃耀的太陽圖騰。他能感覺到每次呼吸都從脖子的傷口漏風出去，忽然覺得好像忘記什麼，還忘了非常長、非常長一段時間。

小時候第一次見到伊納修斯，似乎就是在這間大廳。奧特蘭王丟給當時只是個小乞丐的伊納修斯一把匕首，告訴他只要刺中面前的小塞西爾一刀，就放了他，如果失敗了，就把他拿去做魔獸的飼料。

他突然想起那個小乞丐當年是如何雙腳顫抖，甚至怕到失禁，極其狼狽地拚命哭求那個小他很多歲的孩子只要放一點點水就好。這種事情他早就該忘記很多年，望著眼前的太陽圖騰時，卻彷彿只是昨天的事一般清晰地想了起來。

當年他如何看著那個小乞丐被吃掉後又被缺手缺腳地吐掉，看著迦勒三番五次被肢解卻也只能無視他的哭泣哀求默默幫他拼回去。塞西爾突然想起當年躺在魔女懷裡，一邊聽她哼著從沒聽過的詭異搖籃曲，看著她一針一線地勾勒出塞西爾的一切。

原來真的都是夢。

一隻瘦骨如柴的手伸到塞西爾眼前替他擋住強光，輕輕覆蓋住少年哭泣的眼睛。長達十二年，自始至終都是場令人難過的美夢。

他感覺到有人正試圖將骸骨塞進嘴裡，因為遺骨太過粗壯顯然吃不下去，讓對方的動作顯得有些遲疑而不知所措。塞西爾乾脆主動張大嘴巴，硬是吞噬那根粗壯的骸骨。身體瞬間燃燒起來，自從進到洞穴裡就一直折磨著少年的虛冷頓時消失，過於旺盛的魔法漩渦讓他終於重新奪回知覺，在再次被壓入水中的同時條然膨脹爆炸。

強烈的衝擊讓塞西爾一瞬間真的以為自己已經被炸得四分五裂，直到眼前一片漆黑的暈眩感散去，才看見局勢完全變了樣。

脆弱的塑膠浴缸已經被炸得只剩下淺淺一個碟狀。地上整片浮華彩繪完全被爆炸的血水覆蓋掉，甚至就連穹頂上也噴到汙血，將太陽圖騰發出的光芒染成恐怖的猩紅色。最靠近塞西爾的幾個人已經躺在不遠處地板上，身體就像被無數子彈穿過般徹底打爛，其他人全部退到平臺之下，疑懼地瞪著赤身裸體的少年。

塞西爾輕碰自己的脖子，果然摸到一條又長又深的傷口。

裝著他舊身體的黑色袋子被扔在不遠處。少年搖搖晃晃地爬起身，聽見那個叫列娜的女人大聲尖叫：**「開槍啊！」**

死寂的大廳這才彷彿回過神般地響起槍聲，灑滿地的血瞬間豎起高牆，一口氣吞噬所有子彈。塞西爾步履蹣跚地走向袋子，彎腰撿起自己的遺骸，抬起頭剛好看見剛才那個滿臉鬍子的男人衝到面前，舉起銀色手槍。

在塞西爾回過神來之前，地上的血彷彿有生命般瞬間凸起，眨眼間就將男人刺成馬蜂窩。少年直起腰，手上拎著已經破洞的袋子，在剛才衝擊中碎成一塊塊的骨頭從裡面掉了出來。

他茫然地盯著前方滿臉是血卻毫髮無傷，一臉錯愕的伊納修斯。

「伊恩……」

伊納修斯的表情立刻變了。從驚訝變成驚恐，最後變成這十二年來塞西爾見過他最赤裸裸的恐懼。

塞西爾一手抓住自己的頭髮，「你當年就應該殺掉我的。」

他用力一扯，把腦袋從脖子上狠狠拽了下來，將袋子裡的骨頭碎片全部撒在斷面上。滾燙的痛楚讓他忍不住放聲大叫跪倒在地，逐漸被原身取代的魔法軀體散落在少年身邊，失去形體化為純粹的力量，狂亂無章地迅速攻擊大廳裡的所有人。

塞西爾痛苦地蜷縮在地，感覺彷彿一夕老去般，身體正以極快的速度變得越來越遲鈍又脆弱，難以承受正不斷傾洩而出的龐大魔法，澎湃的力量甚至撕裂了少年身上的傷口。塞西爾咬緊牙關強迫自己控制住瀕臨失控的力量，剛站起身，忽然一顆子彈打穿他的小腿，一陣踉蹌後少年勉強穩住身體，立刻又一聲槍響，右耳熱辣辣地燒了起來。

「不能殺他！」

伊納修斯焦急的聲音變得很模糊朦朧。塞西爾往後一瞪，漫天血霧頓時凝結成幾十顆子彈貫穿朝他開槍的人。大廳裡持槍的敵人目測至少還有十個，他沒有那麼多力氣一一對付。塞西爾迅速掃視大廳，發現在穹頂邊緣有塊微小的破綻，壁畫上的人直接少了一張臉。塞西爾舉起雙手，遍地汙血像海浪一般高高湧起，將所有殘黨逼退到角落，少年伸手直指著那處微小的缺口，輕聲道：「砰。」

古老的壁畫瞬間長出碎玻璃的裂痕，不到半秒時間整座大廳轟然一響，頭頂上的太陽圖騰猝然熄滅，巨大地底洞穴在一片黑暗中徹底陷落。塞西爾召回血液將自己包成一個堅實的蛹，沉重的落石把他的防護魔法砸得搖搖晃晃，少年咬緊牙關，按著身上不斷出血的傷口靜靜等待著巨響沉寂。

等到坍塌結束，塞西爾試著敲了敲外面，把壓在血蛹上的東西挪走才解開魔法。宮殿受損後，始終陰魂不散箝制著少年的那股寒意也消散不少，只剩下中槍的地方還在不時抽痛，但這種程度至少還可以咬牙忍耐。眼前一片漆黑什麼也看不見，塞西爾只能透過感受能操縱的血液多了多少，來判斷應該死了有七、八個人。

空氣中還聽得見一些聲音，有的只剩一口氣，還有一兩個仍在拚命掙扎著，藏住痛苦的哀號聲。還有最後一個——

塞西爾猛然回過頭，槍響瞬間炸開貫穿他的肩膀。少年立刻按住傷處，血液同時凝結成盾牌與長槍，擋住另一顆瞄準他額頭的子彈後，朝著黑暗裡的倖存者擲了出去。

不遠處響起赤腳在石地上奔跑的悶聲，塞西爾二話不說引爆血液凝造的長槍，聽見對方的呼吸一陣滯塞，散落的血滴瞬間朝著鎖定方位紛紛射出，這回終於聽見一陣踉蹌。塞西爾揮動血液將那人捲起來，打算往後折成兩半，卻發現那人突然彷彿爆炸一樣狠狠撕裂塞西爾的魔法逃脫，在黑暗中又一溜煙消失了。

是魔法師。塞西爾彎腰抄起地上的手槍。他本來還在猜測造出這座假宮殿的魔法師本人在不在現場，這就出現了。

塞西爾悄聲無息地躲到落石後方，安靜地用魔法探索著洞穴內目前的格局。不只能躲過奧伯拉鋼爆，連這座假宮殿也沒被摧毀，對方肯定不是普通貨色。少年緩緩地深吸一口氣，靜靜地吐出，慢慢地拉扯、延展感官，能感覺到大廳空間約莫消失一半，有些地方正搖搖欲墜，隨時會繼續坍塌。在他藏身的落石後方有具屍體，左邊三公尺處有一個腳被壓住，正在無聲掙扎的人。再過去一點……

少年安靜地等待著。他的魔法悄悄翻湧起來，躁動不安地四處逡巡，一滴水珠滑過喉結。塞西爾輕輕摸一下脖子，用魔法覆蓋住曾經的傷口，改變了自己的聲音，**「列娜·沙夏。」**

他等了一秒鐘，抓到右前方傳來輕微的碰撞聲。

血長槍一瞬間刺穿魔法師藏身的地方，塞西爾聽見一聲尖叫，人影又開始試圖逃跑。他立刻緊追在後，像條水蛭般從女人傷口中吸出血來攻擊她自己，列娜用力一踏踢開塞西爾的力量，洞穴內迴盪著不祥的碎裂聲。

少年安靜地舉起槍，閉上眼睛，聽著腳步聲方位扣下扳機，子彈打中一顆巨大的落石。一陣極難察覺的輕微氣流從塞西爾右前方吹過來，少年立刻轉向，受傷的肩膀卻拖慢他的動作，滾燙的子彈直直擊中臉部。

顴骨彷彿瞬間燒了起來。塞西爾大手一揮，以血浪將女人狠狠拍飛。少年往臉上抹了一把血強行壓下疼痛，舉起血槌朝著列娜所在的位置一陣猛砸。她像條蛇一樣滑溜，塞西爾的魔法緊緊尾隨在後。

當列娜縱身躍入落石堆的縫隙裡時，塞西爾直接用力一揮掀翻石堆，試圖把她壓爛在裡面。洞穴轟隆作響，更多落石砸下，他能感覺到列娜像蟑螂一樣在石堆中迅速地鑽上鑽下。少年悄悄張開雙手，在她逃出來那一刻狠狠地拍下。他能感覺到肉在手裡被壓爛的觸感。列娜顫抖一會，很快就像斷線木偶一樣不動了。

塞西爾用魔法將女人包成一顆繭，只露出嘴巴，小心翼翼地把人拉近。他不小心連她的下顎和牙齒都打碎了，但至少還能發聲。「妳是她的女兒嗎？」塞西爾單刀直入地問。能造出這一整座假宮殿，一定曾經長期待在奧特蘭宮中，單純魔女黨羽是不可能如此成功地模仿壁畫裡的魔法的。

列娜沒有回答，被嗆到似地突然一陣猛咳，從鼻子和嘴巴裡噴出血來。

「你……」

塞西爾禮貌地等一會都沒聽見她說完，只是在少年臉上噴了一堆血。塞西爾隨手擦掉，一下忘了顱骨裡還埋著一顆子彈，痛得縮瑟一下。「為什麼能召喚魔女的宣誓姓，妳想問這個嗎？」

即使已經封住她的眼睛，在伸手不見五指的漆黑中少年仍能感受到女人彷彿要活生生撕裂他的眼神。心知大概問不出答案的塞西爾哼了一聲，收緊魔法打算直接將她捏死在繭中。那個女人即使真的有女兒，肯定也不會像這樣無用，也許就是運氣好吧。

「因為我就是那個賤女人的碎片啊。」

少年收束力量，剎那間繭裡突然亮起光芒，猝不及防的光明讓塞西爾一瞬間幾乎失去視力，瞇著眼看見列娜額頭上浮現出強烈發光的太陽圖騰。鮮血淋漓的女人瞪大暴凸的眼睛，甩動斷掉的手臂硬生生切開束縛，抓著從塞西爾身上剝下來的漆黑人骨往少年頭上一刀揮下。

塞西爾握緊拳頭，巨大的血繭與列娜一瞬間就像被壓扁回收的鋁罐一樣縮小再縮小，最後變成一顆單手就能掌握的珠子，喀喀落地。

chapter 22

漆黑的地底洞窟中一片死寂。

塞西爾彎腰撿起血珠，丟進口中吞了下去。最後在女人額上發光的圖騰可不是誰都能有的——那是魔女心腹中的心腹才能被賜予的殊榮，在吞噬她欽賜的自身碎片後才會出現的印記。曾經得到過這般地位的每個人塞西爾都知道，但列娜並不是其中之一。

看來就是個走運的傢伙。在決戰之後怎麼也遍尋不著的人不在少數，尤其那些體內有魔女碎片的屍體這十幾年來都是首要尋找目標，如果那些屍體剛好被魔女殘黨先一步找到，就是這種下場。

塞西爾深深地吸一口氣。整個洞穴裡瀰漫著濃厚的血腥味，其實聞習慣就不會太想吐了。被他吞進去的魔法正在緩慢地修補著這副千年高齡的身體，還需要不少時間，足夠他把事情完全結束。

少年轉過身，走向右腳被落石壓著，正在瘋狂掙扎的伊納修斯。

聽見少年逐漸靠近的腳步聲，伊納修斯立刻開口道：「你先聽我……」

塞西爾隨手舉起槍擊出一發子彈，他其實根本沒在想要瞄準哪裡，聽見伊納修斯的慘叫聲後才知道真的打中了。「我是臥底！」男人強忍著痛苦，連珠炮似地一股腦說道：「我們已經追蹤這群人十幾年了，這就是西格齊被派去北方的原因。我上次出差就是為了這個！本來打算這次將他們一網打盡的，但……」

少年又開了一槍，這次似乎沒打中。伊納修斯急得大叫：「我真的沒有騙你！」

塞西爾連開四槍，直到子彈用完才停下來。

他扔開手槍，在痛苦地蜷縮起身體的伊納修斯面前蹲下。在黑暗中透過魔法看見的這個男人，實際上遠比剛才肉眼所見更加脆弱，說完全是靠著手指上滿滿的奧伯拉鋼戒才能勉強維持心跳也不為過。塞西爾牽起他的手，伊納修斯立刻明白少年的意圖，瞬間恐慌地顫抖。

「我可以直接拔斷你的手。」塞西爾道：「你知道我說到做到。」

男人沒有回話。塞西爾能感覺到他不穩的氣息斷斷續續噴在傷口上，吹得他陣陣刺痛。伊納修斯忽然笑了一聲，語氣裡遏止不住的恐懼聽起來反而更像在哭。「迦勒要是知道，肯定會很傷心。」他像隻喪家犬一樣如此說道。

少年一點反應也沒有。他比出槍的手勢，輕輕抵在伊納修斯腦袋上，「所以不能讓他知道啊。」

即使看不見少年的手勢，男人也能憑本能猜到塞西爾想做什麼，咬緊牙關憤怒地嘶聲道：「你真以為他沒發現嗎？連我都……」

「我知道。」少年輕輕地打斷他，「他一清二楚。」

伊納修斯愣了一下。塞西爾捏著戴在男人枯槁手指上的厚重戒指，緩緩且輕輕地轉了幾圈，男人大氣也不敢喘一聲。少年摸到家主掌心裡與迦勒相比有過之而無不及的粗糙厚繭，有點難過地發現即使他的長相一如曾經俊美迷人，十二年過去終究也是老了。「他會陪我一起忘記我做的惡夢。」塞西爾低聲道：「他答應我的。等戰爭結束之後，他答應過我們就一起生活……」

伊納修斯不知道有沒有聽懂他的意思，一個字也沒說。塞西爾也不在乎，有些恍惚地牽著伊納修斯的手，莫名地突然想起小時候迦勒不肯帶他回家，他氣得坐在玄關地毯上一直哭，最後是伊納修斯變了個小魔術把孩子哄好，牽著小手帶他回到房間去睡。

感覺都好像是一千多年前的事情了。

「伊恩……」塞西爾感傷地說道，鬆開抵著伊納修斯腦袋的手，緩緩往下遮住他的眼睛，少年這才發現自己好像真的有點相信了男人當時在車上說的那些話。「我真的很喜歡你。」

感覺到危險的伊納修斯立刻掙扎起來。男人反射性握緊拳頭，塞西爾便一腳踩著他的手腕，捏住奧伯拉鋼戒，硬生生地直接扯下他的小指。「我還願意裝乖的時候，你們就該好好珍惜我的。」少年惋惜道，對男人的慘叫聲充耳不聞。

他屈膝壓上伊納修斯不斷掙扎的身軀，家主痛苦地倒抽了一口氣，「你殺掉我的話，迦勒……」

「我已經殺了這麼多人呢。」塞西爾委屈道。「你不是說是臥底嗎？看在過往情面上幫我一下吧！你身分敗露，不得已只能獨自一人血洗賊窩，最後為了保護我而不幸犧牲……雖然老套但還滿好聽的吧？」

「他馬上就會到了！」伊納修斯怒道。

「我知道，我有留下定位訊號。」少年冷淡地說。

男人卻著急地反駁：「不是那個意思！他馬上就要抵達了，你難道真的以為我命都快沒了，還有閒情逸致爬起來硬演這齣爛戲嗎？」

他痛苦地喘幾口氣，繃緊沙啞的嗓音繼續道：「你傳的那些求救簡訊為什麼沒有半個人回覆？因為這一切本來就都是安排好的！記者會上的槍擊、醫院的包圍，還有擄走你的約瑟夫都是被縱容發生的，就是為了把魔女殘黨一網打盡。計畫是要在你換身之後讓迦勒來英雄救美，現在時間已經差不多了，你真的覺得如果他看到你理應沒有任何抵抗能力卻獨自活下來，還能繼續視而不見嗎？就算他可以，你相信他嗎？塞西爾，你真的相信他說那什麼忘記惡夢的屁話嗎？」

少年沒有回答。

「清醒一點！」走投無路的男人絕望地怒喝：「直到現在他就算做夢都還是夢見亞當！如果你又把場面弄到死無對證，從今以後他會懷疑一輩子！我可以告訴迦勒是殘黨之間彼此起了內鬨，西格齊也能證實我的說法。有我護著你的話，迦勒即使不相信也不能對你輕舉妄動。你真的敢在這個節骨眼上賭他對你的真心嗎？」

塞西爾依舊沉默不語。到目前為止都是伊納修斯單方面的說法。如果在少年跌落地底洞窟前迦勒有接到求救訊號，算起來也差不多該有人來找他了。伊納修斯肯定也是這樣想，只要他活著回去，伊納修斯家一人說一個字就能將少年定罪。

但如果男人說的是真的，他的確是臥底，那就表示自從奧伯拉鋼爆之後所有人都在騙塞西爾，讓他去陪病的雅各、掩護他逃跑的西格齊、指引他出口的潔兒，還有這段時間一直陪他瞎聊的柏妮絲。在這個前提下如果伊納修斯真的為了保護少年而死，包含迦勒在內所有人對他的疑心將會得到證實……

就在此刻洞穴外忽然傳來聲音。塞西爾抬起頭，隱約聽見龐雜的交談聲，周圍一片黑暗中似乎真的有光芒微微晃動。「迦勒來了！」伊納修斯著急道：「塞西爾！」

來者似乎沒料到洞穴入口居然被堵住，正想方設法尋找突破口。聽這個聲勢一定來了不少人，如果是魔女殘黨援兵的話，他剩下的魔法可能不足以在應戰同時留住伊納修斯一命，一定得在和那些傢伙同歸於盡之前先除掉這個叛徒。但如果來的是迦勒……

「我問你一件事。」塞西爾忽然說。

「快問！」伊納修斯垂死掙扎大半天終於盼到一絲曙光，急躁地催促道。

「是誰說要等到換身結束之後才來救我的？」

半秒鐘的沉默，塞西爾彷彿可以聽見伊納修斯正飛速思考的聲音。喊叫聲越來越明顯，外面的人已經鎖定某處開始嘗試突破，漸漸可以聽見對話的內容。塞西爾專注地試圖分辨一片混亂的嘈雜喧嘩，如果是迦勒的話一定能認出來，只要迦勒真的來救他了……

被壓在身下的伊納修斯重重吐了一口氣。「還能是誰？」他說：「就是你那好哥哥！」

塞西爾沒有說話。

「就說了他根本不相信你！」發現他毫無反應的伊納修斯似乎有點不知所措，自暴自棄道：「當時潔兒問他，假若你真的什麼也不記得該怎麼辦。你知道他怎麼回答嗎？」男人諷刺地笑了一聲。「他說願意剩下餘生都用來照顧瘋掉的你，但絕對不會再讓你復生第二次了！」

他聽到潔兒的聲音了。

塞西爾忽然間明顯地感受到自己**真的**好累。一直緊繃著的神經一瞬間鬆懈下來，大大小小傷口幾乎耗盡這副年邁的身體。魔法沒了肉體的束縛開始漸漸溢散，攀附在落石上結晶成奧伯拉鋼，剛剛吞下去的血珠似乎也不足以讓他像當年一樣返老還童了。少年感受到有水滴從喉結滾落，源源不絕地湧出，每次呼吸吞嚥都在撕扯他。可是沒關係，哥哥就在外面了。

他哼了一聲，聽起來似乎是對男人的回答嗤之以鼻，卻在這一千多年裡第無數次又意識到自己實在悲哀得無藥可救。「我就知道你會這麼說。」

又驚又怒的家主什麼都還沒來得及再說，少年忽然抄起一旁殘黨屍體手中的槍。伊納修斯反射性地伸手擋住，塞西爾卻把槍用力塞進他手中，用殘留的魔法緊緊固定住，趁男人還沒意識到少年打算做什麼前捧住他枯槁的雙手，朝著自己赤裸的肚子開槍。

槍響炸開一片空蕩的洞穴。被少年壓在身下的伊納修斯驚愕得一時沒有反應過來，從落石堆的縫隙之中傳來潔兒的怒吼聲：**「動作快！」**

男人這才意會到塞西爾的真正意圖，氣得強撐起虛弱的身體，卻仍被魔法緊緊箝制著動彈不得。「你……！」伊納修斯沙啞地怒吼，在塞西爾聽來卻氣若游絲得跟遺言沒兩樣。

他有些恍惚地伸手按住自己流血的肚子。居然不會很痛。他無視怒氣衝天的伊納修斯，心想著要趁潔兒進來之前把場面布置好，搖搖晃晃地站起身。

伊納修斯伸手抓住他的腳踝，但男人似乎也沒料到少年居然一碰就真的摔倒，重心不穩的塞西爾直接正面撲進凹凸不平的落石堆，腦袋裡乍然嗡嗡大響，把男人的叫喚、外頭的呼喊、穴壁上碎裂的聲音全部攪成一團，彷彿被捲入聲音的漩渦般，再多晃幾下就會被狠狠絞碎，直到感覺到有液體從頭上流進眼睛，才後知後覺地發現其實只是撞破了頭。

塞西爾愣愣地摸著頭上傷口，這副身體的情況好像比他想的要更糟一點。

忽然一道刺眼的強光切開陰暗的洞穴。癱倒在地的少年痛苦地瞇起眼睛，震耳欲聾的喊聲讓他好想拔掉耳朵，隱約看見被強光直射的伊納修斯手上依然握著被用魔法緊緊黏住的手槍。隨著一聲槍響，伊納修斯突然痛苦地哀號，身體歪向一邊，手中緊握著的槍枝這才放掉。

急促的腳步聲踐踏過遍地血肉而來，塞西爾好像真的聽見有人在喊他，那卻是道陌生而太久不見的聲音，好幾支手電筒在臉上晃來晃去刺得他睜不開眼，最終走來一個高高瘦瘦的輪廓，在少年臉上投射下回憶的陰影。

塞西爾根本看不清來人的臉，只知道對方蹲下身來，脫掉溫暖的外套包裹住赤裸的少年。他粗重的呼吸顫抖地吐在少年幾乎毀容的臉上，摻著汗水的體味沒能完全驅逐濃厚的血腥味，反而全部混在一起，變成一種難聞噁心的味道。

少年身材的迦勒有些艱難地抱起虛弱的塞西爾，頭也不回地跑出半坍塌的洞窟。在離開前最後一刻，塞西爾眼角瞥見伊納修斯趴在地上，身體彷彿喘不過氣般劇烈起伏，卻被好幾個人相當戒備地包圍起來用槍指著。如果是叛徒的話，多背一個謀殺未遂的罪名也只是剛好，但假若真是臥底，現在所有人也都親眼看見他對塞西爾開槍了。

只要再找機會把這一片狼籍推到他頭上就好。只要和魔女殘黨沾上關係，即使再清白也會汙名一輩子，運氣不好的話，也許這就是見到伊納修斯的最後一面了。

他想笑，肚子卻突然一陣抽痛，難受地低哼一聲。迦勒發現他的動靜後立刻哄道：「別動，哥哥馬上帶你出去。」說這句話的人卻是既高亢又青澀的少年嗓音。

塞西爾張開嘴，感覺到吸氣時的氣流不是從鼻子而是從喉嚨灌進來，把他說的話都灌成「啵啵啵」聲的血泡。人們在周遭大呼小叫，搖晃的手電筒光讓塞西爾幾乎睜不開眼睛，鮮血開始不斷從眼眶周遭湧出，熱辣辣的痛楚讓塞西爾感覺眼球好像隨時要從眼窩裡掉出來了。

他吃力地瞇起眼睛，看見整座洞窟被眼裡的血淚染成一片猩紅朦朧，包含潮溼岩壁上陰魂不散的斑駁壁畫，與抱著他賣命狂奔的青澀少年，一切都和一千年前如出一轍，彷彿他們其實從未真正逃離奧特蘭宮。

少年顫巍巍地舉起手，想趁著真的瞎掉前碰碰他，接著才後知後覺想到，迦勒想要的那個小西從來沒有見過這張臉。

哥哥仍然直直望著前方專注地狂奔，彷彿沒有注意到塞西爾的動作。四周的人越來越少，最終只剩下迦勒手裡唯一一支手電筒，獨自開闢著這條永無止境的彩繪隧道。那隻太陽之眼仍和當年一模一樣，遲遲不肯看他瀕死的手足最後一眼。「哥……」少年滿口血沫裡夾雜著難以辨識的噪音，奔跑的顛簸害他嗆了一下，把迦勒的胸口噴得全是血。

「不要說話。」他的語氣還是很溫柔。

「對不……」少年的咳嗽全從裂開的脖頸漏了出去，哭聲變得破碎而沙啞。

迦勒焦急地打斷，「別說話，很快就出去了。」喘著氣安撫道，耐心得彷彿真的沒有發現懷裡的人再也不是他的小西。

塞西爾的喉嚨裡全是血無法呼吸，腦袋隨著咳嗽與奔跑的動作搖搖欲墜地晃動起來。迦勒立刻收緊擁抱，一瞬間塞西爾以為要像小時候一樣親吻自己的額頭，但他只是那樣緊緊地抱著。

「哥哥……」少年說。已經被血染得溼黏的外套貼在他單薄的胸口上，冰涼涼的好難受。

「好了。」迦勒又阻止他，但塞西爾充耳不聞，依舊抽抽噎噎地吐著血。

「我、我會乖……」他哭著說：「對不起……」

「噓。」

「對不起……」

「拜託你不要再說話了。」迦勒痛苦地說。

好像永遠也到不了盡頭。四面八方的彩繪壁畫不斷延伸再延伸，在這條千年隧道中輪替不休的神靈、英雄、魔鬼，全都好似戰爭中枉死的冤魂一樣緊追不捨，嘲笑與詛咒著他們永遠都找不到出口。

塞西爾眼睜睜看著少年迦勒肉眼可見地慢慢長大，圓潤的臉頰逐漸凹陷，下巴收緊，長出凌亂的鬍渣，自己的意識卻越來越渙散，就快要來不及看到哥哥長回到正常的年紀了。勉強維持著少年心跳的魔法逐漸從身體裡蒸發，塞西爾只覺得越來越疲憊，甚至一時閃過念頭想叫迦勒不要再跑，晃得他好不舒服，他想休息了。

他失神地看著天花板上晃成一道長長殘影的壁畫，彷彿能清楚聽見每一個藏在斑駁筆觸後的亡魂竊竊私語，都在指責他咎由自取。誰叫你回溯呢？誰叫你殺死魔女？誰叫你死皮賴臉地長生不老一千年，最後還是沒有美好結局。如果你沒爬上他的床，沒故意傻站在萬里晴空下讓他哭著揍你，不就什麼事都沒有了嗎？要不是你那麼貪心，又怎麼會這樣，毀了他一輩子呢？

微弱的哭聲飄落到湍急的腳步聲之下，被狠狠踐踏過去聽不見了。迦勒再也不試圖制止他別哭，那雙曾經死抓著拚命求他不要走的手，如今終於能坦率地抱住他，彷彿也正抱著迦勒自己破碎的一部分，絕望地狂奔著。

他的呼吸聲越來越喘，在氧氣稀薄的隧道裡賣命奔跑似乎終於快到了極限。塞西爾閉上眼睛，再也不想思考，卻在這時又聽見激烈的聲響，那一瞬間只感覺到迦勒幾乎像要捏碎一般狠狠地抱緊少年，護住他的頭，一陣天旋地轉後兩人滾到溼滑的地上，手電筒也掉了。搖晃的光束轉了幾圈，最後定格照亮古老壁畫上顏料半脫落的魔鬼。

迦勒立刻伸手試探少年的呼吸，掏出腰間的槍枝，一腳跨過少年把他藏在身後反擊。塞西爾一時間甚至還沒反應過來，直到煙硝味突破血氣鑽進鼻子才意識到遇上埋伏。空曠的隧道中幾乎沒有遮蔽物可以讓人躲藏，迦勒換了個方位試著擋住重傷的他，塞西爾疲憊地瞪大眼睛，逼自己保持清醒，仔細聽著槍聲好一會才判斷出對手似乎只有一個人。

他試著移動身體，但迦勒直接按住身下的傷患不讓他動作，掏出另一支槍朝著黑暗中晃動的身影迅速射擊。掉在洞穴中央的手電筒被擊中，閃爍幾下後整個隧道再度陷入一片漆黑。迦勒立刻俯下身試圖單手把塞西爾抱起來走為上策，還沒站穩忽然身體一晃，塞西爾馬上明白他中槍了。但迦勒一聲也沒吭，硬是穩住重心，朝著黑暗中憑直覺開了兩槍後拔腿就跑。

少年無力地圈住他的脖子，張大嘴巴拚命喘氣，血泡不停地從喉嚨湧出。他的魔法實在剩太少，派不上太多用場，即使有槍搞不好連扣扳機的力氣也沒有。槍聲不斷緊追在後，跑沒幾步塞西爾又感覺到迦勒踉蹌一下，這次他改變主意，原先奔走的腳步聲忽然徹底消失，安靜地移動位置後轉過身，連貼在他肩膀上的塞西爾都只感覺得到最微弱的吐息。

對方察覺他的意圖馬上也隱匿行蹤，漆黑隧道裡只剩下剛才一番槍戰逐漸遠去的回音。塞西爾張大嘴巴，努力壓低呼吸時滿嘴的水聲。迦勒輕碰一下安撫恐慌的少年，悄悄抬起手等待。

當細微的布料摩擦聲響起時，迦勒立刻扣下扳機連開三槍，兩人眼前瞬間亮起極其刺眼的光線。短暫失明的塞西爾感覺到有人抓住他的手臂用力一扯，迦勒不敢太大力地搶回快四分五裂的少年，塞西爾便整個人摔出迦勒的懷抱。震得他耳膜劇痛的槍響霎時止住，少年重重地撲倒在地，肩膀好像脫臼了，剛才一摔還撞到腦袋，頭昏眼花得分不清方向。

「你覺得我不敢開槍嗎？」塞西爾過了兩秒才認出那是迦勒。不再是青澀的大男孩，而是初熟的青年。他正在這短短幾分鐘裡急速長大。

少年的頭頂上傳來一聲訕笑。「你才剛抱著他跑了這──麼長一段路。」聲音

聽起來是個男人。塞西爾努力睜開眼睛，第一眼只看見直指著自己的漆黑槍口，

「出口都在前面了。你捨得嗎？」

男人用腳一推，把趴臥在地的塞西爾翻成正面，原本滴滴答答順流出來的血水忽然一口氣回流湧進頸部，少年痛苦地咳嗽起來。迦勒立刻握緊槍卻又不敢真的扣下扳機，只聽見男人戲謔地笑了一聲。塞西爾強迫視線聚焦，終於認出一派從容的約瑟夫。他還穿著綁架塞西爾時的衣服，身上卻一點血汙也沒有——剛才塞西爾在洞窟裡大開殺戒時他不在場嗎？

「很遺憾我們之間的合作只能這樣破局了。」約瑟夫口氣惋惜地說。

塞西爾拚命喘著氣，目光逐漸渙散。血泡隨著他每次呼吸膨脹破碎，約瑟夫連看也懶得看他一眼。迦勒克制著不要一直瞥向約瑟夫腳邊奄奄一息的少年，咬緊牙關憤怒地問：「這是路克的意思嗎？」

約瑟夫不置可否地聳了聳肩，「我們現在應該還有更緊急的事情要談吧？」

男人從口袋裡撈出一枚染血的戒指，正是剛才伊納修斯戴在手上。用來延命的奧伯拉鋼戒之一。「想讓你的小寶貝活著走出地底，就把槍丟了。」約瑟夫對迦勒說道。

塞西爾剛張開口還沒來得及出聲，一口溫血湧上喉頭，猛咳了好幾下。約瑟

夫不動聲色地往後站一步，免得少年弄髒他乾淨光亮的皮鞋。約瑟夫絕對只是在耍人——塞西爾看向迦勒，果然也在他臉上看見相同的猶豫。只要迦勒一鬆開槍，肯定立刻就會被約瑟夫亂槍打死，這點在場三人都心知肚明，那小小一枚鋼戒對性命垂危的少年來說根本沒有多大用處。

塞西爾痛苦地面向黑暗翻身側躺，不讓血液回流進喉嚨上的裂口，拚命地張大嘴巴呼吸隧道中稀薄的氧氣。約瑟夫後退一步，遲遲等不到迦勒的回應乾脆一腳踹上少年的肚子，塞西爾頓時腦袋一片空白，只聽見迦勒怒吼：「你！」

「快啊。」約瑟夫語氣平靜地催促道：「他要沒命囉。」

黏膩血水溢出塞西爾的嘴角。他瞪大眼睛讓血淚滑出視線，約瑟夫的皮鞋就在眼前，用力地深吸兩口氣，趁著約瑟夫全副注意力都放在迦勒身上時伸手抓緊男人的腳踝。約瑟夫嫌棄地嘖了一聲抬起腳，卻突然痛得大喊，狠狠地直接踹飛癱軟的少年，被粗壯血刺貫穿的右腳踝卻因為自己一下子施力過猛，腳掌扭成詭異的方向。

迦勒立刻開槍，趁機往前邁步想奪回人質，被打中手臂的約瑟夫卻馬上朝著迦勒連扣好幾下扳機，塞西爾只能眼睜睜看著迦勒的肩膀綻出血花。少年焦急地爬起身，卻被揪住頭髮狠狠往後一拉，清楚聽見有東西撕開的聲音，上下顛倒地看著一把手槍越過自己，直指向步伐踉蹌的迦勒。

那一刻塞西爾忽然感到怒火中燒。他甚至沒有多花半秒鐘考慮，一鼓作氣引爆身上殘留的魔法。渾身鮮血淋漓的少年瞬間變成像刺蝟一樣扎人，約瑟夫立刻放手往後跳，塞西爾身上的血仍緊追著將男人逼到角落，狠狠一撲，半跛的約瑟夫驚險地躲開，強烈的水壓硬生生將岩壁上的彩繪人物洗掉一顆頭。

男人滿臉驚愕。迦勒率先反應過來扣下扳機，約瑟夫正想舉槍反擊之際，滿地的血跡瞬間聚集起來再度撲向他，半跛的男人動作卻靈活得詭異，眨眼間就閃掉三四回槍擊與進攻，被血刀狠狠劃開腰部時也一聲不吭，直接徒手拔出插進身體裡的血刃，朝向擋在少年面前的迦勒扔過去。塞西爾情急之下立刻解除魔法，迦勒伸手擋住撲面而來的血水，挪開手臂就看見約瑟夫近在眼前。

少年來不及喊，親眼看著約瑟夫朝迦勒的脖子開了一槍。

沾在迦勒身上的血瞬間形成一層保護，但他還是踉蹌了一下。塞西爾根本無暇確認他是不是真的受傷，遍體鱗傷的少年彷彿感覺不到痛苦似地，立刻將還能操控的每一絲魔法都往約瑟夫砸去。男人犧牲一隻手臂擋下撲來的血箭，同時開槍射穿塞西爾的大腿，忽然彷彿多了千斤般的重量讓少年又一次摔倒，後知後覺地意識到約瑟夫不知何時將武器換成對付魔法師的銀子彈。

塞西爾試圖趁子彈發揮效用前，再度透支身體裡最後殘留的魔法，卻發現幾乎連舉手的力氣也沒有了，來得及反應前頭髮再度被緊緊拽住往前拖行，明顯感覺到脖子上的裂口越來越大，漸漸抓不住腦袋。

剎那間塞西爾聽見一聲碰撞。剛抬起眼，就看到約瑟夫舉槍瞄準一旁站都還沒站穩的搖晃身影，少年甚至沒看見他開槍，只聽到好幾聲混亂的槍響迴盪在隧道中。迦勒抵抗了一下，接著就倚著岩壁緩緩癱倒，沒再站起來了。

他還在理解情況，忽然腳上一陣火燒，約瑟夫開槍射穿他的雙腳腳踝，少年痛得反射性哭號出聲，隨著一陣窒息狠狠嘔出卡在胸腔的血水。男人鬆開他的頭髮，改而抓住手臂，撿起掉在地上的手電筒一跛一跛地拖著少年往前。「你可千萬要撐到我交貨。」他興奮地說。

少年垂著腦袋，回頭望著倒在地上的迦勒。他還活著，胸口急促地起伏，拚命地想爬向塞西爾的方向，那副垂死掙扎的模樣在漆黑的洞窟裡看上去真是陰森詭異。

塞西爾試著開口，卻只聽見自己滿口血啵啵作響。

約瑟夫即使斷了一隻腳速度還是很快，右腳每次踏步時都拐得歪七扭八，他卻彷彿完全感覺不到一樣。少年回過視線，隱隱約約看到他手指上戴著剛才提議的戒指。塞西爾掙扎一下，約瑟夫轉過身來，立刻就往少年肚子狠狠揍了一拳，塞西爾頓時整個人癱軟在他的臂彎裡，無力地抽搐顫抖。

「安分一點。」約瑟夫壓低聲音道，捲好他身上的外套後把人扛到肩上，「你都藏那麼久了啊。」

少年沒有力氣回話。他的肚子壓在男人肩膀上，約瑟夫外衣底下穿了一件堅硬的防彈背心，抵著塞西爾柔軟的小腹，剛走兩步就感覺快吐了。血水從嘴角瀝瀝流出，在約瑟夫布滿彈孔的背上留下一道猩紅的痕跡。

迦勒的身影漸漸被黑暗吞噬，只能隱隱約約看見宛若冤魂般不斷爬行的扭曲暗影，連槍都搆不著，硬撐著一口氣難看地垂死掙扎，好不容易抓到被甩開的槍枝，咬緊牙關朝著逐漸遠去的男人扣下扳機，才發現沒有子彈了。

迦勒完全消失了。塞西爾垂下腦袋，雙目所見只有約瑟夫滿目瘡痍的背。

整個隧道裡全部都是令人作嘔的味道。他的腦袋隨著約瑟夫行走時像馬尾般地左右搖晃，不斷從眼角湧出的血淚漸漸模糊塞西爾的視線，身體重得彷彿隨時會被約瑟夫的肩膀切斷成兩截。少年顫抖地反手抓住約瑟夫壓在他背上的臂膀，摸到他食指上的奧伯拉戒指，男人輕易地撥開少年的手，當塞西爾再一次試圖抓住時，他乾脆直接取下戒指換到另一隻手上，讓塞西爾碰不著。

男人完全不打算和他廢話，一跛一跛地加速離開，卻感覺動作莫名越來越遲緩。約瑟夫晃動手電筒照亮雙腿，這才錯愕地發現腳上居然覆蓋著一層薄薄的奧伯拉鋼，甚至身體各處都開始出現蔓延的鋼鐵，而且結晶的速度遠比他動手剝除還要更快。

約瑟夫果斷地拔腿狂奔，但沒跑幾步身體就僵硬得難以移動，得單手扶著牆保持平衡，身上的奧伯拉鋼很快就厚得讓他寸步難行。「你還真是花招百出啊！」男人咬牙切齒地冷笑道。

塞西爾一點說話的力氣也沒有。約瑟夫終於失去重心摔倒在地，肩上的少年跟著滾下來，像死屍般癱在地上，無神地望著天花板上的彩繪。約瑟夫還在拚命地趁鋼鐵結晶繼續增厚前從身上拍掉，焦躁的呼吸越來越混亂，憤怒地吼了一聲：「亞當！」

塞西爾沒有回話。

「你對我做了什麼？」約瑟夫怒極反笑，抓著少年的腿把他拉回來。他的脖子與側臉上已經覆蓋著薄薄一層鋼鐵，在手電筒的照耀下熠熠生輝。「你現在殺了我，我們只會一起死在這而已！」

少年只是茫然地看著他，彷彿根本沒聽見男人的聲音。

約瑟夫氣急敗壞地剝下逐漸布滿全身的奧伯拉鋼，甚至直接連表皮也撕掉一層，露出紅通通的血肉，卻依然無法遏止奧伯拉鋼迅速蔓長。男人終於想通什麼，拔掉手上的奧伯拉鋼戒用力扔開，當他發現即使如此也沒能阻止魔法鋼鐵將他活活包成木乃伊時憤怒地大叫，被憤怒染黑的銀灰眼睛惡狠狠地瞪著血肉模糊的少年，艱難地從口袋裡掏出一把小刀，壓住他單薄的胸腔。

「聽說你的心臟吃了可以治百病。」約瑟夫冷笑道，僵硬的下顎讓他有些口齒不清，「什麼詛咒都能解……只是死屍打七折，我也不想這麼做啊。」

他一刀刺下，直直插入少年的心臟。塞西爾虛弱地哭叫一聲，卻在一瞬間抓住男人的手腕不讓他拔出刀。約瑟夫硬扯幾下後，發現手上的奧伯拉鋼居然眨眼間蔓延到少年手背上，將兩人的手緊緊黏住。男人怒笑一聲握緊刀柄，打算直接在塞西爾的胸腔裡攪動刀刃把他的心剜割出來，卻在動手的剎那間放聲慘叫。他的手腕就像右腳踝一樣被一根長長的血刺貫穿，血水眨眼間又凝結成色澤詭譎的鋼鐵。

塞西爾立刻鬆開手，緊連著兩人的奧伯拉鋼隨之融化，爬回到約瑟夫身上將他漸漸封印。少年粗喘兩下，用力屏住氣息翻過身，撿起原先男人手上的奧伯拉鋼戒，寬鬆的戒指順利滑入少年的中指，頓時彷彿有股溫暖的氣流鑽過堵塞在喉嚨裡的血液，進入他緊繃已久的肺部。塞西爾深吸一口氣，終於有力氣翻身坐起，忍耐著衝擊而來的一陣天旋地轉。

約瑟夫身體蜷縮，僵硬地倒臥在地。塞西爾還感覺有些頭昏腦脹，摸索一會才找到他腰間的手槍，搖搖晃晃地瞄準約瑟夫的額頭。

「你把魔女殘黨都屠殺光了。」男人賣力地挪動牙齒道：「連我都死了，可就抓不到幕後黑手啦。」

槍口不穩地左右搖擺著。少年不知道究竟有沒有聽見約瑟夫的話，搭在扳機上的纖細手指顫巍巍地發抖，吃力地壓了幾下都沒能成功開槍，塞西爾雙手握住槍柄，深吸一口氣終於成功扣下扳機。

「噠。」

子彈沒了。約瑟夫僵硬的臉上立刻露出欣喜的眼神，還沒來得及說話就被塞西爾用槍柄尾端狠狠砸斷鼻梁。男人痛得大叫，塞西爾卻彷彿什麼也沒聽見般瘋狂地捶打，就連碎裂的牙齒飛進了手上的傷口裡也無動於衷，只是一直不斷用手槍發瘋般地狂敲猛砸約瑟夫的臉，甚至沒發現男人什麼時候停止了掙扎。

直到少年終於力氣用盡，這才恍恍惚惚地停了下來。約瑟夫一張臉已經被徹底砸爛，甚至認不出是男是女，身體斑駁地覆蓋著奧伯拉鋼，魔法還在緩緩地蔓延，漸漸包裹住屍身。塞西爾癱坐在血泊中，陣陣刺痛的雙手僵硬得一時間甚至無法鬆開髒汙的槍枝，空曠的隧道裡只聽得見少年破碎的喘息聲。

終於結束了。

他不敢回頭，眼神呆滯地盯著眼前被濺得一塌糊塗的壁畫，英雄猙獰的表情染上血後簡直分不清誰才是魔鬼。血泡從他的鼻孔和嘴角又冒了出來，依舊插在他心口上的刀刃隨著每一次心跳漸漸劃開胸膛，彷彿大夢初醒般悄悄回歸的痛楚讓塞西爾鮮明地意識到自己還活著，而且快死了。

身負重傷的迦勒依舊躲在黑暗的邊緣，什麼也沒有說。

少年的呼吸越來越粗重混亂，尖銳的吸氣聲頻頻顫抖起來，最終碎裂一地，哭得泣不成聲。塞西爾踉踉蹌蹌地站了起來，轉身看見渾身是傷的迦勒單手扶著牆才勉強站著，在剛剛一陣打鬥中撕裂的衣服此刻緊繃得彷彿縮水一般，那張臉卻仍狡猾地藏在陰影裡，看不見表情。

「哥哥……」少年哭著喊。吸了太多血水的外套變得沉重不堪，滑落少年的肩頭，遍體鱗傷的瘦弱男孩獨自一人赤裸裸地站在屍首旁邊，心口還插著一把刀，迦勒卻沒有半點反應。

他站在那，讓塞西爾看見當年他也是那樣躲在門後，一步之遙的距離，卻怎麼也不肯目送毅然赴死的塞西爾最後一眼。

「哥哥……」

像上次那樣，說「我在」啊。

迦勒猶豫再三，終於才緩緩地踏進手電筒的照明範圍。那張分明不久前還年少青澀的臉在這短短幾分鐘裡長大了，時間沒忘記要在他臉上重新刻下一千年的刮痕，那張臉上的鼻子再次微微扭曲，皮膚又變得黝黑粗糙，長滿傷疤。僅剩的琥珀眼在手電筒的映照下千年如一日地依舊燦爛如太陽，迦勒卻不再是曾經的清澈少年，甚至也不會是他那成熟可靠、寵他愛他的哥哥了。

迦勒就只是那樣絕望地望著塞西爾，一句話也沒有說。

少年崩潰地舉起手抓住心口的刀刃。迦勒的表情頓時一閃，語氣僵硬地說：「……不要衝動。」聽起來卻彷彿不相信他真的會做什麼。

塞西爾滿臉淚痕，張開口卻只吐出血泡。他發現有好多話想問迦勒，想對迦勒說。從前的亞當可從來沒有這麼嘮叨，他們之間向來只需要一個眼神、一個吻，曾幾何時像年輕的戀人一樣拐彎抹角地絮絮叨叨。可是即使塞西爾真的不是那個殘忍的亞當了，事到如今迦勒會相信嗎？

「伊恩說你會來。」少年嗓音沙啞，微弱得甚至難以從滴水聲裡辨別。那張成熟穩重的臉上終於難得地出現不知所措的表情，看著他那種局促不安的神色，塞西爾忽然想笑，但比起笑意更覺得有種難以解釋的感覺噎在胸口，一千年來揮之不去。

父親說得對。迦勒真的騙了他。

塞西爾鬆開握住刀柄的手，迦勒來不及鬆口氣，少年就手比著槍抵住自己的腦袋。希望能和他一起裝傻下去過平凡生活的夢想終究還是破滅了。塞西爾看著男人一瞬間慌了手腳，幾近哀求地望著他，吞嚥兩口卻遲遲不知道該說什麼。

「西。」他選了個最安全的叫法，「拜託你……」

他好像終於知道這股一直以來的不協調感是什麼了。打從他在屍橫遍野的戰場上睜開眼睛，迎接日出的那一刻，就一直糾纏他到今天的折磨，這分夜夜潛入幼子的惡夢中，迫使他哭著醒來尋求慰藉的徬徨與恐懼，到頭來都是因為這一切從來就不是屬於他的現實。塞西爾終於認清——早在那個遙遠的夜晚，當父親第一次以青年模樣出現在他面前，迦勒就註定再也不會愛他了。

少年動了一下拇指，彷佛在為槍上膛。迦勒驚愕地瞪大眼睛，卻仍然抱著一絲希冀認為他也許不會真的做得這麼絕。「冷靜一點好嗎？」他哀求道：「我們先出去。其他的之後再……」

少年恍若未聞。血淚滑過他中彈的臉頰，熱辣辣的好痛。

「你會照顧我一輩子吧？」塞西爾聽見自己哭著說。

迦勒這才遲來地終於意識到他要做什麼。那隻太陽般的獨眼裡流露出赤裸裸的恐慌。塞西爾忽然意識到這也許是漫長千年以來，迦勒第二次對他露出這樣毫無防備，全無隱瞞的真心。

「等一下。」遍體鱗傷的男人一跛一跛地衝出黑暗，踉踉蹌蹌地往前撲，「等一下，哥——」

「砰。」

這扇門和記憶中一樣高大。

塞西爾仰起頭，看得見門扉上雕刻著天使與魔鬼，雙方舉起長槍直指著嬌小的門把，彷彿也正指控著塞西爾。就連圖騰也沒變。塞西爾忽然感到有些恍惚，好像他其實沒有真的離開這裡長達千年之久，只是做了一場很長、很長的夢。那個女人最擅長這種把戲。

他握緊手中沉重的魔女之劍。還能聽見亞摩斯的靈魂在尖叫——儘管後來吸收過非常多修補材料，這把長槍的核心還是亞摩斯。是塞西爾第一次為了完成自己的願望，親手殺死最親近的人之一。

「沒事。」他的喃喃自語完全壓不過亞摩斯在腦海中的慘叫聲。「就快結束了。」

塞西爾推開面前厚重的大門。

空蕩的大廳也與從前相去無幾。瀰漫在空氣中的夢幻微光，刻滿歷史的圓柱與猩紅飽滿的長毯，通往高貴且華麗的厚重王座。這一切都與塞西爾的記憶如出一轍，唯獨那個位子上如今坐著的再也不是老態龍鍾的奧特蘭王。魔女斜倚著，半躺臥在寬敞的王座上，慘白的手臂慵懶地撐著腦袋，一頭墜地的長長黑髮四處散落，身上依舊是那件千篇一律的黑色長裙，彷彿只打算待五分鐘，等等就回去午睡。

看見他拿著長槍走進來，魔女嘴角勾出一個慈祥的微笑，溫柔地喊：「小西。」

塞西爾也跟著笑了一下。他發現自己居然很高興看見這個女人即使死到臨頭也依舊不改優雅，一點都沒變。「媽媽。」

決戰一下子就結束了。塞西爾甚至來不及釐清究竟發生什麼事，當回過神來已經騎在魔女身上，手裡抓著的不是辛苦找回來的魔女之劍，只是一把普通匕首，插進女人白皙的胸口。他的手腕已經斷得差不多，仍努力地握緊刀柄，費了好大力氣才切斷最後一點肌肉，拔出那顆仍在鮮活跳動的漆黑心臟。

從破碎天花板上漏下來的月色，將那顆心染成星光般的銀白色。塞西爾愣神地將它舉高，想看得再更清楚一點。這可不是普通的心臟，是魔女的心。那個女人，他夢想了一千年的場景……

被挖出心臟的魔女一聲不吭地躺在塞西爾身下。她的表情幾乎沒什麼變化，甚至一副百無聊賴的樣子，彷彿塞西爾耗盡一生追求的這場結局對她來說根本無趣至極。「你的好弟弟沒有陪你來嗎？」魔女問。

塞西爾沒有回答，他無法思考。接下來呢？

「小西。」魔女換上一種能迷惑人心的溫柔語調呼喚著他。塞西爾頓時一震，想起很多戰友都是被這個聲音害死的。「你站錯邊了。」

塞西爾低下頭，看見女人一頭拖曳黑夜的烏黑長髮被囓咬得斷裂零散，沉魚落雁的美貌被亂刀切開，那雙眼即使濺滿髒血也依舊清澈，能輕易裝下無盡宇宙，永遠是平凡人類無法企及的存在。

魔女伸出手。塞西爾以為她要把心臟搶回去，一時慌張趕緊把跳動的肉塊塞進口中狼吞虎嚥。魔女的指尖擦過他臉頰，抹開和溫血夾雜在一起的熱淚，就這麼消失了。魔女的屍首憑空蒸發，只剩下一件攤平在碎裂地磚上的破爛長裙，與一把深深扎入地面的匕首。噁心的味道讓塞西爾忍不住乾嘔，吐出一坨坨被咀嚼碎爛的生肉。

大廳裡開始下雨。塞西爾忽然覺得一陣頭暈目眩。他搖搖晃晃地站起身，朝門口沒走幾步就踉蹌跌倒在地，被突如其來的寒意凍僵了身體動彈不得。他得出去。他要活著出去。他答應迦勒要活著出去……

他有這樣說過嗎？

塞西爾忽然想不起來。暴雨越下越烈，重重打在鮮血淋漓的男人身上，把他這副破爛的樣貌洗得乾乾淨淨。塞西爾趴在地上，突然想不起最後見到迦勒一面是什麼情況，明明應該只是幾個小時前的事情。在踏進王宮大門之前，他曾經回頭試圖看弟弟最後一眼，但在那一片混亂裡沒有找到迦勒。在更之前呢？為什麼什麼都想不起來，只記得在潔兒離開那天，迦勒也憤而甩門離去的背影呢？

天花板開始悄悄碎裂，一塊又一塊的雕刻石磚紛紛砸下。塞西爾從蜷縮姿勢試圖爬起，卻三番兩次滑倒。如果活著走出去，迦勒會怎麼想？腦中一片空白，一點頭緒也沒有。他已經很久沒有感到這麼不知所措，甚至在儕北山都無預警遇襲時也沒有，但此時此刻獨自一人躺在漸漸淪陷的奧特蘭宮中，塞西爾忽然想通，或許自己一直以來其實都對迦勒一無所知。

如果他真的就這樣走出尖塔，迦勒會露出什麼表情？還有其他人呢？他們會歡欣鼓舞，還是失望厭棄呢？如果魔法就這樣隨著魔女死去，這個世界會變得怎樣？世人會原諒他嗎？還有父親，與父親的契約還沒有結束……

不知道。塞西爾意識到，他壓根沒想過自己真的會活下來面對這些事。

從今往後再也不需要亞當了。塞西爾踉踉蹌蹌地跌倒好幾次，最後乾脆自暴自棄地躺在地上，目光渙散地看著大雨與石塊傾瀉而下。雨水的腥味洗去嘴裡噁心的味道，逐漸模糊他的視野。

這一千年裡每分每秒都是戰爭，但從此以後再也不需要他染血無數、九死一生才換來的那些犧牲奉獻。沒有魔女、魔獸、黑巫師，甚至連魔法也不存在的和平世界裡，塞西爾該怎麼辦呢？失去不老不死的敵人，長生不老也沒有意義了，等他走出破碎的尖塔大門後，還要多久才會變成下一個魔女呢？

冰冷的暴雨依舊不斷傾瀉。不知不覺間大廳裡已經漫起一層淺淺積水，淹過他的耳朵。已經瀕臨極限的塞西爾不知道什麼時候疲憊地閉上眼睛，甚至差點睡著，直到一顆石頭狠狠砸到腦袋才被嚇醒。淤積的雨水嗆進鼻子，他翻過身跌跌撞撞地爬起，一跛一跛地走向門口。他要出去。迦勒在等他……

迦勒真的在等他嗎？

右手邊突然傳出震耳欲聾的響聲。塞西爾剛抬起頭，就看見圓柱頂端宛若閃電一般迅速裂開，天花板頓時傾倒，又在最後一刻止住頹勢，岌岌可危地卡在正上方。男人踉踉蹌蹌地加快腳步，卻感覺腿逐漸不聽使喚，低頭看見自己的腳居然半融化在積水中。

迦勒還活著嗎？

如果他終於撐過最後一場惡戰，真的還會想看見塞西爾活著走出大門嗎？

頭頂上的裂痕越擴越大，隨時有可能一口氣坍塌，把塞西爾埋進地底深處。一千年來活過無數戰亂，最後卻被塌陷的建築壓死，聽起來實在平凡得太可悲了。塞西爾望向屋頂的大洞邊緣隱隱約約漫出的黎明微光，絕望地想——從今以後在這座奧特蘭宮外，真的還有他的容身之地嗎？

天花板應聲塌陷。塞西爾揮起滿地雨水擊開掉落的巨石，衝擊卻讓其他地方連帶開始塌陷，整座華麗而脆弱的宮殿發出令人毛骨悚然的哀鳴，越來越多石礫砸下。

塞西爾用力按住肚子上大大的裂傷，揮舞魔法阻擋落石，壓抑著逐漸失控的莫名怒火。他不能死在這裡，也不會就這樣走出去。

他退到一個安全的角落，雙腳腳踝已經完全不見，連小腿也只剩半條。想藉由魔女之手除掉他的絕對不只迦勒，父親也不會就這樣放過他，但眼下魔女已經死去，塞西爾也不打算再繼續和那個詭異的傢伙糾纏。他扶著落石蹲下身捧起淤積的雨水，握在手中揉捏幾下，清澈的液體很快就變成一把晶瑩剔透的匕首。

父親曾經提過，雖然靈魂的核心組成複雜，但記憶還是其中最不可或缺的一部分。只要記憶消失，大半詛咒都能解開，甚至包含他和塞西爾的契約。父親說這句話時只是冷冷地凝視著明目張膽在動歪腦筋的男人，篤定塞西爾絕對不會只為了擺脫他就消除一千年來的記憶。話說回來他也沒猜錯，塞西爾確實不只是為了破除契約。

塞西爾舉起匕首對準自己的喉嚨。

一千年。這一刀下去，迦勒就再也不是他弟弟。

塞西爾望著逐漸崩坍的王宮。遙遠的黎明漸漸從天空那端漫過來，破曉的光芒在匕首上映出絢爛的光輝，他卻來不及再見到太陽。

要是只剩下一副空空如也的皮囊，迦勒真的還能認出他嗎？

塞西爾能感覺到脖子上的千年舊傷隨著動作撕裂開，溫熱的血液與魔法滑過頸項，將這副黑夜與星光交織而成的身體盡數溶解。他搞不好會就這樣完全融化到只剩下一顆頭，就連最後的腦袋也被落石壓爛。

如果成功活下來，那個優柔寡斷的弟弟肯定不會就這麼丟下自己不管。要是他甚至記得塞西爾當年說的話，也許會願意把他帶回去。可是一個什麼也不記得，徒有相同外貌的冒牌貨，迦勒還要嗎？

塞西爾思考了好幾秒，接著才可笑地發現，那種事情他永遠也不會知道。

早知道當年就別說什麼等戰爭結束之後一起生活。塞西爾閉上眼，將匕首深深插入曾經的裂口，腦袋搖搖晃晃得令人頭暈。在失去意識前最後一秒他只想到，反正當年在冰天雪地裡描繪的那個未來，迦勒搞不好也早就不記得了。

✦ Choice ✦

❖ **銘記於心**

——「留下來，永遠陪我……」

下一頁 ▶ Chapter 24

❖ **遺忘一切**

——「我陪你到睡著。現在閉上眼睛吧。」

274 頁 ▶ Another Chapter 24

chapter 24

塞西爾一醒來，就忘記剛才做了什麼夢。

彷彿從深海漸漸浮上水面般，他只感覺身體沉重得不得了，腦袋陣陣作痛好像有人正拿著槌子拚命敲打，整個世界天旋地轉，晃得他頭昏腦脹。過好幾秒後塞西爾才意識到是有人抱住他，正在試圖挪動他的身體。

他躺在一片柔軟的被褥中，胸口彷彿被什麼東西束縛住一般難以呼吸。那人把他翻過身側躺後暫且退開，塞西爾聽見背後傳來水聲，像是將布料浸泡進水裡洗滌的聲音。身上的被子被掀開，有人撩起少年背後的衣服，一條冰涼溼冷的毛巾貼上他的皮膚。寒意瞬間滲入骨髓裡，塞西爾忍不住痛苦地低哼。

「少爺？」

不認識的聲音。塞西爾皺著眉，扛著沉重的睡意瞇起眼，溫暖黃光漫入眼簾，把他的視線暈得一片模糊。腳步聲急促地繞到面前來，接著一張陌生的男人面孔出現在視野裡，詫異地瞪大了眼睛。

對方立刻說了些什麼，但塞西爾只是困惑地盯著他。好耳熟，他應該聽過這種語言才對。見少年一臉茫然，男人伸出手試圖靠近，塞西爾反射性地縮瑟一下，對方見狀立刻停住動作。他又說了好幾句話，塞西爾這才終於慢慢想起那些詞語的意思。

「聽得見我的話就眨眼。」

少年戒備地盯著男人。堵在胸口的窒息感悶得他好不舒服，甚至難受得張開嘴巴呼吸。對方看起來不像敵人，似乎是負責照顧他的醫護人員。塞西爾試探地眨了兩下眼睛，沉重的眼皮甚至差點沒辦法再睜開。

男人明顯鬆了一大口氣。「我是休．威齊格，負責在您昏迷臥床時照顧您。」他先自我介紹，接著放慢語速小心翼翼地問：「您記得發生什麼事嗎？」

少年張開嘴巴，喉嚨裡乾澀噁心的難受感卻忽然衝出，把他嗆得一陣猛咳。休立刻靠過來，塞西爾抗拒地撇開臉，想把照護員推開，卻發現連抬手的力氣都沒有，光是咳嗽就感覺好像整個人都要解體了。發生什麼事？他被約瑟夫綁架，見到幾個魔女殘黨……伊納修斯背叛了他。然後呢？在那之後……

紛亂的記憶忽然一鼓作氣湧進腦海，塞西爾痛苦地趴倒在床上，幾乎完全聽不見休的聲音。迦勒——他知道了。

他親眼看到少年拿著槍托砸爛約瑟夫的頭。再也沒辦法隱瞞了，塞西爾對自己的記憶開槍，希冀著像當年一樣再次遺忘一切的話，迦勒也許會出於愧疚繼續待在身邊照顧他——但他失敗了。

塞西爾驚恐地發現，他仍然**全部**都記得一清二楚。

「少爺。塞西爾少爺。」休喊了他三、四遍，塞西爾都毫無反應。忽然他聽見開門聲，驚慌地掙扎回頭，發現是休打開了門。「請去通知杰倫斯醫生還有迦勒先生。」他對著門外看不見臉的人影低聲說：「少爺醒了。」

塞西爾艱難地挪動視線，終於穿過狹窄的門縫看見熟悉的面孔，是家裡的保鑣莫瑞．布萊克。可是莫瑞在好幾個月前，當他在家中遭遇黑巫師襲擊時就重傷送醫，什麼時候已經康復到可以復職了？

「醒了？」他聽見莫瑞詫異地複誦道，保鑣搖晃著身形試圖往房內瞧上一眼，少年立刻閉上眼睛。保鑣沒有說話，過一會才回答道：「我知道了。」

房門再度關上。休走近病床，發現塞西爾正闔著雙眼，疑惑地喊：「少爺？」

塞西爾沒有反應。照護員輕輕觸碰他幾下，塞西爾都沒有動作，休便沒有繼續試探。

寂靜的房間讓昏昏欲睡的塞西爾幾乎真的要睡著了。他依舊緊閉著眼，強迫自己打起精神，努力轉動遲鈍的思緒。莫瑞聽見他醒來時顯得相當驚訝，再加上本該還躺在醫院的保鑣居然已經復職，還有此刻纏繞在全身上下，難以言喻的虛脫感，在地底受的傷顯然不只讓他昏迷一兩週而已。

休剛才只請莫瑞轉告醫生和迦勒——這麼看來，似乎出於某種原因，恢復亞當記憶的塞西爾並沒有被交給比迦勒職權更高的總理等人直接管轄。

也就是說，現在對塞西爾而言最大的危險，就是親眼目睹他抹煞記憶的迦勒本人。

似乎經過非常久一段時間，房門終於再度被打開。差點又昏迷過去的塞西爾剎時清醒過來，毋須睜眼也能感受到依舊安靜的房間裡氣氛瞬間就變了調。沒有腳步聲也沒有人說話，除了那陣粗魯的開門聲以外就再也沒有任何動靜，寧靜得令人毛骨悚然。

過好幾秒，拖曳拉長的嘎吱聲抹開這片死寂，關上了門。

「……你說他醒了？」

那道嗓音沙啞得讓塞西爾幾乎沒有認出來，一時間還以為來人是醫生。他接著聽見照護員開口：「塞西爾少爺剛才大約睜開眼睛長達一分鐘。他對外界聲光有反應，也聽懂了我的話。」

「你對他說什麼？」

「我問他是否聽得見我。」

塞西爾緊張地放輕呼吸，虛弱的心跳逐漸加重，生生堵住他的胸口。他可以感覺到那道目光，幾乎是惡狠狠地刺在背上，彷彿恨不得活活割掉他的眼皮，看那雙眼會不會即使如此仍躲避著自己。沉重的腳步聲像飢餓的獵食者一般，圍繞著少年踱步逡巡。

迦勒最終停在病床旁，卻沒有繞到少年正面。他站在塞西爾背後，靜靜而深深地凝視著少年的背影，而塞西爾只是安靜地躺著。

又過了好幾秒。迦勒再開口時，語氣緊繃得光是聽著就讓人無法呼吸。「他有說話嗎？」

「沒有。」照護員誠實道。「少爺剛才試圖想說話，卻忽然開始咳嗽，接著就睡著了。」

等了很久，迦勒卻什麼也沒有說。

兩個男人就這樣沉默地望著昏迷的少年，直到醫生趕來。塞西爾聽見兩種腳步聲踏進房間，休招呼道：「杰倫斯醫生。」接著對另一個人說：「潔兒小姐。」

「他醒了？真的嗎？」那個聲音聽起來很累，確實是潔兒。

休沒有回答。過一秒後迦勒才開口說道：「醒來一分鐘。」

「一分鐘？」

「這是正常的。」另一個陌生的聲音接話道，應該就是醫生了。「從長期昏迷恢復意識的病人，不會像只是睡一覺那樣立刻醒來，而是每天清醒一小段時間，直到完全恢復正常。」

一雙手搭上少年的肩膀，把他緩緩放回平躺的姿勢。有人微微抬起他的下巴，兩隻粗糙的手指輕輕按住少年上下眼皮，小心翼翼地剝開。

那是個白髮蒼蒼的老人，塞西爾從來沒見過。少年目光渙散地呆望著天花板，直到醫生鬆開手，讓少年再度閉上眼睛。「威齊格。我上次是不是把資料放在你那裡？」

「是。」休回答道。

醫生便說：「那請你去取那份資料給我。另外，迦勒先生、潔兒小姐，我得先做進一步檢查才能確認少爺的狀況，麻煩兩位暫且迴避一下。」

塞西爾沒有聽見什麼動靜。直到潔兒喊了一聲：「迦勒。」

沒有人回答她。耳邊響起一連串腳步聲，最後關上了門。

醫生開口道：「他們都出去了。」

塞西爾沒有反應。

「這裡沒有監視器或竊聽器。」醫生說：「保護病患的隱私也是我受雇時的契約條款之一。」

遲疑了幾秒鐘，少年才顫巍巍地睜開眼。灰髮斑白的杰倫斯醫生神色平靜，在小夜燈的暖黃光下甚至有那麼幾分神似蠟像，看上去莫名詭異。

「你可以說話嗎？」老人問道。

塞西爾緩緩張開嘴巴，卻只聽見從喉嚨發出某種可怕又沙啞的噪音，宛若動物瀕死時的哀鳴。杰倫斯站起身倒了一杯水，用按住吸管一端的方式往他口中滴幾滴水。少年嚥了兩口，休息一下後努力地擠出聲音：「不要……說。」

「要我假裝你還在昏迷的意思嗎？」杰倫斯問。少年勉強點了點頭，老醫生又問道：「是休對你做了什麼嗎？就是剛才那個高高的男生。」

塞西爾痛苦地搖了搖頭，「哥哥……」

少年眼神渙散地盯著天花板，張著嘴不斷喘氣，感覺可能下一秒就要重新陷入深沉的黑暗中。他得在那之前把話說完。「哥哥……」塞西爾拚命說道，意外發現掉淚居然沒有想像中得難，溫熱的淚水很快就順利滑出眼角，「打我……」

「迦勒先生？」杰倫斯懷疑地問：「攻擊你？」

少年的哭聲隨著醫生的話語變得更加吃力而破碎。杰倫斯轉身在醫療箱裡翻找起器材，塞西爾繼續說：「槍……」

醫生頓了一下，手上的動作盡責地沒有停止。「迦勒先生對你開槍？」

塞西爾只顧著哭泣。不這麼做的話，杰倫斯一定會告訴迦勒塞西爾是在裝睡。無論如何，他都不能在現在這種任人擺布的狀態下，被迦勒發現他是帶著亞當的記憶睜開雙眼。反正按照迦勒的個性，他一定不會告訴其他人塞西爾當著他的面自盡。

醫生拿出一個有點像呼吸管的東西，放進少年口中引導著他慢慢吸吐，直到塞西爾的呼吸頻率緩緩平復下來才拿開。醫生神情嚴肅，壓低聲音道：「迦勒先生的事情，你確定嗎？」

少年淚汪汪地望著他，沒有回話。

「好吧。」醫生暫且先接受這個說法，「我不會告訴任何人。你先別睡，我很快檢查一下。」

塞西爾真的太累了。迅速地檢查完身體的杰倫斯剛說一句「好」，他甚至等不到潔兒和迦勒進來就再度昏睡過去。他感覺又睡了很久很久，雖然沒有做夢，卻能意識到自己在睡覺。

塞西爾在一片黑暗中徬徨無措地隨波逐流，偶爾會聽見什麼聲音，大多時候根本一點興趣也沒有，備感厭煩地飄走。但有時候也會出現某些熟悉的嗓音，無論怎麼嘗試都不回應他的呼喚。塞西爾獨自一人好奇地追循著聲響來源，在無止境的虛空鍥而不捨地追逐，直到再度睜開眼睛。

已經是白天了。蒼白的陽光從左手邊落地窗大片地照耀進來，塞西爾一意識到醒來立刻閉上眼睛，緊接著便聽見一個熟悉的聲音說道：「他剛剛是不是眨了眼？」

「這是正常現象。」杰倫斯解釋道。「這種時候不能刺激他。」

迦勒沒有繼續追問。塞西爾卻能感覺到他正緊緊盯著昏迷的少年。

他運氣不錯。除了第二次醒來以外，其他時候塞西爾恢復意識時，迦勒都剛好不在身邊，通常是休、杰倫斯、莫瑞或者宅邸的管家。而這些人大多不知道他的真實身分，塞西爾輕輕鬆鬆就能裝睡唬弄過去。他很快就從照顧自己的人們對話中推敲出現況，此刻他人不在首都，而是在千里之外的北方。

當時迦勒抱著奄奄一息的他衝出地底的仿造王宮，經過一番搶救後總算是奪回少年的性命，但接著他便陷入長達一年的昏迷，不久前才在毫無意識的情況下過了十九歲生日。

至於為什麼昏迷不醒的少年不是留在醫療資源豐沛的首都，卻千里迢迢來到北方休養，即使身旁的人不說，塞西爾也大概猜得到——他在地底時對伊納修斯的栽贓似乎發酵到超乎想像的地步，連帶影響到和伊納修斯同一陣線的迦勒與潔兒等人。

當時在地道中遇見約瑟夫，兩人的對話顯然暗示著迦勒與北方領導者路多維克之間存在某種合作關係。路多維克早已在數百年前，就和出身的家族伊納修斯家決裂，會和與伊納修斯走得相當近的迦勒合作只有兩種可能。一是迦勒受伊納修斯本人所託，在和路多維克玩某種諜對諜的遊戲；二就是迦勒真的有什麼不能讓伊納修斯知道的祕密。

從過往迦勒和伊納修斯的互動推敲，應該不會是前者，但塞西爾一下也想不到迦勒有什麼理由非得找上路多維克。尤其這幾年來北方的氣焰越來越囂張，與魔法絕緣的這片凍土終於能趁著魔女之死摧殘世界各地時一舉崛起，迦勒閒閒沒事怎麼會想和路多維克來往呢？

不會有任何人對一個臥病在床的少年解答這些疑問。

杰倫斯每天都會來，塞西爾維持清醒的時間也逐漸從幾分鐘延長到一小時，但每當除了醫生以外其他人踏進房間時都繼續裝睡。他還不打算醒著見迦勒，因此最好也盡量少在其他人面前醒來。

而就在某天，塞西爾才剛迷迷糊糊地睜開眼睛，竟直接撞進潔兒那雙清澈的綠色雙眸。潔兒只是站在那靜靜地凝視著他，好像早就知道他會醒，一直站在那等著。

剛甦醒的少年只能愣愣地看著那張年輕貌美的臉。看起來才二十幾歲，她卻又變老了。

潔兒神色安靜，既沒有開口慰問也不打算叫醫生，就只是盯著他，彷彿想將這一年裡失去的都補回來。塞西爾滿臉茫然，有一瞬間他以為潔兒也知道了，儘管從之前偷聽到的對話猜測，迦勒似乎沒有告訴她塞西爾恢復記憶的事情，但她可是潔兒啊。

少年顫抖地張開嘴巴，在女人的注目下困難地「啊啊」幾聲，沙啞哽咽地喊：「……姊姊。」

潔兒依舊沒有什麼特別的表示。少年的眼淚溢出眼眶，終於看見藏在那雙碧玉綠眼後的某種東西閃動一下，又立刻謹慎地藏好。她彎下腰溫柔地擦掉塞西爾的眼淚，輕輕地在少年額頭上印了一吻，「歡迎回來，小西。」

趁著少年短暫清醒過來，潔兒打視訊電話給幾個遠在南方的人，柏妮絲甚至一發現螢幕上的少年眼睛是睜開的，就激動到不小心摔落手機。潔兒本來也準備打給迦勒，但嘟聲響到最後男人依然沒有接。她掛斷電話，安慰著滿臉失落的塞西爾：「迦勒比較忙。他每天晚上都會來看你，改天一定可以見面的。」

少年點點頭，沒過多久就再度睡著了。

轉眼一個多月就過去了。即使醒來也得經常裝睡的塞西爾，唯一能做的只有不斷地思考。按照常理，他甦醒的消息應該早就傳回首都，卻一直沒聽到南方傳來什麼動靜，杰倫斯每天過來都只像往常一樣幫他檢查和復健，甚至連那天塞西爾指控迦勒開槍謀殺的事情都沒有多問。

其他來探望的人也總是三緘其口，無論少年怎麼問都只是含糊其詞，告訴他不用擔心。詭異的氣氛籠罩著整座北方宅邸，而終日被困在一方窄床上的少年只能盡量閉著眼裝睡，對總在夜裡到來的男人不理不睬。

這天少年又是迷迷糊糊間稍微恢復意識，沒有完全清醒，比較像在做淺夢。他疲憊地閉著眼想繼續睡，身旁窸窸窣窣的交談聲卻吵得他睡不著，乾脆仔細地聽了起來。

「怎麼辦？」

是男人的聲音，很耳熟但不是迦勒。疲憊不堪的塞西爾徹底放空思緒，只讓聲音流過腦袋。

「我會帶他回去。」

一陣寂靜。塞西爾要睡著了。

「之前是醒不過來才讓他出院。」又來了。一再被打擾的塞西爾有點火大，仍然控制著表情佯裝昏睡。那人繼續說道：「現在人醒了，早點接受完整治療比較不會留下後遺症。」

終於聽出來了。塞西爾有點訝異地發現那是伊納修斯。原來他沒被處死。但伊納修斯不是人在南方嗎？

周遭又安靜下來。塞西爾努力保持清醒，過半晌終於聽見另一道嗓音開口。說話的人距離他更遠，應該是站在房門附近位置，彷彿正在躲著床上的少年，語氣裡一點起伏也沒有。「這是在威脅我嗎？」

雖然用詞尖銳卻沒有生氣，也不是真的在質問伊納修斯，迦勒的聲音平靜得甚至有些空洞。塞西爾忽然打從心底感到一陣毛骨悚然，聽見伊納修斯冷靜地回答道：「我希望不是。」

又一陣令人窒息的死寂。少年再也睡不著了。聽起來似乎是首都派伊納修斯來，要把塞西爾帶回去，也就是說這段時間以來並不是首都按兵不動，而是迦勒對首都的要求無動於衷。但聽上去伊納修斯似乎只準備帶走塞西爾，卻沒有要求迦勒跟他一起回南方。

「你自己認真想想吧。」伊納修斯拋下這句話，塞西爾接著就聽見一陣遠離的腳步聲。

門一被關上，房裡瞬間變得比那些漆黑的夢境還要安寧，甚至讓少年難以分辨自己是否還仍清醒著。他完全不敢動，甚至不用偷偷張眼確認迦勒究竟還在不在，那道目光如此強烈而悲傷，像一把審判的長槍，深深刺穿裝睡的少年。

耳畔響起小偷般極輕的腳步聲。迦勒躡手躡腳地靠近病床，拉來一張椅子坐下，像過去一個多月來每天半夜一樣，靜靜地凝視著塞西爾的睡臉。

自塞西爾恢復意識以來，他和迦勒一次也沒有見到面。管家、潔兒，甚至遠在首都的柏妮絲都已經透過視訊電話看到少年張眼的模樣了，塞西爾還是沒有勇氣正面迎上那隻太陽般的眼睛。迦勒當時親眼看著他抹消自己的記憶，絕對不會只聽少年幾聲哭哭啼啼的「哥哥」就相信他，而現在他人在迦勒手上，要是被發現仍保有亞當的記憶會是什麼下場，塞西爾不敢思考。

床邊的男人一聲不吭，從頭到尾就那樣靜靜地坐著。在外人看來一定是很毛骨悚然的景象。

小時候男人也常常這樣溜進他房間，有時候低聲自言自語著聽不懂的話，有時候會一邊盯著小男孩一邊做些奇怪的事，但絕大多數的時候，迦勒都只是像現在這樣安靜地坐著。

迦勒從來沒承認過自己時常夜訪，天真爛漫的小塞西爾便對哥哥奇怪的行為有過很多天馬行空的幻想，以為這是他們之間默契的遊戲，或者哥哥可能其實是在夢遊，才會不知道每天晚上坐在他床邊。甚至有時候小塞西爾不小心露出馬腳，睜開眼睛對上哥哥的視線，也曾經霎時間以為一直以來坐在床邊的人並不是真正的哥哥，而是披著哥哥皮囊的可怕惡魔。

但在那段裝睡的日子裡他們一直都相安無事，過得很快樂啊。

塞西爾閉緊了眼睛。雖然迦勒動也沒動，房間裡的壓迫感仍不斷發酵著。剛才還昏昏欲睡的塞西爾現在怎麼也睡不著，他感覺到迦勒終於站起了身，高大的影子投射在他身上，為昏迷不醒的少年遮擋不斷刺進眼皮的小夜燈燈光。男人什麼聲音也沒發出來，只能感覺到他吐在臉上微弱而溫熱的呼吸，一點一點地滲進少年皮膚裡。

「……西。」迦勒低聲哀求著。

塞西爾沒有反應。

被子被緩緩拉開。一雙粗糙的手輕輕解開少年睡衣的第一顆鈕子，掌心中間深深的裂痕擦過單薄脆弱的皮膚，在塞西爾心口上也留下一道永不癒合的割傷，輕輕按住了少年平和的心跳。

「所有人都要拆散我們。」迦勒痛苦地說。「讓我看最後一眼……一眼就好，求求你醒來一下吧。」

塞西爾依然沒有半點反應，彷彿真正昏迷的病人一樣安穩地熟睡著。他聽見迦勒深吸一口氣，彷彿還想說句什麼，但最後他只是嘆了很長、很長一聲。

迦勒從他的睡衣裡抽出手。正當塞西爾以為他終於要離開時，男人卻忽然掀翻病人身上的被子，抄起他的膝蓋把少年抱了起來。塞西爾這才發現，迦勒真的不打算就此善罷甘休。他趁著迦勒垂首憐愛地親吻少年額頭時，迷迷糊糊地睇起眼睛，裝作被他的動作吵醒的模樣，眼神渙散、呆滯迷茫地望著那張遠比預想中更滄桑的臉。

大家分明說他才昏迷一年多。是不是北方的風雪太殘酷，為什麼迦勒好像又老了十二歲呢？

迦勒耐心地等著他清醒過來。混濁的情緒淤積在他眼底，背著光的琥珀眼睛好似一潭死水，看不清他在想什麼和期待什麼。少年迷惘地望著那張臉，呼吸漸漸急促起來，他張開嘴巴，嘴唇卻仍在無力地顫抖，好不容易才硬是從喉嚨深處擠出既哽咽又殘破，半真半假的沙啞哭聲：「……哥哥？」

迦勒盯著他，卻猝不及防地笑了。

雖然笑了，看起來卻像個被掏空的人偶。塞西爾瞬間意識到——太遲了。

「好。」迦勒低下頭，不給少年任何反抗空間深深吻住他。男人的氣味悶得塞西爾無法呼吸，一旦試圖掙扎就立刻被用力咬住嘴唇，彷彿還出血了。少年痛得低聲嗚咽，難受地拚命喘氣想呼吸，迦勒卻彷彿什麼也沒聽見。「就這樣叫我吧。」

男人直接抱著他走出房間，快步穿越昏暗的走廊。塞西爾試著掙扎，但虛弱無力的少年壓根沒辦法和他抗衡。迦勒走得很快，行走時的震動晃得少年頭痛欲裂，光是咿咿呀呀地想說話就被伸手緊緊摀住嘴巴。

迦勒大步下樓，穿過廚房，從後門離開了宅邸。門外站著守備的保鑣，看清楚迦勒懷裡抱著誰後詫異地開口：「您——」

一言不發的迦勒直接掏槍打穿保鑣的腳。剎時槍響撼動寂靜的黑夜，迦勒跨過痛哼倒地的保鑣大步跑出院子，直奔向停在遠處的轎車。兩人身後沉睡的宅邸大亮起燈，越過迦勒的肩膀，少年只來得及瞥見有個人影站在敞開的大門前，還沒聽清對方在大叫什麼，迦勒就把他塞進後座，重重甩上車門。

喊叫聲越來越靠近。塞西爾痛苦地撐起僵硬的身體，顫抖地抬起手，還沒碰到車門開關，一陣猛然加速讓少年被慣性甩到前後座之間的夾縫，撞得他痛到哀嗚，迦勒卻恍若未聞，重重踩緊油門，引擎聲一下子就把後頭的聲音蓋了過去。

開始有些喘不過氣來的少年只能難受地縮在縫隙中，在沒開暖氣的車子裡凍得瑟瑟發抖，漸漸真的睡去。

chapter 25

塞西爾是被水沖醒的。

溫熱的水柱灑在身上，原本深深沉睡的少年頓時被嚇得心臟一震，狠狠地撞上他單薄的胸口。塞西爾痛苦地仰頭喘氣，才發現已經不在車上——空氣非常溼熱，刺眼的燈光就在頭頂正上方緊緊凝視著他。還有站在旁邊，手拿著蓮蓬頭，面無表情的男人。

塞西爾身上的衣服全被脫掉，正赤身裸體地躺在淺淺積水的浴缸中。迦勒什麼也沒有解釋，半躺臥在浴缸裡的少年吃力地試圖坐起來，「等……」

他還沒說完，迦勒突然彎下腰，按住他的肩膀把他用力地塞回浴缸。塞西爾直接往下滑，後腦用力地撞上浴缸底部，頓時痛得哀叫，迦勒卻彷彿什麼也沒聽見。他單手抓住少年的腳踝將他下半身拉高、腰際懸空，長期臥床的痠痛感讓塞西爾忍不住左右扭動掙扎起來，「等一下，你……」

迦勒沒有理會，只是舉高蓮蓬頭。熱水順著他的雙腳往下，流過少年兩腿之間，塞西爾看見那隻琥珀色的眼睛正緊緊盯著受到刺激而不住翕張的部位，頓時才明白男人真正的目的，頓時氣笑了。「迦勒！」

這聲沙啞的呼喚果然有用。迦勒終於瞥了他一眼，看著少年雙頰被熱水熏得粉嫩，憤怒的眼神卻被羞恥染紅眼周，枯骨般的肉體看上去有種畸形的性感。

毫無反抗能力的少年疑惑地看著迦勒轉開蓮蓬頭，只剩下不斷出水的水管，拿著管子在浴缸邊跪下來。「等等……」不明所以的塞西爾一邊掙扎著，迦勒用力壓住他的小腹，強烈反胃感讓塞西爾一時間無法呼吸，只能眼睜睜看著男人把正在不斷出水的水管直接插入乾澀的後口。

撕裂感讓他痛得大叫，沙啞的哀鳴聽起來卻莫名淫穢。塞西爾根本沒空去管自己的聲音，他越是拚命地踢著腿，迦勒就越緊緊地抓住他的腳踝，直接凹過頭壓到肩膀上，把少年整個人折成兩半。

這個姿勢讓他臀部懸空，腰椎立刻泛起一陣極其難受的痠痛感。迦勒把水管插得很深，裝滿熱水的管子又很重，脆弱的入口被用力拉扯著，洶湧的水流瞬間灌滿體內，塞西爾驚恐地看著自己的小腹以肉眼可見的速度迅速脹起，肚子被撐得難受極了。過多的水很快就爭先恐後地從後面湧出，沿著肚子與背部往下流，在蒼白燈光下明顯能看見淡淡染色。

尤其迦勒正緊緊盯著那處不斷冒水的部位，強烈的羞恥感讓塞西爾腦袋一片空白，慌張地擺動起臀部想拔出水管，感覺到迦勒抓住腳踝的力道突然收緊，才後知後覺地意識到這樣看起來簡直跟求歡沒兩樣。

男人轉回頭，面無表情地盯著滿臉通紅、手足無措的少年。

「等等。」塞西爾不得不放軟姿態。生理淚水不受控制地溢出眼眶，少年清楚感覺到那處窄小的入口被熱水燙到開始不由自主翕張著，淅瀝瀝地吐著水。「我們、我們談談，我現在……」

迦勒完全沒有理他。男人用單手扣住他的雙腳，在塞西爾驚慌失措的注視下伸手用力壓住他膨脹的小腹。大量液體從被堵塞的出口邊緣猛然噴出，少年頓時放聲大哭，幾乎分不清是因為疼痛還是羞恥。

迦勒鬆開他的腳，坐在浴缸邊緣靜靜地望著塞西爾雙腿大張，被深埋在肉穴裡的水管不停地灌滿。他一手放在水龍頭上，左右調節著水溫，一邊欣賞著少年痛苦哀鳴。「迦、迦……」塞西爾雙手按著逐漸膨脹的肚子用力往下推，張大嘴巴破碎地喘著氣，淚眼朦朧讓他看不清男人的神色。

迦勒始終不發一語。只是那樣靜靜地看著少年泡在自己排出的水液中，直到湧出的水變得乾淨清澈，塞西爾也已經幾乎半失去了意識。迦勒終於關掉水，拔出水管，粗魯的動作讓少年整個人輕微抽搐。

男人打開沐浴乳的罐子，在少年身上淋滿乳白色的黏稠液體，將瘦骨如柴的身體搓得全是泡泡後再全部沖洗掉，把被洗得香嫩好聞的少年抱出浴缸。沒流盡的水被不停張縮的後穴擠出體內，淅瀝瀝地在地毯上滴出一條蜿蜒曲折的痕跡。

迦勒抱著他來到溫暖的臥室，小心翼翼地把他放到柔軟的大床上。塞西爾仍渾身溼漉漉，把被褥與床單全部沾溼了，但迦勒似乎一點也不在意。他也跟著爬上床，跨坐在塞西爾身上，鼓起的部位距離少年的臉只有幾公分。

臥室裡的燈光很昏暗，少年視線渙散得幾乎什麼也看不清楚。他甚至隱隱約約好像看見迦勒皺起眉頭，一副欲哭無淚的表情。迦勒彎下腰，捏住塞西爾的臉頰，在他醒來之後終於第一次開口：「西。」

聲音好沙啞。塞西爾努力想把視線聚焦在眼前的面孔上，卻發現眼前這張臉滄桑得陌生，眼角裡藏著細紋、下巴沾滿不修邊幅的鬍渣、深棕色髮尾也開始漸漸發白，琥珀色眼睛裡滿是時間的刮痕。

迦勒張開嘴，最後卻什麼都沒說，抿緊乾澀龜裂的薄唇，低頭吻了他。

他的味道很重，熏得少年忍不住皺眉，嫌棄地撇開腦袋，迦勒卻強硬地掐著他的下巴掰回來，撬開塞西爾的嘴長驅直入。溼熱的舌頭一邊在口中肆意搜刮，男人趴了下來，健壯的身軀緊貼著少年枯骨般的肉體，將身體卡進塞西爾雙腿之間，催促他圈住自己的腰。塞西爾光是保持清醒就快耗盡力氣，來不及吞嚥的唾液從嘴角邊漫出來，即使迦勒鬆口，經過一番狠狠吸吮啃咬的雙唇早已紅腫得快閉不起來。

迦勒不輕不重地搧了他兩巴掌，既像羞辱，又似乎只是想叫醒昏沉的少年。見塞西爾始終沒什麼反應，迦勒乾脆直接拉開他的雙腿，當炙熱滾燙的巨物狠狠撐開飽經蹂躪的窄道，少年才終於稍稍回過神來難受地呻吟。

那個聲音顯然讓迦勒很興奮。他掐住塞西爾的腰，試探性地抽插幾次，很快就把少年頂得哭出聲。少年撇開頭，不想讓迦勒看見表情，男人卻再一次捏住了他的下巴，把正臉扳回來後就開始熱情地進出。

整間臥室裡迴盪著奇怪的聲音。既不是淫穢的黏膩水聲，也不是軟嫩肉體互相碰撞時的啪啪聲。瘦骨嶙峋的少年幾乎只剩下骨頭與皮膚，當男人聳著腰撞進體內，比起做愛聽起來更像某隻被困住的生物正盲目到處亂竄，撞倒了一堆東西。

反覆折磨著敏感肉穴的撕裂感讓少年痛苦地慘叫著，別說做愛，那沙啞的嗓音自己聽上去都覺得更像牲畜垂死之際的悲鳴。他起初還試著阻止男人，抽抽噎噎地說了幾句「不要」、「很痛」，但這樣的示弱到頭來只讓迦勒操得更起勁，甚至興奮地低頭撕咬他的乳頭、耳朵、嘴唇，一切令人難堪的地方。

到後來塞西爾已經幾乎完全沒有力氣說話或叫喊，連呼吸都虛弱地顫抖著。痛苦掙扎地想逃出他的眼睛，暈開昏暗的燈光，讓他什麼都看不見。

迦勒一直維持著同個姿勢頂撞許久，直到發現塞西爾漸漸沒有反應快暈過去時，才會催促般地變換姿勢，但直到最後男人在少年體內發洩，塞西爾仍舊像具死屍般地動也不動。他側著頭趴在床上，整張臉埋在散發著腥臊氣味的棉被裡吃力地吸氣，終於感覺到迦勒拔了出去，巨大的空虛與流失感頓時席捲而來。

他疲憊地閉上眼睛，迫不及待想好好睡一覺，迦勒又猛然把他翻了過來。塞西爾甚至聽見身體某處發出不妙的喀聲，迦勒卻只是不管不顧地捧住他的臉，又低下頭深深地親吻著。

男人又舔又吸地催促著塞西爾回應，但少年只覺得快窒息了，雙眼無力地往上吊，看著床頭壁紙上下顛倒地印著迦勒剛剛把他壓在牆上猛幹的水印。迦勒的吻越發急躁，憤怒地狠咬住他的舌頭，塞西爾依舊一點反應也沒有。

迦勒這才感覺到似乎哪裡不太對勁，鬆開口捧著他的臉疑惑地喊：「西？」沒有反應。

「啪」地一聲，男人狠狠賞了他一巴掌。塞西爾的臉被打得歪向一邊，當迦勒看見他微翻白眼、唇齒張開，摻雜血水的唾液從嘴角漫出來，這才察覺好像真的出事了。他焦急地伸手抵著少年的鼻子，只感覺到非常微弱的呼吸，手掌壓在少年飽受啃咬的左胸口上也幾乎感覺不到心跳。「西。西。」迦勒終於有些慌張，拚命地拍打塞西爾的臉頰，把他半邊臉打得通紅一片，「塞西爾！」

少年始終沒有反應。迦勒崩潰地罵了一聲，立刻跳下床手忙腳亂地一邊穿內褲一邊打電話，草率地整理一下遍體鱗傷的少年，隨便給他套上一件寬鬆的上衣，就把人抱出臥室。男人留在他體內的痕跡夾雜著血絲在奔跑過程中漏出，弄髒塞西爾身上的衣服，滴在一整路豔紅的地毯上。

迦勒在大叫著什麼，塞西爾聽不清楚。耳朵彷彿被摀住，只聽得見從男人溫暖厚實的胸口傳出來的心跳聲，突然覺得好想哭卻沒力氣了。

男人把他抱到另一個房間，放到一張乾淨整潔的床上，這間臥室裡的燈光比剛才那裡明亮許多，讓塞西爾完全睜不開眼睛。迦勒又捧起他的臉，這次沒有再打他巴掌。男人靠得離他很近，讓塞西爾可以清楚看見琥珀眼裡氤氳的水霧，凝結成珠掉了下來。

迦勒動了動嘴巴，但塞西爾聽不到，只是呆呆地望著他。當男人想再說一次時就被推開，少年看見另一雙莫名熟悉的藍色眼睛，對方伸手遮住他的視線，讓塞西爾又一次被黑暗吞噬。暈過去前腦海中唯一的想法，只有希望這次真的再也不要醒來了。

❖

可惜事與願違。

塞西爾睜開眼，失望地盯著面前的石磚天花板。房間裡只有他一個人，沒有窗戶也沒有時鐘，只聽得見暖氣穩定運轉的聲音。

到處都痛得要死。被咬到破皮的乳尖光是磨擦到衣服布料都覺得刺痛不已，腰際和尾椎難受地發痠、雙腿僵硬得根本沒辦法動，被蹂躪得最慘烈的那個地方甚至似乎都還沒清乾淨，臀縫之間全是黏膩噁心的感覺，在他閉起眼睛試圖重新睡著時，仍然斷斷續續地有什麼東西流出來。

空調持續不斷地嗡嗡作響著，吵得塞西爾根本睡不著。少年只好在心裡緩緩地默數著秒數，一、二、三、四……

數到將近一萬的時候，他才終於聽見開門聲。塞西爾依然閉著眼，對走進來的人不理不睬，直到對方掀開身上的被子，又試圖解開他的睡衣，少年沙啞地開口：「我有比以前緊嗎？」

來人停下了動作。塞西爾睜開眼，對上迦勒木然的表情。

他沒有理會，繼續脫著少年的衣服。塞西爾沒有掙扎，放任男人解開他的衣衫，讓另一個陌生的男人四處撫摸觸碰，擦拭與塗抹。反正他也沒力氣，光是呼吸都感覺好像快被紊亂的心跳撞死。冰涼的藥水點在傷口上，少年忍不住縮瑟一下，嘴上還是不斷地追問著：「我現在這麼瘦，撞起來應該很不舒服吧。」

迦勒與醫生都對他的汙言穢語充耳不聞。

「你都把我頂到出血了，溼到一直滑掉，裡面現在還溼溼黏黏的。」塞西爾滔滔不絕地說，嗓音破碎得彷彿只是在喃喃自語。蒼白的燈光讓他看見醫生的耳根漸漸泛紅，但他真正想看到反應的男人卻一副事不關己的模樣杵在床邊，沉默不語地俯視著他。

「迦兒。」塞西爾換了一個語氣，柔軟、委屈、寵溺地嬌嗔：「你真的操死我了。」

迦勒還是沒有表情。

抑鬱的氣息鼓在塞西爾胸口，像漩渦一樣不斷地打轉。他聽見從自己胸腔深處發出某種奇怪的共鳴，像是笑聲和某種痛苦呻吟摻雜在一起的產物，活生生地毛骨悚然。他屏住呼吸，想讓自己聽起來更惹人憐愛一點，但這副長久沉睡著的身體最終能發出來的聲音卻只生疏得像臨終前還在求偶的畜牲，令人作嘔。

「哥哥……」

他沒辦法說明當看見迦勒的眉間終於抽搐一下時有多開心。塞西爾抓緊機會繼續喋喋不休：「小西好痛，哥哥……」用那副讓人噁心反胃的嗓音不停地虛假啜泣著，泫然欲泣而楚楚可憐地凝望著他，從那隻琥珀眼裡，塞西爾可以清楚看見自己不堪的倒影。「哥哥……小西還要。我們可以再做一次嗎？」

迦勒咬緊嘴唇，深吸一口氣，硬是嚥下就到嘴邊的話。

塞西爾不再開口。氣氛瞬間緊繃起來，一旁的醫生噤若寒蟬，小心翼翼地剝開少年喉嚨上的紗布，露出底下深深的齒痕。他拿起藥膏剛準備換藥，衣領忽然被用力揪住，一瞬間失去重心撲到少年身上，成年男子的腦袋頓時狠狠撞上塞西爾一口脆弱的牙齒，少年痛得悶哼一聲，依舊倔強地咬緊醫生的嘴唇不肯鬆口。

他瞪大眼睛越過醫生的肩膀惡狠狠地盯著迦勒，伸手圈緊醫生的脖子不讓迦勒抓住醫生的後領把他扯開，甚至像隻護食的野獸般死死咬住醫生的下嘴唇，無視陌生男人痛得大叫。鹹澀的血腥味沾進少年口中，把他蒼白的薄唇染得鮮紅欲滴。

迦勒終於還是搶贏了這一次。他掰開少年的手臂，扯破醫生的衣服把他狠狠甩開，壓低嗓音怒聲道：「出去。」

醫生摀著嘴巴，用看著瘋子的眼神瞪了兩人一眼，就急急忙忙地跑出臥室，連醫療箱都沒帶走。

「為什麼趕走他？」塞西爾又擺出那副委屈不已的挑釁表情，狀似無辜地望著怒火中燒的男人，「我喜歡多一點人。」

迦勒氣得笑了一聲，突然狠狠掐住少年的脖子。「那這樣呢？」男人說，想加重手上的力道卻又始終克制著。塞西爾頓時故意痛苦地喘氣，迦勒立刻就鬆手，逗得少年忍不住咯咯笑，發現被耍的迦勒臉色一沉跨坐上床。

「上我。」塞西爾毫不掩飾在男人勇猛軀體上赤裸裸地來回流連的視線，目光落到迦勒雙腿中間，看見他氣到勃起了。「快點啊，迦兒。」

塞西爾急躁地催促，努力挺起腰桿去碰他。「我還是喜歡你凶一點。」他低聲道：「你那麼溫柔我真的好不習慣。你會不會做到一半又拿鋼筆捅我的心臟？是不是又想趁親吻的時候撕開我的喉嚨?迦兒……」

但無論他怎麼催促迦勒都不理會。都已經坐在少年身上了，還是從頭到尾只會用飢渴的眼神膽小地望著他，看得塞西爾真的好煩躁。他伸出手邀請著，「放進去一下下沒關係的。反正不是還有醫生嗎？你可以幹死我再把我救回來啊。迦……」

「你什麼時候想起來的？」迦勒打斷他。

「那很重要嗎？」塞西爾回答。「現在我在你手上，完完全全是你的人了。對我做什麼都可以，快點！」

「你什麼時候恢復記憶的？」迦勒像故障的機器一樣又重複問。他眉頭緊皺，漂亮的琥珀眼睛被那些莫名其妙的牛角尖染黑，看著實在讓塞西爾好心疼——他就是想得多，總是想得太多了。

「你到底什麼時候想起來的？」

「這種事情怎麼還會需要問我？」塞西爾嘲笑道，屏住呼吸裝成高亢尖銳的嗓音說：「哥哥，你不是說你跟亞當沒有關係嗎？哥哥為什麼騙我？」

那一瞬間迦勒舉起手，在雙方都還沒反應過來前重重一摑少年消瘦的臉頰。清脆的巴掌聲在臥室裡爆開，塞西爾被打得頭昏眼花，看見迦勒頓時也愣住了。

少年張開口，聽見自己哭了。「你打我？」

迦勒一下子不知道怎麼回答，就那樣傻傻地看著他。

少年皺起臉，沙啞的嗓音猝然間變得極其刺耳，一下子把他們都喚回了現實。「哥哥，你跟我在一起難道真的是在找替代品嗎？」塞西爾放聲尖叫，淒厲地哭號：「你說你喜歡的是我！你明明就跟亞當關係很差！」

迦勒又打了他一巴掌。「你——」他甚至說不出話。塞西爾仍在不斷尖叫，男人只能摀住他的嘴巴，終於承受不住地崩潰自問著：「我到底在跟你糾纏什麼呢？」當塞西爾搶著想幫他回答又被一巴掌打斷。「不就是你的錯嗎？不是你先丟下我去死的嗎？」

他像隻野獸，壓低聲音怒吼著：「我這些年有多努力——是我救了你！」男人死死掐住少年的脖子，唯一一隻眼睛被憤怒染成血紅色。「你本來要被處死的，**是我救了你！**」

「真的嗎？哇，謝謝哥哥！」塞西爾瘋癲地尖聲叫道。

迦勒恍若未聞，惡狠狠瞪著他的模樣幾乎都要把剩下的眼睛擠出來了，自顧自地滔滔不絕：「我為你做了多少，你怎麼可以這樣對我？你每次跑過來黏我都讓我覺得有夠噁心，牽我的手、要我哄要我抱。為什麼？你不是什麼都不記得了嗎？不是死了嗎？為什麼還陰魂不散糾纏我？塞西爾，你怎麼可以這樣對我？」

迦勒終於哭了。

「我的小西很乖，他才不會亂倫，我是他哥哥。你把我的小西藏到哪裡去了？」

塞西爾張開嘴巴，卻發現什麼也說不出口。

鎖在喉嚨上的力道狠狠地收緊。迦勒彷彿壞掉一般不斷重複逼問：「你把我的小西藏到哪裡去了？」每問一句就勒得越狠，直到塞西爾真的完全無法呼吸，本就蒼白如鬼魅的臉漲成晦暗的紫紅色。

他用力地瞪大眼睛不肯闔眼，心想著如果迦勒真的打算在這裡殺死他，一定要讓這個男人看著他的眼睛，親眼目睹到他嚥氣的最後一刻。死亡漸漸染黑塞西爾的視野，最後只剩下迦勒燦爛如太陽的目光，就在少年死去前最後一刻男人才忽然鬆手，一瞬間灌滿胸腔的氧氣讓塞西爾來不及反應，猛烈地咳了起來。

迦勒俯下身緊緊抱住他，身上的味道熏得不斷咳嗽的少年更加難受。「不能讓你死得這麼輕鬆。」男人啜泣著喃喃自語道，溼熱的吻貼在少年脖子上，發出噁心的水聲。「西……小西。我的小西……」

塞西爾沒有力氣說話，只能任由他脫掉衣服，虔誠地舔舐著傷痕累累的少年。「你要陪我。」滿面淚痕的迦勒如此說道。「你在這裡很安全，誰也找不到你。等路克把事情處理完，他就會幫我們遠走高飛，到那時候你要一輩子陪在我身邊，不可以比我早死。」

迦勒用力掐住少年的臉。他靠得很近很近，塞西爾甚至可以看見他缺失的那邊眼睛裡面蜿蜒的微血管。「你有聽到嗎？」他的語氣好淒涼。

少年的臉被他捏著無法說話，迦勒卻好像忘了這回事，不斷晃著逼他回答。塞西爾感覺到心跳漸漸加快，呼吸越發急促，當迦勒低下頭來吮吻少年受傷的乳頭時不由自主地一陣戰慄，自然而然就接受了男人一而再、再而三的哀求。

❖

密室裡沒有窗戶與時鐘，塞西爾只能靠數秒來算時間過了多久。

迦勒偶爾會來找他。如果他沒有算錯，男人應該是每天都會來，偶爾會帶著醫生幫他治療傷口，塞西爾就能靠那個男人嘴上傷口的癒合情況來確認有沒有算錯日子，但後來醫生換了一個，少年只能自己繼續數秒。

每天來訪時，迦勒都會帶著食物，吃飽喝足後就開始做愛。有好幾次才剛吃飽的少年被劇烈運動晃到吐，後來就改成做完後再吃，但每每等到男人終於滿意地射在他體內，飯菜都冷掉了。

一開始塞西爾還會像從前一樣，在做愛時候拚命絮絮叨叨，在迦勒動作慢下來時說些下流話刺激他，當他頂對地方就放聲浪叫鼓勵他繼續進攻。但沒過幾次少年就發現聲音徹底啞掉了，叫起來實在太難聽，連迦勒都拿枕頭悶住他的臉要他閉嘴，塞西爾也就不再開口，只有偶爾真的受不了才發出痛苦的呻吟聲。

有次迦勒一踏進房間就立刻急躁地剝掉他的衣服，那次動作特別猛，似乎在外面遇到什麼不高興的事，塞西爾沒有問。當男人緊緊掐住他的腰，像隻發情公狗一樣瘋狂地聳動著腰桿，粗壯肉棒幾乎完全埋進少年溼潤狹窄的體內，甚至把塞西爾的小腹頂到微微凸起，極端的痛苦讓他受不了放聲大哭。

那次之後塞西爾才發現迦勒超級喜歡看他哭。只要少年被激烈的抽插逼到開始低聲啜泣，男人就會撞得特別快、特別重，因此後來塞西爾每次做愛時都會掉幾滴淚，雖然被迦勒發現是故意的，嫌棄了一句「太虛假」，但男人還是幹得很爽。

時間就這樣，在無止境的等待、等待、做愛、等待裡，越過越緩慢。

剛被囚禁的時候，塞西爾還會趁著迦勒不在時花時間思考。迦勒當時是在眾目睽睽下把他帶走，大家過這麼多天找不到塞西爾，迦勒大概已經被通緝了。甚至要是被發現他和路多維克之間有所來往的話，可能會被認定為叛變。

既然讓事態發展到這個地步，依照迦勒的個性肯定早就不打算回首都了。假如迦勒成功幫助路多維克完成他的大業，接著應該就會和塞西爾兩人躲到某個不為世人所知的天涯海角，度過荒蕪的餘生。雖然和原本想像的不太一樣，但整體來說仍是塞西爾所希望的結果。

可是如果在那之前，迦勒就被逮到了呢？

好一點的情況是眾人趕在路多維克之前找到塞西爾，把他救回首都，到時候其他人一定會想方設法分開他們兩人。無論迦勒身上沾了什麼汙點，總有辦法幫他洗乾淨。反觀只要從這裡出去，塞西爾就永遠是亞當，比較麻煩的情況便是如果首都動作不夠快，手無縛雞之力的少年就會直接落入路多維克手中，變成牽制首都的人質。

最糟糕的情況是路多維克落網，迦勒失蹤或死亡。為了保命，路多維克絕對不會輕易透露塞西爾的位置，北方地理環境非常適合隱匿行蹤，恐怕一時半刻也無法找到塞西爾被囚禁的地點。塞西爾早就確認過迦勒離開時會將房門完全上鎖，臥室裡沒有密道，空調通風管也做成無法容納人類身形的設計。換句話說只要沒有人找到，塞西爾就得一直關在不見天日的密室中。

一想到有可能活活餓死在密室裡，少年就坐不住。他嘗試過從迦勒口中套話，就算無法得知外界局勢，至少也得知道自己被關在哪，但男人幾乎不會浪費時間和他耳鬢廝磨。有一次迦勒察覺他的意圖，塞西爾就被狠狠地架在鏡子前幹，直到少年哭著承諾絕對不會逃跑，最後卻還是被操到暈過去。

光是旁敲側擊失敗就落得這種下場，塞西爾也就乾脆放棄了說服迦勒放他出去的念頭。每分每秒就只是躺在床上，等著他的男人來幹他。

時間還是一直繼續走。某次他在數秒時發現自己讀秒的速度變慢了，不管怎麼回想都無法確定一秒鐘究竟有多長，從原先的數秒變成單純在數數字，到後來就忘記了這回事。

塞西爾漸漸沒辦法判斷是自己喪失了時間感，還是迦勒真的越來越少來。他好像越來越常肚子餓，但大多時候根本沒辦法分辨是餓了，還是只是迦勒上次射在裡面沒清乾淨。甚至後來連迦勒有沒有來，塞西爾都記不太清楚，每次看見男人走進臥室都會愣愣地盯著他好一會。

就像現在，少年只是茫然地盯著門把左右轉動，男人提著一個袋子走了進來。

他似乎又變老了，又似乎沒有。塞西爾實在看了太久他年輕英俊的模樣，幾乎認不得眼前面容滄桑的中年大叔。迦勒察覺少年一直盯著自己也沒說什麼，隨手把袋子放在桌上，坐到床邊撈過他的後頸，深情地親吻。

他好熱。塞西爾呆呆地想，迦勒的體溫就是這麼熱沒錯。

「你為什麼又不穿衣服？」男人問。少年溫順地抬起手，讓他替自己穿上睡衣，呆呆地望著他輕柔地將自己推倒在床上，隔著一層薄薄布料吸吮少年敏感的乳頭。塞西爾就像往常一樣興奮起來，自行乖巧地張開雙腿，掰開臀瓣，讓男人看著隱蔽的小口把垂軟的陰莖擼到硬挺，再深深地埋入。

疼痛感讓塞西爾短暫地回過神，既難受又舒服地呻吟起來。迦勒抓著他的手讓他環住自己的脖子，低頭在少年嫣紅點點的頸側輕輕啃咬。當他熟練地頂到塞西爾最敏感那處軟肉，少年順從地哭叫一聲，軟嫩的肉穴再度緊緊吸咬纏繞著滾燙粗大的陰莖。迦勒舒爽地長嘆一聲，卻不像以往那樣加快力道猛幹起來，反而有些懶散地催促著：「再夾緊一點。」

塞西爾聽話地繃緊身體。他躺在柔軟的被褥中上上下下地晃動，全身唯一的感官只剩下被男人塞滿體內時的炙熱和痛楚。塞西爾感覺自己就像是氣球一樣，一旦迦勒拔出去，整個人就輕飄飄得要飛走，唯有男人是他的船錨，深深地插入他、填滿他，拉住他稀薄的存在感，一下一下地搗著，把少年散開的靈魂重新塑形。

「……塞西爾？」迦勒疑惑地喊。少年這才發現自己哭了。

塞西爾撇開頭，伸手遮住臉失聲痛哭起來。就這樣糟蹋我、蹂躪我，羞辱我虐待我疼愛我擁有我。陪著孤獨的我，以什麼形式都好，永遠陪在我身邊。少年一句話也沒說，在迦勒強硬地扳開他最後一層尊嚴時，乾脆張開雙腿緊緊纏住男人的腰，虛弱無力地搖著屁股。迦勒顯然沒搞懂他突然又在耍什麼花招，似乎也不是很在乎，敷衍地親了一下少年敏感的耳朵後便開始放縱頂撞。

整間臥室裡迴盪著少年顫抖破碎的淫叫聲。他一下子就射了，把剛才迦勒替他套上的睡衣噴得不堪入目。他們換個姿勢，沒過多久塞西爾就又洩了，體液不斷淅瀝瀝地從馬眼滴出來。迦勒沒有嫌他髒，反而抱緊他，親吻著淚溼的眼角讚許道：「今天做得很好。」

少年顫巍巍地抓緊男人的背，痛苦地閉上眼睛，承受著又一波的高潮度過。

他根本分不清射了幾次，到後來都沒東西了，體液卻還是不斷滴流。迦勒被反常的塞西爾弄得格外興奮，難得內射了一次還想繼續，找來玩具深深塞進他體內，在少年忍受著強烈震動折磨時要他打開嘴巴，將腥臭的肉棒塞進嘴裡。

男人粗魯的動作頂得塞西爾乾嘔不止，眼淚、鼻水與唾液一齊滑過凹陷的臉頰，下腹再次湧來一陣永無止境的痠脹感。他繃緊消瘦的身體，但在準備好迎接又一波煎熬的高潮前，肚子裡震動的頻率卻倏忽猛烈加劇，嚇得他驚恐地瞪大了眼睛。

極其洶湧的感受瞬間席捲，捏碎了脆弱的少年。塞西爾的身體不受控制地抽搐痙攣起來，無意識地啃咬口中的陰莖。迦勒痛得低吼，把性器拔出少年口中後重重甩了他一巴掌，少年頓時半暈厥過去，下半身依舊隨著玩具不停地震動漏水。

迦勒抓著玩具尾端凶暴地搗弄著泥濘穴口，拉住少年的手腕把他扳成翹高屁股的姿勢，好像是塞西爾自己欲求不滿在迎合玩弄般，一直到玩具沒電。少年癱軟的肉體還在不由自主地微微抽搐，整個人一副被徹底蹂躪過的破爛模樣。

痛到軟掉的男人似乎也懶得延續被打斷的第二發了。他撈起虛軟的塞西爾走進浴室，讓他趴在懷裡，細心地清洗著鬆軟紅腫的穴口。

這樣面對面抱著，讓塞西爾能直接感受到迦勒強健的心跳。男人炙熱的體溫讓他幾乎沒法呼吸，少年還在哭，眼淚不斷滴在迦勒肩膀。「你今天到底是怎麼了？」男人有些不耐煩地問，雙指撐開肉穴摳挖著濃稠的精液。

塞西爾只是不斷地哭。他虛脫地依偎在迦勒懷裡，崩潰地嗚咽：「哥哥……」

「什麼？」浴室裡迴盪的水聲讓迦勒沒聽清他的話，「你有說話嗎？」

塞西爾沒有打算再說一次。他閉上眼，自欺欺人地假裝著這仍是他們第一次上床，迦勒依舊是那個溫柔體貼，會幫他仔細清洗，換好睡衣後擁他入眠的好哥哥。

洗是洗了。將他弄乾淨抱出浴室後，迦勒只是把渾身赤裸的少年丟在床上，叮嚀他記得吃東西，接著就離開了。

❖

這次塞西爾真的感覺睡了很久。當再睜開眼睛，身體就像每次歡愛過後一樣痛到要散架。塞西爾疲憊地躺了好一會，似乎迷迷糊糊又睡著了，再次醒來時才深吸一口氣坐起身。

食物依舊放在桌上。他慢吞吞地下床，扶著椅子與牆壁，好不容易才拖著腳步來到桌邊，卻發現紙袋裡早該冷掉的湯居然是熱的，把紙袋內層都蒸軟了。

也許是他真的睡太久，迦勒又來了一次。塞西爾動作遲緩地撕開紙袋，拿起湯匙小口小口地啜飲，一邊想著看來他這次心情不錯，居然沒有把睡夢中的少年叫起來做。

他喝完湯後就回去睡了，睡醒後又看到有熱騰騰的食物放在桌上。塞西爾依舊沒有多想，吃完後就繼續睡覺。再下一次睜開眼睛，當他再次看見桌上的食物冒著蒸氣，終於認清迦勒不會再來了。

當意識到這點後，少年便試著保持清醒，想等送飯的路多維克來時抓住他問話，但最後總是會睡著。而且無論睡在哪，最後睜眼時都會發現躺在床上。塞西爾懷疑食物被下了藥才讓他這樣嗜睡，乾脆不再吃莫名出現在桌上的東西，然而只要是醒著的時候，房門就絲毫沒有動靜。

一定是密室裡有監視器，讓路多維克可以抓準他睡著的時候再進來，於是塞西爾決定裝睡。他靜靜地等待著，躺在柔軟空蕩的大床上清醒地長眠彷彿一個世紀，卻仍然沒有人來打開塵封的棺木。

在好幾次嘗試堵路多維克都失敗後，塞西爾咬破手指，用血在被子上寫著：

迦勒在哪裡？

再度醒來時身上換了床乾淨的被子，卻沒得到回覆。

塞西爾決定搗亂。把送來的食物灑滿地，確認臥室裡每個角落都沾到食物渣後就去睡覺，醒來時仍然是乾淨整潔的房間。身上琳瑯滿目的吻痕、咬痕，還有抓痕都逐漸結痂。他到處尋找房間裡任何可用的材料試圖撬開門，卻從來沒成功過。轉而趴在門板上瘋狂拍打，抓到指甲都裂開，無論如何對著門外嘶吼尖叫，也從未聽見門板那端傳來任何一點聲響。

他開始不洗澡。之前都是迦勒想做愛的時候才會抱他去洗，現在沒有人和他魚水之歡，塞西爾也就沒有理由洗澡，頂多偶爾聞到身上有點味道後才走進浴室。從鏡子裡看見他的男人曾用唇齒在身體上留下的一處處標記，早已不知何時都痊癒了，只留下永遠的凹陷，將枯槁的少年啃食得坑坑疤疤，像吃剩的廚餘骨頭。

他放聲尖叫、衝撞房門，把額頭狠狠地撞破，在門板上留下一道怵目驚心的痕跡後，蜷縮在地毯裡孤單地哭泣。當塞西爾再度醒來，果不其然發現額頭上的傷口已經包紮好，少年正安安穩穩地躺在床上，門上的血跡也清乾淨了。

只要睜開眼睛就有新的食物，不管上一次有沒有吃、吃了多少、灑了多少。塞西爾經常故意將食物碎屑灑在各個難以打掃的隱蔽角落，絕望地等待至少一隻蟑螂來和他作伴。

他翻遍床底、櫃子後、地毯下仍找不到迦勒在哪裡，不管留下多淒厲的血書，再醒來時路多維克全部都會一絲不漏地清洗乾淨，甚至連少年用破碎瓷盤在牆上刻下的計日痕跡，也不知如何被撫平。少年彷彿正做著一場永遠也到不了盡頭的夢中夢中夢，醒來又是新的一天。

就在他以額頭去撞尖銳的家具邊角後，每個地方都被修成圓角，裝上柔軟的防撞棉。他剝掉被單打結成圓，掛在門把上試圖勒死自己，下次恢復意識時門把就沒了，變成一片單薄的木板。試著絕食，熱騰騰的食物還是固定送來，香氣每每鑽進鼻腔都讓他想吐。塞西爾總是一睜眼就立刻把食物拿去浴室倒掉，直到不知何時終於不送了。

他歡天喜地地躺在床上等死，除非偶爾真的餓到受不了才去喝洗手臺的水。然而他越來越常餓到受不了，乾脆把棉被搬進浴室裡睡。直到現在當他再度睜開眼，終於沒有發現又回到了床上。塞西爾就這樣在浴室裡度過一次又一次睡睡醒醒，而迦勒沒有回來，就是沒有回來。

已經餓了不知多少天的少年蜷縮在溼黏的棉被上。嘴巴很渴，蓮蓬頭就旁邊，但他沒有力氣站起來開水龍頭。

好累。真的好累。

塞西爾翻著白眼，模糊朦朧的視線前方就是空蕩的床鋪。他好想哥哥。好想吃東西，好想回家。好想回家，抱著抱枕要哥哥今天陪他一起睡，今天要……

隱隱約約中塞西爾彷彿真的聽見男人嘆了一口氣。他看到哥哥走來，為他彎下高大的身子把小男孩高高抱起，嘴上說著「只有今天」，「分明有自己房間，為什麼老愛跟哥哥擠一張床」。琥珀色眼睛仍舊寵溺不已地望著他，在小男孩額頭上印了一吻，輕輕把他送入永遠的美夢。

chapter 26

「那我就先離開了。」

杰倫斯說。床上的人沒有反應，彷彿根本沒聽見似地看都沒看他一眼，從頭到尾只是愣愣地盯著窗外高懸的太陽。醫生和照護員交換眼神，杰倫斯本還想說些什麼，但休對他搖了搖頭，老人只好在心裡默默地嘆一口氣，收拾好東西便離開臥室。

休跟著走了出來。「沒辦法說得很肯定，但少爺不說話恐怕不全是聲帶的問題。」確定走出塞西爾的聽力範圍後，杰倫斯才敢壓低聲音說道：「他的喉嚨雖然有受損的痕跡，大致上還是完好的，應該還是心理因素更大一些，這個我真的沒辦法幫上忙。」

休點點頭，「那麼照您看來，少爺的身體大約什麼時候能夠康復呢？」

「這要看他本人有多配合。」杰倫斯邊走邊說：「如果他很積極的話……也許半年吧。」

「我明白了。」照護員說。

休送他到大門口。就這麼剛好，一打開大門，映入眼簾的就是一臺剛剛熄火的藍灰色跑車，高調得只差沒把名字也印在車身上。副駕駛座的車門打開，從裡頭鑽出一個黑色鬈髮、寶藍色雙瞳的男人。長年在北方開拓讓他的皮膚黝黑龜裂，臉上的笑容越是燦爛，就顯得越惹人厭。

「醫生！」路多維克．伊納修斯扯開嘴角，用一種相當浮誇而刺耳的語調說：「今天的診療結束了嗎？真是辛苦您了。」

老人只是稍微點了一下頭，「伊……路多維克先生。」

「請叫我路克就好。」路多維克不厭其煩地說。

從一個月前，杰倫斯第一次見到抱著塞西爾出現的路多維克起，他就一直不斷地叨念著這句話。從頭到尾就沒有打算理睬的杰倫斯，一點也不想和莫名其妙的長生者套近乎。

「既然剛好遇上，我請我的司機送您一程吧！抱歉不能多聊聊，您也知道最近情勢緊張，我也是好不容易才抽出時間來探望一下小少爺呢！」

杰倫斯只是瞥了一下停在門口的跑車，路多維克便不容質疑地攬住他的肩膀，在醫生來得及開口拒絕前，幾乎是強迫地把老人塞進了副駕駛座。長生者一手扶在車門上，用身體擋住出口，笑吟吟地說：「祝您一路平安，杰倫斯醫生。」

長生者關上車門，那雙寶藍色眼睛裡閃著莫名讓人相當不悅的光芒。司機甚至沒有開口問醫生目的地，直接踩下油門揚長而去。

站在院子的路多維克挺直腰桿，遙望著跑車消失在轉角之後，這才轉過身來看向門口的照護員。那個叫休的年輕人似乎不太懂什麼叫禮貌，擺著戒備到近乎有攻擊性的臉色——連潔兒那個妓女都不敢給他看這種表情呢。

但他沒有多說什麼，只是揚起嘴角彬彬有禮地問：「我可以見見塞西爾嗎？」

「少爺已經睡著了。」休說。

「我遠遠地看看他就好。」路多維克繼續微笑，「畢竟——是我找到他的嘛。我只是想確認他一切都好？」

那討人厭的照護員依然自以為守衛般直挺挺地站在門口，過好幾秒才終於識相地讓開，「請。」

這是棟很大的宅邸，裝潢非常典雅簡約，近乎樸素。路多維克跟在照護員身後爬上通往二樓的樓梯，望著空蕩蕩的牆面，有些走神地想像著假若這棟房在他名下，這裡、那裡和更遠處可以多擺點狩獵到的動物頭肩標本，至少這樣才配得起一個長生者。

實在太糟蹋了，路多維克心想。

原先路多維克以為，既然自己是唯一知道塞西爾被關在哪的人，那麼等到把性命垂危的少年帶出來後再找地方安置也不遲。怎料那個妓院出身的小女孩手腳太快，他才剛把塞西爾抱出密室，潔兒立刻就安排好地點硬是把人搶過去，動作快得彷彿早就知道他被藏在哪，只是在等路多維克先行動。

不過沒關係。北境的領導者想著，救了瀕死少年一命的依舊是他。即使塞西爾現在待在潔兒的屋子裡接受保護，這棟屋子仍是座落在他的北方凍土之上。

他跟著那個沒禮貌的照護員來到二樓最深處，不顧休的阻攔用力地敲了敲門板。「小西啊，你醒著嗎？」他大聲道，不等門內傳來回應就直接說：「我進來啦。」

打開房門，塞西爾果然醒著。少年的氣色比起剛被救出密室時已經好了許多，不再彷彿會隨時白眼一翻一命嗚呼，但還是一副病懨懨的樣子。路多維克掛上最燦爛的笑臉，語氣輕快地說：「早安，小西。」

塞西爾沒有理他。自從被救出來到現在誰也沒理過，路多維克也就不計較這點了。他大步繞過照護員走到床邊，少年仍舊只是呆呆地盯著窗外，似乎沒發現身旁多了一個人。「今天有感覺好一點嗎？」路多維克滔滔不絕道：「看你一直盯著窗外呢，想不想出去走走？」

少年自然沒有回應。路多維克拋給站在門口的休一個眼神，皮笑肉不笑地說：「去拿輪椅來。」

年輕的照護員想不到藉口推辭，只好乖乖地離開了房間。

礙事的人一離開，路多維克就跟著走到門口，從內側將房門鎖上。即使聽見上鎖的聲音，塞西爾也沒有任何反應。男人走到病床另一側，站在病懨懨的少年面前擋住陽光，塞西爾卻連眼都沒眨一下。

路多維克單膝下跪，敬畏地喊：「大人。」

塞西爾就像尊雕像似地坐在那。路多維克繼續說：「大人，我找到迦勒先生了。」

應該不是他的錯覺，少年的目光極其輕微地晃了一下，但還是不打算開口。

「您還在生我的氣嗎？」路多維克虔誠地懺悔道：「我不是意圖餓死您。首都的人當時差一點就要抓到我，要是連我也被逮到，就真的沒有人可以照顧您了，我一逃脫就去救您出來了。」

他其實知道塞西爾根本不會聽這些莫名其妙的詭異狡辯，還是自顧自地滔滔不絕道。

「您知道首都正在大動作追捕迦勒先生吧？除了綁架您，現在又因為那個醫生自作主張的通報多了個殺人未遂的罪名。其實這一切都是他們自導自演的一場戲而已，大人。」路多維克壓低聲音，「迦勒先生從頭到尾都沒有像那群混帳說的畏罪潛逃。您想想看，他每天都會親自帶著食物去找您，怎麼捨得拋下您呢？他是被首都那群傢伙抓住了。南方現在亂成一團的事情，潔兒有向您說明嗎？」

少年始終一言不發。

「在您昏迷的一年裡，首都正式分裂成那個毛頭——我是說總理，與費迪南兩派。」路多維克加快語速，「費迪南一直在打壓敵對的長生者，試圖架空總理後取而代之。迦勒先生這次闖下大禍對他來說是個絕佳機會，他打算等輿論徹底發酵後，公開處刑迦勒先生。唯一有可能救他的伊納修斯，早就因為沾上魔女殘黨而成強弩之末。等費迪南除掉迦勒先生和伊納修斯，下一個就是備受保護卻身分不明的您了。」

路多維克一邊說，仔細觀察著面如死灰的少年臉上任何一絲變化。「接下來的日子裡將會有人以您身體不見起色為藉口，要帶您回南方。大人……請您聽我一句。」男人輕聲道：「您就答應他們。我和您一起南下，我的人會拚盡全力救出迦勒先生，屆時就需要您的幫助了，亞當大人。」

一直倒映在少年眼中的寂靜太陽閃動了一下。時隔多日塞西爾總算終於有所反應，他緩緩地轉過頭來，像一位倨傲的王者那樣，從上往下、安靜而壓迫地俯視著跪在床邊的長生者。

路多維克不動聲色地壓抑著緊張的心跳。即使頂著一張青澀稚嫩的臉，亞當的眼神仍舊和記憶中相去無幾，那樣地懾人又恐怖。

長生者咬緊了嘴唇，壓低聲音快速道。

「大人，長痛不如短痛。將迦勒先生救出來後還必須徹底擊垮費迪南，否則那些人遲早還會再度爬到您頭上。這些年來迦勒先生對您的呵護是眾所皆知，只要公開您的身分，就不會再有人相信費迪南那套說詞。我也能作證所謂迦勒先生綁架監禁您的事全是子虛烏有，是費迪南的勢力不斷入侵北方，他為了保護您才暫時帶您離開休養地。等這一切結束之後，路克以廣邈的北方大土擔保，按照迦勒先生與我之間在數年前就立下的契約，北境永遠有您二位一片清靜而不受打擾的棲身之地。」

少年還是那樣靜靜地凝視著他，彷彿早已看穿他甚至還沒說出口的謊。

路多維克又張開嘴，房門的門把卻忽然轉動起來，被趕去拿輪椅的照護員回來了。

「少爺？」敲門聲越發急促，休立刻掏出鑰匙打開房門，卻只看見路多維克安分地佇立在床邊，少年塞西爾始終如一地呆望著窗外。

「為什麼要鎖門？」照護員高聲質問。

路多維克疑惑地挑了挑眉。「我可沒有。」他戲謔道：「既然知道門鎖壞了就要早點修啊。幸好今天有我在呢，要是又把小西關起來了怎麼辦？」

休一時間啞口無言，只能無力地怒視著他。路多維克看準照護員準備開口反擊的瞬間，換上一副漫不經心的語氣打斷。「小西現在需要多休息，輪椅你拿回去吧，我就不打擾了。」他回頭看向床上的少年。塞西爾又是那副呆望著窗外的痴傻樣，彷彿剛才深深凝視著他的英雄全是路多維克一個人的幻覺。「我走囉。下次再來看你？」

少年沒有出聲。路多維克大步走向門口，年輕的照護員幾乎是立刻往旁邊跳開，警戒地瞪著他。原本看著礙眼的表情此刻卻讓路多維克一陣爽快，大步穿越樸素長廊時都忍不住笑容滿面，空蕩蕩的宅邸裡只聽得見男人輕快的口哨回音。

就和路多維克說的一樣，過沒幾天後便有一群人聚集在塞西爾房門外，自以為很小聲地討論著要送他回南方就醫。

塞西爾目光渙散地盯著天花板。夕陽的餘暉逐漸熄滅，把蒼白的天花板染成奄奄一息的紫紅色。杰倫斯已經好幾天沒出現，新來的醫生對他的身體狀況一竅不通，隨便翻看一下杰倫斯留下的記錄就嚷嚷著「很嚴重」、「非常不樂觀」，最好送回首都的大醫院接受進一步的治療。少年聽著門外那群人爭論不休，煩躁地閉上雙眼，整個人卻清醒得不得了，整天躺在床上的他壓根睡不著，也沒辦法思考。

❖

當他再回神已是深夜。漫入陰暗臥室的月色勾勒出坐在床邊的人影，有那麼一瞬間塞西爾以為是迦勒回來了，激動地瞪大眼睛。但當他因此清醒過來，就發現隱匿在黑暗中的身形輪廓根本就不是男人，頓時失望得無力呼吸。

「西。」潔兒輕喚道，卻沒有繼續說下去，彷彿只是想打個掃興的招呼。

塞西爾一點也不想理她。潔兒沒有就此罷休，悄聲說道：「我找到杰倫斯醫生的屍體了。」

少年眨了眨眼睛，又再度閉上。

「跟我說說話吧。」女人平靜地說。「我有做什麼讓你不能原諒的事嗎？」

好幾秒之後，塞西爾才不情不願地睜開雙眸。此刻烏雲遮蔽了弦月，昏暗的房間中什麼聲響也聽不到，少年感覺彷彿仍被埋在棺材中，直到明亮月色劈開他不切實際的荒謬妄想。潔兒坐在右手邊，正對著從落地窗潑灑進來的雪白月光，他看見她那雙玉綠的眼睛被沖淡成樸素而失落的灰色。

他移回視線，繼續盯著天花板，「……回南方吧。」

從密室裡被救出來後，除了最初那句「迦勒呢？」這是少年第二次開口，聲音沙啞得差點自己都認不出來。

「那是陷阱。」潔兒才剛說，塞西爾就毫無耐心地直接打斷她。

「那就不要回去。」

潔兒悶悶地閉上了嘴。

塞西爾再度闔眼，依舊半點睡意也沒有。離開密室後他就持續失眠，每一天、每一刻、每一秒，他總是非常清醒地感受著身體漸漸被疲憊壓垮。

「西，路多維克只是把你當作回首都的門票而已。」潔兒又繼續說。他沒辦法關起自己的耳朵，只能靜靜聽著她不斷叨念。

「你聽我說。迦勒和路多維克在好幾年前達成某種協議，我不確定迦勒是為了什麼，但路多維克想回到首都，只是一直以來首都有伊恩守著才沒辦法輕舉妄動。在你被迦勒帶走的這段時間，提供你們藏身處的就是路多維克。而現在迦勒失蹤，他故意等到你性命垂危才把你救出來，只是為了拿你來要脅首都為他開門。一旦順了他的意，在他踏進首都大門那一刻馬上就會殺了你。」

「嗯。」塞西爾敷衍地回應道。

「西。」素來溫和的潔兒開始有點不耐煩，「你得做決定。」

「我的決定有什麼意義呢？」少年依舊閉著眼睛，「我好累，潔兒。我睡不著。」

「路多維克窩藏魔女殘黨。」潔兒忽略他的話，固執地說著：「魔女一死，他就在打首都的主意了。當時在地底被你殺死的那群人，就是他藏匿的爪牙。也許他就是其中一員，他在當年逃往北方之前與魔女有過接觸……」

「不是。」塞西爾疲憊地說：「他只是覺得可以當下一個魔女。別管他，他總有一天會害死自己的。」

「你已經放任他四百多年，他還是活得好好的。」潔兒央求，「西，你振作一點，回來領導我們不行嗎？」

塞西爾沒有說話。

「首都現在經不起外患衝擊。」潔兒又說道。

她到底哪來那麼多話？

「尤其在你昏迷這一年裡，長生者之間的分裂越來越嚴重了。現在費迪南的聲勢越來越大，以他為首對抗當年被你欽點接班的艾德。太多人不理解你為什麼讓一個二十幾歲的年輕人領導長生者，艾德既沒背景又沒實力，要不是因為那點小小的責任感，他早就逃跑了。」

「像妳一樣嗎？」塞西爾閉著眼問。

「我回來了啊。」女人哀求著。「伊恩一告訴我你還活著，我就立刻動身了。難道你想聽我長篇大論有多想念你嗎？」

塞西爾微微瞇起眼，看見面前的天花板一片灰白，剝落了歲月的顏色。他還是感覺眼皮好重，止不住地顫抖著，沒辦法完全闔上眼。「如果妳當年沒逃走，我搞不好就讓妳當總理了。」他說。

「不好笑。」潔兒道，塞西爾卻再次打斷了她。

「我沒有在開玩笑。」

潔兒沒有回話了。

少年呆呆地凝視著前方，穿越天花板，多麼希望能看到不著邊際的遠方。他真的好想睡，多麼希望等睡醒後就能發現只是做了場很長很長的惡夢，上學遲到的鬧鐘貼在腦袋邊不停嗡嗡作響，聽見哥哥著急地敲著他的房門，半罵半催促。

「潔兒。」塞西爾輕喚道。

也許早在當年她不願意放棄這個妓女時代花名的時候，塞西爾就該知道。潔兒不像迦勒，是不會聽話的。

「首都沒救了。妳早點離開吧。」

「我不要。」她固執地說。

塞西爾嘆了長長一口氣。他轉動眼球，望向坐在床邊，半埋沒在陰影中的女人。「前幾天，路克來找我的時候。」他語氣平板地說：「他跟妳說的一樣，叫我公開身分。他還跟我保證殺了費迪南後，就會放過我和迦勒。妳能給我什麼？」

「我沒有叫你公開身分。」潔兒說。「我只是不想再看到你這副模樣。」

「那妳也可以殺了我。」塞西爾平靜地說：「砍下我的頭帶回首都，就說是路克做的，順便把迦勒的失蹤也怪到他頭上去。費迪南不是白痴，不然妳以為為什麼路克都已經做這麼多，甚至拉攏迦勒，這幾年卻始終進不了首都大門，還得綁架一個臥病在床的小孩子？」

潔兒又不說話了。寂寥的北方寒夜裡聽不見一點聲響，恍惚之間塞西爾彷彿以為又回到了曾經在魔女追殺下四處躲躲藏藏的日子，一群人擠在淺淺的洞穴中躲避漫天風雪，只能拿同伴屍體來禦寒。

如今魔女已死去十四年，他還是得到處逃亡啊。

「你選一個。」女人的聲音把他從回憶裡粗魯地拽出來，「費迪南還是路多維克？」

過了半晌，塞西爾才開口道：「妳找到迦勒了嗎？」

潔兒遲疑一下，也可能只是在思考他這麼問的目的，「沒有。」

塞西爾只是直直地盯著天花板。她真的長大了，再也不是可愛的十四歲了。

「我們回去吧。」

❖

接塞西爾回黑魔法防範中心就醫的班機隔天就到了，快得彷彿早已停在宅邸後院，就只等他開口。少年被照護員服侍著換上一身正裝，坐著輪椅被推上飛機。從這裡飛回首都要花七個小時，足夠他慢慢思考。

潔兒把他抱上鋪著軟墊的平臺，替他鋪好被褥後，自己裹著毛毯蜷縮成一團，睡在隔壁的小床上。真正該睡覺的人卻雙眼愣直地盯著窗外一片白茫，緩緩梳理著因為失眠而打結的思緒。

假若路多維克說的是真的，迦勒在費迪南手上，那他暫時還算是安全，塞西爾只需要思考怎麼在路多維克手下的魔女殘黨燒光首都前阻止就好。而如果迦勒其實是被總理艾德逮回去，那樣更好，看在塞西爾的分上不會有人敢動他。

比較令人惱火的情況是，實際上迦勒依舊不知去向。如此一來塞西爾就得同時應付奸計得逞的路多維克，還有將會千方百計試圖抓住他這個大籌碼的費迪南。那個男人要是足夠聰明的話，就會選擇直接關門放狗，把路多維克和塞西爾同時困住之後，再來煩惱半死不活的少年會不會在混戰之中摔個跤就跌死。

塞西爾此行基本上就是自投羅網，要想成功溜走除了必要援助以外，還需要非常非常多運氣。少年盯著窗外飛掠的雲霧，終於閉上眼睛。

在漫長飛行過程中，塞西爾硬是強迫自己睡了一下，但感覺似乎只是聽了簡直有一個世紀那麼久的噪音。直到身旁傳來窸窸窣窣的聲響，是潔兒醒了。她坐起身來接通耳麥，用清醒的嗓音說道：「這裡是潔兒・亞當。」

他聽不到潔兒耳機裡的聲音，但能感覺到身下的軟墊微微下沉。他睜開眼，看見潔兒身體橫跨在他之上，正往窗外瞧著。「我看到了。」她說。塞西爾沒有出聲，默默等她掛斷通話後解釋：「我們預計降落的停機坪現在充滿示威者。附近沒有其他降落地點，疏散人群要花一點時間。」

「什麼示威者？」塞西爾問。「針對我？」

潔兒點點頭。「雖然已經有官方說法，還是有不少人認為你是導致鋼爆的主因。」她的語氣有些遲疑，「雖然綁架事件後，大多數不知情的平民應該都以為你死了……」

塞西爾沉默下來。知道他沒死，還知道會在今天這個時間回到首都，又這麼湊巧地包圍降落地點。知道得這麼多，真的是普通的平民嗎？

時間一分一秒過去，潔兒的耳麥裡不斷傳來呼叫聲。從對話推敲似乎是在驅趕過程中引發肢體衝突，讓情況變得更加複雜。不只少年快要耗盡耐心，從後方的客艙走來了另一個比他更急躁的男人，「為什麼我們一直在盤旋？」

潔兒忙著講電話，塞西爾假裝睡著，沒人理會路多維克。後者一連追問好幾次卻只被敷衍過去，生著悶氣走掉了。

他們等待二十幾分鐘才終於等到降落許可。飛機才剛落地，還在滑行時潔兒便把少年抱下床墊，安放進輪椅。路多維克從另一邊走過來，搶在潔兒解開安全帶前抓住輪椅手柄。「鬆手。」塞西爾冷冷說道。

「大人——」

「閉嘴。」

男人悻悻地放開了手。潔兒握住少年的輪椅手把，似乎不是很贊同塞西爾這樣草率地激怒路多維克，但最後還是沒說多餘的話。

飛機終於停妥。塞西爾靜靜地等待著。

機門一打開，嘈雜的喧鬧聲頓時轟得塞西爾一陣頭暈。潔兒小心翼翼地推動輪椅，下機通道離建築物大門口很近，正是為了讓他們迅速離開。塞西爾彎腰低頭遮住自己的臉，兩旁哄鬧的叫喊聲聽起來不大對勁——比預期的更吵、更失控。

塞西爾豎起耳朵，仔細聆聽著身旁的叫喊，卻忽然聽見一道風聲。某個堅硬物體錯開潔兒的阻擋，砸中他的太陽穴，掉到腿上。少年頓時吃痛一聲摀住傷口，指尖溫熱黏膩的觸感讓他知道自己流血了。

潔兒加快腳步。塞西爾睜開眼睛定睛一看，砸傷他的是一顆被黑色布料包裹的石頭。塞西爾拆掉包裹著石子的布料，那是一張眼罩。

迦勒的眼罩。

少年立刻抬頭，但四周全是人，根本找不到是誰對他丟東西。

「低頭……」潔兒才開口就被打斷，少年將眼罩緊緊握在手中，用力塞給潔兒。

「妳去追。」他命令道。這裡有太多目擊者，長相神似亞當的他不能在這裡公然露臉。對方選在這個時機把東西扔過來，如果錯過這次機會……

潔兒瞥了一眼手中的東西，沒有多問就轉身離開。「路克。」塞西爾對著後方的男人喊：「你推我進去。」

路多維克高興地湊上前，「大人，您的傷還好嗎？」語氣輕快得根本不像在慰問傷者。塞西爾沒有理會，接過男人遞來的手帕壓著傷口，低垂著腦袋，眼神在紛亂的示威群眾裡流連忘返。但直到路多維克把他推進黑魔法防範中心大門，塞西爾始終都沒有看見任何熟悉的身影。

建築裡冷氣很強，少年才一進門就忍不住渾身發顫。迎接他的陣仗意外地相當低調，只有一個人站在走廊中央，雙手抱胸、滿臉不耐煩地瞪著踏進來的兩人。「你還真會給人添麻煩。」西格齊盯著少年額頭上的傷嘲諷道。

路多維克沒有見過西格齊，聽到他那口氣有些訝異地頓了一下腳步。然而脾氣暴躁的西格齊即使面對年長四百多歲，理論上算是家族長輩的長生者依舊毫不客氣，頂多收斂一下嘲諷的口吻。「快點，你們已經遲到了。」西格齊說：「他要進特別處置室。」

西格齊遞來一人一支通行用的手環讓他們戴上，領著兩人穿越空曠而嶄新的大樓。左腳小腿的義肢幾乎完全不影響他行走，依舊健步如飛，甚至偶爾還得停下來等路多維克把輪子卡住的輪椅推出來。

沒有人交談，西格齊只是一直帶著他們前進。塞西爾壓著額頭上的傷口，很快就察覺這股詭異氣氛的一大原因。建築物裡太安靜了，聽見的幾乎都是從外面傳來的示威抗議聲。

他們被包圍了。

在少年身後推著輪椅的男人依舊顯得氣定神閒。他那些爪牙不太可能有辦法潛入黑魔法防範中心，一定是待在建築外面接應，搞不好那些示威群眾裡就藏了不少路多維克匿藏至今的魔女殘黨。如果所謂的示威實際上是費迪南派出的兵力，也能解釋在機上時從潔兒的耳麥裡聽見的肢體衝突。

但是最大的問題——到底是誰對他丟石頭呢？

塞西爾焦躁地心想著，不管怎麼看都像在警告他。總不會是路多維克的人，費迪南有理由這麼做嗎？還是剛才擲出石頭的其實就是眼罩的主人呢？

在少年思緒紛擾的時候，不知不覺間就抵達了西格齊所說的的特別處置室。這裡比一般實驗室大得多，擺滿昂貴先進的器材。地上到處鋪著的管線讓坐輪椅的少年難以前進，路多維克好不容易才推著他跨越過去。在處置室最裡面是個透明玻璃隔間，放著長得有點像磁核共振儀的機械。「把他放到那上面。」西格齊指示道。

路多維克把輪椅停在隔間外，抱著塞西爾走進去。他把少年放上儀器，轉頭卻看見西格齊關上玻璃門。「這是在做什麼？」路多維克聲音森冷道。

「消毒。」西格齊泰然自若地回答：「你們兩個都要。」

「你不用？」

「我已經在這裡睡兩個禮拜了，乾淨到牙都不用刷。」西格齊說。

他當著路多維克的面將玻璃門上鎖，退到一公尺外的控制臺後方按下開關，天花板四個角落開始往內噴出氣體。塞西爾躺在醫療器械上，眼角餘光瞥見路多維克依舊站在門前，直直地盯著西格齊。「兩個禮拜可真久。」男人用正常音量說道，完全沒有思考玻璃隔間會不會隔音，「你老婆不會很孤單嗎？」

「她樂得清閒呢。」西格齊的聲音從外面傳進來，聽上去有些悶悶的，差點被氣體噴灑的嘶嘶聲蓋過去。塞西爾有些睏倦地垂下眼皮，挪著身體往更裡面躺一點，路多維克卻依然站在那，幾乎是面貼牆站著。少年看見他的手垂在身旁，握緊了拳頭。

「聽起來真可憐啊。」路多維克說：「我可不能工作這麼久，妻子還在等我回家。」

剎那之間男人拔出藏在腰際的槍，直接對著玻璃牆連擊六發。塞西爾立刻掀起衣服摀住口鼻，抄起藏在夾縫中的手槍，翻身滾下實驗機器，用儀器本身作掩護瞄準路多維克。但男人早已舉起拳頭砸向布滿裂痕的玻璃牆，牆面嘩地應聲碎裂。

淒厲的警報大聲鳴響起來。西格齊立刻轉身拔腿就跑，少年看著男人舉高槍枝，大喊**「趴下！」**對著路多維克的背影扣下扳機。路多維克迅速閃開，眨眼間就消失在琳瑯滿目的醫療儀器中，塞西爾只看到西格齊的腦袋從櫃子邊緣露了出來，有些慌張地左顧右盼著。

塞西爾抓著儀器站起來，他的雙腿還在不斷發抖，壓低身體踉踉蹌蹌地跑向最可能是路多維克視線死角的位置。但當少年一衝出玻璃隔間，劇烈槍聲瞬間在耳邊炸開，子彈熱辣辣地擦過額頭。塞西爾趴倒在地，迅速翻滾到控制臺下方，看見西格齊從離他兩公尺處的遮蔽物後方探出頭，掃一眼兩人的位置後馬上縮了回去。

「大人。」路多維克開口道，完全不在乎是否洩漏自己的位置，「您真的讓我好失望。」

少年強忍痛楚，朝著推斷的方向迅速探出身子開了一槍，甚至來不及看見有沒有射中就被連發的子彈逼回控制臺下，快速閃過儀器之間的西格齊也被擊中左小腿義肢。塞西爾小心翼翼繞開滿地玻璃碎片，安靜地爬出原本躲藏的控制臺，看見西格齊蹲在右邊一臺高大的推車後。西格齊瞥了他一眼，示意少年壓低身子。

塞西爾趴了下來。他從桌底縫隙看見路多維克那雙擦得黑亮的皮鞋，不疾不徐地踩過地上的血跡。

不遠處的西格齊安靜地蹲坐起來。他繃緊手臂、舉起槍，全神貫注地看著逐漸靠近的路多維克，等影子倒映在走道上的瞬間跳出掩護扣下扳機。整間實驗室只聽見極其刺耳的槍聲，塞西爾眼睜睜看著西格齊額頭中央炸出一粒小小血孔，整個人滑落在地，再也不動了。

少年深吸一口氣，不動聲色地繞過桌子，始終藏在男人的視線死角中。他從櫃子縫隙間看見路多維克一腳跨過西格齊的屍體，東張西望了一下，似乎正在思考依照少年的身形與力氣最可能躲在哪。「大人。」他顯然清楚塞西爾知道他的位置，乾脆直接出聲：「我不會殺您的，和我聊聊吧。」

塞西爾靜悄悄地舉起槍。這個縫隙有點窄，在子彈打中路多維克前可能會先卡在櫃子裡。

「我還以為您這次真的要幫我。您不是說，在您眼中我比亞麗亞更有潛力嗎？」

快沒有力氣了，握著槍的手在發抖。少年小心翼翼地解開手上金屬製的通行手環，讓槍口與手腕安靜地抵住櫃子，穩住姿勢。只要路多維克再站過來一點點，就能打穿他的膝蓋，塞西爾屏住呼吸，安靜且耐心地等待著。但路多維克彷彿知道他的計畫似地始終紋風不動，只要再過來一點點……

說時遲那時快，男人邁開了步伐。

塞西爾立刻扣下扳機，只聽見鐵板被擊中的巨響迴盪在機械之間，粗重的腳步聲猛然踏來，在少年躲開之前一把抓住他的衣領，狠狠把他扯出遮蔽物。路多維克彷彿只是抓住一隻小型犬般，不費吹灰之力就把塞西爾甩出去，狠狠砸在仍有餘溫的西格齊身上。

塞西爾立刻翻身扯過西格齊的屍體擋下好幾顆子彈。他把槍架在屍首的側頸上穩住手勢對路多維克開火，男人立刻歪頭閃開，耳垂爆開灑出熱血。路多維克憤怒地一腳踹斷屍體脖子，少年手上的槍跟著噴飛出去，隨著一聲刺耳的巨響被射穿肩頭。

塞西爾咬緊牙關沒有叫出聲。西格齊的屍身仍舊沉沉地癱在胸口上，壓得少年無法呼吸，只能惡狠狠瞪著漆黑槍口直指著自己眉間。

「看看您。」路多維克氣喘吁吁道。男人瞪大眼睛，嘴角高高勾到詭異的角度，另一隻手摀著耳朵，血水沿著側頸往下染紅他的衣領。「終於你也有這天啊？」

塞西爾沒有說話。他完全沒想到外表看起來還算纖瘦的西格齊居然這麼重，少年的左手被壓在屍體胸口下方動彈不得，一下子就麻掉了，在不被發現的前提下只能偷偷挪動掌心與手指，沿著醫生的腰帶摸索。

「真是太可笑了。你應該看看自己現在這是什麼狼狽樣，亞當。」路多維克自言自語般地喃喃道：「真的**太**可笑了。」

他鬆開耳朵，沾滿鮮血的手伸進口袋掏了一番，撈出什麼東西拋到少年身上。塞西爾一開始只看到那是顆球體，被路多維克掌中的血跡染到整顆紅通通，在西格齊的衣服上滾出一道凌亂的痕跡。

「當迦勒來找我時，本來還以為他在動什麼歪腦筋，結果你們居然是來真的。他沒跟你說過那房間隔音不好嗎？我光是路過都聽得要硬了。誰能想到威武勇猛的亞當在床上居然那麼騷，那麼會叫？」男人放聲嘲笑：「就為了一個迦勒！可惜你千里迢迢跑回首都，他已經沒辦法看你最後一眼了耶，怎麼辦？」

塞西爾盯著那顆球體，顫巍巍地伸出右手。停在屍體平坦背脊上的球體因為他的動作往左滑開，少年慌張地立刻按住，一下子用力過猛，清楚感覺到柔軟球體在掌心之下被稍稍壓扁了。他極其小心輕柔，甚至無力地撈起球體，軟爛黏膩的細絲勾住枯骨般的五指。躺在消瘦手掌上的是顆貨真價實的人類眼球，眼白上布滿疲憊的血絲，漂亮的琥珀色虹膜上清晰倒映出了少年錯愕的臉。

「這下你要怎麼辦？」路多維克滿臉興奮地瞪著他，舉高槍枝直直對準塞西爾額頭正中央，聲音尖銳道：「誰叫你要自作聰明呢！」

隔著褲子布料，塞西爾另一手終於摸到西格齊口袋中的不明按鈕，什麼也沒想直接按了下去。子彈頓時射進少年耳邊的地板上，乍然耳鳴的塞西爾只看見路多維克忽然瘋狂地扭動起來，鬆開手槍緊緊抓住手腕無聲尖叫，狠狠撕扯著通行用的金屬手環，空氣中漫起一股烤肉的焦香。

塞西爾伸長手臂終於勾到地上的槍枝，對著男人拚命扣動扳機，他聽不見到底開了幾槍，直到路多維克雙腿一軟癱倒在地不動，依舊緊握著手槍指著男人。警報器的嗡鳴聲漸漸地越來越響亮，在鮮血飛濺的實驗室中不斷地迴盪開來。

少年粗喘著氣，一手撐著身子，另一隻手仍然舉槍直指著滿身彈孔的路多維克。空氣中瀰漫著血腥與烤肉的氣味，男人全身上下皮膚被電到通紅，手腕上的手環仍不斷地發出滋滋聲，塞西爾這才回過神來看清楚路多維克確實已經死了。

他掙扎著爬出西格齊身下，抓著實驗桌搖搖晃晃地站起身，回頭看向脖子歪成詭異角度的西格齊，僵硬的臉上仍是那副還沒來得及搞懂發生什麼事的模樣。

好險有把手環脫掉。早在那晚決定要回南方時，潔兒就聯繫了首都，徹夜與費迪南一派達成共識，彼此決定要暫時聯手先處理掉路多維克。即使如此也不代表他們就會放過少年，早在西格齊遞給他通行手環那一刻，塞西爾就直覺猜到這個東西是能同時用來牽制他與路多維克的最後底線。只是他還真沒料到他們下手這麼狠，配備的電壓足以把一個活生生的成年男性烤成全熟。

他不能繼續待在這裡。塞西爾抓起那顆眼珠塞進口袋，踉踉蹌蹌地走到輪椅邊。本來的計畫是制伏路多維克後，由西格齊帶著他撤退到安全的地方，但眼下西格齊已經死了，一旦察覺到不對勁，總理或費迪南兩者之一很快就會派人來。費迪南的人應該早就在趕來的途中，假使西格齊沒有被路多維克一槍擊斃，接著也得面對來搶人的費迪南心腹。塞西爾坐上輪椅，用力地轉動手推輪，一路顛簸地逃出實驗室。

警報聲響個不停，讓塞西爾聽不到在視線死角處是不是有別的動靜。這棟建築物是新落成的，塞西爾不熟悉格局，只能一邊回憶著剛才西格齊帶他們上來時的路線且看且走。電梯一定早早就被封鎖，大概只能走樓梯，希望他們不會料想到行動不便的少年居然選擇從漫長的逃生梯離開……

他經過一條兩旁都是窗戶的走廊。直到現在還沒在建築中遇見任何人，塞西爾轉了個彎，停在窗邊草草往下一瞥。黑魔法防範中心外面果然早已亂成一團，所有人都打扮得像普通平民，一時間沒辦法區分誰是誰。

正守衛在建築物各處入口的應該是總理與費迪南的兵力；看上去特別激動，拚命想擠進來的也許是真正意在示威抗議的平民。而那些訓練有素，專挑防守弱點攻擊的才是他們最主要的敵人——從決戰之日後匿藏在北方，一路苟延殘喘至今的魔女殘黨。

少年抓住手推輪，遠離窗邊繼續前進。然而才推沒幾下，從走廊的盡頭那端就冒出了人影。

塞西爾當機立斷掉頭。喊叫聲追在身後，雙腳健全的人總歸還是比輪椅快得多，一下子就追了上來。塞西爾毫無預警地伸手抓住一旁的門瞬間轉彎，讓追兵撲了個空，用力關門上鎖。這裡看上去是個普通的行政辦公室，不像會藏有什麼祕密通道。他第一眼看向掛在窗邊的逃生設備，立刻推動輪椅。

敲門聲凶暴地砰砰作響，塞西爾充耳不聞，吃力地推開沉重的窗戶。這裡是十四樓，幸運的是隨便找一間躲進來的辦公室底下人還算少，想在下面攔截他沒那麼容易。少年往外丟出緩降機的輪盤，抓著掛勾一邊尋找不會被隨後追來的人輕易搶走輪盤的地方，聽見背後有人喊：「鑰匙！鑰匙在誰那？」

塞西爾看準外牆一粒凸起的釘子，將掛勾一扔套了上去。他才剛拉起安全帶，門就「磅」地一聲被踹開，門外追兵只看見安全繩索才套到一半的少年整個人已經坐在窗沿，果斷地往後一倒。

「等一下！」

嗚呼風聲將驚呼的句子從他耳邊颳走。塞西爾死死抓緊鬆垮的安全繩索，下降的速度比預料得更快，根本來不及穩住重心的少年頭下腳上狠狠撞上粗糙的外牆，繼續往下翻滾。塞西爾被晃得頭暈轉向，耀眼陽光刺進視線裡，根本什麼也看不清楚，只感覺到摻雜砂石的風颳得他雙頰發疼，尖叫聲、怒吼聲全部攪混在一起，甚至好像聽見了一直心心念念的嗓音。

少年睜開眼，看見一個熟悉的身影從遠處狂奔而來，死命劈開洶湧人海。

一陣大風吹來，把孱弱的少年從牆邊掀飛，孤獨地拋到半空中。失重感讓塞西爾以為掛勾就要鬆脫了，抬頭看見剛才追著他的人半個身體探出窗外，伸長了手想去抓緩降機的掛勾。少年又重重地撞上外牆，突如其來的劇痛讓他確信這一撞顯然撞碎了上臂的骨頭，要繼續下降時卻猝然感覺到身體輕飄飄得不可思議。

塞西爾再度仰首。那個想去抓掛勾的人不知為何也掉出窗外，隱隱約約間似乎還看見一隻手收回建築裡。那人直接撞掉了拉住少年的逃生設備，和塞西爾一起急速下墜。

沒有緩衝直接掉出窗外的男人墜落得比他更快，一下子就衝過少年身邊，甚至還試圖去抓塞西爾，但只撕裂少年的衣角，慘叫聲便迅速遠去。被重力死死拉扯的塞西爾慌張地掙扎往牆面靠近，嘗試抓住淺淺凸起的窗臺，結果反而撞斷了手指。只聽見「砰」的一聲巨響，尖叫聲撕裂白晝，也劃開塞西爾最後一絲冷靜理智。

他瘋狂地徒手摳抓平坦磚瓦，十指指甲都掀開了卻依舊不見墜落的速度減緩，不斷不斷不斷往下往下往下掉，尖銳狂風幾乎把他在半空中切成一絲一絲像暴雨般落下。塞西爾恐慌地瞪著地面越來越接近，漸漸看清楚那個摔成爛泥的男人四分五裂爆開的臉，極端恐懼終於徹底攫獲了他。

在徹底失控的驚慌害怕中，塞西爾聽見一聲呼喚破開人群的尖叫。

「塞西爾！」

往下一看，被恐慌模糊的視野終於看清楚了他的男人正拚命地朝著他跑來。迦勒伸直雙手，那隻明亮燦爛的太陽之眼正緊盯著不斷墜落的塞西爾。淚流滿面的少年這才稍微回過神來，晃動著身體，雙腳在下、手抱住頭。

迦勒離他越來越近，塞西爾可以看見他根本沒有被挖眼睛，那張臉還是他的迦勒、他的哥哥、他的男人。迦勒張開雙手，在兵荒馬亂的人海中像一尊屹立不搖的石雕，踩穩腳步伸長雙手，準備接住即將落地的少年。

就在他的擁抱將要接到塞西爾那一刻，有道影子撞上他，全神貫注在少年身上的迦勒頓時失去重心往前撲。塞西爾根本來不及意識到發生什麼事，只知道抵達地面，迦勒接住了他，照理來說應該沒事了，卻反而感覺到整個世界彷彿隨著他的墜落，被重重刺穿般地炸出熱烈的碎片。

塞西爾就像當年深深插入魔女心臟的匕首那樣，貫穿了迦勒，讓身下男人代替他四分五裂。

chapter 27

太陽好大。

塞西爾一點感覺也沒有，傻愣愣地望著眼前萬里晴空，心裡只有這個想法。理智上他知道腿恐怕骨折了，呼吸困難、腦殼裂開，肚子裡的內臟也因為劇烈衝擊彷彿一瞬間都被撞得稀巴爛，但一點疼痛的感覺也沒有。

四周一片混亂。到處都是慌忙奔走的人潮，有人不小心踩到渾身黏膩的他而滑倒，就這樣扯斷他的手臂，對方驚恐的尖叫比撕扯的觸感還讓他難受。視野上下顛倒著，隱約看見不遠處有顆深棕色腦袋落在地上，沾滿砂土與汙血。

正想開口呼喚，某個突然注意到腳邊有顆頭的男人，頓時嚇得猛然把頭顱用力踹了回來。那顆腦袋撞上塞西爾後搖搖晃晃地滾落，最後面朝下卡在扭曲變形的少年和男人破碎的軀體中間，他注意到那顆頭的鼻子又被踹斷了。

少年的呼吸越發急促，扭著肩膀，甩動手臂努力想把那顆頭圈進懷中。周圍有人在大呼小叫，最後停在他旁邊，塞西爾只感覺像件大型垃圾一樣被鏟了起來。眼見頭顱又要滑出懷裡，他急得大叫，瘋狂地扭動蜷縮著，用盡全身力氣摟緊頭顱，試圖把地上炸裂的身體碎片也全部掃進懷中。但來人強硬地把深陷地表的他抱起，少年甚至還能感覺到黏在地上的皮膚和器官像拉絲一樣被拉長扯斷。

血肉模糊的少年被抱著穿越狂亂的人潮，刺眼陽光潑灑在塞西爾懷裡，讓他能夠清楚看見懷中那顆腦袋的眼睛完好無損，被光芒染成依舊燦爛的金黃色，一如往常地安靜凝視著虛空。

雅各一路狂奔，抱著他衝進救護車裡，把摔得遍體鱗傷的少年鋪平在床上。救護人員在顛簸的車程中進行緊急處置手術，他們不斷地把他割開、縫合、割開縫合割開縫合。在這每一刀之間塞西爾都瞪大著眼睛清醒極了，清晰地感覺到手術刀劃開他的血肉，細針勾住他的皮膚，慢慢地把破碎的少年一片一片重新拼湊起來，無論醫生打多少麻醉，他都清醒極了。

他聽到雅各用著幾乎瀕臨崩潰的嗓音求他閉上眼睛，伸手遮住他的雙眼。少年卻仍瞪著暴凸出來的眼球，看見從眼眶邊擠出的鮮血染紅了青年的掌心。

很快地車子停下，他被扛下救護車，還來不及看見外頭太陽有多明亮，雅各就拿一條布蓋住少年鮮紅的眼球。他被推進室內，關進手術房，一而再再而三地被劃開，一刀一刀地在身上割出了時間也永遠無法彌補的裂縫。

他清清楚楚地聽見醫生們說話，不斷不斷地加大麻醉劑量，睏倦感像潮汐般平靜而安穩地一波一波打來，他卻沒有眼皮可以閉上。就算成功地昏迷過去，實際上也仍一直清醒著。即使看不見也仍能聽到醫生們緊張的交談聲，仍能感受到刀刃切開他，刺穿他，斬斷他，沾黏的血肉被割成一塊塊一片片，再度縫合或焊燒起來。

好痛。

血淚從身上每個孔隙擠出來。原來這就是迦勒一直以來的感受啊。

❖

當再度回過神來時，就看見伊納修斯站在床邊。男人神色嚴肅、眉頭緊皺，望著床上不成人形的他，「……你聽得見嗎？」

塞西爾只是張大了眼睛。

家主似乎想說什麼，抿了抿嘴，最後還是吞了下去。「路克死了。」他說：「包圍很成功，我們逮到了絕大部分魔女殘黨。現在北方已經無法對首都構成威脅了。」

少年一言不發。他的喉嚨被瘀血堵塞，沿著動脈裂開的傷口縫得很不穩固，每次吞嚥都感覺快裂開，塞西爾根本不確定自己有沒有辦法說話。

伊納修斯觀察著他的臉色說：「費迪南想見你。」

家主望著默不作聲的少年，糾結好一會，最終嘆了口氣。「我改天再來吧。」他伸手覆蓋那雙像怨靈般瞪大的雙眸，闔上塞西爾的眼睛，「快點康復，我們需要你。」

醫生們拚盡全力，好不容易把少年從死神手中搶救回來，但說好改天再來的伊納修斯再也沒有來過。塞西爾終日躺在病床上，因為眼睛閉不起來，醫護人員在他臉上蓋了一條厚厚的毛巾。但他睡不著就是睡不著，每晚總得依賴極大量的藥物才能漸漸昏沉，又經常半夜裡被寂靜驚醒。

他感覺在這間又大又蒼白的囚牢裡，度過了一千年又一千年。恍惚間好像又回到曾經那片一望無際的沙漠，但已經被他親手殺死的父親，再也不在身旁催促他往前邁步。也不再有魔女需要討伐，不再有世人等他去拯救，再也沒有人需要他了。

塞西爾被流放在無壙的太平間，不知道要去哪裡。在這口被時間遺忘的小棺木，只有迦勒陪在身邊。

迦勒變得很奇怪。以往身體破碎之後，大概只需要花上幾天時間，最久也只要一個月就能將剩下軀體全部長回來，但天黑了又亮、亮了又黑，迦勒始終都還是只有一顆頭，連脖子也沒有長幾寸。傷到聲帶的他和塞西爾一樣無法說話，也許是狀態不好吧！塞西爾這樣想著。畢竟現在塞西爾也沒有魔法能幫助他，所以也沒有催促他快點長回來，只是終日抱著他的頭一起思考或失眠。

也許偶爾時間還是有流逝，至少時不時就會有醫生闖入少年的棺材。他們說他的身體漸漸在好轉，塞西爾確實也感覺到漸漸可以控制張嘴發聲，下床走動了。「只要繼續康復下去，很快就可以出院了。」醫生們這樣對他保證。

於是塞西爾抱起懷中迦勒的頭，高舉到醫生面前，「那麼醫生，您能不能幫我看看為什麼他一點反應也沒有呢？他是個黑巫師，應該比我更早復原才對。」

「我對黑巫師沒有研究。」醫生說：「很抱歉愛莫能助。」

塞西爾只能失望地抱緊迦勒。「沒事的，你很快就會長回來了。」這樣安撫道。

現在的迦勒失去身體無法逃跑，比被他拔斷四肢關在小屋裡時更無力，塞西爾便常常趁機把他緊緊揣在懷裡不停絮絮叨叨。現在沒有雙手能摀住耳朵，也沒辦法開口叫他閉嘴的男人只能哀怨著一張臉，乖乖聽著塞西爾自言自語。他們之間鮮有這樣安寧平靜的時候，總讓塞西爾想起那段遙遠的過往，在那間激情一夜後，早上醒來就會發現客廳裡又積起厚厚風雪的小木屋，小狐狸正貼在門外不斷地抓著門板。

塞西爾總是說著說著就哭了，捧起迦勒的頭情不自禁地親吻，雖然他現在沒有身體但還有嘴巴，也不再像以前那樣總是恨恨地咬他。這是說好的和平生活的一種嗎？雖然和想像的差了非常非常遠，但也算可以吧。

塞西爾總是日復一日一遍又一遍地說著話，把過去一千年裡來不及說、說不出口，甚至從來都沒有打算告訴他的話全部傾訴而出。迦勒終於願意好好聽他說話了，趁著現在解釋，理解一切的男人就會原諒他的。每天嘮叨個沒完，嗓子一下就啞掉了，醫生告誡過不要再開口少年也不聽，最後他們只能堵住他的嘴，病房復歸寂靜。

迦勒依舊沒有長回來。塞西爾一方面擔心，時不時就抱緊默不作聲的迦勒，摸摸他粗粗硬硬的短髮，安慰著很快就會長回來。一方面少年又害怕假若他真的長回身體，他們會不會又回到從前那樣整天吵架，在這間小小病房裡分手復合又分手復合。

他沒有再試圖詢問醫生該怎麼辦。那些醫護人員應該也不在乎，每當他們看見迦勒時總是臉色蒼白，甚至還有個非常無禮的護理師崩潰地大叫著要把頭顱丟掉。

什麼叫丟掉？這大大惹火了塞西爾，他當場抄起檯燈砸向那個護理師，從此沒再看到他出現在病房裡。當時迦勒就在床頭櫃上，即使看見這一切仍舊什麼都不能說，既無法出聲制止，就連懺悔是自己遲遲長不出身體也做不到，只能靜靜地看著。

塞西爾心疼地捧起他的腦袋，在男人額頭上自顧自地印下一吻。

沒事的。沒事的。你很快就會長回來。

自那次對護理師發火後，人們就越來越少闖進他的病房。塞西爾反正樂得輕鬆，那些人不知道黑巫師本來就是這樣，每每受了傷都只能花時間慢慢長回來，始終不斷地忍受著深刻的痛苦。從小親眼看著迦勒不斷壞掉、康復、壞掉、康復又壞掉的塞西爾最清楚。

少年絲毫不打算理睬那些愛擺臉色的護理師失禮又噁心的異樣眼光，當那群人在外不停探頭探腦時，他把迦勒藏進懷裡不讓別人看見，親吻著斷頭上黯淡混濁的眼睛。他知道迦勒雖然一個字都沒辦法說，但心裡肯定很介意，他就是什麼事情都喜歡一個人默默放在心裡。

當塞西爾可以下床後，雖然仍舊不能離開病房，但在房門之內迦勒想去哪個角落塞西爾都可以帶他去，想吃什麼塞西爾都可以餵他吃。在這方只剩他們兩人的小病房裡，迦勒想做什麼，塞西爾就是他的手腳。

直到這天上午，塞西爾一睜眼就發現睡得格外地晚，牆上的時鐘時針垂直聳立著，都快中午了。他懶懶散散地坐起身，呆望著前方，過好一會才想起迦勒。沒辦法，他實在太安靜了。「迦兒。」他喊道，轉過頭卻發現他不在床頭櫃上，疑惑地東張西望。「迦兒？」扶著欄杆探出頭去，結果發現一個小孩坐在地上。

他小小又瘦巴巴的，可愛臉蛋上眼睛處有著個大窟窿。只剩一隻金色眼睛的迦勒有些膽小地望著他，嘟了嘟嘴沒有出聲。

「我就說你可以吧！」塞西爾突如其來的大叫似乎嚇到了小男孩。少年彎下腰，把小男孩從冰涼的地板扶起來用力抱進懷中，小迦勒甚至不舒服地拍了拍他的背，塞西爾都沒有感覺。

「看吧！我就說你會長回來。小孩子又怎麼樣？小小的也很好啊！」

他的聲音大到驚動了病房世界外的人。護理師疑惑地打開門查看，塞西爾興奮不已地舉高小迦勒。「他的身體長回來了！」少年得意而挑釁地大叫。「可以了吧？你們不就是討厭他只剩一顆頭嗎？現在身體長回來了！」

臉色發白的護理師一句話也沒說，默默關上了門。小迦勒的表情顯得很受傷，委屈地低下腦袋，塞西爾氣得把小男孩抱進懷中就是一陣安撫地狂親，直到小迦勒被親到不耐煩，揮著手拍打他的臉，稚嫩臉蛋上卻是止不住的笑意。

「不要理他們。你有多努力啊！終於長回來了，想不想出去玩？」

醫生和護理師依舊不准他離開病房。塞西爾一手牽著小迦勒，站在緊閉的病房門前，正準備要破口大罵之際，身邊的小男孩卻拉了拉他的手，輕輕地搖頭。

「你不想出去？」塞西爾問。小迦勒搖了搖腦袋，張開雙手跟他討抱抱。塞西爾的脾氣一下就消了大半，他轉過身背對病房門，故意提高音量說了一句：「一間病房也想關住我？」

當然迦勒不想出去的話，塞西爾也就沒有嘗試出去了。長回身體後的小迦勒依舊不說話，他的身體不再長大，一直維持著小孩體態。塞西爾其實挺喜歡的，每當小迦勒乖巧地依偎在懷裡，用那隻燦爛漂亮的大眼睛無辜地盯著他看，可愛得讓塞西爾所有獸欲都徹底融化了。他和醫護人員討價還價道，小迦勒這個年紀的孩子整天被關在狹窄的病房裡已經夠鬱悶了，他們得替他送童書和玩具進來。

他們果然依約送來很多東西，小迦勒每天都玩得不亦樂乎，抓著小火車滿病房跑，拉著塞西爾袖子要他陪自己玩。每天從睜開眼睛開始，塞西爾就只顧著陪

小迦勒在病房裡東奔西走，抱著懷中昏昏欲睡的小男孩念故事書給他聽，直到小男孩沉沉地睡著了，再偷偷地說聲「晚安」，往他額頭上印下一吻，偷偷期待著也許隔天醒來小迦勒就能開口說話了，能和他聊聊天最好。

還沒等到小迦勒開口說話，有別人先找上了門。

這天下午，塞西爾像平常一樣把小迦勒抱在懷裡，念著前幾天剛送來的新繪本。這是個有關狐狸和魔法師的故事，念到一半有人敲了門，塞西爾抬起頭，卻發現走進來的不是之前的醫生。帶頭的是個長得非常漂亮、黑髮藍眼的男人，一隻手的小指上戴著銀色護甲套，走路姿勢怪怪的，似乎有點不良於行。他身後還跟著一個金色頭髮的青年，和一個同樣藍眼睛卻雙眼通紅的少女。

塞西爾疑惑地望著那個剛哭過的女孩子。一下子跑進來好多人，讓小迦勒緊張地躲進他的懷抱裡。為首的那個男人開口：「塞西爾。」

塞西爾皺起眉頭，「我認識你嗎？」

「我是阿廖沙啊。」男人說道：「記得吧？」

塞西爾搖搖頭，把懷中害怕的小迦勒推到身後藏起來，警戒地盯著陌生人。

「你們是誰？」他看向站在男人身後，淚眼通紅的那個女生，直接問道：「妳為什麼在哭？」

突然被點名的女孩似乎嚇了一跳，結結巴巴道：「我……我……」

「她只是心情不好。」男人解釋。

塞西爾凶巴巴地打斷他，「又不是在問你。」

忽然成為眾人焦點的女孩看上去非常不自在。她抿著嘴唇，望著塞西爾的模樣好像有什麼話想說。少年疑惑地歪過腦袋，思考著那副表情到底是什麼意思。

「我好像看過妳。」他說。也許是在夢裡？「妳有點眼熟。」

「……真的嗎？」她的聲音在發抖。

「不知道欸。」皺著眉頭努力思索的少年說。「好像是吧？」

女孩臉色一下子刷白，咬緊嘴唇忽然轉身跑出病房，留下不知道說錯了什麼的塞西爾。

「塞西爾。」帶頭的男人又一次開口，拉回他的注意力，「我有個東西要給你。」

「什麼東西？」他戒備地問。

「好東西。」男人回答。「迦勒一直不說話對不對？」

塞西爾訝異地瞪著他。這麼久以來，這還是第一個主動跟他提起迦勒的人。

「關你什麼事？」他緊張地回應。他是不是在打小迦勒的主意？絕對不能讓他們得逞。「他會說話，只是不想說。」

「你不想聽聽他開口嗎？」男人又問，在塞西爾開口反駁前拿出一小瓶藥物。小迦勒立刻害怕地抓緊他的衣服，塞西爾反射性手伸向床頭櫃，才想起經過上次事件後，檯燈就被換成嵌入牆壁拔不起來的型號。正東張西望著尋找有沒有武器能用時，聽見男人開口：「只要打這根針，就能聽見他開口說話了。」

「我？」塞西爾錯愕地說。

「你。」男人語氣肯定，「你聽不到迦勒說話，不是他不想說，是你的耳朵出了問題。」

「我的耳朵沒有問題，現在能聽到你講話。」塞西爾生氣地說。

「塞西爾，你生病了。」男人認真地說：「那就是為什麼你住在病房不能出去。你病得很嚴重，迦勒也是因為你才沒辦法出去。」

塞西爾憤怒地齜牙咧嘴，男人在他發火前又打斷了他，「為了迦勒好，你要打針。你恢復健康後就不用再繼續住院，迦勒也不用陪你一起關在這裡。只要打一次針就好，這樣迦勒就會開口說話，你們就能一起出去了。」

塞西爾還是不太相信眼前的男人，左思右想卻又找不到破綻。他扭過頭瞥向怯怯地躲在身後的小迦勒，小男孩張大水靈靈的眼睛，有些疑惑又好奇地望著他。

「……只要打一針就好嗎？」塞西爾試探地問。

「只要一針。」男人點頭道。「打完之後就再也不會痛了。」

塞西爾噘著嘴思考了一下。小迦勒看起來有些躍躍欲試，但又顧慮著他而不敢表現得太明顯，只是緊緊地貼在背後。

「好吧。」塞西爾答應，「只有一針喔！不會很痛吧？」

他按照男人的要求在床上躺好。因為怕眼前男人或是旁邊金髮青年會趁機對小迦勒下手，少年堅持小迦勒也要在床上陪他。塞西爾左手抱緊小迦勒，好奇地看著護理師在右手上綁緊止血帶，拿出那支一下子就可以康復的神奇針筒，緩緩扎進血管。塞西爾咬緊牙關忍耐著注射的痠痛感，看護理師拔出針、貼上紗布，收拾完東西就離開了，只剩他疑惑地看著那個男人依舊站在床尾。

等了好一會，卻還是什麼感覺也沒有。果然是在騙他！塞西爾立刻抱緊小迦勒。正準備發飆之際，突然聽見了一聲軟綿綿的「葛格」。

塞西爾驚愕地望著身上的小男孩。

「葛格。」迦勒終於開口說話了。圓嘟嘟的臉蛋上揚起可愛笑容，驚喜地喊：「葛格！」

失序的心跳讓塞西爾一時間沒辦法呼吸。他激動地抱住身上的小男孩，捧住他的臉拚命親吻。「迦兒、迦兒。」他哭泣著呼喚道。

小迦勒被他親得止不住咯咯笑，學著他的動作也在他臉上親了一下，「葛格。」

澎湃的心情還沒完全過去，塞西爾忽然覺得好睏。

他抱緊小迦勒，疲憊地望著床尾的男人，「……我明天就可以出院了嗎？」

「對。」男人說：「現在好好睡一覺吧。等你睡醒，就可以和迦勒一起出去了。」

塞西爾迷迷糊糊地點點頭，緊緊抱住懷裡還在不斷興奮喊著「葛格、葛格」的小迦勒。終於能夠開口說話的小男孩喋喋不休的嗓音，甚至穿透到他的夢裡，踏著短短的腳丫跑到他面前，伸長了手牽住他。

「葛格，我要玩那個。」他指著遠處的盪鞦韆說。「葛格幫我推。」

塞西爾低著頭，忽然感覺他似乎長高了。隨後塞西爾就發現並不是迦勒長高，而是他變小了。夢裡的他只高迦勒半顆頭，也許不太能幫迦勒推盪鞦韆。

但塞西爾還是點了點頭。「好。」他說，牽緊了弟弟的手，「哥哥幫你推。」

❖

塞西爾的心跳一停止，儀器立刻發出極其刺耳的「嗶——」聲。

伊納修斯平靜地望著少年終於鬆開手，懷中腐朽的頭顱終於緩緩滾下床，掉落在地，留下一道髒汙的痕跡。「把迦勒的頭丟掉。」他冷冷說：「臭死了。」

「……直接丟掉嗎？」一旁的雅各遲疑地問。

「不然你也要抱著睡嗎？」

雅各不敢再出聲，順從地找來個袋子裝起腐敗的屍頭，打了兩次死結，直到那股熏人的臭味終於不再散出來。

「他的屍體不能土葬。」伊納修斯望著床上的人說道。「送去燒掉，骨灰灑進河裡，不要讓伊納修斯家背上殺死亞當的罪名。知道嗎？」

少年雙眼緊閉、表情安詳，要不是整個人已經瘦到病態噁心的地步，看上去彷彿只是睡著了。

「是。」雅各說。

伊納修斯留下雅各和醫護人員收拾善後，轉身走出病房。才一打開門卻有些詫異地發現潔兒正站在門外，臉上流下兩道骯髒的淚痕，以哭紅的眼睛相當平靜地望著面前的男人。她身後站著淚流不止，緊緊咬住嘴唇維持表情的柏妮絲，看見伊納修斯走了出來，低下頭顫抖地喊：「先……先生。」

就是知道她受不了才叫她不要來。伊納修斯有點無奈地心想，柏妮絲也已經長到不太聽話的年紀了。「去車上等。」他說。

少女順從地轉身離開。伊納修斯稍稍側過身給潔兒讓出空間，她卻不打算走進去，只是隔著一整間病房的距離遙遙地望著。床上那個已經不再是少年年紀的人，被小心翼翼扛進屍袋，連同伊納修斯叫雅各丟掉的迦勒頭顱也一起裝了進去，拉上拉鍊。她依舊只敢遠遠地看著。

潔兒扭頭就走，伊納修斯跟了上去。

「我們得趕快走。」潔兒用那副纏著濃濃鼻音的嗓音說道：「費迪南會找來的。」

伊納修斯應了一聲，瞥了一眼潔兒的臉色卻發現她還在哭，眼淚不斷地滑過臉頰，把臉上的妝幾乎都洗掉了。潔兒似乎察覺到身旁的男人正在觀察她，腳步越來越快，一下子就走到通往出口的岔路，卻又忽然在那裡停住不動。

伊納修斯默默跟上。「這對他來說也是解脫。」他輕聲道。

「我知道。」女人悶著聲音說。「我知道……」

伊納修斯抿起嘴唇沉默不語。

等到潔兒的情緒慢慢平復下來，家主才輕輕拍了拍她的肩膀。「至少他終於可以和迦勒團聚了。」他隨口說道，輕推一下示意她往前走，潔兒卻依舊杵在原地。

伊納修斯本以為她還需要一些時間，卻聽見她開口：「你讓我突然想到一件事。」

他回過頭，看見潔兒的雙眼紅腫，直直地望著他。

「伊恩。」她的嗓音依舊哽咽，語氣卻完全不是這麼回事，「當初迦勒失蹤的時候你人在哪裡？」

「怎麼突然問起這個？」伊納修斯疑惑道：「我在首都啊。」

潔兒的眼神忽然就變了。她沒有馬上開口追問，放任著沉默漸漸發酵。

心知她不會就此善罷甘休的伊納修斯乾脆轉回頭，正面直視淚眼通紅的女人。「妳要在這裡談嗎？」他語調溫和地問。

「反正費迪南現在找來，也只能得到一具屍體了。」她說。

伊納修斯靜靜等著。

「你當時奉命來北方帶塞西爾回去，可是在迦勒綁架塞西爾後，你沒有留下來幫忙找人。」潔兒直直地盯著他，一字一字說道：「也沒有回去首都。」

「總理指派給我其他任務。」伊納修斯不動聲色地說：「所以就順路去處理一下。」

「什麼任務？」

「一些小事。」

「像是綁架迦勒？」

伊納修斯不以為意地哼了一聲，「我知道妳很難過。但是……」

「我一直覺得很奇怪。」潔兒直接打斷他，「西在路多維克手上，迦勒不可能會拋下他不管。路多維克當時還很需要迦勒幫忙，也不會是他自導自演。迦勒一定是真的遭遇什麼變故而失蹤，但是無論是我還是路多維克，都完全找不到一點影子。」

「北方本來就很容易藏人。」伊納修斯說。「路克在那裡窩藏了魔女殘黨十幾年呢。」

「全部都被西格齊找到了。」潔兒反駁道。「有能力同時瞞過我和路多維克，又不是迦勒本人——當時在北方只有你一個。伊恩，是你綁架迦勒的嗎？」

「不是。」伊納修斯溫柔地說：「潔兒，妳現在情緒很不穩定，不要胡亂揣測。我們還有個費迪南要對付呢，妳希望現在起內鬨嗎？」

「是你嗎？」潔兒固執地問。

伊納修斯嘆了一口氣，原先溫柔的寶石藍雙眼一瞬間就變得冰冷可怕。

潔兒面無懼色，哭紅的玉綠色眼睛顯得混濁不堪，卻仍直直緊盯著面前的男人。「我一直不想這樣想。」她抿了抿嘴唇，出聲說道：「但是沒有迦勒，路多維克才有機會利用塞西爾入侵首都。而你早就想除掉路多維克了。」

伊納修斯沒有回應。

「我本來還在好奇，為什麼費迪南和艾德那晚可以那麼快達成共識。」她喃喃自語著。「分明費迪南一向最看不起艾德，艾德也不是個伶牙俐齒的人，當場破局都不意外，結果就像預謀好一樣馬上就談攏了。原來都是你安排好的。這招請君入甕真高明啊，伊恩。」她痛苦地說：「是不是最初迦勒帶走塞西爾的時候，根本也是你放走的？」

「妳把我想得太神通廣大了一點。」伊納修斯說。

「何必這麼謙虛？」潔兒諷刺道。「是你藏起迦勒的話，那也是你把他帶回首都的。是你害死——」

她頓時打住，沒有繼續說下去了。

潔兒深吸一口氣，撇過頭不讓伊納修斯打量她的表情。家主默默看著潔兒用力地深呼吸，眼淚卻還是不斷從眼眶掉出來，滑過臉頰。女人乾脆遮住雙眼，再開口時嗓音變得又悶又模糊。「當時西問我……迦勒在哪，可是我只是……」她哭著說：「只跟他說我不知道……我以為，只要他回首都的話……」

她說不下去了，啜泣聲悶悶地迴盪在走廊裡。伊納修斯開口：「妳和他說了也沒用，他只能回來。」

潔兒再度深吸一口氣，鬆開雙手時臉上的妝已經暈得一蹋糊塗。

「他知道我在說謊。」她只是直直盯著面前伊納修斯從口袋遞出一包衛生紙，彷彿沒意識到接下來該做什麼。「他的表情……他知道我有事瞞他……」

「所以嘛。」伊納修斯平靜地說。「妳有沒有告訴他都沒有差別。」

潔兒痛苦地嘆了一口氣，忿忿地抓過包裝，只抽出一張衛生紙用力壓著眼睛。家主往旁邊站了一步，擋住多餘的目光。他沒有出聲安慰情緒崩潰的潔兒，後者也不需要他安慰。

「那眼罩呢？」她再開口時的聲音雖然仍有哭腔，但很快就平穩許多，「當時在防範中心外面，有人拿迦勒的眼罩丟他。」

伊納修斯沒有說話。

「那是你嗎？」潔兒問。

「不是。」伊納修斯否認，「大概是迦勒自己吧。」

潔兒驚愕地瞪了他一眼。

「我把他帶回首都後就沒有再管了，那真的與我無關。」伊納修斯一邊說同時轉身離開，潔兒趕緊追上來。

「他幹嘛要那樣做？如果真的是他，那當時為什麼要躲我？」

伊納修斯聳聳肩，「他們兩個湊在一起就瘋得要命，哪有為什麼。大概就是想賭塞西爾會選哪邊吧。」

「什麼意思？」潔兒困惑地問。

「迦勒在我這裡的時候，一次也沒有試圖逃跑過。」伊納修斯平靜道：「如果只是想要待在塞西爾身邊，大可直接潛入防範中心把人擄走，要是塞西爾就會這麼做。但迦勒自己也知道，塞西爾就算親眼看見他就在人群裡，大概也不會選擇他。」

「但西當時被包圍……」

「當時防範中心外面有半數以上都是我們安排的人。」伊納修斯說：「包圍又怎麼樣？沒有人敢傷害他。妳覺得他會不知道嗎？」家主哼了一聲。「只要他那時候掉頭就跑，活下來的機率絕對比帶著路克進防範中心決一死戰大得多。但他就是覺得迦勒會等他。」

潔兒停下腳步。伊納修斯回過頭，看見她的表情一言難盡而不知所措。

「別難過了。」伊納修斯淡淡說道：「樓是塞西爾自己跳的，人也是迦勒自己去接的，都跟妳沒關係。」

潔兒沒有回話。伊納修斯輕輕嘆了一口氣，往回兩步走到女人身邊，輕輕攬過她的肩膀。「走吧。塞西爾要被推出來了，不要擋到。」

潔兒低著頭，「你真的沒有想趁機除掉他們嗎？」

「當然沒有。」伊納修斯頭也不回地說：「我何必呢？」

沉默又一次攫獲了蒼白的走廊。伊納修斯鬆開手，看見身邊的潔兒抬起頭來。她臉上的眼淚已經乾得差不多，妝容花得可怕，眼神卻堅定不移地盯著伊納修斯，讓家主忽然想起當年她才剛加入長生者不久，聽聞故交死亡就敢向亞當發怒。明明哭得慘兮兮，卻惡狠狠地瞪著一群魔法師，彷彿一點也不在乎眼前的人隨便就能取自己的小命。

「我總有一天也會像這樣被你除掉嗎？」潔兒靜靜地問。

伊納修斯望著那張不再年幼的臉，不由得感到一股時間飛逝的唏噓。「就說了我沒有要除掉誰。」他說：「光是應付費迪南就夠累了。走吧，我車上有卸妝棉。」

潔兒還是不太相信他。她望著伊納修斯小指上的護甲套反射著蒼涼的日光燈，遲疑了一會，回頭看著身後空蕩蕩的走廊。

只看得見在遙遠的走道盡頭有一扇緊閉的門扉，像棺木般深深塵封住了再也不會復生的少年與男人，直到時光永遠、永遠的盡頭。

——《結束之後的我們・下》完

Another chapter 24

當迦勒因為腦袋滑下手臂而嚇醒時，昏暗的房間已經被火紅斜陽切開了一半。

剛睡醒的男人茫然地趴在辦公桌上，呆愣幾秒鐘才反應過來，緩緩地鬆開筆。他的手指已經僵硬到難以動彈，摸索一會找到暖氣的遙控器按了下去。嗡嗡空調聲瀰漫在寂靜的房間裡，迦勒緩緩彎下腰，重新趴在已經被他壓皺的公文上，緩緩地呼吸著，平復混亂的心跳。

現在差不多傍晚六點。迦勒閉著眼沒看時鐘，光憑映入眼皮的夕陽光澤就能猜得八九不離十。果然很快天就全黑了，迦勒卻依舊趴在辦公桌上，即使睡不著也動都不動。

他還有很多事情沒有做。路多維克又開始搞一堆小動作，伊納修斯在不停催促，潔兒也還在等他的回應。前陣子總理又傳了首都的消息過來，字裡行間都在求他回南方，也不看看迦勒現在究竟抽不抽得開身……還有很多工作要忙，但現在六點了，他要去病房……

男人靜靜地深呼吸幾次，本想一口氣站起來，最後還是洩氣地繼續趴著。開了暖氣的辦公室還是好冷，北方的氣候簡直要逼死人。從腰際漸漸漫上一陣難以忍受的刺痛感，還有肩頸處一而再再而三復發的痠痛僵硬，到處都在提醒他老了。迦勒深吸一口氣，疲憊地睜開眼，看見落地窗外的夜空漆黑如墨，一眼就能看見熠熠生輝的北極星，每天晚上他都是獨自一人倚著這片清澈天色，坐在昏迷的少年床邊自言自語。

迦勒依舊趴在桌上，沒有動作。

從地底洞窟死裡逃生到現在不到兩年時間，首都局勢已經有翻天覆地的變化。當時身受重傷的伊納修斯甚至都還沒離開地底，他勾結魔女殘黨的消息就不知怎地先傳了開來，輿論登時亂成一團，甚至一度有謠言說，伊納修斯就是當時記者會槍擊案的主使者，已經著手準備政變等等。即使後來好不容易才澄清他是作為臥底潛伏在殘黨之中，十幾年來主宰國都的伊納修斯家也確確實實地開始動搖了。

與伊納修斯站在同一邊的長生者全部受到波及，本來就因為奧伯拉鋼爆而身處風暴核心的迦勒更是不意外，但他被貶到北方的原因又更複雜。

原先總理只是要讓他避避風頭才將他降職，打算送他去一個與世無爭的地方。但就在這時候伊納修斯跳了出來，直接指名要迦勒接手原本由他本人親自負責，也是害得大家主差點死在地底的臥底工作——與北方領導人路多維克接觸牽線，挖出他窩藏的魔女殘黨。

表面上是讓他去牽制心懷不軌的路多維克，但迦勒很清楚伊納修斯是在試探他。大家主不知何時察覺他和路多維克之間，似乎有某種不為人知的合作關係，趁此機會直接把他送入虎口，而伊納修斯也確實猜對了。同樣在綁架事件失去一眾心腹的路多維克對迦勒早已不只戒備，甚至是懷恨在心。

眼下他的處境是貨真價實進退兩難，被逼上雙面間諜的位子，兩邊都在懷疑他，南方首都早就不是想回去就能回去的。唯一值得慶幸的是在北方落腳的住處是潔兒給的，雖然是看在病患的分上才安排的庇護所，至少也保住他一命。

在那之後，至今也過了動蕩不安的一年多，引起這一切的罪魁禍首仍然沒有醒。

在地底徹底失去所有魔法的塞西爾背著滿身致命傷，經過三個月的搶救後奇蹟似地活了下來，卻陷入重度昏迷。數據顯示他的身體狀況確實漸漸地在好轉，雖然遺骸經過千年腐蝕後再度活化難免有些虛弱，但情況絕對是樂觀的，卻不知道為什麼就是醒不來。

醫院方與黑魔法防範中心，連同最清楚他身體狀況的西格齊都一起檢查評估過，卻怎麼也找不到少年深陷沉睡的原因，只剩下最大的可能——塞西爾自己不想醒來。

醫院方建議迦勒將塞西爾帶回家照顧，說是有熟悉的人在身邊比較能減輕他的壓力。迦勒便在潔兒幫忙下把塞西爾一起帶到北方，以免他留在首都，一不留神就被飢餓的老鼠生吞活剝。剛好潔兒提供的房子位處偏避，很適合靜養，交通比較方便的人偶爾也會來探望昏迷的少年。

在綁架事件後，與伊納修斯來往過從甚密而受到牽連的潔兒，原本可以選擇去其他比較清閒的地方任職，但她自主請纓，和迦勒一樣到了局勢嚴峻的北方，每週末會開一小時的車來看塞西爾。伊納修斯家小輩們與其他知道他現況的同齡朋友，也會隔三差五就打電話來，醫生說過多和少年說話有助於刺激感官，幫助他早日甦醒。

每天傍晚六點，迦勒就會暫停手邊工作走進塞西爾的病房，拉張椅子坐在病床邊，像報告工作一樣絮絮叨叨著一天行程。雖然醫生說過說點過去的事情，會比新資訊更能刺激他的大腦反應，迦勒卻不知道該說什麼。

兩週前剛好是塞西爾十九歲生日，少年的十八歲生日也是在昏迷急救中度過。迦勒雖然一直記得，但本來沒打算要特別做什麼，畢竟壽星本人都還在昏迷當中。是潔兒努力說服他生日派對是種儀式感，人多熱鬧的話也比較容易刺激他，假若拉炮真的把他叫醒了呢？於是迦勒開兩小時的車去到鎮上買了蛋糕、禮物、氣球和彩帶，當然還有潔兒說的拉炮。

他邀請附近鄰居，就當作某個可以一起同樂的特別日子，在院子裡設了烤肉爐招待他們。除了能親自到場的潔兒以外，還架設好視訊設備，讓遠在南方的人可以陪少年一起慶生。

他和管家花了兩天把病房布置好，掛上彩帶、貼上十九歲的氣球，把素淨的病房裝飾得花花綠綠。在塞西爾生日前一天晚上十點鐘，所有人都到齊了，一群人圍在少年病床旁嬉鬧聊天，玩些時下流行的慶生遊戲，一整個晚上玩得好不開心。時鐘歸零，所有人拉開拉炮，齊聲喊「生日快樂」，視訊那頭的小輩們甚至喊到喇叭爆音，躺在床上的少年依舊緊閉雙眼，沒有醒來。

直到生日結束當晚，所有裝飾都撤下，潔兒也離開了。迦勒獨自一人坐在塞西爾床邊，抓緊最後兩分鐘對他說：「生日快樂，小西。」他也沒有醒來。

姿勢不良的趴睡讓迦勒腰部隱隱作痛，他不甘不願地坐起身，靠在椅背上揉著痠痛的腰，茫然地望著面前一片漆黑的房間，怎麼也沒力氣站起來。兩週前的生日派對伊納修斯並沒有參與，他的右腳當時在洞窟中被落石壓爛，只能截肢。被塞西爾生生拔斷的小指接是接回去了，卻幾乎失去功用，甚至無法彎曲。

自從塞西爾跟著迦勒到北方後，伊納修斯幾乎沒有再過問他的情況，頂多偶爾在小輩們拿著電話去找他時，會裝模作樣地對著鏡頭說兩句話，除此之外一次也沒有。

知道塞西爾恢復亞當記憶的只有三個人，險些因此被滅口的伊納修斯、必須知情的總理，還有親眼目睹塞西爾舉槍自盡的迦勒。連潔兒也不知道她每週末來探望的那個少年，實際上早已不是愛過生日派對的年紀。雖然迦勒覺得她應該有感覺到，只是沒有說破。

他能理解伊納修斯氣得乾脆不聞不問，也知道總理三天兩頭問他要不要回南方，其中有部分是總理也想見塞西爾——或者說，曾經的亞當。除了每週固定來訪的潔兒以外，還有些人也會偶爾來探望，但一年多來，大多時候都還是迦勒獨自一人坐在塞西爾床邊，獨自照顧他。

坐在開著暖氣的辦公室裡，迦勒突然覺得好茫然。

他沒有告訴任何人他親眼看著塞西爾舉槍轟掉自己的記憶。即使旁人追問在地底究竟發生什麼事，他也只是輕描淡寫說約瑟夫叛變，埋伏在逃跑路線途中重傷他與塞西爾。

直到現在迦勒還是想不透，塞西爾說過失去記憶的人與行屍走肉無異，一邊這樣耳提面命著，同時在迦勒身上壓下燒紅的烙鐵，不顧迦勒淒厲哭吼，貼在耳邊惡趣味地低喃著要他千萬記好了這種痛，永遠不能忘了他。說出這種話的人，為什麼能那麼毅然決然地對到處都是兩人痕跡的過往開槍呢？

他一直以為，如果總有天走到這種失憶結局，拋棄一切逃走的人應該會是自己才對。迦勒怎麼也想不透，怎麼會是塞西爾先丟下他呢？

在思緒逐漸走遠之際，放在桌上的手機忽然震動起來。迦勒回過神來，瞇起眼睛瞥向刺眼的螢幕，通話要求上的名字是負責照顧塞西爾的照護員。他立刻站起身，一把抓起扔在桌上的眼罩，接通了電話，「喂？」

「迦勒先生。」電話那頭傳來的聲音不是照護員，是守在塞西爾房門外的保鑣莫瑞，「請您務必立刻過來。」

❖

之前就和潔兒抱怨過這棟屋子太大，若是哪天少年醒來肯定會迷路。

迦勒飛快抵達每天傍晚都要來報到的房間，保鑣莫瑞早早就等在門口，一看見他的身影立刻從樓梯衝下來幫他開門。「已經通知杰倫斯醫生，他很快就會抵達。」

迦勒只是點了個頭，直接踏進房裡。病房裡的光線依舊是柔和溫暖的鵝黃色，牆壁上的小夜燈就像過去每個夜晚一樣規律地亮起，卻不見床上那個怕黑的少年。總是鋪得平平整整的被子此刻隆起一座小丘，照護員休就站在離窗邊不遠處，對著那團棉被低聲安撫著。

「迦勒先生。」休發現他來了，立刻站直身報告道：「少爺在我替他翻身時忽然甦醒，似乎是嚇到了，現在情緒非常不穩定。」

迦勒沒有回話。機靈的照護員默默地觀察著他的臉色，謹慎道：「您可能要先有些心理準備，迦勒先生。少爺似乎……失去了部分語言能力。」

「語言能力？」迦勒問：「他變啞巴了？」

「少爺能夠發聲，但詞不達意。」休瞥了一眼床上的小丘，「甚至聽起來像某種外語。這種情況通常伴隨一定程度的腦損傷，需要等醫生抵達後進一步確認。」

迦勒一句話也沒有說。

他朝休投去眼神，照護員就自動自發地離開了房間，寂靜的病房裡只剩下氣喘吁吁的迦勒，和一個墓塚般的棉被小丘。迦勒仔細地聽了一下，什麼也沒聽到，只有自己的呼吸聲，頓時懷疑起這也許是調虎離山的陰謀。他立刻轉身壓開門把，門卻很輕易地就開了，莫瑞正盡責地站在外面。

「您有吩咐嗎，迦勒先生？」保鑣問。

「去泡杯熱巧克力。」他說。「他愛喝的那個牌子。」

在莫瑞傳訊息給管家時，迦勒默默地關上門。

病房裡暖氣很強，他跑出辦公室前隨手一抓的外套不起用處。迦勒把衣服掛上椅背，站在離床邊幾公尺遠的地方，強逼自己冷靜下來思考。他見過好幾個昏迷的病人，剛甦醒時不會立刻就活蹦亂跳，而是每天循序漸進地逐漸清醒越來越長時間。從進房間到現在已經過好幾分鐘，床上的人沒有任何反應，也許是又失去意識了？

迦勒小心翼翼地上前，輕輕悄悄地，彷彿在拆炸彈般偷偷勾起棉被一角。底下的東西瞬間搶回被子，迦勒嚇一大跳立刻後退，棉被小丘接著又沒了動靜。

看著他裝死不作聲，迦勒忽然一股怒火中燒。

男人大步上前用力扯開被子，接著聽見一聲細小的哭叫。蜷縮在乾淨被褥上的人比迦勒預期的還要瘦，他每天探望的那個少年有這麼瘦骨如柴嗎？

「你是誰？」迦勒厲聲問，但床上的人只是依舊縮著身體摀著臉，僵硬地擺動著四肢找掩護。男人憤怒地抓住他的手腕硬是掰開，過程中很害怕不小心捏斷他的手，在那隻纖細蒼白的手臂後面卻看見一雙恐慌無助的眼睛。

塞西爾說了什麼，語速很快咬字又很模糊，迦勒沒能聽懂。他看著少年趴在床上困難地扭動，像隻擱淺的魚一般拚命掙扎，光是動動手指幾乎就讓他喘不過氣地大口呼吸著。少年眼中色澤混濁，似乎隨時都會再度暈過去，嘴裡不斷念念有詞。迦勒抓著他的手站在床邊聽了很久，終於才勉強辨認出意思。

「我好痛……」

那是一種非常、非常古老的方言。

迦勒完全忘了要鬆手，只想著已經有好幾個世紀沒有聽到有人說這種語言了。

在真的很久以前，當迦勒還會夜裡做惡夢就抱著被子跑去找塞西爾一起睡，那時候的塞西爾對他還很溫柔，從熟睡中被吵醒也不生氣，會耐心地抱住小男孩，用這種方言咕噥著溫柔安慰他。即使昏昏欲睡也會強撐著睏意為他哼搖籃曲，直到確定迦勒睡著才小小聲地說「晚安」，偷偷在小男孩額上印下一吻，自己也閉起眼睛。在那段極其遙遠、恍如隔世的歲月裡……

迦勒沒察覺自己的力道不知不覺越來越重，少年痛得低聲嗚咽，氣喘吁吁地不停求饒，發現男人完全無動於衷後變得既害怕又生氣，大起膽子抖聲問：

「……你是誰啊？」

迦勒一聲不吭。

塞西爾焦躁不安地試圖掙脫，猝不及防觸怒了始終沒有半點反應的高大男人。迦勒一腳跪上床，把嚇壞了的少年壓在身下。才剛從漫長昏迷中甦醒的虛弱少年根本動彈不得，只能直直盯著那張缺了眼睛，令人不寒而慄的臉。「……你是誰？」迦勒咬牙切齒地問道。

少年詫異地望著他。但迦勒的表情實在太讓人毛骨悚然，塞西爾乖乖地閉上嘴巴卻又忽然遲疑，眼裡染上困惑的神色。那副茫然無知的模樣緊緊卡在迦勒的胸口，讓他沒辦法呼吸。「你是誰？」男人憤怒地提高音量。

少年嚇了一大跳，結結巴巴地說：「我……我……」

「我在問你！」迦勒怒吼道。塞西爾直接被他嚇哭，又開始拚命掙扎。迦勒緊緊按住他的手，即使是在過往十幾年裡也從未覺得他的手居然這麼細小，「你是誰？你是誰？」

「我不知道！」少年驚慌地哭喊道，明顯喘不過氣，迦勒卻什麼也看不見。他緊緊掐住塞西爾的脖子，拚命思考著要怎麼做才能逼他露出馬腳停止演戲。要打他嗎？像以前那樣強上他嗎？要怎麼做塞西爾才會放棄繼續跟他作對呢？

「少裝傻！你什麼都知道！」

「放開我……」少年拚命哭叫，昏迷一年多讓他的聲音沙啞得奄奄一息。迦勒氣得用力扯開他的睡衣，露出少年單薄的胸口。在過去一年裡他總是獨自在夜深人靜的時候來到這個房間，像這樣揭開塞西爾的衣服，總是獨自一人……

垂死掙扎的哭聲聽起來極其刺耳，讓迦勒沒有注意到房門什麼時候被打開，甚至下意識地忽略來人的驚呼。他死死緊抓塞西爾的脖子，期待地看著少年蒼白的臉逐漸漲紅，泛起生動的血色。忽然迦勒的後頸被一陣重擊，趁著他咳嗽時立刻有人插進兩人之間，把他與少年分開。

「迦勒。」潔兒沉聲喚道，擋在他面前，溫和而堅定地推著他的胸口示意後退，「冷靜一點。」

迦勒恍若未聞地想繞過女人，床上的少年完全被醫生的背影擋住了，只看見一雙消瘦乾癟的腳虛軟地垂掛在床沿。「迦勒。」潔兒向前踏一步擋住他的去路，他從哪繞開她就擋在哪，逼得迦勒終於低頭狠瞪著她，但潔兒臉上沒有半點懼色，湖水綠的眼睛平靜淡然地望著他。「你先出去。」她說。

「他——」迦勒試著辯解，卻又不知道要說什麼。

潔兒冷靜地接話：「交給醫生，現在說什麼都太早了。」

「妳不知道。」他焦躁道，再一次試著繞開潔兒卻又被擋下。潔兒不知道塞西爾恢復記憶了，她一定會被他騙過去，如果不趁現在揭穿就沒有機會了……

「我知道。你先冷靜下來比較要緊。」潔兒又說。

逼得迦勒焦急地大罵：「妳什麼都不懂！」

「我知道他記得。」

迦勒終於頓了一下，望向面無表情的女人。這才發現她甚至車鑰匙都還抓在手上，來不及收進包包。

「你先冷靜下來。」潔兒平靜地說：「他就在這，跑不掉的。」

迦勒本想反駁，卻忽然意識到整間房裡只剩下他的粗喘聲。少年不哭了，一點聲響也沒有，迦勒發現自己心跳飛快，差一點就要撞出胸膛。

他看向病床，塞西爾卻被醫生徹底遮住。潔兒直挺挺地擋在面前，保鑣莫瑞也盡責地站在門外，彷彿完全沒聽見房裡爭執般背對著他們。

這股尷尬的氣氛讓迦勒頓時有些窘迫，接著惱羞成怒。他大步跨過潔兒身邊，用力扯下掛在椅背上的外套走出病房，當然沒有人來追他。男人獨自穿過漆黑的長廊，所到之處都會亮起一盞黃澄澄的小燈，等離開後再度熄滅，寂靜的黑暗緊緊尾隨在迦勒身後，怎麼也甩不掉。

直到午夜時分，辦公室的門才被緩緩推開。

潔兒走進來後一句話都沒說，首先按開牆上的燈，伸手不見五指的辦公室立刻亮了起來。迦勒坐在辦公椅上，對忽然大亮的燈光一點反應也沒有，桌面堆滿待辦的工作，但男人只是呆坐著，彷彿根本沒看見般愣愣地盯著滿桌白紙黑字。

他的眼罩隨便扔在剛進門的地毯上。潔兒彎腰撿了起來，輕輕放回桌面，「他睡著了。」

迦勒沒有反應。

「檢查後暫且沒什麼問題，但還要觀察一陣子。」潔兒繼續說：「剛甦醒的這段時間會很嗜睡，可能一天只清醒幾分鐘，最好在醒著時多和他互動，比較能刺激他早日康復。」

什麼。

迦勒仍舊一言不發。他低著頭，臉上的表情漠然得彷彿根本聽不懂旁人在說什麼。

「當時在地道裡發生什麼事了？」潔兒單刀直入地問。

男人呆望著前方的模樣簡直像尊栩栩如生的蠟像，凝視著某個生人無法觸及、無法理解的遠處。潔兒沒有再多說什麼，辦公室裡沉默了好幾秒，迦勒才沙啞地開口：「……他自殺。」

一陣死寂。他又補充：「在我面前，對著腦袋開槍。」

迦勒動了一下，這才發現腳麻了。他換個姿勢伸長雙腿舒展不適感，密密麻麻的痛楚卻扎在皮膚上揮之不去，那種緊繃而難受的感覺越來越強烈。「雖然沒有傷害到身體，卻用魔法……轟掉所有記憶。一點猶豫都沒有……」

潔兒沒有多此一舉地再問為什麼。沒有追問細節、替塞西爾辯解，或是試圖安慰迦勒，什麼都沒有，她就只是靜靜地站在那什麼也沒說。

迦勒也覺得自己就快連說話的力氣也沒了，他彎下腰，額頭抵在辦公桌上，就像過去一年裡每個夜晚閉上眼睛就會看見當時的場面。他的小西渾身赤裸、遍體鱗傷，纖瘦的身軀破爛得就像砧板上沒切好的肉塊那般鮮血淋漓，就連比著槍的手也彷彿隨時會斷掉。他的小西，哭著問他會不會陪在自己身邊一輩子，卻不顧他拚命勸阻，毅然決然轟掉腦袋。

怎麼可以這樣？

「我就一直覺得很奇怪……」迦勒發現自己好像感冒了，喉嚨緊得幾乎無法發聲，「為什麼他會莫名其妙回溯，怎麼想都說不通。身體變小還能用魔法之死解釋，但是失憶呢？記憶是一個人的靈魂啊。就算失去魔法也不可能改變靈魂，可是他什麼都不記得了……」

迦勒摀住正熱辣辣發燙的眼窩。即使魔法已經消逝，噬咬他血肉的怪物也在體內死去已久，多年以後的今天右眼卻還是會時不時莫名發痛。他到現在倒也不覺得塞西爾曾經說過的那些話都是騙他的，畢竟塞西爾為什麼要騙他呢？

他不守信用總是有個原因，為了魔女、為了戰爭、為了一堆狗屁倒灶的事情，但總是有個原因。如果塞西爾早就打算要拋棄那段歲月、拋下他，又為什麼要對迦勒說什麼等戰爭結束之類的屁話呢？

「我是不是做錯了？」他的聲音緊繃得不像自己，彷佛又是那個眼睛被鑽洞哭著找哥哥的小男孩。迦勒驚慌地按住發燙的右眼窩，悲痛地問：「我對他說過總有一天會親手殺掉他……是不是我害他只能變成小孩子？」

「你想太多了。」潔兒靜靜道。

迦勒沒有回話。

乾涸的氣氛只持續了一下子。潔兒悄悄地深吸了一口氣，緩緩說道：「迦勒。你先聽我說……首都的情況很緊張。伊恩家的人被處處針對，雅各被拔職，柏妮絲上週甚至遇到疑似有外部介入的暴力事件。如果你願意幫忙，總理已經替你安排好位子，路多維克這邊也能由我頂替。」

「……伊恩說的？」男人問。

「他發現錯怪你了。」潔兒語氣含糊地說。

迦勒緩緩地深呼吸，坐直了身。伊納修斯沒有錯怪他，只是時局所迫不得不原諒而已。呼之即來揮之即去，真識大局啊。「那小……」他說出口才發現叫錯，愣了一秒，若無其事地繼續說：「塞西爾呢？」

「我會照顧他。」潔兒說。

男人哼了一聲。果然又是這樣。「我走的話他要跟我一起走。」

「塞西爾目前的狀況不適合長途移動。」潔兒謹慎卻不容商榷地說：「如果要回首都，等他康復再回去就太遲了。」

「他要跟我一起走。」迦勒執拗地說道。

潔兒沒有立刻嘗試繼續說服他。男人推開椅子站起身，久坐太長時間忽然站起讓他有點暈眩，扶著桌角穩住重心，揉了揉脹痛的太陽穴。「我去看他。」迦勒說著就朝門口走去，潔兒卻再一次擋住他。

氣氛忽然間變得非常緊繃。

「潔。」迦勒輕聲說：「沒有人這樣擋過我。」

潔兒沒有回話。迦勒試圖繞過她，女人卻又依然擋住他的去路。「我說句不好聽的。」她搶在迦勒發怒前說：「你不能一直這樣拖下去。」

「這是我的事。」迦勒說道。

潔兒反駁他，「他現在這種狀態什麼都沒辦法回應你。」

「我只是去看看他……」

「你已經看一年多了。」潔兒說：「還沒想明白嗎？」

她話中的弦外之音一瞬間戳痛了一直以來都視而不見的男人。迦勒抿緊嘴唇，直接伸手推開她，潔兒卻緊緊抓住他的手腕。「我現在是站在你的立場和你說。」她聲音沉穩，苦口婆心道：「你不可能再養他十二年了。你已經花一輩子在他身上，難道真的要跟他耗盡餘生嗎？」

「跟妳有什麼關係？」男人惱火地甩開她的手，「難道我從此不聞不問，他就不會再夜夜跑進夢裡煩我了嗎？我的一切都跟他有關，妳只出一張嘴當然輕鬆。」

「我只出一張嘴？」潔兒說：「你是不是忘了我也是他帶回來的？」

這才忽然想起潔兒身世的迦勒一時語塞。他氣惱地撇過頭不想再爭辯，潔兒卻不依不饒，「當年他把我救出來時，是你為我披上外套，抱我回去。你可能都忘了，但我還記得。我沒有要只出一張嘴拆散你們，迦勒，對我來說你也是重要的家人，所以我才直接告訴你塞西爾真的不值得你為他這樣失魂落魄。」

「哪有那麼容易！」

「當然不容易。」潔兒再一次反駁他，「難道我當年決定在終戰前夕背叛長生者很容易嗎？」

迦勒惱怒地閉嘴了。

辦公室裡的氣氛凝滯得令人窒息，潔兒小心觀察著他的臉色，見遲遲沒有回應便放緩語氣說道：「你把他留下，回去首都。想知道他的近況就問我，我不會把他藏起來讓你找不到的。」

男人依舊悶不吭聲，剩下的眼睛直直瞪著近在咫尺的門把。一年多來迦勒從未覺得還算寬敞的辦公室何時變得這麼狹窄，宛若監牢一般令人無法呼吸。在那一瞬間他忽然明白了塞西爾為什麼要自殺，被這一千年積累下來的責任重量壓得再也直不起背，就和過去十幾年裡親手自我了結的長生者們一樣，他懷裡再也沒有小西需要保護了。

原來他要不要死根本和迦勒無關。原來對塞西爾來說，迦勒根本不是能讓他撐下去的原因啊。

空蕩的右眼又開始熱烈地發燙。迦勒撇開頭不讓潔兒看見自己的表情，緊緊按住眼窩，在旁人面前露出這種醜態根本丟臉得想死。塞西爾不要他，這次真的不要他了。

現在怎麼辦？

塞西爾真的什麼也不記得了。分明說過等戰爭結束就一起生活，到頭來還是只有他一個人傻傻地當真，那又何必回南方？即使現在求他回去，未必代表首都以後容得下他，遲早有天不是被政敵除掉就是被自己人肅清。

要想安穩地過完剩下日子還不如早點逃跑，他又不像伊納修斯那樣有富可敵國的家族，也不像潔兒即使離開首都也還有別的居所，手上唯一籌碼只有個體弱多病，現在連話也不會說的少年……

什麼也不記得了。迦勒悲哀地想，塞西爾不要我了，我卻不能像他拋棄我那樣拋棄他。

潔兒還在等他回應，迦勒卻沒有出聲。他後退兩步回到辦公桌前，望著滿桌的公文發愣，頹喪地再度倒在椅子上。潔兒依舊站在門口沒有離開。

「當時在地道裡。」沉默許久之後迦勒緩緩說道，一邊慶幸著他的聲音沒有變得太奇怪，「他問我……問我……會不會照顧他一輩子。」

潔兒沒有說話。

也許當時再早到個十分鐘，就不會走到這般局面了。即使不知道他到底有沒有恢復記憶，也許叫伊納修斯當時多注意一點就好了，太多也許了。迦勒痛苦地摀住臉，即使知道就算當時及早趕到洞窟，情況也不會改變多少，如果沒有在那條漆黑地道裡得到答案，就會直到今天還和少年互相猜測試探。會不會其實那樣比較好呢？一生持續不斷地相互戒備、猜忌著，但他救到了他的小西啊。

「迦勒。」潔兒一聲呼喚打斷了他猖狂的胡思亂想，「你什麼都不欠他。」

男人沒有應聲。潔兒打開門走出去，留下迦勒獨自一人懊悔得看不見出口。

自從塞西爾醒來後，相當巧合地，本就相當忙碌的迦勒的工作量突然增加到幾乎能用暴漲來形容的地步。

撇去本就難纏的路多維克，許多受到奧伯拉鋼爆衝擊的城鎮原本都正緩慢而穩定地漸漸復原當中，卻就這麼巧地，在同一時間接二連三地遇到各式各樣困難，水患、糧食不足，鋼鐵崩塌傷及平民等等五花八門的問題。

在這種情況下，迦勒自然不可能天天守在少年床前，等他甦醒過來再說上幾句話，每當回到家都已是深夜，只能站在樓梯口遙望著與自己房間相反方向的盡頭，門縫之下的光線已然熄滅。醫生說開著燈對睡眠不好，過去一年裡迦勒總是堅持要為昏迷的少年隨時可能甦醒而留的那盞小夜燈，就這樣被拔掉。

一連觀察幾週，基本確定塞西爾是真的完全失憶了。當年他回溯時至少還是說現代語，這次卻只能說古文，很多現代器材也彷彿沒見過似地，只會不知所措地盯著看。

迦勒本以為能以此當藉口獨自照顧塞西爾，沒想到潔兒動作太快，在他開口前就不知道從哪找來一個長生者後裔，有著毫無破綻、絕對不會威脅到塞西爾的背景，又因為聽過長輩說古文稍微能和塞西爾溝通，順便教他現代語和一些基本生活常識，將剛從漫長昏迷中甦醒的少年照顧得妥妥當當，一點也不需要迦勒插手。

在這說短不短、說長不長的幾十天裡，他除了疲憊地工作以外，唯一能做的就只剩下獨自思考。

他沒有告訴任何人塞西爾醒了，潔兒似乎也沒外傳，沒有人跑來找他求證。迦勒打算等到塞西爾情況好轉一些再看看，但現實似乎不容許他這樣慢悠悠——雖然潔兒嘴上沒催，但還在等他回覆要不要南下首都。

上個星期總理又問了他一次，信件的語氣一封比一封急，迦勒依舊避而不談。他甚至連塞西爾的事情都沒說。能想像一旦總理知道塞西爾醒來之後會多麼瘋狂地催促，而當時主動把迦勒推作俎上魚肉的伊納修斯則沒有半點表示。

雖然不覺得潔兒會騙他，但迦勒也不相信伊納修斯是真的認為自己錯怪了他。假若首都情況真如總理信中所說那麼緊急，伊納修斯決定暫且不追究很合理，然而會不會日後算總帳就很難說。迦勒甚至認真考慮了要不要帶塞西爾逃跑，可是獨自一人就算了，帶著個一天有二十多個小時都在昏睡的病人，他不知道能逃到哪裡去。

時間就在這樣一次又一次猶豫遲疑下悄悄過去。這天深夜，迦勒終於從外地回到家，遠遠地就看見一臺陌生的車停在門口。這棟房子保全完善，照理來說不可能有陌生車輛這麼明目張膽停在門口卻無人制止。迦勒掏出手機檢查訊息，發現真的沒有人告知訪客的到來。

他將車停在稍遠的地方，確認過腰間手槍的位置後，躡手躡腳地朝房屋靠近。確實是陌生的車牌號碼，車裡沒有人。除了平常管家為晚歸的他特地留的門口燈以外，客廳大燈也是開的，靠近窗戶時能聽見從裡面傳來一陣耳熟的交談聲。

迦勒握住門把，果然不用鑰匙就打開了大門，站在客廳的兩人雙雙轉過頭來。迦勒詫異道：「你怎麼在這裡？」

伊納修斯一瞬間露出好笑的表情，「你不歡迎我嗎？」

他的氣色比迦勒離開首都前最後一次見到時，那副奄奄一息的模樣好了很多。迦勒走進屋子，反手關上門，「要先說一聲啊。一回來就看到陌生的車停在門口，還以為發生什麼事。」

「給你一個驚喜啊。」伊納修斯瞥向他配槍的腰際，面不改色地繼續道：「聽說你來了之後整天關在房子裡耍孤僻啊？我還問了鄰居，他們很少見到你。」

迦勒哼了一聲，「我哪來時間去跟鄰居串門子。」

果不其然，伊納修斯是來跟他談和的。他與言簡意賅的潔兒不同，把迦勒離開這一年多來首都發生的變故都鉅細靡遺、繪聲繪影地說一遍，和他天南地北聊了很久。雖然知道這一切都只是在切入正題之前的柔情攻勢而已，勞累工作一整天的迦勒還是從頭聽到尾，直到伊納修斯說得口乾舌燥，彎腰捧起桌上的杯子啜飲一口。

他那隻被塞西爾生生拔斷的小指上，戴著銀色的護甲套，上面有伊納修斯家的家徽。迦勒默默地看著他翹腳坐起，儘管褲管下穿著長襪遮住腳踝，還是隱約看得出襪子下再也不是人類血肉。「所以我後來想通了。」伊納修斯裝作沒意識到他的視線，開口拉回他的注意力：「為了路克那小子損失一個多年故交，怎麼想都不太划算。」

「我有這麼值錢啊？」迦勒口吻平靜地諷刺道。

伊納修斯只是皮笑肉不笑地勾起嘴角。「如果你回來，之前的那些小誤會、小過節……讓我們通通一筆勾銷吧。」他說：「我欠你一個人情。」

迦勒面無表情。伊納修斯的人情可不是誰都欠得起，是把妥妥的雙面刃。他瞥向時鐘，現在已是深夜，讓人不好意思把訪客趕走不予留宿，也不排除伊納修斯前面絮絮叨叨那麼久就是為了拖到現在。「我就有話直說了。」迦勒緩緩開口說道：「伊恩，我現在已經沒有非得回去不可的理由。」

伊納修斯等著他繼續說下去。迦勒聳聳肩道：「你會直接跑來，大概潔兒也跟你說了吧。」

「……他情況如何？」男人問。

「我也不知道。」迦勒苦澀地說。「醫生說他很好，那就很好吧。」

伊納修斯倒也沒有拐彎抹角地說一堆話，想說服迦勒放棄塞西爾。他只打量了迦勒一眼，扶著扶手站起來，「幫我帶個路，我去看看他。」

在過去一年多裡，迦勒經常半夜獨自一人來到昏迷少年的房間，就像多年前趁夜踏入男孩的臥室那樣，只是靜靜地坐在床邊看著他。迦勒此刻卻只是遠遠地站著，遙望伊納修斯靠近病床，彎腰查看床上雙眼緊閉的少年。「他現在只能說古語？」伊納修斯放輕聲音問。

「對。」迦勒看著伊納修斯伸出手，小心翼翼地試探著少年的呼吸，小指上的護甲套不知有意無意地輕輕刺在塞西爾臉上。迦勒什麼也沒說，只是在伊納修斯凝視沉睡少年時緊緊盯著他的表情，直到家主沒好氣地開口：「別那樣瞪我，我又不會吃了他。」

迦勒沒有說話。

剛從伊納修斯家被接回來那陣子，小塞西爾總是睡不好，很容易就會被他半夜極輕的腳步聲或開門聲驚醒。每次抱怨過後發現迦勒依然故我，乖巧老實的小男孩便開始學會裝睡。

那些寂靜漫長的夜晚就像他們之間無聲的比賽，即使贏了也不會有獎勵，卻還是每晚都在比會是迦勒先離開，還是小男孩先睡著。雖然年幼的小塞西爾經常會忍不住，瞇起眼睛偷瞄他、抿緊嘴唇偷笑、欲蓋彌彰地翻身，即使如此，迦勒一次也捨不得拆穿。

如今他長大了，裝睡的技巧好多了。迦勒再也等不到他的小西醒來。

「站那麼遠幹什麼？」伊納修斯直起腰，「你不是每天忙到沒時間來看他嗎？」

獨眼男人依舊默不作聲。伊納修斯後退一步讓出空間，猶豫再三後，迦勒還是走到病床旁，低頭看著這張熟悉的臉如今像幽靈般地消瘦蒼白，脆弱得令人陌生不已。要說這個少年就是他細心呵護到大的小西實在太牽強，但指認他就是曾經呼風喚雨的魔法師亞當，又顯得荒謬。那天醒來的人真的是塞西爾嗎？

迦勒茫然地看著床上的少年，剛抬起手想碰碰他，伊納修斯就開口道：「你要怎麼辦？」

「什麼怎麼辦？」他頓時收回了手。

「我會帶他回去首都。」

迦勒錯愕地抬起頭，看見伊納修斯的神色沒有半點玩笑。「之前是因為醒不過來，才讓他出院。」男人垂下寶石般藍色眼睛望著床上的人，讓迦勒看不見他眼裡的打算，「現在人醒了，早點接受完善治療比較不會留下後遺症。」

「北方也有醫院。」迦勒反駁道，卻立刻被伊納修斯打斷。

「但你不會送他去。而且這裡的醫院十間有九間都是路克蓋的，就算你敢送，包含我在內其他人也不會讓你做蠢事。」

迦勒瞪著伊納修斯那張被夜燈染黃的臉。他仍低頭看著床上的少年，等到伊納修斯終於回應他的注視時，家主臉上已經冷血得好似雕像。

迦勒感覺自己幾乎氣到快說不出話。「這是在威脅我嗎？」他咬牙切齒道。難怪伊納修斯會在完全沒有告知的情況下忽然跑來，也許本就打算趁迦勒不注意時直接將少年帶走。獨眼的男人怒視著那張與過往千年別無二致、幾乎不受時間摧殘的漂亮長相，海妖般墨藍色眼睛裡一點波瀾也沒有，迦勒忽然意識到原本還隱隱期待伊納修斯站在他這邊的自己有多異想天開。

「我希望不是。」藍眼男人如此回答道。

迦勒氣得哼了一聲。「他的心現在可不能拿來磨藥粉了。」他挖苦道。「要是之後又恢復記憶，你應付得來嗎？」

「我沒有要拆散你們。」伊納修斯平靜道：「你們兩個要怎樣糾纏不清我才懶得管。現在他需要醫療照護，所以我會帶他回去。」

「你不是自身難保了嗎，多帶一個拖油瓶回去做什麼？」迦勒怒聲道：「你們少幻想能用塞西爾來威脅我。你現在敢把他抱出這棟房子，別說不知道這附近有多少路克的眼線，只要能在天亮之前毫髮無傷離開邊界，就盡量把他帶走！」

伊納修斯沒有說話。

那雙藍色眼睛裡甚至沒有多餘的情緒，就那樣沉默不語地望著他，看得迦勒越發怒火中燒。他剛張開口，伊納修斯就挑准時機插嘴：「你真的瘋了。」

那一瞬間迦勒聽見自己笑出了聲。他有些訝異地發現，當親耳聽到旁人說出他早已對自己說過無數遍的實話，這才頓時覺得好像終於可以下定決心了。「你太晚發現了。」

他彎下腰，對著床上雙眸緊閉的人喊道：「哥哥。」

伊納修斯甚至還沒反應過來，迦勒已經一口氣說道：「阿廖沙要把你抓去吃了。記得他嗎？那個藍色眼睛的漂亮男孩子，經常被陛下抓去睡覺的那個。西，現在已經過好多年了，你殺了好多人。」

「——迦勒。」伊納修斯立刻繞過病床。

迦勒見狀連忙抓緊時間。「你這些年做了好多壞事啊，你殺了陛下還發起戰爭，讓好多人無家可歸。你對我做了什麼，都還記得嗎？」迦勒用力地往後肘擊從背後架住他的伊納修斯，焦急地道：「西，沙夏大人死了，是你親手殺的。王宮和魔法都沒有了，你討厭的人、討厭的東西現在全都沒有了，快睜開眼睛看看啊。你聽得見我嗎？」

他側身一撞，將伊納修斯狠狠推到床尾。男人重重跌倒，義肢小腿被撞成詭異的角度，迦勒重新撲到床沿伸手去摸少年蒼白的臉。

「是我啊。」他哭著說：「我是你弟弟啊。哥哥，你快醒來看看我啊。不是說等戰爭結束之後就要一起過好日子嗎？你不是說，等該死的人都死光了，就要跟我和好嗎？」

塞西爾沒有反應。即使被緊緊捏著下巴、掐住脖子，仍然雙眼緊閉如死屍。

迦勒還在拚命思索有什麼話最可能刺激他，觸發他的記憶，又一次感覺到手臂被抓住。他狠狠甩開，卻發現對方力道比伊納修斯大得多，眼角餘光瞥見不知何時趕到的保鑣莫瑞迅速箝制住他的肩膀，伊納修斯從另一個方向冒出來，把他推離少年床邊。

儘管他拚命掙扎，最後還是無法同時對付兩個男人。莫瑞和伊納修斯粗魯地把他推出房門，迦勒最後一眼只看到房裡的燈光熄滅，黑暗再度埋葬了塞西爾。

❖

過幾天後，伊納修斯真的把塞西爾帶走了。迦勒沒有跟著一起回去，也沒有明確拒絕回到首都的邀請，只是沒事一樣地繼續工作著，唯一不同的只有每天深夜回到家後，還會進辦公室繼續處理公事一陣子。門縫底下燈光每晚亮著的時間越來越長，接著不久後，迦勒就無預警失蹤了。

說是失蹤，大致上還是能確定他依然留在北方，只是聯繫不上。總理簡直急得快發瘋，拚命問伊納修斯到底對他說了什麼，明明是要去挽留怎麼直接把人搞不見，煩得伊納修斯雙手一攤，丟下一句「這樣的話塞西爾也沒用處了，丟掉吧」，總理這才閉嘴。留在北方的人手到處翻遍了也找不到迦勒，就連住在附近，和他來往最多的潔兒也不知道。

隨著迦勒失聯的時間越來越長，不只首都快耗盡耐心，原本表現得相當悠哉從容的路多維克都開始有些坐不住。所謂失蹤可能只是障眼法，假若迦勒只是打著精神崩潰的幌子，趁著路多維克放鬆警惕時，潛入某處挖出什麼他不想讓人知道的祕密，那就棘手得多了。於是這天清晨，原先照顧迦勒起居，現在負責留守空屋的管家傳了消息告知潔兒，有人試圖入侵住宅。

乍看之下只像一般竊賊，但很可能是路多維克的眼線之一。潔兒交代一些該留意的細節與應對措施後便掛斷電話，迅速將手上事務暫且處理妥當，吩咐自宅管家看守屋子便抓起了車鑰匙。

雖然還是白天，地廣人稀的北方道路上行駛的車輛寥寥無幾。潔兒花了點時間繞路甩開跟蹤的人，剛開上公路就收到總理傳來的訊息，瞥一眼後就把手機螢幕朝下覆蓋。

北方地帶一直以來都因為地域環境特殊，無法使用魔法，氣候嚴寒而罕有人煙。直到近四百年前路多維克背叛長生者逃來北方後，才慢慢經營起這塊蠻荒之地，數百年下來確實有不錯的成效，但一來版圖太遼闊，二來土壤冰層終年不化都讓開發難度遠勝其他地區，如今路多維克統御的北境內仍有許多不為人知的神祕地帶。

他也正是利用這點窩藏了魔女殘黨十數年沒被發現，仗著自己熟稔這片土地才不急著找出迦勒，只是路多維克顯然忘了一點——早在他出生之前好幾百年，長生者就已經在這片凍土上活動。

潔兒大約上午十一點出發，脫離主幹道彎進山路時，已經是下午五點多。時值夏季，北方天黑得慢，她在山裡彎彎繞繞，直到已經完全沒有路能繼續前進時，已經是晚上八點，天空依舊是亮的。她把車停在半山腰，掏出手機最後一次確認訊息，接著便徒步走入一旁的隱蔽小徑。

在過去八百多年裡北方一直都有長生者駐紮，但戰略利益不高，亞當也就一直沒有很認真地想拿下這裡，直到四百多年後被路多維克搶走了主控權。當北方失守的消息傳回來，潔兒還記得亞當的表情有些奇怪，但最後只是曖昧地笑了一聲：「希望他別冷死在那啊。」

當時潔兒才加入長生者沒多久，和亞當還不夠熟悉，因此也沒有問他為什麼放任路多維克背叛。

在路多維克入主北方後，潔兒自然也就沒有機會親眼見識這片冰天雪地。在這次被調過來之前，她對北方的唯一認識只有偶爾從亞當口中聽過的奇聞軼事，包含他當年如何試圖收攏北方各地分散的原住民、三番兩次被野獸追趕又被部落驅逐的各種見聞，還有極其偶爾才會稍微提起，六百多年前長生者被逼入絕境，在天寒地凍的深山中躲藏了七個月的故事。

結冰的山路非常不好走，潔兒拄著登山杖一步一步小心往上爬，鋪成山路的碎石礫越來越巨大，漸漸超過她的身高好幾倍，彷彿神靈一般地由上往下俯視著初來乍到的女人。爬了一個多小時的山後，此時天依然是亮的，眼前去路被兩塊宏偉的巨石擋住，中間只留下一道狹窄的縫隙。

潔兒低頭彎腰鑽了進去，打開手機的燈光，在潮溼黑暗的隧道裡摸索著慢慢前進，又走了幾十分鐘才終於看見微光從黑暗盡頭竄了出來，小心翼翼地撥開溼滑的垂藤，走出洞穴。

眼前豁然開朗的景色幾乎讓人一陣眩目。纖細筆直的蒼白樹幹高聳入雲，柔軟的苔原地上零零星星地散落著水坑，幾乎所有一切都在陽光之下閃閃發亮著。潔兒用力地深吸了一口氣，冰冷的空氣鑽進體內，呼出的白色大霧差點讓她看不清前路。

潔兒繼續前進。穿越苔原森林後不久，從這片冰天雪地盡頭伸出一條狹窄蜿蜒的木棧道，再往前走，一棟低矮的木屋便映入眼簾。

亞當曾經和她提過的避難所，實際上比潔兒想像得還要大——他總是把那裡說得很骯髒窮酸，但在潔兒看來就是棟普通的木屋，考量到座落在這片極其荒涼的化外之地，甚至還能說是相當奢華。當然也可能是屋主最近有翻修整理，畢竟六百多年前的木屋照理來說早就應該腐朽得不成形。

潔兒踏上了木棧道，結冰的木頭比山路還更滑溜。她小心翼翼地拄著登山杖，走到正坐在棧道邊，抓著一把釣竿垂入苔原水坑中的屋主身旁。

他旁邊放著一個空桶子，還有一小盒魚餌。身上沒穿很多衣服，光用看得都覺得冷。潔兒想了想決定不要問候他，只是站在屋主身邊，跟他一起低頭望著細細釣魚線紋風不動，彷彿早就結冰了。

「這下面真的有魚嗎？」潔兒問。而迦勒沒有回答。

看他不排斥，潔兒便在旁邊坐了下來。不知道為什麼很多長生者都喜歡釣魚，亞當也是。在潔兒剛被他帶回去，還沒決定要不要成為長生者的那陣子，經常帶著她呆坐在河邊。當時還只是個青澀少女的潔兒，雖然總是如他所願地安靜待著，其實心裡覺得無聊透頂，也不懂他到底想表達什麼，只知道亞當對她那副溫順模樣相當滿意，便就乖巧地坐著。

「你坐在這多久了？」潔兒開口道。

迦勒原本似乎沒打算理會，過好幾秒才彷彿回過神來似地，凍了太久只能艱難地張嘴發聲：「……從天亮的時候。」

坐了這麼久。潔兒心想，他還是很清楚自己在白費工夫。

她沒有多說什麼，只是問道：「你有多的釣竿嗎？」見迦勒搖了搖頭，便起身去找堪用的樹枝，一端綁上釣魚線，用牙齒咬斷後綁上魚餌，坐在旁邊一起跟著釣不存在的魚。原本對她的到來感到相當不自在的迦勒，發現潔兒並沒有打算催促後很快就放鬆了下來，依然沉默不語。

他們實際上沒能釣很久——或者說，和迦勒獨自一人坐在岸邊的時間比起來根本微不足道。她來得有些晚，在蒼白冰冷而寂靜的深山裡枯坐一個多小時，天開始黑了。遠方山脈漸漸被影子包圍吞噬，直到黑暗翻過山頭，迦勒依舊沒有要起身的意思，潔兒也就陪著他繼續坐著。

天空漸漸昏暗下去，漫起了暗紫色的暮光。夜空灑滿星點，溫柔地注視著被時間遺棄的兩個人，夕陽餘暉依舊棲息在山脈之後，讓潔兒甚至仍能在平靜水坑裡看見自己的倒影。在永夜九年裡，曾有傳言不受魔法侵襲的北方依然正常日昇日落，甚至從不天黑，就像現在這樣能在永遠的黃昏中看見明亮星河劃開頭頂，直指去路。

「他有跟妳說過生死邊界的事嗎？」

她終於聽見迦勒開口。

凍了一整天，他的聲音聽上去非常沙啞無力，彷彿失蹤短短數日就眨眼間蒼老了幾十年。潔兒回憶一下後搖搖頭，接著才發現迦勒完全沒有在看她，眼神直直地盯著前方。銀河跨過兩人面前的宏偉山脈，彷彿是尖銳的山巔將夜色割開，蕩起一陣星光的漣漪。

「沒有。」她回答：「他很少跟我說以前的事。」

「那妳怎麼找到這裡的？」

「直覺。」潔兒說。

迦勒又沉默了。潔兒猜想著不知道他會不會為此跟她計較，幸好迦勒決定不多追問，像沒事一樣繼續說道：「那裡是沙漠，就是很普通的一般沙漠。」

她慢慢等著。

「會天亮，會天黑……」迦勒的語氣彷彿也親身去過那裡，把簡單的字彙說得栩栩如生，「經常起風，總是吹得滿嘴是沙。也有植物和動物，雖然不多，偶爾還會遇到綠洲……」

男人隱藏在黃昏中的側臉顯得非常茫然，彷彿不知道自己怎麼會知道這些事。

「唯一和現實不一樣的地方是，那裡的星象不會轉動。」迦勒說道：「到了夜裡，他就能跟著星象前行。他告訴我他總是沿著銀河的方向一直往前走，即使不知道盡頭在哪……」

潔兒瞥了一眼天上燦爛的銀河。迦勒已經不再痴迷地盯著星光看，低頭望著凍結的釣魚線，喃喃自語道：「我問他在那裡面待了多久。我在外面想了他四十年……如果他只在沙漠裡走了五分鐘……」

他的聲音逐漸低下去，漸漸地消散在一望無際的冰天雪地裡。早已上了年紀的男人不知不覺背越來越駝，手上釣竿只是鬆垮地卡著，寂靜的背影看上去如此佝僂，好像曾經永遠不老的身體光是在這短短十四年裡，早就已經遠遠、遠遠地超過了時限。

現在的迦勒比起潔兒第一次見到他時變了很多。她還記得一開始甚至以為迦勒是啞巴，剛被帶回長生者軍閥頭一個月裡雖然經常見到迦勒，卻從來沒聽過他開口說話。直到某次迦勒忽然出現在背後，冷不防地問要不要喝杯牛奶，把女孩嚇了好大一跳，還差點撞翻男人手上的杯子。

後來她才發現每當亞當也在場時，迦勒總是特別沉默，心情就會變得似乎不是很好。問他怎麼回事，迦勒卻又用一種疑惑不解的眼神看著自己，好像潔兒才是那個莫名其妙的人。但只要亞當不在，他就很正常，雖然有些悶騷固執，彆扭和壞脾氣，卻無庸置疑不是壞人。只要亞當不在。

有時候連潔兒都忍不住想，光是這四百年就能把眼前男人磨到面目全非，他跟在塞西爾身邊已經超過一千年了，即使不論還記不記得遇見塞西爾之前是什麼樣子，在那段漫長得沒有盡頭的荒唐時光中，撇除掉塞西爾每一道側影，迦勒還剩下什麼呢？

「迦勒。」潔兒再開口時發現自己的聲音也已經凍僵，只能緩緩地一字一字說道：「如果他真的恢復記憶了，你要怎麼辦？」

他沉默了好一陣子。久到潔兒差點以為他睡著了，釣竿在遲暮中搖搖欲墜，整個人看起來像尊永恆的石雕，也許會就此停留在此地，才傳來沙啞微弱的聲音：「……我就離開北方。」

潔兒知道他的意思絕對不是回到首都。

要是塞西爾真的恢復記憶，首都大概也顧不上迦勒，他很可能成功就此脫身——前提是記得一切的塞西爾沒有做出什麼瘋狂行為的話。她思考了一會，繼續問道：「如果沒有呢？」

男人沒有反應。

如果塞西爾對他那番話一點反應也沒有，依舊是一無所知地睜開眼睛，即使迦勒想照顧他，首都也不會同意，畢竟沒人知道迦勒會不會哪天又試圖喚醒亞當的記憶。甚至再忘恩負義一點的話，也可能等回首都後，就找機會祕密把塞西爾處死。迦勒一定料想得到這些，所以幾乎不可能放下塞西爾不管，但回去之後呢？

這次塞西爾是真的全部忘記了。連話也不會說，再也不像當年那樣一看見迦勒就莫名對他有印象，哭哭啼啼地要哥哥抱了。從今往後每個片刻，只要看見那張臉都會不由自主地思考起他是不是又在裝傻騙人，如此日復一日揣測猜忌。

迦勒遲遲沒有說話。

潔兒正打算再開口，忽然褲子口袋裡一陣震動，她掏出手機一看發現又是總理。正打算掛斷時，眼角瞥見迦勒動了一下，便乾脆將手機遞給他。

茫然的迦勒定睛一看，認出螢幕上的名字，頓時臉色一沉。

「就當報個平安。」潔兒說道，但迦勒面無表情。

手機還在震動，潔兒也不打算收手，毫無懼色地迎上男人的視線。冰冷空氣將沉默渲染得更令人窒息，過了漫長的數秒，迦勒終於接過手機，按下接通擴音。

「潔兒小姐。」總理的聲音斷斷續續的，畢竟在這種深山裡光是收得到訊號就很神奇了。「謝天謝地妳終於接電話了。妳有迦勒先生的消息了嗎？沒有時間了，塞西爾的檢查報告剛剛已經出來……」

握著手機的迦勒一聲不吭。

男人甚至似乎屏住了呼吸，一向急躁的總理卻沒有繼續說下去。他不知如何地察覺到異狀，遲疑地問：「潔兒小姐？」

「是我。」潔兒出聲道，瞥了迦勒一眼，看見他唯一的眼睛被手機螢幕藍光映照成乾涸萎靡的灰黑色。「他怎麼樣？」

總理沒有立刻回答。手機對面傳來一陣窸窣聲，過好幾秒後總理開口道：「迦勒先生是不是和妳在一起？」

潔兒看向身旁的男人。已經在冰天雪地中坐了十數小時的迦勒，此刻看上去就像尊千年不化的冰雕，依偎著晦暗的暮色與星光，靜靜凝視著手中嘶嘶作響的小手機。破碎的通訊音沙沙地催促幾聲，終於聽見迦勒毫無情緒地輕聲喚道：

「……艾德。」

能清楚聽見電話那頭的總理艾德深吸了一口氣。「噢，迦勒先生。」他的語氣無奈極了，糾結幾秒後還是不敢對年長近一千歲的迦勒沒大沒小地抱怨。「您還好嗎？」

「嗯。」迦勒簡短道，沒有再多說一個字。

天寒地凍的深山森林裡一時間只聽得到信號不穩的雜音。電話那頭緊張地沉默好一會，接著才小心翼翼地試探道：「塞西爾先生在首都適應很好。現在每天約莫可以清醒一到三小時，也能稍微下床活動了，經常有朋友來探望他，請您不必太擔心。」

迦勒沒有出聲。本就膽小的艾德似乎更緊張了，電話裡可以很清楚地聽到他的呼吸。「至於……呃，他的記憶……」

潔兒瞥過視線，靜靜望著身邊的迦勒。他的側影沐浴在遲暮微光下，和女人記憶中那個高大可靠的男人相去甚遠，不再是曾經只能被亞當玩弄在股掌之間的戀人，更不是過去十幾年裡牽著小孩子的手，帶著他一步一步慢慢長大的哥哥了。

「檢查報告說……他的記憶區域沒有異常活化反應。」艾德小心翼翼道。

迦勒一點反應也沒有，甚至連眼睛也沒眨一下。潔兒抿了抿凍僵的嘴唇正要開口，卻聽見艾德著急地接著說：「迦勒先生，您——要不要回來親自照顧他呢？」

「艾德。」潔兒立刻打斷他，「這個之後再說，我們現在通訊不方便。」

「現在情況真的很緊張，潔兒小姐。」艾德怕他們直接掛斷電話，匆忙地一鼓作氣道：「局勢出乎意料地一面倒向費迪南，就連伊納修斯先生出面也只是勉強扳回一局，輿論已經開始轉向了。雅各被拔掉的位子現在是克拉克夫人的姪女接替，她一下子就肅清了半個部門，甚至連原本要拿來振興鋼爆災區的預算，也被挪走一部分拿去胡搞瞎搞。尤其最近奧伯拉鋼價格又跌了，國庫情況真的很不樂觀。那群人就看準這個機會不斷地危言聳聽，潔兒小姐，我真的沒辦法……」

「有伊恩幫你，我也會幫你。」潔兒冷靜而沉穩地說。

艾德顯然聽不進去，甚至一時口快：「但是兩位……」

至少他還有反應過來趕緊打住。「迦勒先生，首都真的很需要您。」艾德的語氣簡直完全忘記自己現在是一國總理，彷彿還是當年懷抱著宏遠志向說要為長生者效力，卻在第一場戰役後就哭著求亞當放他回家的小毛頭。「您絕對能幫上忙，再怎麼說您也是對抗魔女一千年的英雄啊！」

那句話顯然戳到了迦勒的逆鱗。潔兒在昏暗中明顯看見男人皺起眉，早已凍僵的臉部五官扭曲得僵硬而詭異。潔兒在他開口前伸出手，迦勒沒有抗拒，放任她抽走通話中的手機。「艾德，冷靜點。貝妮在你旁邊嗎？」

「她在樓下……」

「你先去休息。」潔兒語氣和緩而堅定地說：「沒處理完的公務就請貝妮幫你看一下。你是總理，不能在情緒慌亂的情況下做決定。」

艾德似乎還想辯解，欲言又止好幾次，深吸幾口氣慢慢平復下來。潔兒靜靜等著，過幾秒後電話那頭傳來疲憊的嗓音：「對不起。潔兒小姐、迦勒先生。」

「有消息我會盡快通知你的。」潔兒溫和地說。

掛了電話後，整片森林又忽然寂靜下來。潔兒望向迦勒，發現他仍握著釣竿，若無其事地凝視著始終沒有任何動靜的水坑，彷彿剛才那通電話只是幻覺。

「他才三十幾歲。」潔兒輕聲說。

迦勒沒有回話。

當時她已經脫離長生者一陣子，亞當在出戰魔女前夕指派艾德率領剩餘長生者的事情，潔兒是在戰後回到首都時才知道。要一個當年不過二十幾歲，加入軍閥不到十年的小毛頭，領導已經活好幾百年的長生者們，顯然非常不合常理。甚至有人認為這是亞當終於瘋了的徵兆，他打算與魔女同歸於盡。

潔兒大概能夠猜到，亞當不是真的打算把領導地位交給一個小毛頭。當年長生者內部為了應該要封印抑或斬殺魔女起了嚴重內訌，因此才讓魔女有機可乘，但仔細思考就會發現事情沒有那麼單純——也許早在那一百多年前，長生者內部就有人在挑撥離間了。

亞當也許是想找出這些蠹蟲，這才把軟弱無辜的艾德推上風口浪尖，即使艾德因此而死也不會動搖到任何事物。可偏偏在戰爭結束之後死的卻是亞當本人，其他倖存下來的人只好幫他收拾這場爛攤子。

所以潔兒從沒想過塞西爾是故意不活下來。

他局都布好了，有著很明確的目標，甚至經常說起有多期待在沒有魔女的世界過上和平的日子，怎麼看都不像早就決定要拋下一切的人。每每回憶起那一年塞西爾瞞著所有人裝傻生活的模樣，潔兒卻發現自己其實並不是很生氣。比起被蒙在鼓裡的背叛感，當一想起少年纏著她撒嬌的天真笑臉，傷心之餘也很清楚一但塞西爾對她說了實話，她就不會那樣寵溺地拍拍少年的腦袋了。

「迦勒。」潔兒輕聲喊。「至少看在我的分上。我們還需要你。」

迦勒遲遲沒有說話。他艱難地挪動著身體，好不容易才站起身，彎著僵硬的腰桿收拾魚餌、釣竿和空蕩蕩的漁獲桶。「妳今天先在這裡過夜吧。」

她望著黃昏中男人的剪影，默默地撇開了頭。

木屋內部比外面看起來還要小。到處空蕩蕩的，甚至沒看見任何行李，只有不存在的灰塵能證明這裡確實有人住。就在潔兒四處張望時，忽然聽見動物的叫聲，轉頭一看，角落正縮著一隻白色的狐狸。

「你養寵物？」潔兒新奇地看著狐狸跟在迦勒腳邊轉啊轉。

男人不理會牠，只說：「自己跑進來的。」

小狐狸顯然很戒備陌生人到來，躲在迦勒身邊纏了一陣子，發現他沒反應後就跑掉了。潔兒跟著迦勒踏進陰暗的走廊，左右兩側加起來總共有七、八扇門，迦勒打開其中一扇走了進去。她跟著探頭一看，房間格局足夠寬敞卻略嫌空蕩，天花板中央懸吊的小燈彷彿隨時會掉下來，砸中房裡唯一一張似乎坐上去就會垮掉的床。

迦勒簡單地收拾一下，站在窗邊調整著破舊的窗簾。那塊布似乎也已經過了數百年的歲月洗禮，又薄又破、布滿霉斑，只能勉強遮住窗外微光。「將就一下吧。」他背對著潔兒說：「很快就會天亮了。」

「你睡哪？」

「妳對面那間。」

他後退一步，環視陳舊的空間確保都整理好了。潔兒還在思考要不要說些什麼，迦勒忽然轉身推了一下牆面，牆上木板應聲鬆開。男人伸手進去，拿出一張捲起來的乾燥動物皮交給她。潔兒疑惑地打開卷軸，看見上頭用動物血畫出的簡略地圖，空白處密密麻麻寫有許多註解。

「魔女殘黨的藏身據點。」迦勒語帶疲憊地指著幾個被標記的地點，「西格齊之前已經找到的就不寫了，只畫了漏網之魚。還有幾處奧伯拉鋼礦藏，有些礦穴的情況有點奇怪，我懷疑路克在試圖熔化奧伯拉鋼提煉魔法，打算把自己煉成黑巫師。」

男人忽略潔兒驚詫的眼神，「不過目前看起來是滿失敗的。這些情報妳還是早點帶回去吧。」

「你真的是計劃好故意搞失蹤的？」潔兒狐疑地問。

迦勒撇開眼神沒有回答。「早點休息。」男人只如此說道。潔兒往後踏開一步，迦勒走出房間，反手替她關上腐朽的木門。

Another chapter • 26

在潔兒來訪的這晚，迦勒做了個夢。

自從回到這裡後他每晚都在做夢，但今天的夢有點不一樣。他沒夢見過往的亞當拿著刀在他身上割下簽名，也沒夢見正牽著調皮的小塞西爾，阻止他跳進積水坑。這天他夢見了小西。

真的是他的小西。不記得什麼亂七八糟的過往，也沒有什麼難以啟齒的祕密心思，有點天真而愚蠢，總是令人放心不下，那個活潑乖巧的小西。

夢裡的他不再是少年的模樣，長得更高、更健康，更成熟了。意識恍惚的迦勒過好幾秒才反應過來，他身上穿著的正裝是畢業典禮的學士服，看著小西對自己露出開心的笑容時，又懵懵懂懂地想到，夢裡有秒數的概念嗎？

他好像聽見了小西親暱地喊他「哥哥」。青年一手抓著畢業花束，另一手把他拉了過去，興奮地催促著他跟自己合照。在眩目的陽光之下，從小西身上飄來熟悉的柔軟精香氣，牽著他的手依舊是那樣冰冰涼涼。

那一瞬間迦勒差點以為是不是真的回到了現實，也許他只是做了一場很長的惡夢，當聽見快門聲時才驚覺一直忙著看身邊人而忘了看鏡頭，一抬起視線卻立刻感受到壓得令人完全喘不過氣的失望感。小西鬆開他的手，迦勒急急忙忙地用力拉回青年的手臂，一個用力過猛，就這樣把自己驅逐出了虛無飄渺的美夢。

他正直直盯著天花板，右手橫在胸前。房裡還是黑的，讓迦勒一時分不清楚只是睡了幾分鐘，還是已經又過了十幾個小時。喉嚨乾澀得難以吞嚥，男人靜靜躺了幾分鐘，等到過快的心跳與喘息平復下來後便下了床，老舊的床板嘎吱哀鳴。

潔兒的行李依然堆放在客廳，他沒有睡一整天，從戶外星象來看最多只睡了一小時而已。迦勒步伐虛浮地走到廚房，倚著流理臺點火煮水，機械性地操作著。他怕坐下來後就會再度睡著，愣愣地站在桌邊一口一口慢慢啜飲滾燙難喝的飲用水，完全沒有辦法思考。

要睡回去嗎？大概還是會很快就醒了。回到這裡後，每次從夢中驚醒都是這樣。

迦勒原本並沒有打算要回來。畢竟他在六百多年前親眼看著小木屋燃起熊熊大火，加上又過了這麼長一段時間，那間避難小屋如果還能留下任何殘骸簡直就是奇蹟，誰知道就這樣真的被他找到了奇蹟。

當迦勒找到這裡時，小木屋很明顯無法居住，牆壁和天花板已經完全坍塌，骨架也搖搖欲墜。但考量到經歷過大火與六百多年風雪摧殘，這種程度的遺跡其實很不可思議。

迦勒花了快四天時間不眠不休地把屋子重建好，照著模糊記憶一點一點拼湊起當年的避難所，還在門口多搭了一條方便行走的木棧道，因為以往在門口前面總是積雪的那片空地如今已經變成溼黏難走的沼澤。

但是在那之後，就不知道怎麼辦了。辛辛苦苦修建好小屋的迦勒只是茫然地坐在門口，思考著是不是真的要留下來。這個地點沒有六百年前那麼隱蔽難尋，也許不出多久就會被找到。

離開的話又要去哪裡呢？他到現在都還沒決定是不是真的要從此匿影藏形隱居世外，至少目前為止只是想暫時休息一下，沒有真的打算撒手不管首都的困境。可是都特地挑在深夜不告而別了，躲著管家與保鑣，沒通知任何人便一走了之，就算之後又忽然出現辯稱只是想放個假，誰會相信他？

回到北方小屋第四天。迦勒就那樣坐在寒風刺骨的門口，度過了短短的黑夜。

呆坐好幾個小時依舊一點頭緒也沒有，迦勒漸漸地放棄了思考。當他想站起來的時候，才發現已經餓到頭昏眼花，險些一頭栽進水坑裡。

於是迦勒一邊努力回想著曾經在野外生活的日子，削尖木頭、設了陷阱，在第五天傍晚終於抓到一隻野兔，二話不說地直接殺了烤來吃。他放任本能帶領身體行動，在接下來幾天裡做了更多武器、設下更多陷阱、循著溪流找到穩定水源，將捕到的獵物剝下毛皮後製成衣服。他離開時帶的保暖衣物全都留在車上，而車子早在為了甩開跟蹤時被丟在不知何處了。

每天忙著想辦法在這片冰天雪地中生存下去，還順便找到幾個路多維克藏掖起來的祕密據點，迦勒因此過了一陣子還算充實的生活。只是當食物的來源逐漸穩定，保暖問題也都解決以後，他又不知道該怎麼辦了。

在那個遙遠的從前，還有好幾個人陪他一起無聊。當時四百多歲的他們口袋裡都是說不完的八卦，有的人會把木頭削成薄片做成卡牌，甚至偶爾興致一來就在門口打起雪仗。但六百年後的今天，沒人陪他聊天、打牌，在這片荒山野嶺中更不可能找到活人能一起打雪仗。

絕大多數的時間，在他提完水、檢查過陷阱，巡過一輪也沒找到什麼能寫進動物皮紙上的重要情報後，就是坐在木棧道上釣魚。雖然這些日子來迦勒一隻魚也沒釣到，卻也沒想過要改到溪流那裡去。

在迦勒的感覺中，只要抓起釣竿，時間就會過得很快。只需要握著竿子就能放心地發呆，隨便思緒無厘頭地四處亂走，沒有規矩、沒有限制、沒有目的地。如此自由自在，但意識總還是會不由自主地回到好多年前，一下看見還在裝聾作啞的塞西爾抱著他撒嬌，一下想起亞當舉高了匕首從中間割開他的掌心、手腕、手臂，一下又看見他第一次把亞當壓下去幹。

他把那個高大的男人推倒在凌亂的辦公桌上奮力衝撞，還沉浸在毒品中神智不清的塞西爾難得終於能任他擺布。當迦勒的指尖沾著墨水，在男人身上情不自禁地簽下名字，迦勒永遠記得，在那一刻他只覺得自己好髒。

像那樣子侵犯一直以來視為榜樣，敬愛、依賴著的人。趁著他神智不清把他壓在身下羞辱，衣衫不整、渾身骯髒，身上又是墨水又是融化的粉末，還叫得那般銷魂讓迦勒受不了。從那以後，迦勒就再也沒辦法說都是塞西爾的錯了。

北方的夜晚很短，有時候迦勒睡下去再醒來依然是白天，好幾次感覺分明睡了很久，天空中卻依然豔陽高照，不禁懷疑到底有沒有換日，久而久之乾脆不再去數日子。他一樣每天巡視陷阱，例行任務都做完之後就開始釣魚，偶爾累了就起來動一下，無聊到極點時就蹲下來給自己堆個小雪人。

首都的冬天不會下雪，但當小塞西爾第一次從童書裡讀到雪這種東西時，他露出一種難掩興奮的羞澀表情，語氣靦腆地問迦勒能不能讓他在院子裡堆個看門的小雪人。迦勒一邊回憶，一邊將捏好的小雪球按到雪人的身體上。他不記得當時是怎麼回話了，只知道過去十幾年裡從來沒有帶小塞西爾去玩過雪。

在不知道過了多久後某天，釣魚釣到睡著又醒來的迦勒決定回屋子裡好好補眠。才靠近門口就明顯聽見屋裡傳來聲音，頓時繃緊精神，仔細聽了許久總覺得既不像理應躡手躡腳的入侵者，也不像體型沉重的獵食者，反而像誤入陷阱後慌亂掙扎的小型動物。

他小心翼翼地靠近，結果看見一隻毛皮沾血的白狐狸，腦袋卡進不久前才做好的木罐，正在客廳瘋狂地橫衝直撞，原本處理到一半的生肉從流理臺掉到地上，把地板染得一片腥紅。

在幫小狐狸脫困，順便給牠一點食物之後，迦勒就回房間裡睡覺了。過一兩天後又在附近看見同隻狐狸，一樣是順手丟一小塊肉後就不管，狐狸卻一試成主顧，三天兩頭就往他這裡來討吃的，甚至直接睡在客廳。偶爾牠還會趁迦勒不注意，在他開門時鑽進房間裡跳上床，驅趕幾次不見效後，迦勒乾脆放任牠去，直到有次狐狸尿在枕頭上才鐵下心禁止牠跟進房間。

在六百多年前他們也養過一隻狐狸。某天負責出門打獵的人帶回來一隻活蹦亂跳的白狐狸，其他人還在奇怪怎麼不是綁死狐狸的腳裝進袋子，而是放任牠跟在腳邊，那人就無奈地說這小狐狸一直跟著不肯離開。

剛好走出房間的亞當聽到後，便瞄準狐狸的脖子伸出手，狐狸立刻一溜煙跑不見了，但隔幾天又再次出現在前門。那陣子恰巧是打獵旺季，他們不缺食物，也就沒怎麼管那隻總愛在附近探頭探腦的小狐狸，後來就莫名其妙地變成寵物逃過一劫。

在魔女爪牙追上來那天，小狐狸不在木屋內。牠本就是想來才來，也沒人覺得奇怪。偶爾迦勒想起那隻小狐狸時總是不由得好奇，當牠又像往常一樣叼著死掉的鳥或松鼠，步履輕快地回到木屋，卻只看見一堆燒垮的木柴，曾經餵牠摸牠的人全部不知去向，會是什麼反應呢？

破曉曙光從沒封好的窗戶邊隙切了進來，射進迦勒僅存的眼中。他這才回過神來，發現自己又在發呆了，杯子裡的熱水早已冷卻變涼。他愣愣地看向射進陽光的窗戶縫隙，勉強可以瞥見即將消失在晨光中的銀河。

迦勒放下杯子，決定轉頭回房間繼續補眠。他果然還是做了夢。這次他被人握住手腕拉著，在漆黑狹窄的隧道裡拚命狂奔，身體很沉重，低頭一看發現腿好短，根本跑不了多快。他夢見自己變回小孩子的模樣。

眼睛在流血，但沒有時間去管。他聽見好多聲音，好多人的叫喊、嘶吼、哀號與哭聲，像漩渦一樣全部摻攪在一起拌成巨大的回音，震得腦袋嗡嗡作響，最刺耳的還是自己撕心裂肺的狂喘，喉嚨彷彿在燃燒般被流過的空氣切開無數小洞。他聽見自己崩潰地哀求著，抓著他的那個人仍只是強硬地扯著他不斷奔跑。

他們衝過悶熱惡臭，畫滿可怕人物的隧道，每一雙眼睛都正緊緊盯著他們，完好的、斑駁的、睜開的、閉起的，惡狠狠地瞪著。迦勒感覺真的快要受不了了，哭著哀求那人放手吧他不要逃跑了，對方彷彿什麼也聽不見，抓緊他硬生生撞破黑暗。

光芒用力撕裂陰暗的隧道，當迦勒瞇起眼睛聚焦視線時才看清楚，外面天空只是狂風暴雨的陰天。巨大水珠彷彿箭矢一般砸在身上，幾乎將他射穿。塞西爾依舊緊抓他的手拉扯他逃跑，男孩的指甲刺進他的血肉裡，氣喘吁吁地喊著：「出來了！迦兒，我們出來了！再跑一下吧，前面就是出口了！」

迦勒不知道他要帶自己去哪裡，也沒有餘裕去想所謂的出口是什麼意思。即使抹掉，雨水還是不斷打進眼睛，染得他半邊臉上都是血。有東西不斷從眼窩掉出，但迦勒也沒有力氣去看，感覺一腳踩爆某種黏膩軟爛的東西，只能拚命不斷地往前跑。

視野模糊不清，只能盲目地跟著塞西爾，相信他會帶自己找到出口。腥臭的雨水摻著厚重的血腥味，打進鼻子讓迦勒沒辦法呼吸。原來王宮之外的味道就是這樣，又冷又刺鼻。

❖

「你確定不要換套衣服嗎？」

萊德西上下打量迦勒一遍，語氣含蓄地說。她本人身上穿著俐落體面的西裝，男人卻只穿著一般休閒褲與運動外套。「又不是公開場合。」迦勒說，套上襪子和運動鞋就準備出門。

萊德西巧妙地換了個站姿擋住他的去路，委婉地說：「雖然你回首都的消息沒有對外公開，以防萬一換套正式的西裝或許比較好。」

迦勒沒有爭辯。他當著萊德西的面輕輕地嘆了一口氣，轉身回去翻衣櫃。

才回到首都第二天，艾德就迫不及待地邀請迦勒過去。美其名是邀請，想都不用想也知道艾德只是想催促他上工。過慣清閒日子的迦勒，再度回到步調緊湊的首都雖然有些適應不良，但想想遲早都得習慣，只好認命地翻出許久沒穿的制服。西裝襯衫與長褲沒有記憶中的合身，直到站到鏡子前整理儀態，才發現身材確實有些走樣了。

頭髮好像也變少了些許。他瞇起眼睛仔細地盯著鏡子，用手梳了一下，發現覆蓋在瀏海之下又冒出好幾根灰白的髮絲，這才想起身體現在已經超過四十歲了。

從現在住的地方開車到總理府，車程總共不過二十分鐘。原本的家位在奧伯拉鋼爆受災區，在調往北方之前住的房子又因為各種莫名其妙的理由被沒收了。當艾德一得知迦勒答應回到首都，立刻自告奮勇要提供住處給他。一來是為了表現誠意，二來也比較好確保迦勒不會再無緣無故突然失蹤。看他今天特地派了長生者萊德西來當迦勒的司機就知道，若不是身邊祕書阻止，艾德大概恨不得親自過來找他。

才一下車，總理貼身祕書立刻走了上來。「迦勒先生。」雖然地下停車場裡一個人也沒有，長生者貝妮還是壓低聲音說道：「總理在會客室等您。」

迦勒只是淡淡地「嗯」了一聲。

自從上次分別之後，艾德又變了很多。這十幾年的重擔早就讓他與過去膽小懦弱的模樣判若兩人，在迦勒不在首都這一年裡似乎又變得更加蒼老，原先橘紅的頭髮黯淡得幾乎變成紅棕色，隱約可見的白髮遠比迦勒還要多。

「迦勒先生！」一看見他打開門，艾德立刻著急地站起來迎上前，甚至忽略一旁的貝妮犀利的眼神。「您終於回來了。」

「總理。」迦勒語氣敬重而禮貌地打了招呼，不動聲色地往後退。艾德彷彿這才想起兩人現在的政治地位相差懸殊，稍微收斂急躁的樣子。

「您這一路上奔波勞碌肯定非常疲憊了。昨天有好好休息嗎？」至少當艾德拿出公事公辦的態度時，還是相當有模有樣。

「有的，托您的福。」迦勒不動聲色地說。艾德留了一天空閒沒有馬上就找他的意圖其實再明顯不過，前天中午抵達首都後，迦勒就只是待在房子裡，看看電視、和人在北方的潔兒打了通電話，昨天一整天更是睡到上午十一點，在屋裡一直呆坐到夕陽西沉，完全沒有打算要去醫院探望誰。

「那太好了。」艾德說。就算他知道迦勒沒有去探望塞西爾，也不敢問原因。

「那——請往這邊來吧，這裡不太方便說話。」

迦勒本以為艾德會先扯東扯西，最後再繞到工作的話題，沒想到堆積的事情多到甚至沒有時間跟他客套。總理先是拉著他看過一遍文件，又拽著他造訪幾個處室，除了吃飯時間被貝妮半強迫地按上餐桌以外，幾乎沒有多少休息時間。

就如總理所說，首都情勢非常緊張，雖然還不到一團亂的地步，但長生者之間的紛爭顯然不是艾德一個局外人處理得來的，難怪他那麼著急地想要迦勒回來。或許是已經差不多整理好心情，迦勒很快就進入工作狀態，一整天下來甚至一次也沒想起別的雜念，眨眼間就深夜了。

看到天黑得那麼快、那麼久，反而讓迦勒有些不習慣。他盯著窗外愣愣地思考著這時間應該還豔陽高照才對，卻只看得見自己滄桑的倒影。

「迦勒先生。」艾德在背後疑惑地喊：「窗外有什麼嗎？」

「……沒事。」迦勒拉下了窗簾。

男人看著自己的樣貌有些局促，迦勒心知肚明他要問什麼，又不想先開口提起。他若無其事地拿起桌上的報告，語調平板地交代道：「這部分業務您就分派下去吧。這些任務的性質比較適合由長生者去處理，具體人選可以多方參考其他人的意見，這樣對您和核心幕僚都比較輕鬆，別再讓貝妮加班了。」

「好的，先生。」艾德說。

迦勒又拿出另一份報告，「這個要盡早處理，否則即使您不簽章，底下的人也會先斬後奏。建議您可以考慮重新分配一下待辦事項的優先處理順序，比較能協助您釐清費迪南一派的策略重點。例如目前最讓您感到棘手的克拉克夫人，其實也只是為了模糊焦點而推出來的棋子而已。」

「好。」艾德回應道。

迦勒又繼續解釋：「如果那麼介意的話，可以考慮拉攏克拉克夫人，她會成為您的強力後援。她並不是如您所想那麼有政治野心的女子，在失去丈夫後性情大變的緣故也很簡單，因為克拉克是當年第一批整肅目標，夫人自然有義務要守住剩下資產。被費迪南這樣推出來，費迪南一派大概也不是很重視她。您要對克拉克遺族多加撫慰，夫人是個重情重義的人，假若處理得當，她也許甚至會願意為您赴湯蹈火。」

「好的。」艾德頻頻稱是。迦勒想繼續找別的文件，但桌上琳瑯滿目的白紙黑字拖慢了他的速度，這次終於被艾德找到突破口。「迦勒先生。那麼您……」

迦勒仍然在辦公桌上翻來找去，沒有說話。

「有一個職位。」艾德硬著頭皮哀求道：「我始終找不到適合的人選。我需要一個人脈廣泛，認識絕大部分長生者，口才伶俐且行事溫和，能夠在這段時期為總理府緩解衝突的人。」

「聽起來很適合伊納修斯。」迦勒淡淡地說。

「伊納修斯先生已經鋒芒畢露，迦勒先生。」艾德問道：「您今後有什麼打算呢？」

迦勒沉默不語。他放下手上的報告，始終低頭看著凌亂的桌面。

如果不留在首都，其實去哪裡都一樣。即使去到國外，作為最年長的長生者，他還是很容易被認出來，想過平凡生活的話也許只剩回到深山隱居一條路。

「迦勒先生。」艾德低聲道：「我知道對您來說，我大概只有以總理身分正式請求，才有足夠資格要求您留下，但這個身分本來就不是我應得的。請您看在其他長生者、國家無數人民……還有塞西爾先生的分上，考慮一下吧。」

迦勒沒有回話。

已經是漆黑的晚上十點，辦公室裡只剩下他們兩個，還有快壞掉的空調一陣一陣的嗡嗡聲。迦勒指尖輕壓著一本厚重的資料夾，裡面裝訂著預算明細，但資料夾的廉價塑膠觸感卻讓他莫名想起那本厚重而精美，謊話連篇的《長生者名冊》。

要是當時沒答應給小西那本名冊，會有什麼不同嗎？要是當時帶著小西出勤，少年也許就不會遇襲，之後也不需要躲藏，也不會被綁架，也許就不會恢復記憶了。

「知道為什麼亞當給你這個位子嗎？」迦勒突然問。

艾德有些措手不及。他遲疑了兩秒，盡力委婉地問：「……為了整頓風氣？」

「對也不對。」迦勒靜靜道。「他確實想拿你釣出叛徒。」

艾德閉口不言。

「另一方面……」迦勒放輕了聲音，「他大概已經猜到今天的局面了。」

迦勒抬頭迎上總理不明所以的眼神，也不打算多解釋。「我只待十二……十年。」他更正道。「在那之後就會離開首都。一直到今天，首都核心人物除了您以外全部都是長生者，您要在這十年內擺脫這個現象，如果沒有決心，現在直接讓費迪南接手也不遲。他會用他的方式領導這個國度，屆時就不需要您擔心了。」

艾德似乎還有些疑惑，但至少確定迦勒答應留下來了，抿緊嘴唇點了點頭，「我明白了，迦勒先生。」

總理還有些瑣碎事務要處理，迦勒便決定先告辭。臨走前艾德吩咐貝妮幫他叫了計程車，但當迦勒搭電梯到一樓大廳時，卻看見伊納修斯正站在門口和雅各說話，大門外停著雅各的黑色轎車。

「你還沒走？」迦勒出聲引起兩人的注意。從他們的表情就知道一點也不驚訝迦勒出現在這，就連本不該知道迦勒回來首都的雅各也只是恭敬地點了頭。

「我在等西格齊——本來。不過我想他今天是打定主意要睡辦公室了。」伊納修斯笑道：「這就是你未來的日子。歡迎回來當血汗勞工。」

迦勒哼了一聲。伊納修斯明知道西格齊有多討厭跟他一起下班，根本就是拿那可憐的醫生當藉口想堵迦勒而已。「你的車很擋路。」

「停一下而已，這不是就要開走了。」伊納修斯說：「要一起嗎？你還沒買新車吧。」

迦勒的公務車跟房子一樣，在降職時候就被收回了，其中還有不小伊納修斯的功勞。迦勒懶得理他，面無表情道：「總理幫我叫了計程車。」繞過兩人準備離開，伊納修斯卻毫不客氣地拉住他的外套。

「你不會沒聽懂我的意思吧？」伊納修斯問。迦勒一言不發，他繼續不依不饒，「現在這個時間他已經睡著了。還是你想等他醒來再去看他？」

「我看了他，他就會康復嗎？」迦勒試圖揮開伊納修斯，後者卻依舊抓著不放。

「那你不管他死活囉？」

迦勒回頭瞪了一眼皮笑肉不笑的男人。

「我跟雅各要去接柏妮絲。」伊納修斯不慌不忙道：「如果你要去醫院，我們可以順路載你一程。計程車剛剛也已經到了，就停在前面。」

伊納修斯說完就鬆開了手。迦勒不動聲色地打量著男人，但伊納修斯從頭到尾都是那副捉摸不透的笑臉，清澈的寶石藍眼睛靜靜地直視著迦勒。

「……你不是說你才懶得管？」迦勒說道。

伊納修斯聳聳肩，反問道：「不是都跟你說計程車在前面了嗎？」

❖

塞西爾住院的醫院距離總理府有一段距離，但深夜路上沒幾臺車，雅各開得很快，沒多久就到了。伊納修斯熟門熟路地找到電梯，按下樓層，護理站值班人員看見迦勒跟在兩人身後，問也沒問就讓他們進去了。

病房門是關著的。伊納修斯輕敲兩下，卻不等待回應就拉開門，直接抓包柏妮絲鑽進被窩的瞬間。

「起來。」伊納修斯命令道。

女孩只好認命地坐了起來。出乎意料的是居然連躺在床上的塞西爾也睜開了眼睛，直接對上才剛一腳踏進病房的迦勒的視線。

迦勒頓時一愣。少年的臉色也瞬間僵住了，立刻整個人躲進被子裡，只露出一雙眼睛緊緊地盯著最後方的男人。柏妮絲疑惑地瞥了塞西爾一眼但不以為意，禮貌地向來探望的三人打招呼，病房接著就陷入一陣忐忑不安的短暫沉默。

迦勒能感覺到伊納修斯瞥了自己一眼，似乎是在看他會不會就此轉頭落跑。柏妮絲似乎以為這股詭異的氣氛是因為熬夜被抓到，尷尬地抿著嘴，硬著頭皮說：「先生。我以為您今天會回家休息……」

「所以平常我不在妳就是這麼晚睡？」

柏妮絲閉上了嘴巴。迦勒眼角瞥見雅各似乎在給她使某種眼色，但他對兩個小孩之間扮鬼臉般地眉來眼去一點興趣也沒有。躺在病房那端的塞西爾正拉著被子遮住下半臉，半是害怕半是好奇地直直盯著他。

近兩個月不見，少年的氣色似乎真的變得比較好了，臉頰沒有剛甦醒時那麼凹陷，膚色卻依舊顯得蒼白不已，可能是被關在病房裡都沒能出去晒太陽，又或者只是頭頂上那盞夜燈把他染得像個病死的孤魂野鬼。

「你們剛才在做什麼？」雅各的暗示顯然沒用，伊納修斯劈頭就道：「東西拿出來。」

柏妮絲垂下腦袋藏起委屈的眼神，不甘不願地撈出藏在被子裡的遊戲手把。

她推了推一旁鼓起來的棉被，還沒來得及開口，一直盯著迦勒的塞西爾突然被她嚇了一跳，直接撞上病床另一側欄杆。迦勒反射性地往前踏一步，但早在他趕到病床邊之前柏妮絲就已經拉住少年，用生澀口音與簡短文法以古語說道：「怎麼了？我要玩具。」

塞西爾看看她，又看了看迦勒。柏妮絲順著他的視線看過來，即使表情管理得不錯，迦勒還是能從那雙青澀的藍眼睛裡看見茫然困惑，又忽然想起什麼似地恍然大悟。

「沒事。」她抿了抿嘴唇，鎮定地安慰著少年：「不會罵你，我要玩具。」

迦勒靜靜地佇立在原地，看著伊納修斯上前沒收兩人的遊戲手把，簡短而嚴厲地念了她幾句。在他身後的雅各始終只是默默地觀察著病房裡的氣氛，等著伊納修斯的指令才上前慰問塞西爾。病房那端的人們看起來都很熟悉彼此有說有笑，唯獨迦勒像個怪人似地躲在陰暗的角落。雖然有人跟少年說話聊天、分散他的注意力，似乎讓塞西爾放鬆了不少，青澀的目光卻還是時不時朝迦勒瞥來，依舊顯得很不自在。

迦勒沒想要離開，卻也不想上前。他就是一直站在門口，靜靜地望著塞西爾努力用彆腳的現代語回話，感覺好像越來越認不得病床上那個人了。

「迦勒。」

呼喚讓他突然回過神來。迦勒這才有點錯愕地發現，整間病房的注意力不知何時都已集中在自己身上，他卻完全沒有察覺。伊納修斯站在少年病床邊，迦勒心情有些複雜地看見他安撫地握著少年的手，銀色護甲套在床頭燈下顯得死白刺眼。「你應該有話要說吧？」

要說。而不是想說。

所有人都在等他的反應。塞西爾已經從被子裡露出頭來，手心卻仍緊緊地抓著表層的布料，緊抿著單薄又沒有血色的唇。那雙眼睛嵌在消瘦的面頰上更顯凸出，好像骷髏一樣奇怪，不算清澈的眼珠裡流露出赤裸裸的警戒。迦勒這才後知後覺地意識到即使是在過去那段漫長的一千年，甚至是一切歸零的破曉之日，當男人在一片廢墟中找到他，當年的小塞西爾都不曾對迦勒露出這種表情。

那不是他的小西。

迦勒終於想通，是他自己親手讓小西從指縫裡溜走了。

長生的男人難得露出局促不安的表情。兩個小輩互看了一眼，禮貌地撇開眼神，只有塞西爾仍然直直地瞪大眼睛看著他，看得迦勒好難堪。他在心中悄悄地深吸一口氣，沙啞道：「……塞西爾。」

少年緊張地抓緊了被單。

迦勒嚥下一口氣，沉聲說道：「對不起。」

少年顯然有些錯愕，沒料到是這種話。他愣愣地抬頭看向伊納修斯，後者卻只是靜靜地點了個頭。「那天嚇到你了，我很抱歉。」迦勒說，張開口卻不知道該怎麼解釋，欲言又止好一陣子，最後只是無力地說道：「……我當時心情很不好。不是你的錯。」

少年顯得有些坐立不安。左顧右盼似乎是想徵求別人的意見，猶豫了好幾秒才結結巴巴地說：「妹、咩……每……沒關係。」接著因為發音不正糗得紅了臉。

迦勒瞥了伊納修斯一眼，他明顯沒有要接話的意思。迦勒只好繼續問候：「你在這裡還適應嗎？」

少年看起來尷尬極了，對於和曾經試圖殺死自己的陌生人說話依舊顯得相當不安。他皺緊眉頭，嘴巴又開又閉，似乎正在思考如何回答，迦勒以防萬一補了一句：「你可以用母語回我就好。」

「……這裡很好。」塞西爾簡短道：「我很喜歡。」

「好好聽醫生的話，你很快就可以康復出院了。」迦勒說。少年點了點頭。

病房裡陷入無比尷尬的沉默。

「時間也很晚了。」伊納修斯接著說道：「柏妮絲會回家睡一晚，今天是雅各留下陪你。」

塞西爾點點頭。男人溫柔地笑著補充：「早點睡，知道嗎？」

少年有點窘迫地用力點頭。

交代完其他零碎的事情後，他們便離開了。臨走前迦勒還猶豫著要不要回頭看塞西爾最後一眼，卻又覺得若是真的回頭了，最後一定會走不出去，便低著頭打算快步走出病房，卻在踏出門前聽見少年的叫喚。

「那個！那個……」

那是在叫他。前面兩個回頭的人的表情都證實了迦勒的猜想。

迦勒默默地深吸了一口氣，轉過身。雅各正站在櫃子旁邊，而塞西爾依舊背靠床頭坐著，腰後墊著又大又厚的蓬鬆枕頭。他看起來緊張極了，偷偷地抓著被單、嘴唇顫抖，卻還是強迫自己直視著迦勒。男人什麼都還沒說，少年就怕得頻頻眨眼，好像是迦勒欺負他似的。

「您……您……」少年用力地深呼吸，咬牙問道：「您叫……什麼名字？」

迦勒剛張開嘴，一瞬間卻想到迦勒其實並不是他真正的名字。

他就那樣張著嘴巴呆站在原地不知所措。病房的氣氛隨著他的沉默變得越來越奇怪，原本硬鼓起勇氣的塞西爾也漸漸畏縮下去，努力思考著是不是說錯了什麼話。就在他準備開口道歉的時候，迦勒打斷了少年，「你喊我先生就好了。」

他沒等塞西爾反應過來便走出病房。伊納修斯拋給柏妮絲一個眼神讓她跟上。

走到醫院大門，伊納修斯便讓他們在門口等，自己去停車場牽車過來。當家主一離開，迦勒和柏妮絲之間幾乎立刻就陷入了尷尬的沉默。以往在柏妮絲經常來他們家找塞西爾玩的時候，迦勒和這個小輩還算熟稔，直到現在迦勒才意識到自塞西爾出事以來，他已經很久沒有和柏妮絲單獨相處了。

「……辛苦妳了。」迦勒決定先打破沉默，「照顧他應該不太容易。」

柏妮絲似乎有些緊張，語氣變得更拘謹，「不會的，迦勒先生。」

「是誰教妳古語的？」

「先生教我一些常用的字，還幫我請了老師。」她回答。「平常我也能跟塞西爾學。他其實滿厲害的，聽不懂現代語還能教我。」

「這樣啊。」迦勒有些心不在焉道。

站在一旁的女孩自以為很隱蔽地偷偷觀察著他的臉色，迦勒也就放任她去，不再開口。男人雙手抱胸，面無表情地凝視著這座昏暗悶熱的城市，幾隻小蟲在路燈下飛舞，空氣裡有一種隱約的味道，似乎快下雨了。正當思緒逐漸走遠之際，柏妮絲忽然出聲：「迦勒先生。」

他收回渙散的目光，望著身旁的女孩。

「塞西爾現在失憶了，以後您要怎麼辦呢？」

他沒料到柏妮絲會問得這麼直接，有些訝異地盯著她。柏妮絲立刻繃緊神經，強作鎮定道：「就是……您一定很難過。剛才也不願意告訴他您的名字……那之後，您打算怎麼跟他相處呢？」

迦勒凝視著神色局促的女孩。一直以來因為塞西爾的關係，柏妮絲對待迦勒的態度不算太疏遠，但面對長生者總是難免敬畏，加上被伊納修斯嚴格教導過，從來也不會說什麼多餘的話。看著即使會怕卻還是鼓起勇氣迎上他注視的柏妮絲，迦勒心裡忽然有種奇妙的感受，一時間沒釐清那是什麼，開口反問道：「那妳呢？」

「我？」柏妮絲疑惑地問。

「妳喜歡他吧。」

「我……！」柏妮絲瞬間臉色漲紅，語無倫次地拚命否認。

迦勒只是靜靜地等她講完，順著安撫幾句：「好，那就只有一點點吧。」

「我只是有點好奇……」柏妮絲還紅著臉在辯解，說到後來卻越描越黑，自暴自棄地閉上嘴巴。

那副青澀模樣讓迦勒忽然想起小塞西爾也曾經這麼單純。他小學二年級時，某天迦勒難得親自去接他放學，看見他和同班女同學一來一往地揮手道別了五、六次，便順口逗了一句。誰知臉皮薄的小塞西爾居然就這樣炸開了，支支吾吾地否認許久，最後開始生悶氣，一整個晚上都不和他說話。

迦勒望著尷尬羞恥的柏妮絲，平靜地想著。要不是因為自己，塞西爾也許真的能跟柏妮絲有點什麼也說不定。

「塞西爾現在什麼也不記得了。」男人靜靜地開口說道。「你們之間有過的回憶，他全部忘了。一起做過的事、去過的地方、吵過的架，在他看來全都是別人的事情，妳對他而言也只是個陌生人了。那妳呢？對妳來說，裡面那個塞西爾又是誰？」

柏妮絲顯得很茫然。

女孩努力思考一會，幾度欲言又止，最終卻只是默默地低下頭。正當迦勒以為她不會回應了，卻又聽見柏妮絲低聲道：「他還是塞西爾啊。」

女孩盯著自己的鞋子，默默地說：「只是……不是我認識的那個了。」

迦勒靜靜地望著她。一年不見，她抽高了不少，出落得越發成熟的同時氣質也變了，少了點莽撞、又多了些沉穩。孩子真的長得很快。

「重新認識就好了吧？」柏妮絲依舊垂著腦袋，努力藏起哽咽，「反正……他還是滿笨，我是說，講話的方式跟以前也沒有差很多，笑點很像，接話的方式也很像……」

迦勒悲傷地望著強忍眼淚的女孩。

「那之前的塞西爾呢？」他問。

柏妮絲緊盯著人行道上的石磚，沉默的時間比之前都還要長。她這次真的想了非常非常久，久到也許黑夜都要為她澎湃的思念而終止，才終於聽見青澀的少女開口說道：「我會很想他。」

終於藏不住了，柏妮絲放任淚水滑落臉頰，不再顧及什麼形象隨便伸手抹掉。「我會超級超級想……」

當伊納修斯從停車場開著車到醫院門口的時候，只看到迦勒正拿著衛生紙安慰哭成一團的柏妮絲。他們後來還是決定先送她回家，讓迦勒直接在伊納修斯家借宿一宿。

當晚迦勒躺在床上，盯著華麗的天花板遲遲無法入眠，直到熹微晨光鑽過窗簾透進客房後才終於昏昏沉沉地睡著。那一天他感覺就和過去幾個月一樣再度做了夢，但往後的日子裡無論怎麼回想，也想不起來究竟夢見了什麼，讓他醒來時整個人被棉被緊緊纏住，滾到了床腳下，卻仍像孩子一般沉沉地安睡著。

Another chapter 27

回到南方第五天，迦勒就買了臺新車，讓好歹也是長生者之一的萊德西不再需要紆尊降貴來充當他的司機。第七天之後，艾德就催著他正式回到工作崗位上。經過一連兩週緊鑼密鼓的準備，終於在迦勒回到首都後第二十二天，正式對外公開了他復職的消息。

輿論譁然之餘，病房裡的少年從他人口中得知了迦勒的真實身分也相當錯愕，訝異於那個奇怪男人實際上居然如此位高權重。迦勒本來思考過，要不要趁有空時候偶爾去探望他，但現實是一公開復職後他幾乎日夜都在首都各地奔走，連吃飯睡覺的時間都快不夠了，更別提特地到醫院去探望病人。

他只能趁著和伊納修斯碰面時，偷偷揣想著家主會不會無意間提到幾句關於少年的消息——結果當然是沒有，伊納修斯完全隻字不提。不過其他比較常去探望塞西爾的人，還是會稍微和他聊聊少年的近況。

就一副已經腐壞千年，才剛重新活化就再度經歷數百日沉睡的老朽肉體而言，塞西爾的健康狀況可說是非常不錯，不出幾個月就能不倚賴輔具下床走路。他適應現代社會的速度也很快，一下子就學會怎麼使用大部分現代設備，包含現代語也說得不錯，雖然還有口音，但已經能在不依賴旁人翻譯的情況下單獨和醫護人員溝通。

而隨著少年逐漸康復，原本一直被迦勒有意無意忽略的塞西爾日後去向問題，還是浮上了檯面。在大多數知道塞西爾真身的人眼中，少年失憶的起因是遭受魔女殘黨攻擊，即使這次幸運存活下來，最大的威脅依舊沒有解除。

考量到塞西爾的真實身世很可能已經洩漏，有人主張為了保障他的安全，最好將他送到遙遠的國外藏起來。然而知道塞西爾曾經恢復亞當記憶的總理，卻認為無論機率再低，也不能忽視也許總有天會再度記起過往的可能性，始終堅決反對將塞西爾送到首都鞭長莫及之處。再加上在這個議題中最關鍵的迦勒自始至終都沒有明確表態，最後在考慮各種問題後，眾人決定將塞西爾安置在首都外圍的愛爾濱城。

日子一天天過去，眨眼間就過了半年。

時間終於來到塞西爾預計出院的日子。因為還得會見愛爾濱城市長，最好是由迦勒親自送塞西爾過去，但這半年來除了那次和伊納修斯一起去探望以外，他再也沒有親自出現在塞西爾的病房裡，最多只是偶爾託人送東西或是簡短的訊息交流。今天是他們在那之後第一次實際見面，而且還是在狹小的車裡長達四個鐘頭的獨處時光。

這天是陰天，迦勒才剛駛出車庫就飄起細雨，沒過多久細雨逐漸轉大，阻塞的交通讓他比原本預計晚了十分鐘才到醫院。他塞在醫院對面大馬路上，等了至少三分鐘的紅燈，百無聊賴地敲著方向盤，視線不經意地往上，掃過醫院外牆通往塞西爾病房的那扇窗戶，卻真的隱約看見一顆小腦袋在窗戶邊緣晃來晃去。

迦勒靜靜地凝視著少年在窗邊探頭探腦。他很好奇塞西爾能不能認出這輛車，只見少年彷彿想看清什麼似地左右張望著，伸出手在玻璃上比劃，讓迦勒差點以為他真的在示意自己，然後才想到應該只是在玩玻璃上的雨滴。他們現在的距離實在太遙遠了，即使塞西爾認出了車，從他的角度應該也看不見駕駛座的男人。

終於等到號誌燈轉綠，迦勒把車開到原先說好比較不引人注目的側門。剛打開車門，正想上樓去接人時卻看見塞西爾已經下來了，他真的認出了車。

少年手上拿著一根拐杖卻不用，肩上背著少少的住院行李（絕大部分在前一天就已經收拾帶走），腳步有些蹣跚虛浮，沒有迦勒聽別人跟他形容的那樣穩健。

迦勒也說不清為什麼沒有第一時間上前攙扶他，只是看著塞西爾低著頭一步一步踏出蒼白平滑的醫院地板，剛踩上人行道石磚時踉蹌了一下，男人立刻起身，少年卻早已穩住重心，穩穩地站定。

甚至沒來得及踏出車子的迦勒只能坐在位子上，看著少年興奮的表情。他只草草地掃了面前的男人一眼，就漫不經心地撇開目光，環視著面前一片濛濛陰雨的城都。已經在醫院裡被關了近八個月的少年，彷彿從來沒見過下雨似地深吸一口氣，有些傻氣地莫名笑了起來。

「好、好冷啊，先生。」塞西爾用著略帶口音的現代語靦腆地說。

迦勒張開嘴巴，最後只是抿緊嘴唇，輕輕點了頭。

他讓塞西爾坐在後座，繫好安全帶，也放了枕頭和毛毯讓他不舒服就能躺下來休息，卻沒想到身體比以往更虛弱的少年非但沒有暈車，甚至整路上嘰嘰喳喳說個不停，拚命地用發音不全的現代語想跟他聊天。那副聒噪的模樣簡直跟柏妮絲一模一樣，迦勒預料中的尷尬場面完全沒有發生。

「波……跛……邦，妮跟我說了，您的故事。」他仍像小時候一樣不會念柏妮絲的名字，一字一字慢慢念道：「先生，為什麼……我不是住在您的家呢？」

「愛爾濱城是個好地方。」迦勒避而不答，「你會喜歡那裡的。」

「愛爾濱城……」他努力地發音著：「是……長生者，的名字嗎？」

「是。」迦勒回答：「愛爾濱是魔女決戰中第一位偉大的犧牲者。」

「每個長生者……都有城嗎？」少年問道。

「不一定。」

「您，也是長生者？」

「我是。」

「還有，您很……久？」

「我是最老的長生者之一。」迦勒解答。

「您活了……一，十百年，是嗎？」

「差不多。」

「那……」少年思考著，「好久。」

迦勒沒有說話。他轉了個彎開上高速公路，雨刷盡責地掃開斑駁洶湧的水滴，雨越來越大了，整片天空烏黑如夜。塞西爾這才反應過來自己似乎說了廢話，皺著眉頭思考該怎麼組織語言，終於聽見迦勒開口回應道：「是啊。」他說。「真的好久。」

大雨讓本就不短的車程又拖延了好一陣子。後座的少年整路都在好奇地問東問西，似乎已經完全信任迦勒了，而男人仍舊只是靜靜地聽著他說話，頂多偶爾給點簡單的回應。少年還真的就那樣一個人自言自語快五個小時，直到他們抵達愛爾濱城。

市長蓋連早早就在等待他們。剛才一路上嘴巴都停不下來的塞西爾，進入市長府後就安靜了許多，仍然睜著眼睛東張西望，對一切都顯得好奇極了。當長生者蓋連看見坐在輪椅上的少年時，一瞬間露出很微妙的表情，但在眾人面前沒有說什麼，只是按照流程接待迦勒和塞西爾。

考量到塞西爾的身體狀況，迦勒原本只打算簡單地與蓋連打個招呼，迅速交代一下重要事項就好，沒想到這卻比想像中更花時間。聽不懂艱深詞彙的少年很快就覺得無聊了，雖然還是乖巧地坐在一旁，任誰都能一眼看出臉上的茫然。蓋連來回看著少年與男人，迦勒本以為他只是想請人帶塞西爾逛一圈市長府而已，卻聽見市長開口問道：「塞西爾，你會怕狗嗎？」

「狗……」少年努力回想著這個詞代表什麼動物，「我喜歡。」

蓋連看向迦勒，等著他的同意。

蓋連口中的狗可不是什麼可愛的小型寵物犬──當年敵人在醫院圍捕塞西爾時派出了三頭犬阿雅，但在過程中那隻幻種不幸被塞西爾下了咒。少年情急之下施的咒語效力過猛，阿雅從此只認塞西爾作為主人，對其他人就是一陣發瘋亂咬。原本的主人受不了阿雅性情大變，本來要把牠捐贈給黑魔法防範中心培育下一代，但被對阿雅身上的咒語很感興趣的蓋連攔截收養。

雖然迦勒確實耳聞蓋連已經幾乎馴服了阿雅，但他畢竟沒有魔法能徹底解除阿雅身上的咒語，只要阿雅和塞西爾一旦見面，就會讓蓋連這段時間的努力通通白費。換言之，蓋連這是在問要不要把阿雅送給他。

迦勒認真思考了一會。在奧伯拉鋼爆之後，魔法已經被證實徹底絕跡，塞西爾也不再是魔法之身，也就是說阿雅的幻種血統已無用武之地。但畢竟三頭犬長相還是滿嚇人的，而且按照牠被下咒後見人就咬的凶狠個性，應該能是隻很盡責的看門狗。

讓旁人帶塞西爾離開之後，會議室就只剩下迦勒和蓋連兩個人。市長彷彿終於鬆了一口氣，彎腰夾起一顆方糖扔進咖啡杯攪拌。迦勒看著蓋連抿了一口，頓時雙眉緊皺，又丟了好幾顆糖下去。

「有話就說吧。」蓋連一邊攪拌一邊說，「別再看了，都要破洞了。」

迦勒拿起自己那只杯子，清澈水面映出他滄桑的倒影。「錄音器都關掉了吧？」

「沒開那種東西，不用這麼懷疑我。」蓋連回答。

「我接下來要說的話，一個字也不能洩漏出去。」迦勒平靜道：「如果這裡現在有任何錄音錄影設備，請你暫時關閉十分鐘，否則就是與首都為敵。」

杯子都已經舉到嘴邊的蓋連頓時停止動作。男人的目光尖銳地刺在迦勒身上，迦勒毫不畏懼地正面迎接。

寂靜的三秒，只聽得見窗外的雨聲。蓋連終於拉起衣領下令：「關掉監視器。」

說完把藏在衣領後面的通訊設備拔下來，關掉電源放在桌上。「就這樣了。」蓋連道。「應該不用我脫光給你檢查吧？」

迦勒沒有理會他半發牢騷的玩笑話。「從今以後，塞西爾就交給你了。」他鄭重地說：「從他的人身安全到一般生活起居都將由你負責，你有權力做一切決定，相關支出都會由首都和我負擔，唯一條件是必須保障他安全且健康地成長。」

「你們已經說過了。」蓋連催促道。

迦勒「嗯」了一聲，「你知道為什麼他有這種等級的待遇嗎？」

「自然嘛，他是你養子。」男人思考了一下，「再來，他在鋼爆之後還能對阿雅下咒。他是世界上唯一一個魔法師了？」

「不是。」迦勒淡淡地否認，「他現在已經徹底失去力量了，所以這點你不用擔心。」

「不是魔法師？」蓋連沒有追問塞西爾為什麼失去魔法，繼續揣測道：「和魔法無關的話，他是誰的血脈嗎？」

見迦勒沒有回話，男人以為自己猜對了方向，點點頭道：「他確實是有亞當的影子，你這幾年藏得真好啊。」

「很像嗎？」迦勒問。

「有一點？」蓋連說。「其實我也快忘記他長什麼樣了，那些到處流傳的影像記錄都不太像本人，你也有這種感覺吧。」

「塞西爾不是亞當的兒子。」迦勒說：「他就是亞當。」

蓋連端到嘴邊的咖啡杯登時一頓，甚至差點灑了出來。市長的眼神越過杯沿直直地瞪著迦勒，緩緩、輕輕地放下手中逐漸涼掉的咖啡。

「他沒有死。」迦勒解釋道：「當我找到他時就是小孩的模樣，身體、心智都只有五歲程度，什麼都不記得。最近幾年開始有人試圖在找他，因此我們得把他藏得更好一點。」

蓋連神色詭異地盯著他看。迦勒看著他眼底的情緒不斷變換，最終全都收斂起來，不打算多問。

就是因為蓋連守口如瓶的個性，他們最後才會選擇愛爾濱城。「從明年開始首都會逐漸增加撥列的預算和資源，最大限度地支援愛爾濱城。至於其他事情日後會再慢慢一一跟你說明，現在只需要知道首都要你保護的是什麼人就好。」迦勒說。

蓋連瞇起眼睛，似乎正在思考著什麼，「我可以問個問題吧？」

迦勒點頭示意。市長開口道：「你是什麼時候知道他是誰的？」

「從我看見他第一眼。」迦勒平靜地說。

蓋連沉默了幾秒。當他再度開口時，莫名地放輕了聲音，「……我聽說。當年，就在魔女死去的破曉之日當天，生還者營地起了一場騷動。」

迦勒默不作聲。

「人民第一次見證魔法死去，會躁動不安是正常的。」蓋連說道。「接下來幾個月也確實相當不好過。尤其是頭兩年，首都的情況可說是非常亂啊。」

迦勒依舊沉默不語。

蓋連那雙黑色眼睛清澈得幾乎能看見男人的倒影。「迦勒。」市長開口喚道，一字一字緩緩地說：「愛爾濱城不會因此惹上麻煩吧？」

說。

迦勒表面上不動聲色，安靜地凝視著姿態戒備的蓋連。「我相信你不會。」他

蓋連沒有立刻相信他。會議室裡的氣氛漸漸發酵，只聽得見雨滴答答地撞在窗戶上，迦勒只是安靜等待，直到持續不斷的沉默微妙地鬆懈開來。

「我想大長生者應該不會說話不算話吧。」蓋連說道，口氣中依舊語帶保留。

迦勒平靜地回應：「我才沒那麼閒。」

把剩下零零碎碎的事情都談完後，兩人就離開會議室，來到塞西爾所在的房間。一打開門就看到少年坐在地上，兩隻手忙碌地摸著阿雅三顆腦袋，「妳真的好漂亮喔。阿雅？阿雅？誰是乖狗狗？」他甚至開心到只說古語。

阿雅也彷彿聽得懂一般不斷地回應他，甚至懶得理會走進來的兩個男人，直到少年發現身後有人而嚇了一跳後，便齜牙咧嘴地對迦勒與蓋連低吼起來。

稍微鋪陳了一下，塞西爾立刻就答應要養阿雅。但要準備的東西很多，雨又越下越大，最後說好等過幾天蓋連再派人把阿雅送過去。離別前少年與三頭犬依依不捨地抱在一塊，那個場景看起來甚至有些荒謬得好笑。

為了安置塞西爾，迦勒在距離市長府不會太遠的地方買下一間獨棟住宅，裝潢、家具、保全通通都已經安排好，卻直到現在淋著滂沱大雨開到院子門口，才

發現加蓋車庫的工程延宕不少，沒有地方可以停車。迦勒繞了屋子一圈，都沒找到能讓少年下車時不淋到雨的地方，最後只好停在前院門口，叫塞西爾在後座等一下，自己跑下車先去開門，再從後車廂裡搬出輪椅，讓穿好雨衣的塞西爾坐上來。

少年低著腦袋挪到輪椅上，迦勒又從車裡拉出毯子蓋在消瘦的少年頭上，推著他快步跑進屋，把乾淨的玄關弄得一片狼籍。暴雨在他們身後憤怒地嘶吼，迦勒關上了門，扶著塞西爾站起來，脫掉雨衣。「先去洗澡換衣服，感冒就麻煩了。你可以自己洗澡吧？」他說。

「可以。」少年努力地說：「哪裡……浴室？」

「走廊盡頭的右邊。會開熱水嗎？這裡應該有些備用的衣服，我去幫你拿。」

在塞西爾洗澡的時候，雨勢越來越誇張，傾盆而下把窗戶以外的視野都澆灌成白茫茫的一片。迦勒收起淋過雨的輪椅，脫掉溼透的外衣，只剩下最裡面的背心與長褲依舊溼漉漉地黏在身上。

雨下成這樣也不好上路，迦勒便先到二樓浴室快速地沖洗了一下、換個衣服，當他抱著髒衣服走出來時恰巧塞西爾也洗好了。少年扶著牆慢吞吞地走進客廳，兩人一個在上、一個在下，隔著二樓的走廊欄杆遙遙相望，沒有人開口，氣氛有點微妙。

雨勢絲毫沒有減緩。迦勒沉默了一會，問道：「你會餓嗎？管家和廚師明早才會到。」

塞西爾直直地盯著他看。失憶的少年彷彿也忘了什麼是尷尬，總喜歡那樣赤裸裸地凝視著迦勒，總讓男人覺得好像是自己做錯了什麼。「什麼是……管家？」塞西爾吃力地說。

「就是照顧你的人。」迦勒解釋道。「你會不會餓？」

少年思考了一下，點點頭。

冰箱裡有食材，櫃子裡也有即食食品。迦勒下意識打開冰箱，看見眼前一片琳瑯滿目的材料，突然想起了上次下廚時的情景。他手搭著冰箱門不知如何是好，此刻的塞西爾依舊自以為很隱蔽地躲在轉角後面，欲蓋彌彰地直直盯著他看，純粹就是好奇他在做什麼。

雨聲暴漲，甚至開始打雷了。

迦勒關上冰箱，拿出櫃子裡的調理包簡單地加熱一下。少年看著他只端出一個碗，疑惑地問道：「您不吃嗎？」

男人只是搖搖頭，放下碗便離開廚房來到客廳。天色已經漸漸暗了下去，雨勢依舊持續不停，嗚呼作響的風聲讓迦勒感到一股沒來由的莫名焦慮。他乾脆趁著塞西爾吃飯時候，把少年剛才換下來的髒衣服和自己的一起丟進洗衣機，順便幫他整理昨天已經先搬來的行李、打掃房間。待幫吃完飯的少年收拾好碗盤，忙到最後兩人的衣服都烘乾了，屋外的暴雨依舊喧嘩不斷。

迦勒雙手抱胸，懊惱地望著雨只是越下越大，前院草坪已經積了厚厚一灘水。早知道就該剛才直接離開。

背後的塞西爾正在偷偷觀察他。剛才迦勒從頭到尾只顧著做家事，把少年完全晾在一邊，百無聊賴的塞西爾只好聽話地坐在沙發上打開電視發呆。他丟在桌上的手機響了好幾次訊息通知音，少年都只是徬徨地看著。此刻塞西爾正盯著迦勒的背影，終於鼓起勇氣開口道：「先生。您……過夜吧？」

迦勒沒有立刻回話。他悄悄地深吸了一口氣，放輕語氣說道：「好吧。」

他的手機和公事包都還丟在車上。既然要過夜，就得今晚先消化一些工作，否則明天再開四小時的車回到首都後，一定會忙到昏天暗地。迦勒撐著傘把東西拿進屋，看見塞西爾撐著拐杖湊了上來想幫他拿東西，趕緊推開他。「你休息就好。」迦勒說，有意無意地打斷剛張口想說話的少年，「現在很晚了，你不累嗎？」

「我還好。」塞西爾回答，語調卻明顯比在車上喋喋不休時平板許多。

迦勒又催促道：「早點休息，明天之後會有很多事情要忙。」

塞西爾看起來還是有什麼話想說的樣子，但迦勒不想聽。少年太過熱情的態度總讓他感覺有些奇怪。雖然聽說柏妮絲很常在塞西爾面前替迦勒說好話，但時隔半年再見到曾經掐住自己脖子的人會這麼不設防嗎？

「去睡覺吧，塞西爾。」他語氣溫和地哄道。

少年的臉色有些局促不安。「我……」他很努力地想著該怎麼說，卻吞吞吐吐半天也說不出話。迦勒半哄半騙，好不容易把少年半強迫地趕進了臥室，看著少年在床上乖乖躺好，滿臉無辜地望著男人。

迦勒站在電燈開關旁邊，試圖忽略這種奇妙的既視感。這個房間，床上的人。感覺好像不久之前迦勒才在念他不許關燈讀書，罵他不准熬夜講電話，哄著他別怕做惡夢。

「你……你要開小夜燈嗎？」迦勒問道。

塞西爾露出疑惑的表情，搖了搖頭，「請、幫我全關燈。」

迦勒沒有反應。他依舊站在那，靜靜地望著睏倦的少年，最後一聲不吭地關了燈，輕輕帶上房門。

大雨還在滂沱地下。迦勒站在門口許久不動，直到從回憶裡回過神來，好不容易才挪開腳步。他走到不遠處還在整理的書房，在乾淨空蕩的書桌前坐下來，伴著雨聲工作。

這個潮溼的夜晚幾乎讓人悶得無法呼吸，迦勒便打開了冷氣除溼，嗡嗡運轉在一片枯燥喧嘩中好像某種野獸的低鳴聲，他什麼也聽不見。打開手機通知總理今晚要留宿愛爾濱城後便埋頭處理公務，一件接著一件，讓他根本沒有多餘時間去想別的事情，正當他以為可以永遠這麼埋首忙碌下去時，一陣慌亂而急促的腳步聲打斷了他。

房子裡現在應該只有他和行動不便的塞西爾兩個人。迦勒立刻警戒地站起身，從公事包裡掏出手槍藏在口袋，躲到房門後的死角。腳步聲越來越靠近，接著猝不及防地在門外煞住，伴隨著一陣碰撞聲，來人似乎跌倒了。迦勒起了疑心，但依舊不敢鬆懈，他小心翼翼不讓影子穿出門縫，安靜地抓住門把猛然甩開，卻詫異地發現舉槍直指的只是一張哭紅的臉。

癱坐在地的塞西爾被他手中的槍嚇得愣住了，張大眼睛恐懼地盯著他。迦勒立刻收起槍蹲下來。「你在這裡做什麼？」他試探性地伸出手，確認塞西爾不會怕後才試著扶起少年，但少年雙腳抖得甚至無法站穩，無奈之下迦勒只好讓他繼續坐在地毯上。「你不是在睡覺嗎？房間裡有什麼嗎？」

塞西爾一個也沒有回答。他直直地望著迦勒，那雙布滿血絲的眼睛裡打轉著某種難以讀懂的漩渦，一言不發地開始掉淚。

迦勒手足無措地看著少年就這樣低聲哭了起來。那雙枯槁蒼白的手緊緊抓住男人的領子，迦勒猶豫再三，接著才輕輕拍了拍他的背，訝異地發現輕易就能摸到少年背上凸起的骨頭。這樣真的算康復出院了嗎？

「怎……怎麼了？」

少年依舊沒有回答，蜷縮著身體彷彿築起一道防衛的高牆，依偎在迦勒腿上的距離卻又近得似乎在尋求他的安慰。男人不知如何是好，掌心之下清楚地感覺到那副纖細而脆弱的身體不斷地發抖，像一具早已風化的軀殼，隨時會被窗外的閃電擊碎。

「塞西爾？」迦勒惟恐嚇到他一般，放低了聲音喊著：「……西？」

少年沒有特別的反應，依舊只顧著哭。迦勒猜想他大概是被剛才一陣特別大聲的閃電嚇到了，安慰了許久，哄著他道：「先回房間吧。你站得起來嗎？」

少年幾乎是上半身都掛在迦勒身上，一邊哭泣一邊努力想站好，雙腳卻始終不聽指揮地發抖。迦勒遲疑了一秒，乾脆將少年打橫抱起，塞西爾立刻緊緊圈住他的脖子，將臉藏進男人肩窩裡不停啜泣著。迦勒壓抑著心底奇怪的感受，穩穩抱住他穿越過漆黑的長廊，心想著也許他還是會怕一點黑吧，於是沿路打開了小燈，黃澄澄暖光灑在他們身後，一路追隨。

「先生……」少年低泣囈語著，喃喃地說了什麼聽不懂的話。

「沒事的。」迦勒安慰道：「已經沒事了。」

他們回到少年的臥房。迦勒輕輕地把塞西爾放回到床上，拍著他哭到抽搐的胸口，少年依舊緊緊抓著他的袖子。迦勒安撫著：「我陪你到睡著吧。好嗎？」

塞西爾沒說好也沒說不好，只是以哭紅的雙眼望著他。「先生……」哭到鼻塞的少年用力吸了兩下。迦勒抽了張衛生紙給他，才聽到他抽抽噎噎道：「對不起……」

那句話聽起來莫名讓人好悲傷。「為什麼？」迦勒問。

「對不起……」少年只是不斷地哭泣，語無倫次地道歉。迦勒花了好一段時間，直到牆上的指針都彎了腰，才終於讓他稍微冷靜下來。「對不起，先生……」塞西爾緊抓著他長滿粗繭的手，斗大淚珠從眼角一顆顆滑下，迦勒以衛生紙溫柔地按掉那些凝結的悲傷。

「為什麼？」他耐心地問。

「我騙了您……」

迦勒能感覺到潮溼的雨腥味讓人逐漸不敢呼吸。他嚥下哽在喉嚨的窒息感，放輕了聲音問：「騙了我什麼？」

少年那雙被病痛折磨得混濁不堪的眼睛，此刻被淚水洗得乾乾淨淨，清澈地倒映著迦勒泛黃的影子。

「您那天……」塞西爾彷彿喘不過氣來用力吞了幾口，抽抽噎噎地坦承：「您對我、說話的時候……我其實醒著。先生，我都聽到了……」

那張病容用力地皺了起來，乍看之下好蒼老。迦勒一個字也不敢說，只能靜靜地望著無知的少年泣不成聲，內疚地捲起身子把自己對折再對折，變成一個小小、黑黑的，無底的洞。「我一直在做夢，每晚都一直在做夢，但總是睜開眼睛就忘記發生什麼事，那種揮之不去的可怕餘悸卻一直折磨著我。」少年哭訴道。「先生，我今天終於在夢裡看見了……我看見一片很大的血海，您漂在海面上，我把您拉了上來。可是我卻騙了您……先生……」

迦勒腦海裡一瞬間閃過阻止他的念頭，但在猶豫的那一剎那就來不及了，少年已經繼續說了下去。

「先生，對不起……」塞西爾哭著說：「我、我其實不是您真正的哥哥……」

也許是迦勒始終沒有回應，塞西爾的哭聲顯得越來越徬徨，茫然無措地呻吟。「您說的那些事情我都想不起來了。您想要的那些……我很抱歉，先生，真的真的對不起……我騙了您、是我騙了您……」

塞西爾越說越激動，迦勒只好打斷他慌亂的自首，軟聲安撫。「沒關係，塞西爾。別愧疚。」他壓著自己的聲音，像是在談別人的事那樣安慰著他，「你只是做惡夢而已，沒關係的。」

「先生……」少年淚眼汪汪地還想反駁，男人輕聲「噓」了一下，輕拍著他過度起伏的胸口，幫助少年平復呼吸。

「沒事的。」他繼續安慰道：「沒關係。」

「但、但是。」塞西爾抓住他的手腕，卻無力得彷彿在哀求。

迦勒穩穩握住他的手，纖細枯瘦，懦弱得令人心疼。他早該知道了，這樣一雙手怎麼也不會是他的塞西爾。「沒事的。」迦勒說道，感覺好像有某個一直悶在心口上的東西終於破掉，碎裂得一蹋糊塗，淋著雨終於可以呼吸了。「不是你騙了我。不是你的錯。」

少年睜大那雙淚汪汪的眼睛，讓迦勒能清清楚楚看見裡面沒有他的倒影。

「先生。」塞西爾又喊。

迦勒握住他的手，低下頭親吻細如枯骨的指節，怕被他看見自己隻眼發熱。

「睡吧。」男人說：「今晚不會再做惡夢了。」

他一直坐在少年床邊安撫，溫柔地哄著，直到塞西爾的情緒終於漸漸平復下來。少年疲憊得緩緩沉下眼皮，又一直恐慌地重新撐開想確認床邊的人還在不在。迦勒覆著他的手，不停地保證會一直陪到少年睡著，塞西爾才終於放心地閉上眼睛。

直到確認少年的呼吸終於平穩地沉了下去，迦勒才站起身。他回頭望了一眼床上熟睡的身影，本以為經過一番懺悔後他在自己眼裡會有什麼變化，但依舊是那樣。又瘦又小，病懨懨的，殘破不已。

迦勒彎下腰，動作輕柔地撥開少年額頭上凌亂的瀏海，已經深深熟睡的塞西爾沒有因為這點觸碰而醒來。他像小時候那樣，低頭在少年額上印下一個脆弱的吻，隱忍著情緒，沙啞的嗓音輕輕說道：「晚安了，哥哥。」

他回到書房，把處理到一半的工作做完後就把手機關機，在整夜不停的滂沱大雨中果斷地上床睡覺了。迦勒躺在床上閉著眼睛，靜靜聽著窗外囂張跋扈的風雨聲，牆上時鐘指針在深夜裡越走越遠，最終走到他的夢裡去。

他在滿地泥濘中拔腿狂奔，熱烈的氣息彷彿狠狠扒開了喉嚨與肺臟，就連空氣都在燃燒。他想哭、想呼救，卻一點聲音也發不出來，整個人完全被淹沒在火焰裡，溢出眼眶的淚水直接蒸發，燒熔了雙眼。他不斷地跌跌撞撞奔跑著，忽然一腳踩上黏膩的泥巴，腳底一滑跌倒了，整個人落進冰冷湍急的河水中。

死亡從四面八方撲來。灌進他的嘴巴、鼻子、耳朵，鑽進他的腦袋，把他整個人像乾癟的茶葉一般泡開，整個世界都變得虛幻、模糊而寒冷。

流水狠狠地衝擊著他，幾乎把瘦小的身體徹底沖散，叫囂著要撕裂他的靈魂，他終於受不了激烈痛苦，絕望地崩潰尖叫起來。一整條淤積千年的大河瞬間沖進口中，將無助的他徹底撐爆，又一口氣擠壓變形。有個東西重重地壓在身上，一下一下地彷彿想把他打成一張薄薄的人皮紙，他的目光渙散，茫然地望著廣邈天空上潑滿了鮮紅的戰火。

一陣怪異的感覺湧了上來，他還沒搞清楚發生什麼事就反射性地吐了，翻過身繼續吐水。跨坐在身上的那人卻激動地用力抱住他，不管他還在痛苦地咳嗽，語無倫次地拚命說著聽不懂的話，緊緊地勒得他無法呼吸。

「對不起、對不起、對不起，我錯了，哥哥錯了，是哥哥錯了。」那個人哭著說。他試圖看清楚對方的臉，眼前仍是一片模糊，只感覺到好像下雨了，炙熱的雨滴落在臉上，把他的臉燒出了好幾個洞。

「對不起、對不起、對不起……哥哥應該要保護你的……哥哥不會再做這種蠢事了……對不起，阿瑪德……」

迦勒睜開眼睛。

天已經亮了，連夜暴雨也不知何時停止了。他卻感覺到臉上似乎真的有什麼奇怪的異樣，有些疑惑地伸手一摸，才發現自己淚流滿面。

❖

蓋連安排的人手一大清早就抵達了宅邸，包含本來就預計今天抵達的管家等人也比計畫的時間更早到。塞西爾還在睡，眾人便輕手輕腳地整理屋子，但當牽狗的人一到，三頭狼犬阿雅一踏進門就宏亮地吠叫一聲，直接砸破這個小心翼翼的寂靜早晨。

二樓房門打了開來，睏倦的少年拄著拐杖，一邊揉著眼睛走了出來，當他看見在一樓客廳打轉的阿雅時，整個人臉色都亮了起來。

光是介紹新進駐的人手就花了一整個上午，剛睡醒還有點昏沉的少年一直忘記怎麼說話，講著講著就會變成沒人聽得懂的古語。迦勒叮嚀管家該在屋裡多搭建一些無障礙設施，塞西爾的身體狀況目前依舊不能很方便地行動，忙碌之餘也不忘提起車庫落後的進度。雖然因為時程安排不攏的關係，迦勒只能在許多事情都還沒完全安排妥當的現在就送塞西爾過來，但那不代表塞西爾得住得這麼捉襟見肘。

零零碎碎的事情交代完就過了中午，迦勒跟著眾人一起吃午餐，在少年的堅持下教會他怎麼洗碗後，終於到了要離開的時間。

塞西爾堅持要送他到門口。少年拄著拐杖，一步一步地陪著他穿越客廳，狼犬阿雅一路緊跟在少年腳邊。前院的石路經過一夜大雨非常溼滑，迦勒便在門口停下來，「到這裡就好吧。」

塞西爾抿著嘴唇，一副有話想說的模樣直直地盯著他，明顯仍在介意昨晚的事情。迦勒不打算提，只是若無其事地開口道：「一個人要好好生活。管家負責照顧你，不知道該怎麼辦就找他，大家都會幫你的。知道嗎？」

少年點點頭。

「入學之前這段時間給自己找點事情來做。」迦勒又說：「多帶阿雅出去散步也能幫助你恢復。在附近交點朋友，你的現代語會進步很快。」

塞西爾乖巧地繼續點頭，還是那樣睜大眼睛望著他，看得迦勒甚至冒出了一個荒謬的念頭——或許少年也希望他留下來。

一察覺自己在想什麼，迦勒就不動聲色地趕走了多餘的想法。他從口袋裡掏出宅邸的鑰匙遞給塞西爾，「這支是大門鑰匙，小支的是側門。」他解釋道。少年接過鑰匙，不解地看著鑰匙圈上醜醜的仙人掌吊飾，明顯不是很滿意，但也沒有嫌棄什麼，把鑰匙小心翼翼地收進口袋。

「首都距離這裡很遠，大家沒辦法很常來看你。」迦勒靜靜地看著阿雅以為塞西爾要摸她，用鼻子去頂少年的手掌，疑惑著這兩個人怎麼講這麼久還沒結束。「但還是可以常常連絡，你都有他們的號碼，也可以請管家教你怎麼用視訊。」

「先生。」塞西爾終於抓到時機，急忙開口：「您……我沒有，您的電話號碼。」

「……我不太常用手機。」迦勒輕描淡寫道。塞西爾卻焦急地搖搖頭，掏出手機，有點膽怯地握在手上，「可以，偶爾看。」

迦勒沉默地望著他。少年顯得越發坐立不安，往旁邊飄開了眼神，迦勒卻又遲遲不肯接過手機。最終塞西爾低下頭準備放棄時，迦勒才總算伸手抽走電話，輸入自己的私人號碼，打到一半卻停在「連絡人姓名」那一欄。

阿瑪德。

過了這麼多年，終於還他了。

他抿緊嘴唇，默默地輸入「迦勒」，把手機交還給少年。塞西爾看著螢幕上的數字無聲地默念一遍，彷彿是什麼很有趣的東西似地勾起嘴角，又立刻反應過來抿住嘴唇，看見迦勒面無表情後尷尬地微紅了臉。

「我要走了。」男人說：「保重。」

已經站在門口聽他嘮叨好一會的塞西爾，不知為何現在才顯得有些緊張。少年慎重地站穩腳步，在迦勒轉身走過積水的前院草坪時不斷揮著手，直到男人坐進車裡也沒有停。迦勒插入鑰匙、發動車子，踩下油門，在溼漉漉的空曠道路上揚長而去。

漸漸地直到一整棟房子徹底從後照鏡的視野裡消失，迦勒始終都沒有去看少年是不是還站在門前，傻傻地揮手。

——《結束之後的我們‧下》〈Another Chapter〉完

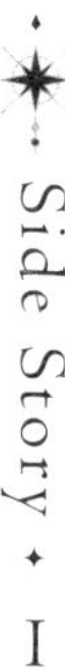

潔兒能聽見自己的心臟怦怦跳著。

她抓緊身上的斗篷，拚命忽視掉這股令人窒息的緊張，不斷提醒著自己不要走太快。腳踝上的魔法一直隱隱約約閃現，只要想快步奔跑就會警告般地熱起來。路人在身旁川流不息，有個身上散發麵包香味的大漢忽然從她右後方冒了出來，險些撞到女孩的肩膀。潔兒繃緊神經，但對方沒有多看她一眼，轉身走進街道上一間散發香氣的店鋪。

潔兒不疾不徐地經過——看見玻璃櫥窗上映照出自己樸素平凡，棕髮棕眼的樣貌。

她撇開目光。歐蘭朵給她的這件易容斗篷果然一點破綻也沒有，但光天化日下披著斗篷這件事就已經夠顯眼了，簡直就是在昭告眾人打算要做壞事。這條街上有許多大媽媽的眼線，一定會有人注意到她，得在他們把這個穿斗篷的怪人和紅公寓失蹤的女孩聯想在一起前回去。萬幸的是斗篷很寬大，能完全遮住她矮小纖細的身型，尤其是微微隆起的肚子。

潔兒一手按在小腹上，幾乎能感覺到裡頭不存在的動靜。

現在還是下午，這條街一向到了夜裡才會熱鬧起來，此刻路上放眼望去幾乎都只是住在附近的平民。潔兒壓低腦袋、貼著路邊走，過了轉角，眼前就是高聳的教堂。建築外觀是用一種漆黑的石塊搭建起來的，即使午後豔陽潑灑在上面也不會反射光輝。潔兒不知道那是什麼神奇的石頭，一看就很貴，她也沒什麼興趣。她本來想走正門進去，但一看見中殿裡滿滿的人潮立刻就打消了念頭。

應該有側門才對。潔兒焦慮地想著，賣給她情報的人總不可能是大搖大擺地從正門走進去吧。

眼下她沒有那個時間慢慢逛。一個婦人經過身邊，由於這身欲蓋彌彰的打扮而疑惑地看了她一眼，潔兒的胸口幾乎要因為猖狂的心跳而炸開。女孩左顧右盼，挑了一條看起來最適合搞地下勾當的小路走了進去。巷子非常狹窄，一次只容許一個人通過，左右兩邊都是石灰牆，連窗戶也沒有。抬起頭還能隱約看見教堂的尖塔，像一根針狠狠地刺穿晴空。

她的直覺是對的。巷子的中段變得寬闊了一點，右手邊有一道乍看之下非常樸素的門。潔兒深吸了一口氣，摸一下腰間確定錢袋還在，舉手敲了敲門。

「魔女孕育我。」她低聲道。

沒有反應。她緊張地貼近門板，壓低聲音又說了一次：「魔女孕育我。」依舊沒有反應。在潔兒瘋狂回想著是不是哪裡做錯才沒有人理她，試圖去拉扯看起來有些生鏽的門鎖時，木門打開了。站在門後的人出乎意料地是個看上去年紀非常大的老神父，面容慈祥、頭髮花白，聖袍之下勾勒出臃肥的軀體，顯然過得很滋潤，潔兒都不知道教堂原來這麼好賺。

老神父上下打量了她一番，「妳是紅公寓的種母嗎？」

潔兒立刻警戒地往後退。老神父露出溫暖的笑容，像一個和藹可親的長輩，「會來找我的總歸也就是那些可憐人。進來吧。」

他轉身走了進去。潔兒有些遲疑，但都已經冒著生命危險來到這裡，總不可能空手而歸，還是硬著頭皮跟隨在後。

教堂裡很昏暗，或者說是老神父專挑採光不足的地方走。女孩盡量放輕腳步，看著前方的男人左彎右拐，不由得緊張起來。「你要帶我去哪裡？」這麼複雜的路線她一下子記不起來。老神父沒有回應，潔兒繼續追問：「不能直接把東西給我就好嗎？」

老神父這才「噓」了一聲，「信仰是要妳親自向神索取的。」他語氣曖昧。

潔兒愣了兩秒，才意識到神父是怕有人偷聽見他們的對話，才故意把東西比喻成信仰。女孩抿緊嘴唇，焦躁不已地思考著不知道已經過多久，大媽媽是不是發現她不在房間裡了。雖然歐蘭朵說會盡量幫她拖延時間，但又能拖多久……？

終於老神父帶著她來到一扇門前，比起剛才那扇木門有更多裝飾，但也不到浮華奪目的程度。老神父掏出鑰匙打開了門，示意她先進去。

潔兒有些戒備地站在原處。

老神父沒有說話，只是拋給她一個似笑非笑的眼神，自己先走了進去。女孩怯怯地跟上，看著老神父關上門。

這裡看上去是私人禮拜室，比一般祈禱場域更小，幾乎只比她的房間大一點，牆壁上鑲嵌著一尊象牙雕製神像。潔兒看也沒看，吞了一口氣緊張道：「我……我聽說您可以幫助迷途的女孩子。」

「迷途的女孩子。」老神父像是在品嘗什麼有趣的笑話般地重複一次。「是的，我可以。我能問問妳的名字嗎？」

「愛麗莎。」潔兒隨口胡扯。

老神父點了點頭，「愛麗莎。妳懷孕了嗎？」

「我的身心尚不足以餵養一個小生命，我怕會辜負這個孩子。」潔兒飛快道。

「神父，我……」

老神父又是「噓」了一聲打斷她。「生育是神賜予人類的恩惠。」他擺出一副事不關己的和藹笑臉，伸出戴著黃金戒指的食指指向潔兒的肚子，「妳那肚子裡的是神的造物。妳想謀殺神的造物——我的孩子，這是要付出很大代價的。」

「我有準備錢。」潔兒解開腰間的錢袋。「我——我有六枚金幣。」這是她存了將近一年的結果。

老神父悲傷地搖了搖頭，「孩子，這不是金錢的問題。」

「是的，我很懊悔，神父。」潔兒場面話道：「我會為這孩子背上一生的罪惡，我能理解。但是……」

「五十枚。」

「什麼？」潔兒詫異地抬起頭，只見神父一臉無奈。

「愛麗莎，親愛的迷途之子。當我給了妳藥水，就是縱容妳犯下罪惡，這分罪孽不將只有妳一人承擔。妳現在所做的，是在要求一個神父違背他的誓約背叛在上天神，就如同我剛剛說的，這是一分非常龐大而難以承擔的代價。」

潔兒氣得雙手都在發抖。她抓緊錢袋，強迫自己深呼吸，語氣卑微地懇求著：「我沒有那麼多錢，紅公寓的薪水沒有那麼多……」

「身為種母是一份至高無上的榮耀工作。為神誕下擁有魔法的子嗣本就是難得的殊榮，自然不需要更多的物質彌償。」老神父天花亂墜地說著。

潔兒實在懶得聽，她已經溜出來很久，時間不多了。如果真的被大媽媽發現的話，歐蘭朵也會遭殃。「您一生都獨自守候在這座空蕩的教堂之中，想必感到相當孤寂。」女孩試著委婉地說。

果然老神父一聽見她的話，眼神就變了。男人果然都吃這一套，就算神父也不例外。「有神陪伴我，當然不會孤寂。」老神父假惺惺地說。

「是的，我相信。」潔兒敷衍道。「就像您說的，身為紅公寓的種母，整天給人操是一分至高無上的榮耀，而我所生下的小孩更是神所眷顧的愛子。所以我想這分……殊榮，服侍神一生的您也有資格獲得。」

她緩緩地解開斗篷。只要不脫下帽子，就不會露出真面目來，所以潔兒只是解開胸前的繩子，讓老神父看斗篷之下幾乎衣不蔽體的單薄襯衫。「我每晚都可以過來。」她輕聲說。

反正只要拿到墮胎藥就行了，即使之後放這老肥腸鴿子，老神父也不可能去紅公寓找她。一來他還得要面子，二來紅公寓也不可能隨便讓一個神父碰她，她的肚子要拿來裝更值錢的小孩。大不了就是現在跟他打一炮才能拿到藥，一炮換一瓶藥水夠值得了，她可以試著自己調配或兌水慢慢喝。

老神父的目光貪婪又色情地盯著她的胸部——因為脹奶的關係，她的胸比平常更大一些，大大撐起了薄透的布料。

「……愛麗莎，我的孩子。」老神父輕聲說：「妳有一片適合耕耘的肥沃土壤呢。」

用這種說法形容她的身體聽起來有些微妙，但潔兒聽過更難聽的，也就不特別在意。她輕輕地捧著柔軟豐腴的胸乳，放輕聲音嬌嫩地撒嬌：「神父……」

突如其來的敲門聲嚇得她差點咬到舌頭。老神父一指向布道講臺，潔兒就立刻躲了進去，縮著身體把自己藏好。她聽見神父打開了門。

「噢！賽特坎雷斯大人。」

這個姓氏讓潔兒一瞬間背脊發涼。

「還有……」老神父遲疑了一下，「盧西大人。」

完蛋了。

一陣堅定而傲慢的腳步聲踏了進來，直接走到潔兒躲藏的布道講臺前方。當貴族開口時，聽起來與女孩只有幾步的距離。「艾莫茨神父。」

賽特坎雷斯的語調淡漠無波，彷彿能直接用聲音把人凍死，潔兒腦海裡立刻浮現男人那張冷若冰霜的臉。她仔細地聽著其他聲音，聽見應該屬於盧西的腳步聲走了一段路，到長椅上坐下。「您已經許久沒有光臨教堂了。今天怎麼有空來訪呢，賽特坎雷斯大人？」神父陪笑道。

賽特坎雷斯沒有立刻回答。過了極其緊繃的數秒，潔兒才聽見他挪動步伐走開，去到長椅那邊。

「我的這條街，最近不大平靜。」貴族說道

神父沒有回應，還在等他繼續說下去。「您在很年輕的時候就來到裴恩教堂，一生都在此奉獻。」賽特坎雷斯的聲音裡摻雜著難以察覺的不屑，「伊立吾街是如何從窮困落魄的鄉間小徑發展到今日豐饒富足的模樣，您是親眼見證過來的。」

「都是您一手澆灌著這條街上的子民啊。」神父笑笑地說。

「是啊。」貴族慵懶道。「但如今開始有人不知感恩了。」

沒有人說話。又是腳步聲，賽特坎雷斯走到了盧西旁邊。「您應該知道街尾那間紅磚瓦公寓。就和它高傲的外表一樣，那是專門供有錢有勢貴族們享樂的高級妓院，也是伊立吾街最享盛名的產業之一，是我一手打造出來的驕傲。」賽特坎雷斯慢條斯理道：「只是您也許有所不知……那裡面除了一夜迷醉的歡愉，還能提供更珍貴的東西。讓所有踏入紅公寓的貴族搶破了頭、求之不得。」

潔兒咬緊嘴唇。

「盧西大人與我今天正是為此而來。」賽特坎雷斯說。「盧西大人是尊貴的客戶，唯有在公寓中長期消費的貴賓，才有資格享受我所提供的高級服務。當紅公寓裡的大媽媽帶領他踏入頂樓最深處房間，過一會後便會有個特別的女孩來服侍他。與一般妓女不同，那孩子非常、非常地受神喜愛。」

當賽特坎雷斯停止說話時，禮拜室裡的沉默幾乎能勒死人。

「她有著一頭美麗的黑色鬈髮……」貴族輕聲道：「碧玉般的綠色眼睛……」

潔兒悄悄屏住呼吸。

「還有常人所不能及的天賦。」賽特坎雷斯道。「那樣的天賦可不能讓人隨意糟蹋浪費，得有人負責將神賜予她的恩澤傳遞下去，我們親愛的盧西大人便是其中之一。」

腳步聲又朝著她的方向走來。潔兒抓緊斗篷動也不敢動，直到聽見腳步聲在身後停下。如果賽特坎雷斯靠得夠近的話，甚至能夠直接看見躲在布道講臺後的她，但潔兒根本不敢抬頭看。

「艾莫茨神父。」貴族的聲音又響起來，就在她斜後方。「我知道您一直在提供墮胎藥。」

神父沒有說話。「紅公寓裡的女孩不允許有孕，因此對於您的行為，我向來是睜一隻眼、閉一隻眼。」賽特坎雷斯放慢語速，透露出上位者才能有的從容，優雅卻恐怖地說：「但那孩子可不能相提並論。時至今日，她所生下的每個孩子，一個男孩、一個女孩，還有兩個月前新生的一對雙胞胎——全部都是魔法師。」貴族戲謔道：「您若是扼殺了那樣的恩寵，怕會引來神的震怒呢，艾莫茨神父。」

禮拜室裡一時間沒有人說話，潔兒只聽得見自己狂野的心跳。賽特坎雷斯都找來了，大媽媽一定發現她不見了。那幫助她溜出來的歐蘭朵——但歐蘭朵可是大媽媽的親生兒子，大媽媽再生氣應該也不會太苛責他吧？她會嗎？

潔兒腦海裡一瞬間閃過上次有妓女試圖逃跑，被大媽媽指使幻種在大街上直接咬死的模樣。

「若是有那樣的孩子到來……」老神父開口道：「我一定會知會您的，賽特坎雷斯大人。」

賽特坎雷斯「喔」了一聲，「那孩子從來沒有離開過紅公寓……我只怕她是在這座繁華寬敞的教堂中迷了路，連您也找不到呢。」

又一陣死寂。

「不用那樣害怕，敬愛的神父。」賽特坎雷斯笑了一聲。他拍拍手，接著從門外傳來一聲吠叫。潔兒瞬間感到一陣恐慌。「我能理解裘恩教堂這些年來頻頻擴建，一下子不好找到一個逃跑的小種母。幸好她是個很香的魔法師——為了她，我的小幻種今天還沒吃點心呢。」

逃跑妓女散落在街道上的殘缺斷肢歷歷在目。當潔兒聽見走向門口的腳步聲時再也坐不住，看準一旁微敞的窗戶改採蹲姿，但在起身逃跑前，卻突然聽見一陣不明所以的巨響。女孩嚇得僵住，剎那間一道影子落在身上，就這麼擋住通往窗戶的方向。潔兒抬起頭，又看見那頭灰色頭髮與眼睛，臉上正掛著優雅溫和的微笑，讓她差點沒認出眼前就是那晚滿臉痴態地在身上肆意馳騁的貴族盧西。

盧西彎下腰。門被撞開，犬吠聲傳來。潔兒頓時放聲尖叫，手忙腳亂地想爬走，身上斗篷卻被緊緊拽住。她聽見賽特坎雷斯的怒吼聲，但根本沒空回頭看發生什麼事，盧西已經把她抱了起來，大步往門口走。

不行、不行、不行！

潔兒閉上眼睛，反射性地伸手推擋盧西的臉。一瞬間她只感覺到空氣變得沉重滯塞，彷彿身在水中一般，光是呼吸都很困難。女孩死命揮開凝結的空氣，朝著抱住自己的男人扔去，霎時間只聽見一聲轟然巨響，接著便是極端的高溫與爆炸聲。碎石飛濺在她身上，掀飛了斗篷帽子。潔兒立刻遮住臉，扭身一躍從盧西的懷抱中掙脫，看也沒看就拔腿朝唯一的出口跑去。

平常守在妓院門口的那隻幻種白狼正死死咬著賽特坎雷斯的腿，神父則站在一旁，伸出了手，落石彷彿聽他號令般地全部停在空中。潔兒根本沒時間多想眼前這副詭異的景象，低著頭往門口衝去。斗篷一角傳來被拉扯的感覺，潔兒當機立斷解開斗篷，聽見失手的盧西在身後喊道：「亞當！」

神父伸出手。潔兒如法炮製朝他揮出空氣，直接在那張和藹慈祥的老臉上炸開，女孩趁機一溜煙跑掉，對背後傳來的喊叫聲充耳不聞。她按照記憶死命往前衝，想從進來時的小路出去，卻連轉角都還沒跑過就感到腳上一緊，頓時刺痛了皮膚。一股力量套住腳踝試圖將她拽倒，潔兒用力踢腿，繩子便斷了。

她飛快地轉了個彎跑向更寬敞的大路，打算從人多的中廊離開，只要引起騷動就沒那麼容易被抓到。但現實是她想得有點太美好，後方追兵的速度快到詭異，好不容易才跑過漫長側廊的一半，後方的人卻已經幾乎趕上。男人用力拽住她的手臂，潔兒一邊尖叫，拚命甩開對方的控制，但對方的力氣實在太大了。

「嘿、女孩，冷靜點——」

她閉上眼睛，不管不顧地戳向來人雙眼，卻又一次被抓住。抬頭一看，來人不是盧西，也不是神父或賽特坎雷斯，她沒見過這個人——黑色鬈髮、藍色眼睛、長得**非常非常非常漂亮**。

男人露出一個極其迷人的安慰笑容，「沒事了。我不會傷害妳的，聽我說話好嗎？」

潔兒發狠地戳過去，依舊被男人死死抓住。

「妳脾氣真大。」男人評論道。潔兒還在拚命掙扎哭喊，男人直接把她扛到肩上，「這麼不配合可不行，跟我去個清靜點的地方談談吧。」

「你是誰？」潔兒尖叫道，但男人沒有理她。他打了個響指，潔兒就發現全身彷彿被鍊住一般難以動彈，也沒辦法用魔法，無論怎麼尖叫都發不出聲音。男人轉了個彎，才剛踏入交叉的通道就停下腳步。說時遲那時快，一支金色弓箭劃破空氣擦過，險些射穿男人的手臂。

潔兒拚命地扭動著腦袋想看發生什麼事，只聽見男人又打了個響指，她的眼前立刻漆黑一片。「我就在想賽特坎雷斯怎麼可能一個人來。」男人說道。

潔兒不懂他的意思，不是還有盧西嗎？接著卻聽見不遠處傳來沙啞的笑聲。**「你們太張揚。」**那人的聲音聽起來很奇怪，低沉詭譎，彷佛有兩個人在同時說話一般充滿回音。**「滿城風雨，全在低喃：『長生者來了……』」**

女孩瘋狂掙扎著想逃脫。越是扭動男人就抱得越緊，猝不及防的強烈晃動嚇得潔兒放聲尖叫，口中仍一點聲音也沒有。男人似乎正抱著她跳了起來——而且跳得**異常的高**。強烈的失重感徹底籠罩著她，嗚呼風聲颳過耳邊，把一頭長髮攪得紛亂。男人放下了她，抓著她的手引導她抱住一根石柱。「妳現在在教堂尖塔上。」男人輕快地說：「等我一下，千萬不要亂動，摔下去肯定會死掉喔。」

什麼?!她想說話卻無法出聲。

男人沒有再說話了。潔兒驚恐地趴著，強風颳過背後的衣服與頭髮。她像條蟲子一樣僵直著身體扭動掙扎，眼睛看不見剛好放大了感官，能清清楚楚地感覺到魔法像一圈棉被一樣緊緊地纏在身上。她緩慢謹慎，小心翼翼地搖擺身體，慢慢地把自己從魔法套索中扭動出來。纏繞在身上的僵硬感終於消失，潔兒立刻伸手摸索著身下地形，摸到粗糙的瓦礫、平滑的磁磚，還有瓦片。

她真的在屋頂上！

潔兒簡直嚇壞了。奇怪的漂亮魔法師、那個聲音詭異的人，還有居然能使用魔法的神父跟攻擊主人的幻種——她好像捲進了什麼不得了的事情。

不管怎樣先從屋頂上下去。潔兒一手緊緊抱住石柱，摸索著自己的臉，把塞在口中、遮住雙眼的魔法剝開，刺眼的陽光讓她一時間險些睜不開雙眸，這才發現那個漂亮的魔法師居然真的直接把她丟在尖塔邊角。潔兒死死貼著石柱，顫巍巍地坐起來往下眺望，就連馬車都變成只有一粒石子的大小。

下不去，憑她自己絕對下不去。

心裡這樣想，潔兒還是試著用生疏的魔法在空中搭建一座階梯。她用手摸了摸，感覺到空氣裡有塊堅固的表面，但稍微用力一壓就立刻消散，嘗試了兩三遍都一樣。女孩焦躁不安地左顧右盼，試圖找到任何可以讓她爬下去的東西——但沒有，什麼都沒有。那個漂亮的魔法師完完全全地把她困在了尖塔上。

再這樣下去那個人遲早會回來。潔兒咬緊牙關，不甘不願地抓住腳踝。激烈的刺痛感讓她瞬間鬆開手，接著又再次抓住，直到再也承受不了激烈的痛楚，只能無助地緊緊攀著石柱等待救援。女孩腳上有紅公寓為了避免她逃跑而施以的魔法，眼下也只剩這一條路可以選了。

太陽晒得潔兒有些昏昏沉沉。為了維持皮膚白皙，她已經很久沒有這樣子晒過太陽，熱烈的陽光好像銳利刀鋒般一刀一刀刮著皮膚，紅通通的肯定晒傷了……

幸運的是沒有等很久，身後傳來一陣磕磕碰碰的撞擊聲。潔兒回過頭，看見一個金髮少年跌跌撞撞地撲上屋頂的瓦片，手忙腳亂地拚命掙扎，好不容易搆到了屋脊。他背上背著一對很大的翅膀，羽毛非常雜亂，在飛上來的過程中脫落了大半。

「潔兒?!」歐蘭朵驚恐地說：「妳怎麼會在這裡？」

女孩眨眨眼睛，眼淚就撲簌簌地掉了下來。「賽特坎雷斯……」她抽抽噎噎道：「他找到我……」

一聽到那個姓氏，歐蘭朵已經夠白皙的臉蛋瞬間刷白，「他逮到妳來買墮胎藥？」

潔兒哭著點頭。

少年臉色慘白，喃喃地罵了幾句，深吸一口氣振作道：「好，先別緊張。他不可能會殺妳，我們先下去。」

歐蘭朵抓著屋脊，手腳並用艱難地爬向女孩。他背上那對翅膀光看就相當沉重，少年的額頭滿是汗水。「賽特坎雷斯大人好像遇到什麼麻煩。」潔兒小心翼翼地朝他靠近，一邊說：「小白咬了他。」

「小白不可能會咬他，他是小白的主人。」歐蘭朵跨坐到屋脊上，把女孩抱了下來。

「但我真的看到了。我還看到艾莫茨神父用了魔法，還……」

「神父用了魔法？」歐蘭朵驚愕地打斷她。

潔兒點點頭，「他是魔法師嗎？」

「沒聽說過。」少年顯得跟她一樣困惑。

潔兒抿緊嘴唇，抱緊歐蘭朵的脖子後繼續說道：「還有，有個奇怪魔法師在追我，就是他把我丟到這裡來。他原本想把我帶走，然後好像遇到了敵人，就把我丟上來叫我等一下。」

歐蘭朵懊惱地低吼一聲。「所以我就說妳不應該出來！」他說道：「妳第一次出門怎麼就遇到這麼多鬼故事？」

「我也不想啊。」潔兒欲哭無淚。歐蘭朵調整一下翅膀的背帶，拉緊帶子讓翅膀豎起來。原本凌亂破碎的羽毛在陽光照射下逐漸茁壯，一轉眼就長成蒼白豐沛的羽翼，在狂風中揮舞兩下後卻突然發出奇怪的喀喀聲。歐蘭朵罵了一聲，反手抓住翅膀骨架強迫它揮動。

「這真的安全嗎？」潔兒不安地問。

「還可以吧。」歐蘭朵語帶保留，抱緊她的腰，「我先帶妳回紅公寓，妳就跟大媽媽好好道歉，然後待在房間不要出來。如果賽特坎雷斯大人真的來了，大媽媽現在應該沒有空懲罰妳。」

潔兒點點頭，緊緊摟住少年的脖子。歐蘭朵顫巍巍地在屋脊上站起來，深吸一口氣，縱身一躍。

在感覺到下墜之前，強烈氣流撐起那雙大翅膀，一瞬間甚至帶著他們往上飛。潔兒死死緊閉眼睛，張開雙腿圈在歐蘭朵身上。少年有點噎住地哼了一聲：

「妳放鬆一點，不會摔下去的，我抱著妳啊！」

女孩就算聽進去也不敢真的鬆手，兩人就這樣有些拉拉扯扯地飛過了街道上方。紅公寓距離教堂沒有很遠，只有三條街的距離，即使如此歐蘭朵背上的翅膀仍舊是飛得磕磕絆絆，潔兒一點也不相信歐蘭朵說都是因為她亂動的關係。他們好不容易飛到伊立吾街的主幹道，遠遠就看見那棟磚紅色建築在太陽下閃閃發光。

一下子沒有風吹來，翅膀輕輕拍動一下往前飛，接著一瞬間就被金色弓矢貫穿。

歐蘭朵大叫一聲，隨即另一邊翅膀也被射穿。第三根、第四根，箭矢不斷從下方射出，狠狠把兩隻翅膀射穿，他們開始急速下墜。潔兒驚恐地往下一瞥，距離地表有一整棟樓的高度，下方人潮正指著他們驚呼，隱隱約約還能看見懷中抱著一大疊金色弓矢、渾身是血的人，正抬頭望著下墜的他們，樸素的灰髮灰眼被懷裡光芒染得明亮燦爛。

盧西鬆手讓箭矢砸到地上，武器通通碎裂殆盡，失去了光芒。歐蘭朵緊擁著她，拚命掙扎著似乎想在空中轉身讓自己在下，但那對翅膀即使被轟得破破爛爛卻依舊沉重不堪。潔兒眼睜睜看著地面越來越近，而貴族對滿街路人的呼喊與視線視若無睹，往前幾步伸長了手。她恐懼地閉上雙眼，卻遲遲沒迎來預想中的撞擊。

潔兒睜開眼，看見自己和歐蘭朵飄浮在離地兩公尺處。盧西勾起嘴角，正笑吟吟地望著她，那雙灰色眼睛中映出的女孩倒影卻顯得冰冷不堪。

「我不是叫妳等我一下嗎？」**盧西**說。

潔兒還沒反應過來，男人伸手把她從歐蘭朵懷裡抱起，少年則「砰」地一聲砸到地面上，發出吃痛的哀號。潔兒愕然發現，男人腳邊那一大堆斷裂的箭矢其實不是真的箭——那是骨頭，動物的骨頭。

女孩拚命掙扎，發現又像剛才一樣動彈不得、無法出聲了，她的魔法這次被徹底封死，再也不像剛才還有力氣逃脫。男人轉身就要走，忽然卻頓了一下，回頭看著抓住自己腳踝的少年。

歐蘭朵一看見他的表情明顯嚇了一跳，卻沒有打算鬆手。「盧——盧西大人？」

男人一言不發。歐蘭朵隨即就反應過來，這男人不是真的貴族盧西。

在歐蘭朵來得及開口前，男人忽然抽出腳，猛地踹上少年的臉，歐蘭朵痛得大叫，低下頭摀住扭曲的鼻子。穿著偽裝的魔法師一句話也懶得跟他說，抱著潔兒轉身就走。他們身後傳來響亮的哨音，被抱在懷裡動彈不得的潔兒看見少年雙手放在口中，用力地吹響信號。

沒有人理會他。伊立吾街上安插的所有賽特坎雷斯的眼線，全部不見了。

歐蘭朵露出驚慌的表情。潔兒看向抱著自己的男人，他的衣服上全是血，唯獨臉上乾乾淨淨，只淡淡地瞥了一眼旁觀的路人，所有人就自動自發地退開。「等一下！」歐蘭朵狼狽地試圖掙脫那對翅膀，一邊喊道：「你是誰？要做什麼？不能就這樣……！」

男人回過身，一腳踹開撲上來的歐蘭朵。少年痛苦地倒在地上喘氣，潔兒看見他剛才被魔法師踹了一腳的地方居然燒破了洞，衣物邊緣已經焦黑，少年白皙的皮膚也被燙紅。男人瞥了一眼懷裡的女孩，一腳踩上少年的肚子，潔兒聽見烤肉的滋滋聲，歐蘭朵放聲慘叫，潔兒卻只能眼睜睜看著他蜷縮掙扎。

男人鬆開腳，又踹了他一下。「你是歐蘭朵吧。」

歐蘭朵沒有回答。他縮在地上，滿臉驚恐地看著肚子上紅腫起皺的皮膚。

「那對翅膀是怎麼來的，嗯？」魔法師說。他的語氣慵懶閒散，聽起來根本早就知道答案了。「零用錢？賽特坎雷斯抽成極高，你們那間小妓院才賺那多少錢，經營三代也不可能買得起那副翅膀。潔兒穿的斗篷應該也是你借她的。是賽特坎雷斯送的吧。」

潔兒詫異地瞪著喊出她花名的男人，而魔法師只回她一個皮笑肉不笑的表情，便繼續對歐蘭朵說：「那個老不休為什麼要對你這小鬼頭特別好呢？除了他喜歡你玩法很多以外，作為大媽媽的兒子，你是將來要繼承那間妓院的人。比起大媽媽，年紀小的你和妓女們更親近，她們什麼祕密都會告訴你。而你會告訴賽特坎雷斯，等妓女們被懲罰，再由你去安慰她們。這一來一往，哪個女孩能逃出你的溫柔鄉呢？」

少年沒有說話。他緊緊摀著燒傷的肚子，絕望地左顧右盼。街上本就不多的行人早已紛紛走避，沒有人想跟魔法師作對。

「老把戲。」男人語氣厭煩地評論道，目光漫不經心地掃視著兩側住宅窗邊偷窺的人們。「而潔兒呢，她是你們珍貴的種母，每做必懷孕，怎麼生都是魔法師的搖錢樹。但是生完雙胞胎後她就抗拒接待，這次懷上盧西的種後變得很不聽話，不吃不喝，甚至嘗試一堆流產的偏方。你心想盧西可是個大客戶，要是盧西的小孩流掉你們可賠不起。所以她想墮胎，你就讓她去，再叫賽特坎雷斯來。被貴族大人親自懲處，她總該乖乖聽話了吧？」

男人終於低頭看向潔兒，露出一個溫柔的微笑。「妳不只堅強，也很聰明。」魔法師說：「別告訴我妳完全沒有想過？」

潔兒啞口無言。她根本沒辦法說話。

「那你又是誰？」少年慍怒的聲音再度響起：「賽特坎雷斯大人呢？」

「這要問我老大。」男人心不在焉道。「他那個人雖然有點變態，不過別擔心，他不會殺賽特坎雷斯，我們不想驚動太難搞的人。」

「你不能直接把潔兒帶走。」歐蘭朵站起身，光是這樣就讓他氣喘吁吁。「我們——我——」他看起來相當不知所措，慌亂地大喊：「你……至少要幫她贖身啊！」

魔法師頓時失笑，接著又彷彿才察覺失禮般地說了聲抱歉。「我要是有錢的話早就上門買啦。」他理直氣壯地說：「抱歉了，小鬼。我是強盜。」

不等歐蘭朵回話，魔法師抱住潔兒，轟地一聲燃起烈焰。一瞬間被火焰包裹住的女孩還沒來得及感覺到燙，眨眨眼睛，眼前的景色就變了。

她又回到了教堂。又是剛才那間禮拜室。神父不見了，一個高挑的男人正站在成排長椅前，一手摸著小白的腦袋。賽特坎雷斯坐在長椅上，雙手固定在背後，胸前衣襟被大大扯開，臉上流著鼻血。

「我抓回來了。」魔法師說。潔兒看見他的臉又變了，不再是盧西的樣子，又變回黑髮藍眼的漂亮模樣。

那個男人「嗯」了一聲，對魔法師露出似笑非笑的表情，「讓一個沒學過怎麼運用魔法的小女孩逃走，我可以笑你一百年。」

「不知道剛剛是誰被炸了一臉。」魔法師挖苦道，彎腰把潔兒放了下來。當女孩察覺到禁錮著自己的魔法消失那一剎那，便迅速地朝魔法師一揮，閃避不及的他就真的這樣被她在臉上重重揍了一拳。潔兒連滾帶爬地衝出禮拜室，只聽見裡面傳來猖狂的大笑，「算了算了！迦勒在這，她跑不掉的。」

潔兒拚命跑過漫漫長廊。眼前一片空蕩的詭異景象讓她知道，不管再怎麼努力逃也跑不出這座教堂，從禮拜室傳出來的笑聲依舊陰魂不散地迴盪，嘲笑著她。潔兒回頭確定沒有人跟上來，急煞轉進旁邊的小通道。這是死路但無所謂，她縮著身子躲到雕像後面，把自己縮成很小、很小的姿勢，只聽得見自己怦怦的心跳。

歐蘭朵說得對。滿臉淚痕、喘息不止的潔兒心想，她不應該出來的。

她摸了摸腳踝，卻不再有過往那種燒燙感。紅公寓加在身上的禁錮魔法不見了，現在沒辦法再像剛才在屋頂上那樣，透過觸動警報找紅公寓的人來救她。她不知道到底哪裡惹到什麼奇怪的魔法師，潔兒發現自己現在居然只想回到稍早前才拚命從那逃出來的紅公寓裡，回到她那個狹窄的、悶悶的、溫暖的房間。

會被殺嗎？女孩蜷縮著身子。大媽媽說過，魔法師在外面很危險。人人都想當魔法師，而像她這樣脆弱不懂自保的魔法師，一個人在外面會被生吞活剝，需要紅公寓的保護。

潔兒把頭埋進膝蓋裡，崩潰地想著。早知道就不要出來了，都是肚子裡的……

她沒發現自己什麼時候迷迷糊糊地睡了過去。當再度回神時，自己仍然躲在雕像後面，抬起頭來卻正對上一張男人的臉。

她嚇了一大跳，對方卻沒有任何反應。是剛剛在禮拜室見過的那個男人。看著極其警戒的女孩，他反而往後退了一點，靠著牆坐下。「嗨。」他說：「我是亞當。」

潔兒沒有任何變化的表情似乎讓他很意外。「妳沒聽過我？」他歪著腦袋補充道：「長生者的亞當。」

女孩皺著眉頭，「……你是精靈？」從沒聽過什麼長生者，只有故事書裡會這樣稱呼精靈。精靈原來是真實存在的嗎？

這句話好像是什麼笑話一樣，忽然戳中男人的笑點。他摀著嘴巴撇開臉，那副盡力維持禮貌的模樣反而讓剛清醒的潔兒立刻惱火起來。「笑什麼笑。」她生氣道：「好好講話！長什麼東西，我沒聽過！」

「好。」男人咳了兩聲，恢復正常的臉色。「長生者……簡單來說，我們是由一群長生不老的魔法師組成的叛軍。」

「叛軍？」女孩尖銳地問：「反叛誰？」

「魔女。」亞當說道。

潔兒一時間不知道怎麼回話，只是愣愣地瞪著笑咪咪的男人。

「這個表情——『我捲進大麻煩了嗎？』某方面來說沒錯。」亞當說道。「沒有太多時間，我長話短說。妳知道自己很強，不過我想妳應該不知道自己具體有多強。」男人說話時眼中閃著神祕的光芒，盯得潔兒渾身不自在。「這樣說吧。這世界上除了魔女以外，應該沒有人遇過的魔法師比我更多。而妳在那之中，絕對排得進前五十名。潔兒，妳是天才中的天才。」

她又想起大媽媽的話，頓時緊張地縮小身體。亞當顯然察覺她的情緒。「我不會對妳做什麼。」他說：「不管妳的大媽媽——是這樣叫嗎？或是其他人怎麼和妳說，我不會吃掉妳，不會挖妳的眼睛或心臟，也不會像紅公寓一樣叫妳趕快懷孕。我找妳，只是來給妳一個機會。」

他伸出手，比了個二。「一，妳回到紅公寓，把肚子裡的小孩生下來，然後繼續懷下一個，直到無法生育被丟進樓下妓院為止。」他折起手指，「二，妳跟我走。我會照顧妳、教妳魔法，而妳一切食衣住行都會由我負擔。」

潔兒戒備地瞪著他，「哪有這麼好的事？」

「沒那麼划算。」亞當說。「等妳成年後要為我做事。」

「做什麼事？」

「我叫妳做什麼就做什麼。」亞當說。「我剛剛說了，我是軍人。我需要有人對抗魔女時，妳就要幫我，讓妳去調查什麼也得照做。」

「那你叫我繼續生小孩的話，不就跟現在一樣？」潔兒回嘴。「我不要，我要回紅公寓。」

「聽完我的話。」亞當笑咪咪地說：「妳說到重點。我會讓妳結紮，現在這個小孩也會給妳墮胎藥處理掉。」

「結紮？」女孩詫異地說。

「嗯。」亞當回答。「就坦白跟妳說，妳生下那些帶有魔法的孩子我都調查過了，確實都是很不錯的魔法師，年紀還小，未來有無限潛力。但跟他們母親相比，實在差太遠了。」

亞當微微傾身往前，潔兒頓時緊張地後退，才想起背後是雕像。亞當也沒繼續靠近，兩人之間依然保持一點距離。他深深地凝視著潔兒，「我不需要那些有點能耐但不夠強，不上不下的魔法師。魔女想殺我，多一個人知道我的行蹤都是暴露在風險之中。」那雙眼直直地盯著她，清澈赤裸，一絲隱瞞也沒有。「我只需要妳。」

潔兒一時之間不知道該說什麼。

「我能明白妳需要一點時間消化。」亞當催促道：「但時間很趕，我就幫妳統整一下。如果妳想繼續生小孩，在紅公寓裡關到老死，就拒絕我。如果不想，就跟我走。」

他往後靠上牆，一副相當輕鬆從容、勝券在握的模樣。「所以，妳覺得呢？」

潔兒有些不知所措。她看著亞當，又看向左右兩邊狹窄的牆壁，想找能夠躲避面前這個奇怪男人視線的地方，但這條狹窄的死路裡連教堂常見的彩繪壁畫都沒有。潔兒只好硬著頭皮轉回來，盯著亞當那副似笑非笑的表情。

「我會死掉嗎？」她問。「魔女叛軍聽起來很危險。」

「老實說，有可能。」亞當坦然道。「不過我會努力救妳。」

她努努嘴。「那長生不老呢？」她又問：「我不會長生不老。」

「這個好解決。」亞當微笑道：「我可以把人變長生不老。妳猜我幾歲？」

「……三十？」

「我五百多歲了。」

潔兒瞪著亞當。年齡這種事情可以隨口胡扯，但她就是覺得他說的好像是真的。還沒想好要怎麼回話，潔兒忽然聽見從遠處傳來聲響，既像碰撞又像是野獸的鳴叫聲，悠長不斷在長廊裡迴盪著。女孩緊張地轉過頭，視野太過狹窄，只看到天花板的圓頂窗上掠過一道巨大影子，彷彿有什麼東西從上方飛過去。

「我們得走了。」亞當開口。「潔兒？」

她抿緊嘴唇。「先、先看看你那邊好了。」她說完轉過頭來，亞當卻不見了。

女孩驚慌失措地站起身，接著卻一陣腿軟，再度跌坐到地上。她忽然發現身上多了一道高大的影子，抬起頭就看見面前站著一個右眼戴著眼罩的男人。

他把食指壓在嘴唇上，示意她安靜。那人走進對他來說過於狹窄的通道，潔兒看見那本該卡住的寬闊肩膀，就這樣直接**溶解**進牆壁裡。男人走到她面前彎下腰，在疑懼的女孩身上披下自己的外套。

完全沒料到這個舉動的潔兒一時傻住。男人把她抱了起來，繼續往死路裡面走。越過男人的肩膀，她看見有什麼東西滑過出口然後折回來。剎那間潔兒與那個獨眼男人就消失在死路盡頭，只聽到怪物氣惱憤怒的吼叫聲在教堂中悠悠迴盪。

——〈Side Story Ⅰ〉完

Side Story ✦ II

「阿廖沙。」

伊納修斯睜開眼睛。

他正躺在自家的大床上。清晨微光滲過窗簾，把華麗的臥室染得昏暗好睡，伊納修斯卻已經睏意全無。他靜靜躺在床上，內心默數三秒，直到在耳邊繚繞不去的呼喚消散在晨曦中，才深吸一口氣坐起身，駝著背繼續在床上發呆。

好久沒做夢了。他閉上眼睛，兩指按揉著發疼的眉間，呆呆地心想。不用打仗後果然很清閒，每天做一堆有的沒的夢，睡都睡不好。

男人伸了個懶腰，趁被懶散拽回床上之前，慢吞吞地挪動雙腿下床。他打算下樓去喝杯咖啡醒神，又懶得換衣服，反正現在時間還早，大家應該都還在睡，穿得輕便一點沒關係吧。伊納修斯隨手綁緊睡袍腰帶，遮住布滿痕跡的胸口，抓起梳子意思意思地整理一下亂翹的鬈髮，看見鏡子裡的自己掛著黑眼圈一臉狼狽樣，乾脆放下梳子用手隨便梳一梳就打開房門。

「先生。」早早就等在房門外的管家說。

伊納修斯懶得說話，只是揮了揮手示意，逕自穿過幽靜的長廊。一大清早的宅邸非常安寧，才正想好好享受這分清閒，旋即便聽見走廊盡頭房間傳來一陣碰撞聲，接著是高音頻的尖叫，沒過幾秒再度沉默了下來。

他走向聲音來源的玩具房，敲了敲房門。

兩秒鐘後門打開了。來開門的奧黛麗黑眼圈比他更重，看見是伊納修斯站在門外後立刻順從地低下頭，「先生。」

伊納修斯往房裡瞥了一眼，規定每晚都要收拾好的玩具房，此刻幾乎像是被轟炸過一般地凌亂不堪。在房間一角，嬰兒床裡的柏妮絲正雙手搭著欄杆，活力四射地搖擺著屁股手舞足蹈。還不太會站立的小寶寶摔倒了好幾次，依舊不屈不饒地站起來繼續舞動，一看到伊納修斯出現，立刻尖叫著要家主抱抱。

而在房間中央地毯上坐著另一個五歲的小男孩，身上穿著不合規矩的睡衣，手裡抓著兩臺玩具車，有點疑惑跟心虛地望向門口。

「現在不是遊戲時間。」伊納修斯平靜地說。小塞西爾一聽立刻悄悄地把玩具車藏到身後，卻沒有放手。

「對不起，先生。」奧黛麗低垂著頭，恭敬地說：「柏妮絲小姐今天醒得很早，為了避免打擾到夫人就帶她過來了。」

「塞西爾呢？」伊納修斯問。小塞西爾聽見自己被點名，頓時緊張得想跑，左顧右盼卻沒看到什麼地方可以讓他躲。柏妮絲又開始放聲尖叫，氣急敗壞地跺腳扭屁股，小塞西爾立刻抓緊機會跑到嬰兒床邊，拉起柏妮絲的小手塞給她一臺玩具車，半強迫地陪著生氣的小寶寶玩耍。

「我帶小姐來的時候，塞西爾少爺就在這裡了。」奧黛麗說。

家主一言不發，直直盯著正忙著逗柏妮絲笑，裝死不肯回頭的小塞西爾背影。

昨晚負責照顧小男孩的是新來的保母，伊納修斯還沒有親自見過，一下子無法斷定是他們招狼入室，還是正在試圖阻止柏妮絲吞掉玩具車的小男孩實際上真的天賦異稟，輕輕鬆鬆就躲過伊納修斯家的夜間守衛，溜出房間。

「他不姓伊納修斯，不用叫他少爺。」伊納修斯不動聲色道：「即使是暫住的客人也要遵守我們家的規矩，現在不是遊戲時間。沒有下一次。」

「是。」奧黛麗恭順道。

「去照顧柏妮絲。」伊納修斯逮到小塞西爾回頭偷看他動靜的瞬間，對小男孩招了招手，「過來。」

正在跟柏妮絲搶奪一撮瀏海的小塞西爾，頓時警戒地僵住了身子、張大眼睛，彷彿看見什麼怪物似地瞪著面無表情的漂亮男人，放任寶寶拉扯他的頭髮。那張圓嘟嘟的小臉上滿是局促，甚至有些欲哭無淚。伊納修斯思考了一下，趁著柏妮絲啃禿小塞西爾之前，放軟語氣說道：「我們去吃東西。」

小男孩的臉頓時亮了起來。他還是有些猶豫，歪著腦袋試圖拔掉寶寶緊抓著自己耳朵的手，有些怯怯地問：「我可以喝巧克力牛奶嗎？」

伊納修斯沉默了一會。小塞西爾以為又做錯事了，立刻低下頭，伊納修斯這才開口道：「可以。」

小塞西爾重新抬起腦袋。

「讓奧黛麗照顧柏妮絲就好。過來吧。」

小男孩聽話地掙脫寶寶走向伊納修斯，又中途折返，跑回房間中央抓起地上的玩具車，乖乖把車子收回玩具箱裡後才跨過滿地狼藉，來到家主身邊。伊納修斯伸出了手。

小塞西爾看起來仍有點怕怕的，試探地偷捏一下男人掌心，伊納修斯直接收緊五指握住那隻軟嫩乾淨的小手。孩子嚇了一跳頓時僵住，但伊納修斯沒有理會，一言不發地牽著他離開玩具房，穿過長長的廊道。

「你今天怎麼這麼早起？」他問。

小塞西爾抬起頭，對伊納修斯的側影投去疑惑的目光。「現在，現在不早了。」他用稚嫩的聲音說。

「是嗎？現在幾點了？」

小塞西爾低下頭數著手指，過了好幾秒才說：「糕點。」

伊納修斯完全沒有打算糾正他。「那你是怎麼跑來玩具房的？」

「我……」小塞西爾頓時心虛地低下聲音，吞吞吐吐地看著家主的臉色。

伊納修斯哄了一句：「你誠實跟我說，我就不會罵你。」

小男孩嘟著嘴巴，小臉蛋皺成一團努力思考，慢慢說道：「我在睡覺，然後我醒了。就覺得、嘴、嘴巴很渴，所以我就找多鞋，然後穿多鞋下床。」

「拖鞋。」伊納修斯說。

小塞西爾乖乖重複：「多鞋。」

「然後呢？」家主繼續問：「你自己開門的嗎？」

小男孩搖了搖頭。「保母姊姊幫我開門。」他揮舞著雙手，似乎是想比劃出當時的場景，「她問我要幹嘛，我跟她說我要喝水，然後她就帶我去廚房吃、鵝、河水。」

「你喝完水後她沒有帶你回房間嗎？」伊納修斯已經懶得糾正他的發音。

小塞西爾搖搖頭，說：「她帶我回房間了。」

「所以你回房間後又自己跑去玩具房嗎？保母不在嗎？」

小塞西爾點點頭。伊納修斯耐心地追問：「那是誰幫你開房間門跟玩具房門的？」

「我……」小塞西爾困惑地歪著腦袋，努力回想著幾小時前的事情，「我……踮腳，然後這樣開的。」他示範了一次踮起腳尖，伸長手臂去抓門把的模樣。

「你自己開房間門的？」

「嗯。」

「那玩具房門呢？」

「我用跳的。」他拉著伊納修斯的手在原地跳了一下。

孩子們房間跟玩具房的房門，在這時間正常都是鎖起來的。伊納修斯揣度著，如果保母真的帶小塞西爾去廚房喝水回來後就消失不見，連門也不鎖，那就是故意給他逃跑的機會。這樣的話為什麼不直接帶走他呢？

家主默默地思考，小塞西爾在說謊嗎？

他沒有再多追問，語氣平靜地訓誡道：「以後，不是遊戲時間不可以進玩具房。知道了嗎？」

「可是、可是波奇就去了。」小塞西爾嘟起嘴巴，委屈不平地說。男人想了一下他口中的「波奇」是誰，接著才道：「柏妮絲有奧黛麗帶著她。沒有大人陪你，不可以在遊戲時間以外的時候自己去玩具房。」

「可是邦妮……」

「要有大人陪你。」

小塞西爾生氣地噘著嘴，大眼睛立刻委屈巴巴地泛紅了。來到伊納修斯家這麼多天，他總算知道掉眼淚這招對伊納修斯來說一點用也沒有，忿忿地低著腦袋，把不甘心的表情藏起來。

「我在跟你說話。你要回答什麼？」伊納修斯催促道。

「……我知道了。」小男孩可憐兮兮地說。

配合著小孩子的步伐，這條走廊比以往更漫長。下樓梯時伊納修斯自然而然鬆開牽著小塞西爾的手，小男孩卻害怕地哼了一聲，反而緊緊抓住剛剛才一直在偷動歪腦筋想甩開的男人。伊納修斯有點訝異，然後才想起奧黛麗昨晚有報告小塞西爾前幾天在下樓梯時用跳的摔倒了，屁股上撞了一個大瘀青。

「慢慢走。」伊納修斯說，抓緊那隻細小無力的手臂。

要是現在牽著他的不是伊納修斯，小塞西爾大概會直接要大人抱自己下去，但小男孩顯然很清楚大家主不像其他人那麼好說話。伊納修斯配合著他的步伐，陪著他徐徐踏下漫長的樓梯，好不容易只剩下最後兩階，有些得意忘形的小塞西爾鬆開伊納修斯的手，蹲低屁股跳下了一樓地板。

「上來。」伊納修斯冷冷道。

小塞西爾連高興都來不及，癟著嘴可憐巴巴地爬回家主所在的階梯，乖乖地重新一階一階走下去。

短短一趟路就被伊納修斯訓了兩次，小塞西爾還是很快就忘記要怕他，抓著家主寬鬆的睡袍袖口，踩著不合腳的大拖鞋啪啪啪地走過客廳。這個時間廚房已經開始準備早餐了，伊納修斯牽著小塞西爾穿越忙碌的廚房，示意眾人不必服侍，兩人走進最深處的茶水間。他給自己泡了一杯咖啡，同時從冰箱裡拿出小塞西爾要喝的巧克力牛奶，往透明玻璃杯裡倒了半杯。

「我要再多一點。」小男孩半個人趴在餐桌邊緣指揮道。伊納修斯只是瞥了一眼，他立刻自覺地收起手乖乖站好。

「早上只能喝半杯，不然會吃不下早餐。」家主沒有理會小塞西爾高高噘起的嘴巴，把牛奶盒放回冰箱，拿起玻璃杯。小男孩立刻舉高了手，但伊納修斯說：「早上不可以喝冰的，會肚子痛。」

「我不會。」小男孩固執地說。

「那你到時候肚子痛怎麼辦？」

「我不會。」小塞西爾眼睜睜看著他把牛奶倒進了平底鍋裡、開了火，急得哀哀叫，甚至伸手想去關火，立刻被伊納修斯狠狠瞪了一眼。小男孩的表情一瞬間從難過失望變成生氣，眼睛紅通通得準備掉淚，被男人一掌壓住腦袋，頓時就不敢吭聲了。

「早上不可以喝冰的。」伊納修斯重複說道。「下午才可以。我會跟奧黛麗說，請她在睡午覺前給你弄一杯冰的巧克力牛奶。」

「……我要、要、睡午覺起來再鵝。」氣消了一半的小男孩依舊嘟著嘴巴說：「因為，睡午覺要尿尿。睡覺前鵝牛奶就、就沒有了。」

「好。等你睡午覺起來，就可以喝冰的巧克力牛奶。」

等飲品都弄好了，伊納修斯讓小男孩捧著自己的馬克杯，小心翼翼地走向露天陽臺。清晨天色足夠明亮，伊納修斯順手從書架上抽下兩本書，將童書放在已經找好位子的小男孩面前。「小心不要把牛奶灑到書上。」家主叮嚀道。

「好。」小塞西爾乖巧地說，把馬克杯推到旁邊，努力地翻起比他一顆小腦袋瓜還大的繪本。

小塞西爾是那種可以自己讀書的小孩，不會吵著要大人念給他聽。伊納修斯慵懶地臥在躺椅裡，一手拎著咖啡杯，雙腿中間放著只是拿來敷衍小男孩的書，寶石藍眼睛從頭到尾都赤裸裸地盯著桌子對面那個容貌稚嫩的小東西。

看上去還真的有模有樣，連那種大聲朗誦文字的呆樣都像得唯妙唯肖。雖然就一個五歲孩子而言，小塞西爾有時候確實是滿機靈的，但就在伊納修斯家住下的這幾日表現來看，要說真的是單純的小孩子，伊納修斯也不會懷疑。

他看著小塞西爾伸長舌頭想舔沾在嘴角的巧克力牛奶，心想迦勒肯定會很討厭這個答案。

平靜的早晨裡迴盪著小塞西爾結結巴巴的朗讀聲。伊納修斯聽了一會，暗自慶幸有先跟迦勒說清楚伊納修斯家不負責小塞西爾的教育。他默默喝完咖啡，太陽已經完全從東邊升起，燦爛晨光令人眩目，不太適合讀書了。家主便站起身，看見小塞西爾的馬克杯裡還有一點牛奶，催促道：「牛奶喝掉，要進去了。」

「可是我還沒看完。」小塞西爾說。他還在五分鐘前那頁，繪本上的字跟剛剛念出來的全都八竿子打不著。

看著小塞西爾充滿無助的大眼睛，伊納修斯平靜地問：「要我念給你聽嗎？」

「好。」小男孩補充道：「謝謝先生。」

他讓小塞西爾把椅子搬到躺椅邊，將繪本翻回到第一頁，一改平常冷淡嚴肅的語調，抑揚頓挫地念起故事書。雖然現在很少親自帶小孩了，但小塞西爾當然值得他破例。小男孩聽得非常入迷，端正的坐姿總會不自覺歪向一邊，軟嫩的臉頰靠上男人肩膀，緊抱住他的手臂。伊納修斯不動聲色地抽回手，即使一而再再而三提醒乖乖坐好，小男孩總是又不知不覺挨了過來。

他剛才看也沒看就直接從書架上隨手抽了一本童書下來，現在才發現這本繪本是在說長生者的故事，還正是他本人的故事。當伊納修斯用興奮激昂的口吻毫不害臊地念出自己的豐功偉業時，小塞西爾看他的眼神也逐漸變了。以往面對大家主總是有點膽怯害怕的小男孩，一聽到男人名字就會轉頭端詳起他的臉，彷彿到現在才恍然大悟眼前的人不是什麼可怕的醜八怪，甚至開始用著崇拜的目光看著他。

伊納修斯對小男孩昭然若揭的心思視若無睹，若無其事地讀完了繪本，「好了，故事結束。」

小塞西爾依然坐在椅子上沒有起身，近乎失禮地直直盯著他看。「先生，你好好看喔。」他突然說道，努力思考著措辭，「好像女生。」

「我是男的。」伊納修斯闔上繪本，笑咪咪地說：「就跟你一樣。」

一陣惡寒讓小塞西爾莫名地打了個冷顫。

「那、那、那……」見家主站起身，小塞西爾趕緊跳下椅子跟上，對上男人的眼神後立刻折返回去把椅子推好，抓著差點被遺忘的馬克杯，邁開小短腿跌跌撞撞地追了上來。「這些是真的嗎？你真的、真的，吧吧！嘩嘩！然後轟轟轟——龍就死掉了！」

「對。」伊納修斯淡定道。

「好帥喔！」小塞西爾興奮地尖叫起來，隨後才摀住自己吵鬧的嘴巴。他已經完全忘了今天清晨時家主是怎樣凶巴巴地對待他，亢奮地拉住伊納修斯的睡袍衣帶，開始問問問個不停：「那那個！後面跟你一起打龍的女生，那個薇薇是賽琳娜阿姨嗎？」

「不是。」伊納修斯說道，心知小塞西爾只是隨便講了一個知道的人。「不是薇薇，是薇洛妮卡，你要稱呼她薇洛妮卡夫人。她是我的妻子，是很久很久以前的人了。」

「那危樓夫人現在呢？」

「薇洛妮卡夫人。」伊納修斯糾正道。「她去了很好的地方，現在不在這裡。」

「很好的地方是哪裡？遊樂園嗎？」

「對，很好玩的遊樂園。」

「那你為什麼沒有跟她去？」小男孩追問：「妻子跟、男生的妻子，要住在一起。」

「不是男生的妻子，是丈夫。」伊納修斯說。「我會跟她一起住，不過不是現在。我還得照顧你跟柏妮絲啊。」

他牽著小塞西爾回到屋內，三言兩語打發不停嘰嘰喳喳的小男孩，把他丟回去給奧黛麗，回到臥室換衣服。褪去寬鬆的睡袍，伊納修斯眼角瞥見鏡子裡映照出男人滿目瘡痍的裸體，忽然感到一陣好奇地靠近梳妝臺，轉過身看著腰椎上曾被深深劃開、粗魯縫合的痕跡，在失去不老之身後也沒有特別變化的跡象。

這是塞西爾的傑作。當年塞西爾就是跟剛才碰碰跳跳沿途吵鬧的小傢伙一樣年紀，不過手裡拿著的不是剛喝完巧克力牛奶的空馬克杯，而是一把比成年男性還要高的大刀，用那把刀直接把夢境中的少年狠狠劈成兩半。

一大清早就做這種夢，實在也是掃興。伊納修斯心裡這麼想著，卻不由自主地憶起當年的情況。

那時他本來只是個在街上苟延殘喘的小乞丐而已。聽說奧特蘭宮來了女魔法師，皮膚很白又長得很美，最重要的是她能讓普通人變成魔法師。魔法師啊！假如他也是個魔法師，就不用繼續在街上苟延殘喘了。他曾經遠遠地見過一個魔法師，看上去意氣風發，得意極了。

當年心生嚮往的小乞丐還因此蹲在戲院後面偷學魔術把戲，偶爾騙騙會被這張漂亮臉蛋迷惑，視而不見身上襤褸衣衫的傻子，讓他們以為自己真的是魔法師，藉此招搖撞騙混了好幾頓飯。他想當**真正的**魔法師。

粗糙的指尖輕輕滑過傷痕累累的背。伊納修斯恍惚地想，當時他還被守衛攔下來，嘲笑著像他這樣瘦巴巴的骯髒乞丐，就算有魔法也只能用來抓小老鼠吃。他氣不過，使出渾身解數才終於成功溜進奧特蘭宮，從來沒想到當時居然是拚盡全力在找死啊。

擅自溜進王宮的代價遠比想像中可怕太多了。他本以為既然奧特蘭王一直在找人給那個女魔法師實驗，那應該會原諒他不排隊就擅自闖進來吧。卻沒想到老國王反而只扔給他一把小匕首，要他刺中對面那個拿著超大砍刀的奇怪小孩，否則就要殺了他。塞西爾當時大概也沒想到他最後會活下來，砍得毫不手軟，狠狠地把小乞丐剁成了方便魔獸入口的一片片。奇怪的是他分明記得已經死在塞西爾刀下，但當再睜開眼睛時，卻看見那個傳聞中皮膚很白、長得很美的女魔法師。

「你叫什麼名字？」那女人問。

小乞丐幾乎看傻了。他這輩子還沒見過幾個長得比自己漂亮的人，還是個女人，結結巴巴道：「阿……阿廖沙。」

「多麼俗氣的名字。」魔女說，輕吹一口氣，他就全身著了火。**「從今以後你就叫伊納修斯吧。」**

後來他才知道，「伊納修斯」原來是古語中火焰的意思。從火焰中倖存下來的他很快就接受了，反正「阿廖沙」這個名字也只是街上的人為了方便稱呼他而起，在宮外街道上還有無數個「阿廖沙」，不缺他一個。在把那些執意喊他「阿廖沙」、嘲笑他乞丐出身的人都燒死後，有很長一段時間，他幾乎都忘了自己曾經不叫作伊納修斯。

趁著塞西爾叛變之際，他逃出了王宮，但那時他早已是人面獸形，一看就知道是「魔法師」。無助的青年只能獨自一人躲進深山洞窟裡等死，身體不斷腐爛解體，寄生在體內的魔獸不停啃食著血肉，他自己卻什麼都沒得吃。

就在躺在黑暗中，默默掉淚著等待死亡來臨時，微弱的光芒從旁邊漫了過來。來人舉高了火把，遲疑而驚駭地喊：「……阿廖沙？」

那天找到他的薇洛妮卡，花了非常長時間細心照料他，就像每個老套故事一樣，薇洛妮卡和他最終成為彼此在亂世裡的唯一依靠。後來她如何經歷家破人亡、加入反抗軍、目睹亞當復生歸來後追隨他成為長生者，就又是另一篇很長的故事了。

在與妻子相互陪伴的日子裡，時不時就有人調侃，他們吵架時他會不會因為薇洛妮卡稱呼他「阿廖沙」就氣得燒死自己的妻子？伊納修斯每每聽聞就是翻個大白眼。

直到後來薇洛妮卡在眼前被龍踩死。自她死後，就再也沒有人會叫他「阿廖沙」了。在薇洛妮卡過世很久很久之後，也忘了是誰起的頭，「阿廖沙」這個名字逐漸變成和他交情夠好的人才會呼喚的小名。只是隨著時間流逝，有資格這樣稱呼他的人也變得越來越少，剩下彷彿將永不熄滅的戰火在這片大地上自始至終綿延不絕。

伊納修斯其實從未想過居然有活著看見戰爭停止的一天，如今風平浪靜的日子總是讓他感到很不安，每晚不在枕頭下壓一把手槍就睡不著。

此時此刻，他盯著鏡子裡遍體鱗傷的身軀，還是很疑惑看不見亂長的羽毛、鱗片與皺褶，男人的胴體顯得格外赤裸，光禿禿的有點噁心。

正當伊納修斯剛把目光從鏡中移開，想找件衣服穿上時，門外忽然由遠而近傳來一聲尖叫，狠狠打斷他遙遠的回憶。來人還沒說出一句清楚的話，就直接狠狠撞上門板，伊納修斯有點無言地聽著小塞西爾一屁股坐在門外哭了起來。

「邦妮……」他抽抽噎噎地說，聲音既委屈又害怕，卻又很興奮地告狀道：「她吃了自己的大便！」

伊納修斯張開嘴巴，想想還是閉上嘴，重重嘆了一口氣。

——〈Side Story II〉完

Side Story ✦ III

「……哥哥。」少年的聲音從迦勒背後傳來：「我好了。」

迦勒一聽這個語氣，頓時就心裡有數。果然當他從吧檯邊轉過頭來，塞西爾身上奇怪的穿著立刻讓他皺起了眉。

剛洗完澡出來的少年沒換上自己的睡衣，卻偷拿了他的衣服。男人寬大的襯衫只能鬆垮垮地掛在纖細少年身上，剛好勉強遮住該遮的地方，露出兩條白嫩赤裸的長腿。最讓迦勒無法理解的是那雙纖細腳踝上還套著一雙白色長襪，踩著室內拖，彆扭緊張地蜷曲著腳趾。

「你為什麼穿我的髒衣服？」迦勒冷靜地問。

「這是乾淨的。」塞西爾倔強地辯解道：「我找不到睡衣……就跟你借一下。」

「如果我找到了怎麼辦？」迦勒朝著他那雙意義不明的襪子輕抬下巴，「那你穿襪子又是做什麼？要出門嗎？」

「腳會冷嘛。」發現迦勒對這副打扮無動於衷的塞西爾開始有點賭氣了。

「腳會冷的話去找條褲子穿。穿了襪子卻不穿褲子，你在想什麼？」迦勒伸出手作勢要去掀他的衣服，「你至少有穿內褲吧？」

「有啦！」慌慌張張羞紅了臉的少年趕緊躲到對面去，把處心積慮露出來的腿部嚴嚴實實地藏到吧檯後。

迦勒心裡苦笑，表面上還是只能若無其事。

他從櫃子裡拿出別人送給塞西爾的十六歲生日禮物——一瓶威士忌，再拿出兩個玻璃杯。收到禮物的當下，迦勒只是很單純地想著塞西爾反正遲早也得碰酒，喝了之後也能直接睡，就讓他先去洗澡。

等他發現少年在浴室待了比平常更長的時間，才猛然意識到似乎無意間造成非常容易引人遐想的誤會。但也來不及了，迦勒只得硬著頭皮拿出開瓶器，拔開軟木塞，若無其事地講解著：「通常送酒的本意都不是要讓人喝，是收藏用。不過既然決定要開就早點喝完，因為酒變質很快。之後再教你怎麼保存。」

「那今天喝完不就好了？」吧檯對面的塞西爾傾身湊上來想聞瓶子裡的香氣。少年原本就整個人懶懶散散地壓在桌面上，這個動作拉扯到身上衣服，迦勒的視線恰恰從寬鬆的領口鑽了進去，看見少年白皙平坦的胸口。

「這一瓶太多了。」男人不動聲色地轉開目光說道。

少年單手撐著頭，好奇地看著哥哥往兩個杯子裡倒出不同分量的威士忌，在分量較少的那杯裡兌水，在迦勒一邊解釋不同酒桶對酒液的色澤有什麼影響時，抬起目光直直盯著男人的臉，一副專心聽講的樣子。先不論實際上究竟有沒有在聽，迦勒也知道塞西爾其實不是真的對威士忌釀造方法感興趣，就只是喜歡聽自己的聲音，甚至偶爾還會故意裝作不會察言觀色，就只為了聽平常寡言少語的哥哥被惹惱後碎念他。

「這杯給你。」他將稀釋過的那杯推過吧檯，「先聞一聞，沾一下嘴唇去嘗它的味道，慢慢喝。」

塞西爾接過酒杯。少年不知道是從哪學來的，端起杯子的手勢乍看之下似乎還真有那麼一回事，優雅地輕抿了一口。迦勒看著他的表情變幻莫測，一雙眼驚訝又疑惑地轉了轉，欲言又止地望著面前似笑非笑的哥哥。

「好喝嗎？」迦勒問。他本以為少年應該多多少少都瞞著他嘗過酒，但看這反應似乎真的是第一次。

「好……」塞西爾皺著眉頭，努力思考措辭，「酷。」

迦勒不禁失笑。「不喜歡的話給我吧，我幫你喝掉。」他剛伸出手，塞西爾就立刻護住杯子。

「我沒有不喜歡。」他倔強地說，接著又啜了一口，還是皺著眉頭一副不得其解的樣子。

這孩子還覺得喝酒是件多酷的事情呢，迦勒心想。他沒有催促，只是默默等著少年終於放下酒杯，卻看向男人手裡，「哥哥，我可以喝喝看你那一杯嗎？」

「一開始不要喝太烈。」迦勒說。但塞西爾根本不打算理他，逕自繞過吧檯貼到男人身邊。一瞬間鮮明起來的沐浴乳香氣讓迦勒頓時一愣，就這樣忘了反應，只能低頭看著少年搶走那杯幾乎未經稀釋的威士忌，淡淡好聞的洗髮精香氣撲鼻而來，男人不動聲色地後退一步。

少年幾乎是杯緣一沾到嘴唇就立刻拿開，難受地摀住鼻子。「第一次喝要慢慢來……」迦勒沒說完，就看見塞西爾傾倒杯子硬是吞了一口。

迦勒有些無奈地看著少年用力皺起臉，過好幾秒都沒能消化那種強烈的口感。「別喝了，小西。」他說，不容反抗地接過少年手裡的酒杯，「不喜歡就算了。」

「我沒有不喜歡。」塞西爾還在嘴硬。他揉了揉發紅的臉，過長的袖子讓他伸不出手，迦勒抓住他的手腕，幫他把袖子折起來，嘴上碎念著：「我等一下去幫你找睡衣。這麼大件有穿跟沒穿一樣，晚上會感冒的。」

塞西爾沒有回話。迦勒抬起眼，發現少年的臉色在燈光下顯得紅通通，呼吸也變得粗重起來。

「你看你，喝太快了。」他伸出手背輕輕抵著少年發熱的臉頰，「我弄冰牛奶給你。」

「我沒有醉。」少年固執地說。

「是還沒醉，但已經茫了。」迦勒說。「誰讓你這麼急，這樣以後可不能跟別人出去喝酒。」

塞西爾噘起嘴巴，發出一種耍賴的哼聲，在迦勒準備去開冰箱門時抱住他的手臂。瘦弱的少年將重心都壓在他身上，迦勒即使想掙脫也怕塞西爾會跌倒，只好任由少年抱住，不知有意無意地蹭著自己的手臂撒嬌。「我還沒洗澡。」迦勒提醒道，塞西爾一聽卻反而抓得更緊了，模模糊糊嘟囔著：「難怪你好臭。」

他默默地忽略少年的酒後真言。「不想喝牛奶的話喝點蜂蜜水吧。」迦勒伸手搭在少年肩上試圖把他推開，塞西爾卻又發出那種委屈撒嬌的聲音，像小動物一樣拚命地用腦袋鑽著，硬是擠進了哥哥懷裡。迦勒不得已只好張開雙手抱住他，沐浴乳的香氣摻雜著淡淡酒香撲進男人懷中，讓他得不斷提醒自己塞西爾現在暈了、醉了，不知道自己在做什麼……

而對比努力維持理智的迦勒，已經半醉的塞西爾卻愣著表情，呆呆地盯著他。「哥哥。」

自小學畢業後，塞西爾就很久沒有用這種黏呼呼的語調和他說話了。迦勒仔細一看，果然發現少年眼神有些微醺，唯恐他沒發現般地赤裸裸地盯著，酒氣把那雙眼醺得朦朧迷茫，在昏暗燈光下甚至顯得有點勾人。閃爍的眼神裡遮掩不住隱約的欲望，含蓄得欲蓋彌彰。

「我、我……」少年的聲音開始有點結巴，「很弱嗎？」

迦勒很快意會過來他是指自己現在這醉茫茫的模樣。「酒量可以練習。」他安撫道。「有人笑你沒喝過酒很弱嗎？」

少年只是可憐兮兮地盯著他。迦勒無奈道：「小西……」

「不要罵我。」塞西爾忽然打斷，軟綿綿的嗓音猝不及防一陣哽咽，迦勒這才驚覺他何止微醺，沐浴在暖黃燈光下的少年不知何時整個人都變得發燒般通紅，根本徹底醉了。

「我沒有要罵你。」迦勒趕緊說，塞西爾卻彷彿沒聽見，既賭氣又委屈地用力貼在男人心口上蹭，監聽他無法藏匿的心跳。

「那不、也不……不要念我。」少年難過地嗚咽著。

迦勒甚至不敢試著動手把他剝開。幾乎使不上力的塞西爾仍然倔強地緊緊圈抱著男人的腰，把臉埋在他胸口用力吸氣，可憐巴巴地催促著。經過一番天人交戰後，迦勒還是默默地嘆了一口氣，輕摟住少年的肩膀。「好，不念你。」他安慰道。

總是虛弱的少年不知何時變得比他以為得還要更瘦小了。塞西爾被他抱住後安分了一點，發出真的就像小動物一樣乖巧黏人的呼嚕聲，過大的衣領滑下肩膀，從迦勒的視角甚至能看見少年凹陷的背脊緩緩延伸進寬鬆的襯衫之下，男人默不作聲地替他把衣服拉好。

兄弟倆就這樣抱著，誰也沒說話。迦勒習慣性地輕拍著他的背，打算等他情緒平復一點後再送他回房間就好。等再過幾年塞西爾長大，脫離青春期，就會知道自己現在有多不可理喻了。到時候這段見不得光的暗戀，自然會被他當成丟臉的黑歷史一輩子藏在心裡，在那之前迦勒只要一直裝作不知道就好。

他只能裝作不知道。

原本安靜得像是睡著的塞西爾，彷彿是聽到他心裡思緒般忽然嗚咽一聲。迦勒還來不及開口，醉醺醺的少年就這麼情緒化地哭了起來。他抬起頭來看著迦勒一臉錯愕，抽抽噎噎地喊：「哥哥……」

「沒事的。」迦勒輕聲哄道，捧著他的臉抹掉眼淚。

塞西爾還是哭個不停，除了「有事……」卻也不敢說出口，只能緊緊抱著哥哥委屈地啜泣。迦勒一邊熟練地安撫著他，一邊重複告誡自己快推開他。不能縱容他、放任他，再這樣繼續給他希望只是讓他更難過而已。他們已經很久沒有這樣擁抱了，愛面子的小塞西爾上小學後就不太肯跟哥哥抱抱。只是一下子而已，再一下子，抱到他冷靜下來就好，普通的兄弟也會擁抱。

迦勒咬緊嘴唇，低下頭緊緊抱住哭泣的少年。「沒事的，小西。」他溫柔而無力地哄著：「哥哥在。」

原本只是低聲啜泣的少年一聽，卻反而哭得更傷心了。塞西爾從男人淚溼的胸前衣衫抬起臉，迦勒看見淚水滑過那張被醉意醺紅的稚嫩雙頰，淤積欲望的雙眼裡既內疚又絕望，那般強烈的目光忽然讓迦勒感到無法呼吸。他伸出手正想擦去少年臉上淚痕，塞西爾卻突然鬆開環抱著男人腰際的雙手，踮起腳尖扣住他的脖子，在迦勒下定決心推開之前用力撞上哥哥的嘴。

喝醉的少年不懂得控制力道，一下子撞得迦勒牙齒發麻。他聽見塞西爾也吃痛地哼了一聲，掐著少年的腰想把人從身上剝開，塞西爾卻反而收緊手臂，不得要領地拚命想撬開他的嘴巴。迦勒手上施力，直接握住少年的腰把他扛了起來，轉身放到吧檯上，一不注意推翻了酒杯，威士忌灑了滿桌，整個廚房都是烈酒的氣味。

整張臉哭得紅通通的塞西爾還有點傻住，一下子沒意識過來怎麼會需要低頭看著高大的哥哥。「小西。」迦勒收斂表情，沉聲喊道。

他還來不及繼續說，哥哥少見的嚴肅語氣讓少年再度雙眼泛紅。他掙扎著想跳下吧檯，迦勒便往前一步用身體擋住他的動作，少年趁機緊緊抱住他，甚至張開雙腿圈住了他的腰。那一瞬間迦勒感覺到某種熟悉的酥麻感從腰部傳上來，下意識想後退，卻差點把像無尾熊一般纏在身上的少年拖下桌面。「小西，放開我。」他無奈地說。

少年的臉埋在男人肩膀裡邊蹭邊搖頭，抽抽噎噎地說不出一句完整的話。迦勒硬是按捺著從下腹不斷湧出的顫慄，耐心地哄道：「小西……」

「不要！」少年哭著打斷他，兩隻腳不安分地摩擦著男人敏感的腰，固執地喊著：「哥、哥哥……」

迦勒用力深吸一口氣。他猛然後退，把掛在身上的塞西爾整個人抱起來，少年嚇得大叫，緊緊攀在迦勒身上。男人抱著喝醉的弟弟大步走到客廳，控制著力道將人摔到沙發上，塞西爾半是驚嚇半是抗議地叫了一聲，想立刻坐起卻已經醉得暈頭轉向，差點摔下沙發。迦勒眼明手快地接住，塞西爾就又一次抓緊時機再次鑽進迦勒懷裡，這次卻被乾脆地推開了。「小西。」

醉醺醺的少年不知道到底有沒有聽懂他的語氣，終於不再掙扎胡鬧，卻哭得更凶了。斗大淚珠一顆顆滑過粉嫩茫然的臉頰，身上寬鬆的睡衣在剛才一連串掙扎中幾乎徹底滑開，露出凹陷的鎖骨與醉得通紅粉嫩的白皙皮膚。被酒液沾溼的衣服下襬溼漉漉地貼在少年身上，勾勒出他苗條的腰線、纖細的大腿，極其性感的輪廓。

迦勒咬緊牙關，「這樣不對。」

塞西爾彷彿沒聽見似地，仍是一個勁地哭，一道一道淚痕都彷彿割在迦勒心上。「小西。」他壓低聲音，沙啞地問：「你知道你在做什麼嗎？」

「不知道！」少年賭氣道，哭得又更凶了。他執拗地伸出雙手，「葛格、哥哥抱……」

「小西，專心聽我說話。」迦勒堅決地推開撒嬌的少年，「我們不可以這樣。我是你哥哥。」

「為什麼？有什麼關係嘛？」塞西爾聞言忽然放聲大哭，用力抓住迦勒的衣領想把他拉到自己身上，粗魯的動作直接扯下了襯衫第一顆鈕子。「明明、明明就沒關係……」

「小西。」迦勒聲音緊繃，一手撐著沙發椅背避免真的壓到少年身上。他剛要開口說話卻又被哭著打斷，少年甚至激動得開始打嗝。

「你明明也、也、很喜歡我啊……？」

「不是那種喜歡。」迦勒哀求道，塞西爾卻根本聽不進去。他抽抽噎噎地拉扯著迦勒的衣服，幾乎把男人身上的名貴襯衫都撕壞了。「我喜、喜歡你。」他滔滔不絕道：「我喜歡你我喜歡你我喜歡你我喜歡你好久好久了，你、你都不知道……還、還叫我洗好澡來喝酒……」

「我不是那個意思……」迦勒還沒來得及澄清，少年卻突然撩起溼漉漉的襯衫下襬，露出粉嫩而溼濡，一絲不掛的下半身。

迦勒立刻扯過襯衫遮住他雙腿之間，塞西爾不甘心地哀號，和男人拉拉扯扯之間一不小心跌下沙發。迦勒立刻伸手接住，塞西爾再度趁機粗魯地趴到哥哥身上，俯了下來想再討一次吻，卻醉到只是狠狠地撞了一下男人的鼻子。迦勒忍住悶哼，用力握住塞西爾的雙手把他剝開，看見衣衫不整的少年雙腿大開地跨坐在身上，白皙皮膚被醉意醺成誘人可口的悶紅色，一張臉淚如雨下，哭到簡直都快喘不過氣來。

「哥哥。」塞西爾雙手被抓著沒辦法亂來，抽抽噎噎問：「你愛我嗎？」

迦勒咬緊嘴唇。下腹持續傳來相當不妙的痠脹感，更糟糕的是塞西爾不知道是不是察覺到了，開始有意無意地蹭著屁股。迦勒頓時有些慌，但塞西爾卻越扭越起勁，終於等到迦勒受不了時抓準時機撲上來，充滿酒氣與眼淚鹹澀地深深吻住他。僅存的理智叫囂著要迦勒把人推開，但少年身上洗浴過的香味和濃烈的酒香混雜在一起，甜得令人太心癢。

迦勒猛然坐起身，正笨拙地啃咬著男人嘴唇的少年終於鬆口，親到有點迷糊的塞西爾反射性地收緊雙腿夾住哥哥的腰，接著才意識到屁股下面還有個鼓起的東西。原本醉得通紅的迷茫臉色一瞬間幾乎清醒過來，燙得像火燒，既驚愕又興奮而惶恐地瞪著面無表情的哥哥。

迦勒什麼也沒說，深深凝視著眼前迷醉的少年。這樣不對。

塞西爾等了許久都沒等到他開口，張開嘴巴，還沒出聲便被哥哥輕聲「噓」了一下。少年抿緊了薄唇，淚汪汪地看著面前神色糾結的男人，顫抖的身體顯然正在強忍著某種本能的欲望，溫順乖巧地等待著。

迦勒噤了噤，沙啞地喊：「小西。」這樣不對。

聽見他的語氣，少年皺起眉頭，又開始眼眶泛淚。塞西爾小心翼翼鬆開早就被抓皺的襯衫，軟著腰貼進哥哥懷中，熾熱軟嫩的肉體輕蹭著男人繃緊的腹部，引起他一陣不由自主的顫慄。「……哥哥。」少年的聲音還帶點哭腔，小聲低喃：「哥哥也喜歡我吧？」

迦勒沒有回答。琥珀色的眼睛在醉意發酵下，漸漸被粗俗的欲望染黑。

塞西爾緊張極了。他抿抿嘴唇、低下頭，把腦袋靠近男人肩頸的曲線，紊亂的呼吸吐在迦勒的鎖骨上，抖著手抱緊男人的腰。「我、我是真的很喜歡哥哥。」少年囁嚅道，語調委屈得彷彿被欺負般，軟綿綿地哭訴著：「就算……就算不能交往，哥哥……」

迦勒半晌沒有回話。空氣中威士忌的味道仍在不斷瀰漫。

最終男人懊悔地重重吐了一口氣，圈住弟弟的腰，低頭在少年裸露的肩上落下一吻。「這樣不對，小西。」迦勒沙啞地說，卻在弟弟身上裸露的部位不停地頻頻輕啄，沿著他的肩膀、側頸、下顎與耳朵，沿著他身上一切最敏感的地帶，既克制又貪婪地舔拭吸吮，少年敏感地顫抖起來，色情地小聲嗚咽。

「這樣不對……」

塞西爾抱住哥哥的脖子，乖巧地讓迦勒把他抱上沙發，整個人癱在椅背上粗喘著。他身上那件寬大的襯衫不知何時被解開第一顆釦子，露出半片白裡透紅、紊亂起伏著的平坦胸脯。迦勒蹲了下來，憐惜地愛撫著那雙赤裸的長腿，粗糙大手擦過細嫩皮膚的觸感讓塞西爾忍不住悶哼，看著哥哥替自己脫掉室內拖、抬起腳，隔著白襪溫柔地親吻少年的腳趾。

「嗚！」太過緊張的塞西爾甚至下意識拉下雙腿之間的襯衫遮擋。「哥哥……」

迦勒沒有理他。他極其小心地捧著少年的腳掌，勾住棉質白襪，粗糙指腹沿著凹陷緩緩擦過他的腳踝、足跟，慢慢地拉開襪子，甚至看見少年的腳趾一張一縮輕輕顫抖著。

迦勒低下頭，虔誠地啄吻他的腳尖。他慢慢地親吻，伸出舌頭輕舔，將少年白皙的腳趾含進口中，聽見塞西爾緊張地嗚咽一聲。男人沿著少年的腿緩緩往上親吻，腳背、小腿、膝蓋，一直親到柔軟敏感的大腿內側。

塞西爾緊張地想夾起腿，卻反而被迦勒扳開，架在自己肩上，琥珀色眼睛安靜卻極具侵略地從他兩腿之間抬起來，凝視著滿臉通紅的少年。一開始主動勾引他的塞西爾此刻卻已經慌得不知如何是好，摀住嘴巴淚汪汪地看著他。

「……小西。」迦勒輕喊，又往大腿更內側吮吻了一下，發出極其色情黏膩的水聲。

甚至迦勒都還沒想清楚，塞西爾就知道他要說什麼。少年抿緊嘴唇沙啞地笑了一聲又繼續掉淚，看得迦勒心口一緊。他還沒來得及開口安撫，塞西爾抖著雙手抓住身上的襯衫，顫巍巍地一顆一顆解開釦子，在男人如狼似虎的目光下解到只剩下最後遮掩著挺立私處的薄薄一片布，邊緣隱隱約約露出稀疏的體毛。

青澀的少年解完釦子後就不知道該怎麼辦了，焦躁不安地看著男人的臉色，疑惑他為什麼遲遲不動作，又不敢出聲催促。

夜晚客廳裡只聽得見兩人混亂淫靡的呼吸聲，迦勒的目光幾乎沒辦法從少年頻頻起伏的肉體上移開，白裡透紅皮膚上沾著一些威士忌，隨著他的呼吸緩緩流進肚臍，又繼續往下滑落，沾溼了單薄體毛後滴進迦勒看不見的地方。

他傾身往前，深情地親吻塞西爾溼濡的肚臍，伸出舌頭勾舔裡面的酒水。少年就連呼吸都在顫抖，溫順地張開雙腿容納健壯的男人，當迦勒張開嘴巴，隔著襯衫含住小塞西爾的那剎那忍不住呻吟，小腹緊繃得輕微抽搐。

迦勒故意放慢動作，很慢很慢地吞吐著，抿緊嘴唇，時輕時重地吸吮著少年膨脹的欲望，伸出舌頭將睡衣上沾到的威士忌都舔掉，讓單薄布料徹底緊貼住纖細硬挺的肉莖。第一次經歷魚水之歡的少年很快就敏感得忍不住啜泣起來，難受地喘氣。

「哈……」塞西爾忽然叫了一聲，挺起身子，讓一口氣吞到最深的迦勒一陣作嘔。他強忍下不適感，深深含住少年的性器用力吸吮，舌頭在溫熱口腔中混亂地舔動，把塞西爾吃得哀鳴連連。「哥哥、哥哥、啊！」少年哭喊著：「輕一點、輕一點……」

迦勒沒有聽從，反而吸得越來越用力。他抱住少年的大腿，布滿厚繭的掌心從大腿下方嫩肉擦過去，掰開軟嫩的臀瓣，彎起指尖輕輕搔癢極其敏感的會陰。毫無準備的塞西爾被嚇得小聲尖叫，抓緊哥哥的頭髮猝不及防在他口中射了出來。

隔著襯衫，迦勒只感覺到少年的精液熾熱濃稠，絕大部分都被布料攔住，沒有進到男人口中，香甜的腥味卻在嘴裡久久不散。迦勒沒有就這樣放過他，依舊催促般地不停吮著已經高潮的少年，把塞西爾吸得哭泣不已。「哥哥、哥哥不要了，不要了……」他越是哭喊，迦勒就吸得越忘情，直到把少年最後一絲精液都吸了出來才鬆口。

徹底高潮的塞西爾整個人軟下腰，趴在男人身上輕輕抽搐。迦勒溫柔地把他放倒在沙發上，輕啄一下少年泛淚的眼角安撫。塞西爾紅著眼睛哀怨地瞪他一眼，只換來迦勒寵溺一笑，又親了一次。

男人起身走到廚房，抓過那瓶喝到一半的威士忌再回到客廳。他跨到蜷縮著身子休息喘氣的少年身上，傾斜瓶身，往衣不蔽體的少年身上澆淋著烈酒。

「哥哥？」塞西爾驚慌得嗓音都啞了。他有些害怕地看著迦勒伸手愛撫著自己，將少年身上的酒水均勻地全部抹開。當塞西爾迷迷糊糊有些放鬆下來時又被偷捏了一下早已挺立起來的粉嫩乳尖，少年疼得委屈地嗚咽一聲。男人張開溼濡的手掌，抓住臀瓣一下一下用力揉捏，把少年弄得「嗯嗯哼哼」地不停喘氣，在四溢的酒香催化下漸漸地軟下身子。

趁著他放鬆下來，迦勒彎腰親吻少年的後頸，克制著想張口啃咬的衝動，一邊揉捏，粗糙的指腹偷偷滑向不斷收縮的小穴，緩緩推進了第一指節。

「嗚！」塞西爾淚汪汪地呻吟一聲，反射性夾緊初次被人侵犯的部位，既像是想把男人的手指推出去，又彷彿正飢渴地咬著他。迦勒一邊舔拭親吻著少年敏感的耳後，以低沉的嗓音沙啞地安撫道：「放輕鬆，交給哥哥就好。」

少年哀鳴一聲，「可是我已經……」回頭瞥見男人雙腿之間大大膨脹的包袱又不敢講話了。迦勒吻去塞西爾嘴角的酒液，輕舔他的上唇，撬開少年的嘴長驅直入，手上動作溫和又強勢地愛撫著初嘗禁果的軟嫩內壁。他試探地探向記憶中那個位置，就如預料中地碰到一小塊凸起，身下的男孩忽然繃緊身體，受不了地呻吟起來。

迦勒變本加厲地繞著他的敏感點愛撫和輕按，沾滿威士忌的整根手指深深進入少年，來回摩擦著青澀的欲望。塞西爾的身體彷彿波浪般，既難受又妖嬈地扭動掙扎起來，側過頭趴在沙發上，不自覺地翹高臀部。等他稍微適應後，迦勒便迫不及待地塞進第二根手指，併攏轉動，微微張開雙指撐大窄緊的肉穴，聽著少年吃力的悲鳴幾乎就快失去耐心。

他花了很多時間，時不時抓過酒瓶往青澀的肉洞上倒酒、快速抽插，把凹陷的狹縫都弄得一片泥濘，沙發上也溼了一大塊。迦勒終於抽出塞飽少年的四根手指，焦躁地解開褲襠，掏出巨碩的性器對準入口粗魯地自慰。

拿烈酒充當潤滑液讓本就有點暈的塞西爾幾乎完全茫了，無力地趴跪在沙發上，傻呼呼地張縮著空虛的肉穴，彷彿還沒意識過來這股空虛感是怎麼回事。迦勒往前挪了挪，炙熱的龜頭抵著入口，享受著飢渴的小洞催促般地含吮著頂端。

「小西。」

少年聞聲仰起頭來，卻傻愣愣地分不清哥哥的呼喚來自哪裡。迦勒輕輕捧住他的脖子，像在搔癢貓咪下巴一樣緩緩抬高少年的下顎，上下顛倒的視野似乎讓他一下子沒認出哥哥。迦勒捏住他的臉避免掙扎，一邊緩緩插入，滿意地欣賞著青澀少年第一次承受男人侵犯時的表情。

「啊……」塞西爾瞪大眼睛，哀求地盯著上方的男人，卻一句完整的話也說不出來。直到迦勒徹底插入，堅硬的腹肌輕輕頂了一下少年軟嫩的臀部，發出響亮的啪聲，身下的人突然倒抽一口氣，回過神來般開始哭喘。

隨著少年的啜泣聲，軟嫩緊緻的體內也一波波地吸吮著他。或許是醉酒的緣故，塞西爾體內似乎特別地熱，迦勒舒爽地嘆了一口氣，維持著同樣姿勢沒有動作，想讓少年先適應一下被填滿的感覺，低頭親吻傻得忘了閉起嘴巴，唾液緩緩溢出嘴角的少年。「別吸那麼緊，放鬆一點。會不會很不舒服？」

「嗚……」少年沒有回答，只是不停地喘氣，眼淚還是不爭氣地一直掉。他淚汪汪地看著游刃有餘的男人，抽抽噎噎地開口：「哥、嗝，哥哥……」

「嗯。」迦勒寵溺地不斷親吻著渾身散發酒香的塞西爾。被汗水與威士忌染溼的襯衫堆積在少年腰椎凹陷處，迦勒怕他著涼，拉開衣服蓋住他的背，聽見塞西爾哭哭啼啼地嘟囔著：「抱抱……我要抱抱、嗚……」

就現在趴著的姿勢，如果真的壓上去抱住他的話少年應該受不了。迦勒退了出去，把塞西爾翻成正面，俯身抱住渾身發燙的少年。塞西爾急躁地抱住他的背，伸進他的衣服裡一陣亂摸，甚至在迦勒重新插入時也只是一邊呻吟一邊亂抓。「嗯哼、哼、哥哥……」

「你要我也脫衣服嗎？」迦勒將少年抱進懷裡，緊貼在他耳邊低聲問道。此刻的少年聞起來特別香，威士忌、沐浴乳還有精液的淡淡腥味，摻雜在一起令人無法自拔。醉醺醺的少年一陣搖頭晃腦，似乎是在點頭，狹窄的體內還在努力收縮容納，緊緊纏著粗壯的巨物不放。迦勒便順勢脫掉上衣，布滿傷痕的赤裸肉體與少年緊緊相貼著，緩緩律動起來。

客廳裡只聽得見運轉的空調聲與噗哧作響的水聲。迦勒動得很慢，幾乎是愛撫般地蹭著，即使如此還是讓塞西爾難受地哭了起來。「哥、哥嗝。」醉到暈頭轉向的少年一邊打酒嗝，一邊委屈巴巴地控訴：「好大……嗚嗯、好、好燙……」

「忍一下。」迦勒哄道：「好孩子，放輕鬆……」

「太……」塞西爾哭哭啼啼地說。「太大了、哥哥……大胖子……」

迦勒憐愛地舔了一下他的耳朵，惹得少年一陣敏感顫抖，又把他吸到更緊。塞西爾粗喘著氣，嫌棄他胖的同時卻又試圖夾緊無力的雙腿，最後只是在哥哥腰邊撒嬌般地蹭了蹭。「哈啊、啊……」被折磨許久的少年又哭了起來，扭著屁股邊喘邊說：「哥、嗝，我、我要……」

少年睜開迷濛的雙眼，青澀清純的臉蛋上淌滿嫣紅的色欲，口中說著最下流鹹溼的話，纖細的手顫巍巍地貼著溼濡的小腹。「都、嗝……到、到這裡了……」

迦勒一時沒忍住，用力地撞了一下。塞西爾頓時整個人輕微痙攣，看起來簡直爽到不行。男人不再忍耐，順著欲望加重力道與頻率，黏膩淫靡的撞擊聲甚至蓋過少年既痛苦又浪蕩的呻吟。迦勒圈著他的腰抱著他坐起來，一鼓作氣插到極限的肉棒讓塞西爾頓時軟了腰，瞬間夾緊的肉壁讓迦勒知道青澀的少年迎來第一次乾高潮。

迦勒極其興奮又寵溺地吻住少年顫抖的嘴唇。「好孩子。」他低聲說：「乖孩子，做得很好……再繼續……」

迦勒以掌心按住剛才塞西爾指著的地方，瘋狂地加速頂弄，幾乎真的感覺到肚皮被他頂得凸起一塊。少年承受著男人固執的操幹幾近崩潰地大哭，收緊的肉穴硬生生被再度操鬆，失控地又射了出來。

「哥、啊、哥哥！」少年胡言亂語地哭喊，卻聽不出來是在阻止還是索求。

迦勒深情地吻住那張尖叫的嘴，把纖細少年緊緊抱在懷裡，肉體貼著肉體感受激情的心跳，彷彿發情野獸般熱情地聳動腰桿抽送數十下，一陣熟悉的酥麻感從下腹不斷堆疊襲來，迦勒悶哼一聲，重重咬住少年的側頸狠狠釋放——

❖

迦勒張開眼睛。

面前是蒼白的天花板。隱隱約約能聽見喇叭聲從窗外傳進來，迦勒愣了兩秒，接著才意識到他醒了。

已經很多年沒有做夢的他居然做了一場極其荒唐的夢，而且……迦勒猛然坐起身掀開被子，錯愕地看見睡褲中央一片溼濡。

他居然——他居然……

迦勒不可置信地瞪著溼黏的布料，極其挫折地重嘆了一口氣。男人忿忿地下床走進浴室，脫掉弄髒的褲子在洗手臺清洗，內心同時暗自慶幸著幸好塞西爾不在家。

在事情發生後的隔天一早他就當機立斷，藉著慶生名義把孩子趕出國。要是被塞西爾知道當時義正嚴辭地狠狠罵了踰矩的少年一頓的哥哥，居然做了這種不知羞恥的春夢，往後會發生什麼事簡直讓迦勒不敢想像。

那晚的失控場面實在令人不願回想——當塞西爾一撲上來迦勒就立刻推開了他，但喝醉的塞西爾相當失控，向來乖巧懂事的少年像個小孩子一樣拚命哭鬧個不停，迦勒只能抓著少年纖細的手腕把人拉回房間關起來，狠心忽視房間裡不斷傳出來的哭聲。雖然因為有些擔心，等聲音停止後還是有開門看一眼確定人沒事，但總結而論，除了一個非常狼狽又疼痛的初吻，他們什麼都沒發生。

都是那件襯衫。迦勒有些懊惱地心想，他的尺寸套在塞西爾身上，實在太……太……

他越想越生氣，幾乎是恨恨地拉扯著洗手臺裡的睡褲，眼角餘光還能瞥見下半身依舊硬挺著。雖然放著不管很快就會消下去，但夢裡少年色情可愛的模樣不斷閃過迦勒的腦海，怎麼也趕不走。他強迫自己專心洗褲子，按了一次又一次的手洗乳用力搓洗，最後回過神來時把整個洗手臺弄得全是泡泡，而下半身那根東西依舊頑固地直挺挺站著，甚至有更充血的跡象。

迦勒自暴自棄地鬆開睡褲，雙手撐在洗手臺邊，惡狠狠地瞪著鏡子裡的自己。

除了睡亂的頭髮，黑眼圈也比平常更重，皺起眉時額頭和眼角幾乎全是細紋。這張臉實在太年長了，怎麼也不可能像夢中那樣和稚嫩少年面對面耳鬢廝磨、親暱相依，嗅聞著對方身上性感誘人的味道親吻舔拭，輕聲細語……

迦勒閉上眼睛。別想了。別再想了，他們不會在一起，絕對不能在一起。無論塞西爾哭得多慘都不能心軟，不管他穿得再少……

男人低著頭，緊緊捏住痠痛的眉間，拚命回想著那天洗衣籃裡有沒有內褲。塞西爾一定之前就偷穿過他的衣服，不然怎麼會知道哥哥的衣服在他身上效果那麼好？恰恰遮住了臀部，舉手投足間還會若隱若現地勾勒出引人遐想的渾圓曲線，令人猜不透在那件潔白微透的襯衫底下到底還有沒有穿……

迦勒氣惱地瞪著鏡中的自己，眼裡布滿血絲。

他甚至不用低頭看就知道這番努力一點用都沒有。浸泡在洗手臺裡的睡褲和內褲幾乎占滿整個空間，水都快溢出來了，他這才想到床單和被子應該也要洗。算了。迦勒抓住衣服下襬直接反手脫掉睡衣，隨手一扔。通通丟洗衣機吧。

男人帶著滿身傷痕，大步走進浴室深處，粗魯地打開水龍頭、拉起浴簾，霧氣繚繞的浴室裡只聽得見延綿不絕的水聲。

——〈Side Story III〉完

《結束之後的我們》全系列完

Afterword

寫完了——！（嘶吼）（尖叫）（暴風哭泣）

真的怎麼也沒料到最初那篇只是為了撒糖和飆車才開始的創作，最後來到了這裡。

始終記得當時只是覺得有點懶散、有點無聊，恰巧想起手機裡存著一篇很可能永遠也不會寫完的文，記述著一片廢墟、一個男人和一個小孩。因此隨手修改了一下便發了出去，怎麼也不會想到當時沒有多加思考就按下的發布居然是蝴蝶的振翅，在這條書寫的小徑上捲起了整整兩年的風浪。

這篇故事最初最初的原型其實是著重於兩人在奧特蘭王宮的二十幾年，結局於塞西爾的死，並沒有後續漫長、糾纏不斷的一千多年。而且相比起本作還有微微糖，原型故事從頭到尾都是刀上加刀，刀好刀滿刀太滿。

只不過當發現我光是編排原型的劇情橋段就已經編了超過十年，差不多就認清了那個故事估計永遠無法問世——既然這樣的話，我的腦補有多OOC都不會有人知道！於是我便著手寫下一個到處破綻百出、只為彌補兩人創痛的故事。經過千百年的風吹雨打、折磨救贖，直到最後再將一切歸零，得到重頭來過的機會。

當時我相當沉迷一種叫「安價」的遊戲，簡單來說就是發出一段文章後，詢問網友們下一步該怎麼發展，以此慢慢完成整篇故事。寫安價的十個月是一段無庸置疑的快樂時光，跟著網友們一起一點一滴建構起完整的劇情，十個月來和大家一起聊天吐槽、剖析角色真的玩得非常開心，雖然最終沒能如願寫到太多糖，但車確實開得超盡興（雖然本作的車又少了好幾場）。

我偶爾會覺得，我就像那個不知所措、舉足不前的迦勒，抓著暴衝的小西（？）才得以前行——乍看是我牽著故事，實際上卻是各位牽著我。對一直以來都是獨自寫作的我而言，這篇安價真的大大地、深深地改變了書寫對我的意義，都要謝謝每個願意暫時駐足來看看這篇故事的人，無論停留的時間長短，都在這條路上留下了無可抹滅的牽絆。

後來在if線進行到後半部的時候，突然就收到編輯的消息。在那當下我除了

「蛤？」以外，立刻記起一件陳年往事，小學的我坐在教室裡，跟老師炫耀我在寫小說。老師隨口問我：「真的啊？那有出版社來找你嗎？」

當時的我連一間出版社的名字都叫不出來。這個童年夢想實在是實現得有點太猝不及防，手忙腳亂又充滿喜感。謝謝給了我這個機會、在過程中一直包容我鼓勵我這個地獄級菜鳥的編輯，真的三言兩語說不完我的感謝與愧疚，如果還有下次我一定會準時交稿不拖延不逃避秒讀秒回一次完稿不讓您那麼辛苦地協助叮嚀抓蟲抓錯提醒催促，謝謝編輯。

雖然在改寫的時候遇到很多瓶頸——但整體而言，雖然我嘴上常說我已經寫文寫到減壽二十年以後看到這對CP估計都要反胃，其實我還是有偷偷再看一下，看看我把靈魂賤賣給惡魔換靈感後擠出來的句子長得可不可愛。

最終出版時書上會印有安價原串的QR code，若有興趣也鼓勵沒有跟過安價的讀者看看原串，除了刪減修改過的劇情以外，在我眼中原安價串與本作的中心主題其實有那麼些微妙的差異。

再次謝謝所有協助這篇故事問世的人。

以及最後，我想把這篇故事，獻給那兩個還在長夜裡互相依偎的小孩子。

梅花幾月開

安價原串

https://www.plurk.com/p/okdfge

Appendix · I 主要人物列表

·魔法化身

父親

黑洞。

負責維持魔法力量穩定運行，魔法師之父。

魔女（沙夏）

父親的親生二女兒。

魔女帝國的千年領導者，擁有將凡人蛻變為魔法師（黑巫師）的能力。

✦長生者

塞西爾（亞當）

起身反抗魔女暴政，賜予追隨者不老之身，一手組建長生者政權的大魔法師。

在魔女之死後身心回溯成五歲兒童，由迦勒重新扶養長大。

迦勒

昔日亞當心腹，最長壽的長生者之一。

現任黑魔法稽查部先鋒組長，塞西爾監護人。

伊納修斯（伊恩）

昔日亞當心腹，最長壽的長生者之一。

伊納修斯家第一人及其家主。

現任總理府核心幕僚。

潔兒

昔日亞當心腹。

現任黑魔法稽查部主任。

安媞雅

在長生者藏身北境遭到追殺時凍死。

路多維克（路克）

伊納修斯家第二十一任家主副手繼承人。

於四百多年前背叛長生者，與伊納修斯家族決裂，入主北境自立為王。

愛爾濱

在最終決戰為長生者軍閥打開奧特蘭王宮大門。

已歿。

萊德西

現任總理府幕僚。

貝妮

現任總理貼身祕書。

費迪南

昔日亞當心腹之一。

總理政敵。

蓋連

現任愛爾濱城市長。

✦伊納修斯家族

柏妮絲（邦妮）

伊納修斯家第二任家主繼承人。

塞西爾的青梅竹馬。

亞麗亞

伊納修斯私生女。

天才魔法師，其出眾天賦遭路多維克妒忌，十一歲遇害身亡。

西格齊

伊納修斯養子，柏妮絲舅舅。

被伊納修斯看中其強大的治癒魔法天賦而收養。

現任黑魔法防範中心地下七至十五層管理主任。

雅各

伊納修斯分家長子。

柏妮絲堂哥。

沃倫

伊納修斯家第三十六任家主副手。

柏妮絲生父。

已歿。

賽琳娜

西格齊的妹妹。

伊納修斯應西格齊要求，將她接入伊納修斯家。

柏妮絲生母。

✦ 其他人物

艾希莉

迦勒與塞西爾家私廚。

莫瑞

迦勒與塞西爾家的住宅保鑣。

奧黛麗

柏妮絲的保母。

尼希姆

長壽魔法師。

曾與長生者軍閥在維烏維城有一面之緣。

約瑟夫

曾與長生者軍閥簽訂僱傭契約的戰鬥傭兵。

現任情報機構副局長。

列娜

魔女殘黨之一。

休

塞西爾昏迷期間的照護員。

杰倫斯
塞西爾昏迷期間的主治醫師。

艾德
總理。

——Appendix Ⅰ〈主要人物列表〉完

Appendix・II 事件年表

・遠古

魔法出現。

・魔女紀年前二三二年

魔女出現，帶著五歲的塞西爾一同歸入奧特蘭王麾下。

魔女煉出魔法師（黑巫師），奧特蘭帝國橫掃大陸。

伊納修斯煉成魔法師。

✦ **魔女紀年前二三一年**

迦勒煉成魔法師。

✦ **魔女紀年前一七年**

塞西爾手刃亞摩斯，以其骨鑄成魔女之劍。

✦ **魔女紀年元年**

塞西爾化名亞當起義失敗，斷頭慘死。魔女之劍碎裂。

奧特蘭帝國覆亡。

魔女登基，改號「魔女帝國」。

迦勒加入反抗軍。

✦ **魔女紀年一一年**

伊納修斯加入反抗軍。

✦**魔女紀年四一年**

亞當復生。

反抗軍覆亡。

亞當賜予迦勒、伊納修斯等追隨者不老之身，拉開千年戰爭序幕。

✦**魔女紀年二九八年**

迦勒棄戰，遭亞當監禁。

✦**魔女紀年四〇二年**

長生者被逼入北境，藏身七個月。

✦**魔女紀年五七二年**

潔兒加入長生者軍閥，被授予不老之身成為長生者。

✦**魔女紀年五八三年**

路多維克被授予不老之身，成為長生者。

✦ **魔女紀年六一五年**

路多維克背叛長生者，入主北境。

✦ **魔女紀年七一二年**

長生者駐紮維烏維城，亞當順手救助尼希姆。

維烏維城失守。

✦ **魔女紀年一〇三三年**

伊納修斯收養西格齊。

埃格安攻城戰。

魔女遮蔽太陽，世界陷入永夜。

✦ **魔女紀年一〇三八年**

潔兒脫離長生者軍閥。

✦魔女紀年一〇四〇年

賽琳娜未婚懷孕。

儕北山都淪陷，過半長生者高層被俘。

伊納修斯家主副手沃倫戰死。

賽琳娜入籍伊納修斯家。

✦魔女紀年一〇四一年

亞當尋回魔女之劍。

柏妮絲出生。

✦魔女紀年一〇四二年

新共和元年

長生者攻陷王宮。

魔女死亡、永夜終止、魔法溢散（魔法之死）。

千年戰爭結束。

亞當死亡，塞西爾回溯成五歲。

✦**新共和二年**

塞西爾寄宿伊納修斯家。

潔兒回歸首都。

✦**新共和三年**

迦勒接回塞西爾同居。

✦**新共和一二年**

塞西爾恢復亞當記憶。

奧伯拉鋼爆，魔法徹底消散。

塞西爾陷入昏迷。

✦**新共和一四年**

塞西爾甦醒。

路多維克、西格齊死亡。

迦勒死亡。

✦新共和一五年
塞西爾死亡。

❖

—— Another Chapter ——

✦新共和一五年
塞西爾隱身於愛爾濱城。

——Appendix II〈事件年表〉完

高寶書版集團
gobooks.com.tw

FH083
結束之後的我們．下

作　　者　梅花幾月開
繪　　者　九日曦
編　　輯　薛怡冠
校　　對　賴芯葳
美術編輯　彭裕芳
內頁排版　彭立瑋
企　　劃　黃子晏

發 行 人　朱凱蕾
出　　版　朧月書版股份有限公司
　　　　　Hazy Moon Publishing Co., Ltd
地　　址　臺北市內湖區洲子街88號3樓
網　　址　www.gobooks.com.tw
電　　話　(02) 27992788
電　　郵　readers@gobooks.com.tw（讀者服務部）
傳　　真　出版部　(02) 27990909　行銷部 (02) 27993088
郵政劃撥　50404557
戶　　名　英屬維京群島商高寶國際有限公司台灣分公司
發　　行　英屬維京群島商高寶國際有限公司台灣分公司 / Printed in Taiwan
　　　　　Global Group Holdings, Ltd.
初版日期　2024年2月

國家圖書館出版品預行編目(CIP)資料

結束之後的我們 / 梅花幾月開著..-- 初版. -- 臺北市：朧月書版股份有限公司出版：英屬維京群島商高寶國際有限公司臺灣分公司發行, 2024.02-
面；　公分. --

ISBN 978-626-7362-00-6(下冊：平裝)

863.57　　112011767